U0127797

PREP

奥尔特校园手记

（美）科蒂斯·希登费尔德著 Curtis Sittenfeld 何韵琳译

人民文学出版社

(京)新登字 002 号

著作权合同登记:图字 01-2005-6634 号

图书在版编目(CIP)数据

奥尔特校园手记/(美)希登费尔德著;何韵琳译.
北京:人民文学出版社,2006

ISBN 7-02-005449-8

Ⅰ.奥... Ⅱ.①希...②何... Ⅲ.长篇小说-
美国-现代 Ⅳ.I712.45

中国版本图书馆 CIP 数据核字(2005)第 156810 号

特约策划:吴文娟

责任编辑:刘 乔

封面设计:陈 楠

人 民 文 学 出 版 社 出 版
(100705 北京朝内大街 166 号)
杭州钱江彩色印务有限公司印刷 新华书店发行
字数337千字 开本890×1240毫米 1/32 印张13.75 插页2
2006 年 2 月北京第 1 版 2006 年 2 月第 1 次印刷
印数 1—13000
定价:29.90 元

目录
奥尔特校欧调手记

※ 译　序

在正式阅读本书之前，我想先请大家跟我一起做一个游戏。这个游戏有一个很有意思的英文名字，叫 Brain Storm，翻译过来，就是"头脑风暴"：给一个话题，然后把你脑子里所想到的与之相关的东西全写下来。

今天的话题，就是高中校园生活，你想到了些什么呢？是花样百出的作弊法，还是作弄老师的恶作剧？是同性之间的哥们义气，还是异性之间的青涩初恋？在青春萌动的那个时期，你有没有曾经被人误会，受过委屈，经历过背叛？有没有羡慕过身边那些衣着光鲜的同学，可以呼朋唤友，要风得风？有没有因为自己的父母老土而觉得丢脸，因为囊中羞涩而自卑？有没有心疼关怀过身边遭遇意外的好朋友？有没有试过心里默默喜欢的那一个人突然走到你身边的浪漫惊喜？

我十几岁的时候，有一部很火的电视剧，叫《十六岁的花季》，那之后，"花季"、"雨季"的说法便广为流传。而从某个角度来看，《奥尔特校园手记》可以说是一部美国版的《十六岁的花季》。

莉·斐奥拉是一个内向、敏感、善于观察的女孩。十四岁时，为了奥尔特的校刊上那些穿着毛衣在黑砖的建筑群前聊天的男孩，穿着百褶短

1

裙拿着曲棍球杆在运动场上的女孩,和有许多学生聚在一起唱赞美诗的漂亮礼堂,莉离开了自己在印第安纳州南班德的热闹的家,来到了这所位于麻省的声名卓著的学校。

奥尔特是一所寄宿制的贵族学校,里面的学生大多非富即贵,只有极少数像莉这样依靠助学金入学的中低阶层或者其他裔人种的孩子。这个学校有着一种非常独特的氛围和校园文化,与一般的普通高中大异其趣。这种独特的氛围一方面对莉来说极富魅力,另一方面又让她感受到了一种前所未有的压力。因此她对周遭的一切人与事既密切地关注着,又谨慎地保持距离,貌似一个奥尔特丰富校园生活的"局外人"。随着时光的流逝,莉渐渐地以自己的方式融入了奥尔特,并为自己在校园里营造了一个惬意的环境。虽然与同学、异性、老师及父母的关系还有成绩、金钱等等问题会不断地给她带来新的困扰,但在这个过程中她也不断地学习和迅速地成长。不料临毕业前的一次无心之失令莉在奥尔特掀起了一场风波,四年来一直小心翼翼不想引人注目的她一夜之间成了校园里的焦点人物……

书中的华彩乐章是莉与一个受到全校女生瞩目的篮球队员之间难以界定的朦胧情感。这一情感线索在莉读一年级时已初露端倪,而到四年级时才全面展开,其间有漫长的悬念,有梦幻的色彩,也有难言的伤痛。作者以细腻的笔触真实地表现了少女的初恋情怀,留下了耐人寻味的余韵。

本书的作者科蒂斯·希登费尔德在美国文坛的亮相有点类似我国的"新概念作文大赛"获奖者,年纪轻轻就崭露头角。她十六岁时赢得了一九九二年度《十七岁》杂志的小说比赛。一九九八年,她又赢得了《密西西比评论》的年度小说比赛。她的作品曾发表在《纽约时报》、《华盛顿邮报》、《沙龙》和《质朴》等报纸杂志上。作为斯坦福大学的毕业生和爱荷华作家协会的成员,她获得过哥白尼社团的美国奖。希登费尔德还是二〇〇二至二〇〇三年度华盛顿特区圣埃尔班学校的驻校作家,之后她还成为了那儿的兼职英语老师。

科蒂斯·希登费尔德的这本成长小说《奥尔特校园手记》在美国刚一出版就获得了极大的成功,迅速登上了《纽约时报》的畅销书榜,无论是评论界还是普通读者对这本书都好评如潮。在中译本即将出版的时候,我又听说本书刚刚被《纽约时报》评选为二〇〇五年度十佳图书之一。《纽约时报》年度十佳图书中虚构类作品只占五本,本书在一年之中出版的众多的图书中脱颖而出、跻身其间实属不易。

最后,我要感谢本书的编者和各位亲友给予的支持,在翻译过程当中,我虽力求贴近原文,但因语言文化的差异,译文难免还有不足之处,欢迎读者批评指正。

何韵琳

二〇〇六年一月

※ 第一章　小偷

第一学年　秋

　　我想，所有发生在我身上的事情，或者说其中的某些部分，是从那些罗马建筑群开始的。古代史是我那天早晨礼拜和点名仪式后的第一节课。与其说是点名，不如说是一连串的发言。在一个有着二十英尺帕拉迪奥式窗户的大房间里，排列着一排一排的书桌，上方连着用来储书的吊柜，墙上的桃花心木板上刻着每一个毕业生的名字，自从奥尔特学院一八八二年成立以来，每个班都在墙上占了这样的一块。两个四年级的班长主持了这个点名仪式，他们站在讲台后面，照着此前签好的名字点名上台作介绍。按照字母次序，我的桌子就被排在讲台的旁边，再加上没有跟周围的同学搭话，点名前的间隙，班长们和老师，同学互相之间的对话就传到了我的耳朵里。两个班长的名字是亨利·索夫和盖茨·迈德考斯基。即便只来了四个礼拜，对奥尔特了解不多，我也知道盖茨是奥尔特历史上第一个被选作班长的女生。

　　"请记住递交建议申请表的截止时间是星期四中午。"老师的讲话简明扼要，学生们的发言可就长了，后面的部分越是冗长，就显得第一个部分越是简短。不单是长，而且还有歧义："今天在科比斯球场上有男子足球比赛,如果你不知道那是在哪儿的话,它就在校长室的后面,如果你还是不明白它在哪儿,你可以问弗赖特。弗赖特,你在哪儿?举一下手好吗,伙计?他在那儿,大家看见弗赖特了吗?好了,科比斯球场见,记得把球带来。"

在所有的讲话都结束之后,亨利和盖茨按了一下桌子边一个类似于门铃的按钮,校舍的每个角落随之响起了铃声,于是大家各自解散去上课。古代史的课上,我们要就不同的主题作演讲,而我正是当天要作演讲的学生之一。我从图书馆的书上复印了一些古罗马竞技场、万神庙和戴奥克利仙浴场的照片,贴在展示板上,用绿色和黄色的记号笔勾出边框。在这之前的一个晚上,我站在宿舍浴室的镜子前面演练着我要说的话,直到有人走进了浴室,我才好装模作样地洗洗手离开。

我被排在第三个,在我之前发言的是杰米·劳瑞森。范德赫夫太太在教室前面摆一个演讲台,杰米就站在它后面,手里抓着他的索引卡。"许多两千多年前设计的建筑保存至今,使现代人得以参观欣赏,"他开始他的演讲,"显示了古罗马建筑师的天才。"

我的心猛地跳了一下,古罗马建筑师的天才是我的主题,不是杰米的。我再也无法集中精神听下去,只是一些熟悉的字眼不时蹦到耳朵里:高架渠,建造用于水流疏导……竞技场,最初被称作弗拉维奥露天剧场……

范德赫夫太太站在我的左边,我靠近她悄声说:"对不起。"

她看来并没有听见我叫她。

"范德赫夫太太?"——而后的这个动作让我看起来颜面扫地,我试图去拉她的手臂,她穿着一件褐色丝质的裙子,小小的领子和窄窄的褐色皮带,我的手指才刚碰到她的丝裙,她就仿佛被弄痛了似的缩了回去,瞪了我一眼,摇摇头,走开两步。

"我想给大家看几张照片,"我听见杰米说。他搬起地板上的一摞书。

他打开它们的时候，我看见了那些建筑的彩色图片，正是在我的展示板上贴着黑白复印件的那些。

而后他的演讲结束了。在那天之前，我对红头发、皮包骨、呼吸粗重的杰米·劳瑞森从没有任何感觉，而当我看着他坐回到他的座位上，露出一个温和满意的表情的时候，我开始厌恶他。

"莉·斐奥拉，我想你是下一个。"范德赫夫太太说。

"嗯，我要说的是，"我开始说，"也许有一个问题。"

我可以明显感觉到我的同学们饶有兴趣地看着我。师生比例是奥尔特引以自豪的事情之一，在教室里，我们只有十二个学生。但当他们所有人的目光在一瞬间全部集中在我身上的时候，那似乎就不只是那么小的一个数字了。

"我没法继续。"我咬咬牙说。

"你说什么?"范德赫夫太太快六十了，高高瘦瘦的，顶着一个瘦骨嶙峋的鼻子，据说她死去的丈夫是一个著名的考古学家，可惜不在我所听说过的著名考古学家之列。

"瞧，我的演讲是……或者将是……我以为我要说的是……但也许，刚才杰米……"

"你说的话我们没法理解，斐奥拉小姐，"范德赫夫太太说，"请你说清楚些。"

"如果我继续我的演讲，我说的将和杰米一样。"

"但是你们的主题不同啊。"

"事实上，我要说的也是建筑。"

她走到她的桌子旁，拾起一张纸。从我们开始说话起，我就一直看着她，而她现在转过身去了，我不知我的眼睛该往哪儿瞧。我的同学们仍然看着我。自从我入学以来，我只有被点到名才会在班里发言，那并不经常发生，因为其他奥尔特的学生都非常积极主动。而在我印第安纳南班

3

德的初中里,更多的时候只是我和老师一对一地交流,其他的学生则在做着白日梦或是乱涂乱画。在这儿,我看了书并不能使我有什么与众不同;事实上,没什么能让我显得与众不同的。而现在,在我发表我最长演讲的日子,我却使自己表现得那么奇怪而愚蠢。

"你说的不是建筑,"范德赫夫太太说,"你说的是运动。"

"运动?"我重复道。我怎么可能毛遂自荐去演讲这样一个主题。

她把纸塞进我的手里,上面有我的名字,莉·斐奥拉——运动,以她的笔迹写着,而在那上面,杰米·劳瑞森——建筑。我们在课上举手登记了各自的主题,很明显,她误解了我的意思。

"我可以说运动,"我说得不太肯定,"明天我可以。"

"你是在建议让明天发言的同学把他们的时间卡下来给你吗?"

"不,不,当然不是。但也许另外找一天,或者也许——我什么时候可以,只是今天不行。今天我所能说的就只有建筑。"

"那你就说建筑。请站到讲台上去。"

我愣愣地看着她,"但是杰米刚才都说过了。"

"斐奥拉小姐,你在浪费大家的上课时间。"

当我站起来收拾我的笔记本和展示板的时候,我满脑子都想着来奥尔特是一个多么大的错误。我永远都不会有朋友了,我能从我的同学们那里指望的就只有同情了。在我看来,我很明显不属于他们那一群,但我原本以为我可以悄悄地在角落里躲上一阵,感受一点儿他们的气息,然后把我自己改造成他们的样子。而现在,我被暴露了。

我牢牢地抓着讲台的边缘,低着头看我的笔记。"罗马建筑的代表作之一就是竞技场。"我开始我的演讲,"历史学家相信竞技场之所以被称为竞技场是因为其一旁就矗立着尼罗国王巨大的雕像。"我从我的笔记中抬起头,同学们的眼神既非友善,也没有恶意;既没有同情也不冷淡;既非兴致盎然也不无精打采。

"竞技场是古罗马皇帝和贵族举行表演的地方。其中最著名的表演是……"我停下来。孩提时代，我就明白了眼泪滑下双颊的感觉，而此时此刻，它正摇摇欲坠。但我可不能在这么多陌生人面前哭出来。"对不起。"我说着离开了教室。

在走廊的对面就有女厕所，但我知道我不会进去，因为我不想轻易地被人找到。我低着头转身快步走到楼梯口，急急忙忙地蹿下楼梯，从一楼的边门走出去。外面天朗气清，所有人都在教室里，校园里不见平日的喧闹。我慢吞吞地向宿舍走去。也许我该离开，在路上搭个便车去波士顿，然后坐长途班车回我印第安纳的家。中西部的秋天还不错，但称不上很美，不像新英格兰，那儿可是繁叶锦簇。回到南班德呢，我的弟弟们将整夜在后院踢球，带着他们的汗臭进屋吃晚饭，讨论今年万圣节的装扮；而爸爸则会在切南瓜的时候拿着刀在他们面前转来转去，脸上做出凶恶的表情，直到弟弟们尖叫着跑去别的房间，妈妈才会说："泰瑞，别吓着孩子们。"

我走到宿舍楼前。布鲁萨德的宿舍是东校区的八个宿舍之一，四栋男生楼和四栋女生楼围成一个正方形，中间有几张花岗石长凳。从我宿舍的窗户看出去，经常可以见到双双对对的小情侣们，男孩子大大咧咧地坐在石凳上，女孩子站在旁边，手搭在男孩的肩上，而后嬉笑着举起来。这会儿，只有一张石凳上有人。一个女孩儿穿着牛仔靴，长裙被甩在身后，支着一条腿成一个三角形，一条手臂环着头。

我经过的时候，她抬起手臂，那是盖茨·迈德考斯基。"嗨！"她叫了一声。

我看了她一眼，发现她并没有看着我，我不知道她是不是在叫我，别人对我说话的时候我经常会有这种不确定的感觉。我继续走。

"嗨！"她又叫了一声，"你觉得我是在跟谁说话？这儿只有我们俩。"她的声音听起来挺友善，并没有嘲弄我的意思。

"对不起。"我说。

"你是新生?"

我点点头。

"你现在回宿舍?"

我又点点头。

"我想你是不知道吧,在上课的时间,你是不能回宿舍的。"她把腿绕过来,坐正,"所有的学生都不可以。天晓得为什么会有这样的规定,我都懒得去猜。四年级的学生可以四处逛逛,但只能是在教室以外,图书馆或者传达室,开玩笑。"

我不做声。

"你没事吧?"她问。

"没事。"我说着哭了出来。

"噢,天哪,"盖茨说,"我没想吓你,过来,坐这儿。"她拍拍身边的石凳,站起来,走到我身边,一手绕过我抽泣的肩膀从背后勾着我,把我带到石凳旁,坐下,递给我一块大手帕,上面还有着淡淡的香气。我哭得泪涟涟的,没想到她会带着这个,犹豫着不太好意思把鼻涕弄到盖茨·迈德考斯基的手帕上,而一张脸上早已是泪迹斑斑。

"你叫什么名字?"她问。

"莉。"我的声音有些尖细而颤抖。

"那么,出了什么事?为什么你不在教室或学生礼堂里上课呢?"

"没什么。"

她笑了:"出于某些原因,我可不这么想。"

我把事情一五一十地告诉了她,"范德赫夫太太总爱做出一副母老虎的样子。"她说,"天晓得,大概是更年期吧,其实她大部分时候人还不错。"

"我想她不喜欢我。"

"噢,别担心,这才刚开学呢,到十一月份的时候,她就差不多全忘了。"

"但课才上到一半我就离开了。"我说。

盖茨摆摆手："这你根本不用担心。老师们可是什么都见过了，我们老觉得自己有多不同，而在老师们的眼睛里，我们就是一群处于青春期的迷茫少年。你懂我的意思吗?"

我点点头，虽然我知道自己什么也没听懂。从没有一个同龄人会对我说她那样的话。

"奥尔特可不是个好待的地方。"她说，"尤其是一开头。"

这话又让我的鼻子感到酸酸的，她也察觉到了，我猛眨了几下眼。

"每个人都是这样的。"她说。

我看着她，这时才发现她看起来是那么有魅力：她并不十分漂亮，却相当引人注目，或者是因为她的优雅大方。她大概有六英尺高，皮肤有些苍白，五官端正，她的眼睛蓝得那么的浅，看起来几乎是灰色的，浅棕色的头发又粗又厚，剪得有些参差不齐，在阳光下，有些地方泛着金色的光。我们一边说着话的时候，她一边把头发挽起来，束成一个松松的髻，一些较短的头发垂下来，散在脸颊两侧。按照我过去的经验，要盘这样一个漂亮又难缠的髻，起码得在镜子前折腾个十五分钟。但对盖茨来说似乎做什么事都那么轻而易举。"我从爱达荷来，我刚到这儿的时候，可是个彻头彻尾的乡巴佬。"她说，"我是坐着拖拉机来的。"

"我家在印第安纳。"我说。

"瞧，你可比我像样，至少印第安纳离东岸比爱达荷要近些。"

"但这儿的人去过爱达荷。他们去那儿滑雪。"我是从黛德·斯科沃兹那儿知道的，她是我两个同屋之一，她桌上的相框里放着他们家站在雪坡上，戴着太阳镜，拿着滑雪杆的照片。我问她那是哪儿，她说是太阳谷，我从我的地图上查到，太阳谷在爱达荷州。

"没错，"盖茨说，"但我可不是长在山里的。不管怎样，重要的是要记得你是为了什么选择奥尔特作为你的第一志愿。是为了学习,不是吗?我不知道你以前在哪儿,可奥尔特是我们镇上其他的公立高中都望尘莫及的。至于这儿的校园政治,你能做什么呢?人们总是装模作样,可那其实都是毫无意义的。"

我不确定她所说的"装模作样"是什么意思——那使我的脑袋里浮现出一排穿着白色长睡袍的女孩,挺胸抬头站得直直的,头上顶着硬封面的书。

盖茨看看她的手表,那是一块男式的运动表,黑色的塑料表带。"听着,"她说,"我得走了,我还有希腊古典史。你的下一节课是什么?"

"代数。但我把我的书包留在古代史的教室里了。"

"趁着响铃的时候进去拿吧。别担心范德赫夫太太。等你们气都消了就没事了。"

她站起来,我也跟着站起来。我们开始朝着校舍往回走,看来我是不会回南班德去了,至少今天不会。我们经过举行点名仪式的房间,在平时它就是一间课室。我想着是不是会有学生在往窗外看的时候,正好看到我和盖茨·迈德考斯基走在一起。

那是一个晚上,黛德宣布她的发现的时候,已经过了宿舍的关门时间。她那时刚刚摆好她明天要穿的衣服。每个晚上,她都把衣服在地上放成一个人的样子:鞋子,然后是裤子或者别的紧身衣和裙子,再然后是衬衣,最后在衬衣上放上毛衣或者夹克衫。我们的房间并不大,虽然我们住了三个人,但我听说前几年它被用做双人间,而黛德显然没有意识到这一点。对我和另一个室友金欣君来说,黛德摆在地上的衣服占了差不多一个真人的地方,使得我们不得不在房间里绕道而行。我们在最初入校的几天内没有对此提出异议,而现在,黛德已经习惯成自然了。

黛德有重大发现的这个晚上,除了她轻声的音响和衣柜开合的声音以外,我们的寝室相当安静。欣君坐在她的桌子前面看书,而我已经上床了。懒得看书的时候我就爬上床,钻进被窝,面对着墙,闭上眼,除此之外,我不知道还有什么事情可做。黛德的访客会嚷嚷着进门,看到我睡了,便悄声说"对不起"或者"噢,天",这让我有种奇怪的满足感。有时候,我假装自己睡在我南班德家里的床上——抽马桶的是我的弟弟约瑟夫,走廊里的谈笑声是我妈妈正在和她的姐妹说话。

自从上个星期那次见面以后,我发现自己老惦记着盖茨·迈德考斯基。每天点名,我总是盯着她看,过了几分钟,她也看到我。我们目光接触的时候,她笑着跟我打招呼:"嗨,莉!"然后转过头去,我脸红红的,感觉好像被人活捉了一样。由于害怕尴尬,我并不很想跟她搭讪,但我却想知道多一些关于她的事情。我正念着不知道盖茨有没有男朋友的时候,听到黛德大叫:"该死的!"

欣君和我都没有出声。

"好吧,早上的时候我最上面的抽屉里有四十美元,而现在不见了,"黛德说,"你们当中有人拿了,是不是?"

"当然不是,"我翻了个身,"你找过你的口袋了吗?"

"那肯定在我的抽屉里。有人偷了我的钱,真叫人难以置信。"

"抽屉里没有吗?"欣君说。欣君是从韩国来的,我到现在也不清楚她到底能听懂多少英语。和我一样,欣君在这儿没有朋友,在黛德的眼里,她就像是个透明人,这一点,也和我一样。有时候我们两个一起去餐厅,更多的时候则是各管各的。

黛德努力跟我和欣君保持距离,甚至特地早起赶在我们之前去早礼拜或者吃饭,但那并不能使她看起来酷一些。在我就读的初中学校里她也许能称王称霸,但在这儿,她显然既不够富有也不够漂亮。连我都觉得,跟奥尔特最漂亮的女孩子们比,她的鼻子圆了点,小腿粗了点,头发么,怎么说呢,深了点。她只是一个跟屁虫,一个彻头彻尾的跟屁虫——我经常看到她跟在另外两三个女孩子后面乱转,其执著努力的劲头让我

9

都觉得丢人。

"我都告诉你了，它不在我的抽屉里。"黛德说，"你没借走吧，欣君？就像是先拿去用用准备以后还给我？如果是这样的话，我不会介意的。"对黛德来说，这明显已经是格外开恩了。

但欣君摇摇头，说："我没借。"

黛德厌恶地吐了口气。"好吧，"她说，"宿舍里有个贼。"

"可能是别人借了这些钱呢，"我说，"问问阿思派丝。"阿思派丝·门特格玛丽是黛德最热衷跟随的女孩，住在楼下。我猜想，没能跟阿思派丝住在一起，却碰上了我和欣君这样的室友，这样的不幸对黛德而言一定是一个打击。

"阿思派丝才不会不问自取呢。"黛德说，"我要把发生的这一切告诉舍监太太。"

直到此刻我才相信钱真的被偷了，或者说，至少相信黛德是这么认为的。第二天的晚课，布鲁萨德太太对着宿舍名单挨个儿点了一遍名，说："我很遗憾地告诉你们，我们这儿有一个小偷。"布太太是我们这儿的舍监，也是法语部的主任，她从小长在巴黎。她环视了一圈整个房间，戴着她那副不知是过时还是复古的猫眼式眼镜。她四十出头，穿着接缝的长袜，深褐色的高跟鞋，脚踝上用一个皮扣束着，衬衫和裙子显出她的细腰和颇为可观的臀部。"我不会公开丢了多少钱或者失主是谁，"她继续说，"如果你们当中有谁知道些什么，我请你们站出来。我提醒你们，偷窃是一种很严重的罪行，是会被开除的。"

"到底有多少钱？"艾米·丹内科问道。艾米是一个声音沙哑的三年级学生，红色鬈发，宽肩，她吓了我一跳。在这之前，我只跟她说过一次话。那一次我在公共休息室打付费电话，她走进来，打开冰箱，问："这是谁的健怡可乐？""我不知道。"我说，而后艾米就拿了一罐上楼了。说不定，我心想，她是那个小偷。

"这跟多少钱无关，"布太太说，"我告诉你们这件事是要叫你们提高警惕。"

"什么，您是说把门锁起来吗？"艾米说得大家都笑了。这里所有的门都是没有锁的。

"我奉劝你们不要在房里放太多钱。"布太太又说，"十到十五美金就足够了。"这点她倒是没说错——在奥尔特你不需要现金。校园里钱无所不在，但一般是看不见的。有时候你会瞥见些值钱而耀眼的东西，例如校长那辆车的梅塞德斯标志，或者是校舍的金顶，又或者是女孩子又长又直的金发。但没有人会随身带皮夹，当你在学校的商店里要为一本笔记本或者是一条毛线裤付钱的时候，只要在表格上写下你的学生证号码就行了，随后，你的爸妈就会收到账单了。"如果你们在宿舍里看到什么陌生人，"布太太继续说道，"你们可以对我说。还有别的事情吗？"

黛德的朋友阿思派丝举手："我只想说，不管是谁，请你们下次把浴室下水口的阴毛清理干净。那实在太恶心了。"

阿思派丝每隔几天就要重申一遍这个问题。的确有一个下水口经常会有粗短的黑毛，但明显，阿思派丝的投诉是毫无作用的。看起来，她这么做似乎只是想让她自己离阴毛远远的。

"那么，"布太太说道，"今天就到此为止。"大家从椅子或是地板上站起来，和她握手，这已经成为我所习惯的一个仪式了。

"如果我们组织一个警卫小组，学生会会提供资金吗？"艾米大声问。

"我不知道。"布太太恢恢地说。

"别担心。"艾米接道，"我们是和平的警卫小组。"我以前见过艾米的行动——她模仿布太太一边捶胸一边哭诉着"天，妈的，有人坐在我的羊角面包上"之类的话。——但她的玩笑仍让我感到吃惊。做礼拜的时候，校长和牧师谈到公民的权利义务，诚实正直的人品以及我们必须要为我们现在所享受的这些恩赐付出的代价。在奥尔特，我们不仅仅要循规蹈矩;我们甚至不能平凡,而偷窃比平凡要糟糕得多。它不体面,欠思考,暴露出对于你所没有的东西的渴望。

爬上二楼的楼梯,我寻思着我是那个小偷的可能性。会不会是我在睡梦中打开了黛德的抽屉呢?或者,要是我得了健忘症或者精神分裂症,而根本记不起我自己做过的事情了呢?我不认为我偷了钱,但那也并非不可能。

"我们很快就会知道真相的。"走到最上面一格楼梯的时候我听见艾米说,而后另一个站得离我更近的人接道:"那个婊子疯了。"

我转过身,小华盛顿就在我身后的一级楼梯上,我无可无不可地应了一声,虽然我都不知道她指的是艾米还是布太太。

"她的嘴。"小华盛顿又加了一句,我立刻明白她说的是艾米。

"艾米喜欢开玩笑。"我说。我不介意花点儿时间和小华盛顿说说艾米的闲话,但我担心在走廊里会被人听到。

"她一点都不好笑。"小华盛顿说。

我试图表示同意——并不因为我真的这么想,而是因为我那时希望和小华盛顿交上朋友。我第一次注意到她是在一个晚上,我们一起从大餐厅回来,在公共休息室里,她自言自语地说:"我的狗在叫,我得把鞋脱下来。"小华盛顿是从匹兹堡来的,是宿舍里惟一的黑人女孩,我听说她的爸妈是医生和律师。她是越野比赛的明星,篮球应该打得更好。作为一个二年级学生,她自己住一个单人间。单人间一般总让人觉得有些抬不起头,它意味着你没有亲近的朋友一起住。而小华盛顿的黑皮肤使她超然于奥尔特的各社会阶层之外。并非是无意识的,可也并不坏。那更像是给了她离开的选择而不是成为一个失败者。

"这次的钱丢得很奇怪,嗯?"我说。

小华盛顿不屑地哼了一声:"我敢打赌发生这种事她才高兴呢。现在她可是大家关注的中心了。"

"谁?"

"别明知故问了,你的同屋啊。"

"你知道丢的是黛德的钱? 我猜这个宿舍没有秘密。"

小华盛顿沉默了几秒钟,"整个学校都没有秘密。"她说。

我觉得一阵反胃;我希望她是错的。我们走到了她的寝室门外,我脑中忽然闪过一个念头,不知她会不会请我进去坐坐。

"你喜欢这儿吗?"我问。这就是我的毛病——不向人发问我就不知道该怎么跟人交谈了。有些人似乎觉得我有些不一样,而有些人则自顾自兴致勃勃地聊着根本不曾注意到我,而无论是哪一种情况,我都接不上茬儿了。当对方的嘴一动,我就开始思索下一个问题了。

"学校有好的一部分,"小华盛顿说,"但我要告诉你的是,每个人都会受到旁人的影响。"

"我喜欢你的名字,"我说,"那是你的真名吗?"

"你能自己找到答案的,"小华盛顿说,"去证明我的想法吧。"

"好的,"我说,"然后我会向你报告。"

她没表示反对;看来这表示我们还会有下一次的谈话,一件值得期待的事。尽管,很明显她没有邀请我的意思——她已经打开了门做势要走进去。

"别忘了把你的钱收好。"我说。

"是啊,真是的。"她摇摇头,"一团糟。"

这所有的一切还只是这一年的开始,是我在奥尔特的开始,我已经被我的警惕性和不希望引人注意的小人物心理折腾得筋疲力尽了。踢足球的时候,我担心我踢不到球;坐车去别的学校比赛的时候,我担心坐在我旁边的人不喜欢我;上课的时候,我担心自己会说些什么愚蠢的话。我担心我吃饭吃得太多,或者没有对所谓的垃圾食物表现出厌恶:土豆泥,青橙派；到了晚上，我又担心黛德或者欣君会听见我打呼噜。我总是担心会有人注意我，而没人理我的时候，我又觉得孤单。

奥尔特是我的选择。我到公共图书馆查找寄宿学校的资料的时候，把它记录在我自己的列表上。他们的校刊上满是些让人眼花缭乱的照片：穿着羊毛衫校服的少年在礼拜堂中唱着赞美诗，拿着曲棍球杆，或是专注地看着黑板上的数学方程式。我就为了这些虚无缥缈的东西离开了我的家，我试图假装自己是为了学到更多的东西而选择奥尔特，但事实上，从来不是。在南班德，我原本打算去的马维因·汤普森高级中学里，走廊里亚麻油地毡显出浅绿色，门锁上污秽不堪，头上满是发胶的男孩子们在他们的粗棉夹克背后写着重金属乐团的名字。而寄宿中学的男孩子则不同，至少在校刊上，他们拿着曲棍球杆，咧着嘴微笑，很是英俊。而他们上寄宿学校的事实，也说明他们应该同样地聪明。我想像着我离开南班德，会遇到一个忧郁的运动男孩，和我一样喜欢看书，在一个多云的星期天，我们穿着羊毛衫校服一起散步。

在申请入学的过程中，我的爸妈始终不能理解。我们家认识的人当中，惟一一个上寄宿学校的是我妈妈做记账员的办公室里其中一个保险经纪的儿子。这个孩子的寄宿学校在科罗拉多州的一个围起的山顶上，是一个乱七八糟的地方。我们的爸妈很担心我不会被我申请的学校录取，他们只是如实地表示他们的想法，并非反对；除此之外，他们认为我对寄宿学校的兴趣就好像我其他爱好一样只是心血来潮，例如缝纫（六年级的时候，我完成了三分之一顶帽子）。当我被录取的时候，他们告诉我他们有多么的自豪，以及付不起学费他们有多么难过。那天，从奥尔特来的一封信使我获得了埃洛伊斯·菲尔丁·福斯特奖学金，它足以抵付我四分之三的学费了。我哭了，因为我清楚地知道我要离开我的家了，而忽然间，我不知道这是不是一个好主意，我意识到我是多么地爱我的爸妈，在这之前，我从没想过我会真的要离开。

九月中旬，我在南班德上学的弟弟和同学们开学一个星期之后，爸爸开车把我从印第安纳送到麻省。当我们驶进精致的铸铁校门的时候，我立刻认出了在照片上见过的那些建筑——八幢砖房大楼和一座哥特式的小礼拜堂在草地上围成一个圈，而这片草地，我已知道它的直径有十五码，不允许踩踏。校园里到处都是开着后盖厢的车，孩子们互相打着招呼，而父亲们则忙着搬箱子。我那天穿的是一条桃花和薰衣草碎花的长裙，领口还镶着花边，而我很快意识到大多数的学生都只是穿着旧 T 恤，宽松卡其短裤，啪嗒啪嗒的。看来要适应奥尔特我还有很长的路要走。

找到我的寝室以后，爸爸开始和黛德的父亲交谈，"南班德，啊？我想你在圣母学院教书吧？"爸爸乐呵呵地回答："不，先生，我是做床垫生意的。"这个"先生"的称呼让我感到非常的尴尬，还有爸爸的工作，还有我们那辆生锈的白色达特森。我希望爸爸能够尽快离开学校，那样，我还可以试着想念他。

早晨起床，我站在浴室的喷淋下面的时候，我会告诉自己我来奥尔特二十四小时了，我来奥尔特三天了，我来奥尔特一个月了。我对自己说，你干得棒极了，我为你感到骄傲，莉莉，就像想像中妈妈对我说的一样，如果她真认为寄宿学校是个好主意的话。有几次洗头发的时候我哭了，但这就是生活，这一直就是奥尔特的生活；在另外一些方面，我的梦想也不都错。这儿的校园的确很美，远处的模糊的矮山在夜里呈现出蓝色，标准的长方形运动场，哥特式装着彩绘玻璃的大教堂(只有纯朴的北方人才称之为小礼拜堂)。这样的美丽，使最平淡的乡愁也平添了一份贵气和魅力。

有几次，我认出了几个在校刊照片上出现过的学生。那让我感觉有些迷惘，我曾把它想像成如同在纽约或洛杉矶的大街上遇到名人的情景。而这些人一样走来走去，呼吸空气，在餐厅里吃硬面包圈，拿着书走在走廊里，穿和我记忆中不一样的衣服。他们属于一个真实物质的世界，而在此之前，看来他们只属于我的想像。

15

"走出宿舍!!!"挂在上面的标语上用大大的字写着,下面还有一些小字"地点? 餐厅! 时间? 星期六! 事件:跳舞!"纸是红色的,还专门贴上了校长拜登先生穿着裙子的照片。

"那是一个异装舞会,"有一天晚上我听见黛德跟欣君解释,"你得女扮男装。"

"女扮男装?"欣君说。

"女孩穿男孩的衣服,男孩穿女孩的。"我解释说。

"噢,"欣君说,"太棒了!"

"我问德尔文借他的领带,"黛德说,"还有一顶棒球帽。"

配你正合适,我心想。

"德尔文真有趣。"她说。有时候,仅仅因为我就在她旁边,而且不像欣君,我英文流利,黛德会跟我说一些她身边的事。"你准备问谁借衣服呢?"她问。

"我还没决定。"我可不准备问谁借衣服,因为我根本就不打算去。我跟我的同学们话不投机,另一方面,我一点儿也不会跳舞。我曾经在我的一个表姐的婚礼上跳过一次,我不禁琢磨,我是不是要在这儿把我的手甩出去?

即使是星期六的早上,我们也要点名和上课,我很快就知道,对于从家里来的人来说,这是一个缺席溜走的时间,这也更证明了寄宿学校和监狱并没多大区别。舞会当天,当点名的铃声响起的时候,桌子旁既不见盖茨也不见亨利。另有一个我不认识的四年级女生打响了铃,而后从讲台上走下来。音乐响起,学生们停止了窃窃私语。那是迪斯科。我没听出那是什么曲子,但很多人似乎听出来了,大家都笑了起来。我坐在座位上,发现音乐是从两个喇叭中放出来的,各有一个四年级的男生捧在手里。教室里没有足够的座位,所以三、四年级的学生就站在教室的后面。那些四年级的学生看来似乎是把守着后门。过了一会儿,亨利·索夫进来了。他穿着一件黑色缎面的短睡衣,渔网袜,黑色高跟鞋,跳着舞来到了他跟盖茨平时站的桌子前面。许多学生,特别是四年级学生,都欢呼起来,手放在嘴边作喇叭状。有一些还和着音乐拍手唱起来。

亨利伸出一根手指,而后又反指自己的胸口。我转过头跟着他手指的方向看过去。从房间另一边的门外,就在老师们站的旁边,盖茨出现了。她穿着一套足球队服,衣服下衬着垫肩,颧骨上画着黑线。但没有人会把她误认为是一个男孩:她的头发垂着,她没有穿球袜,小腿看上去苗条而光滑。她也跳着舞,举起双手来回摆着头。她和亨利爬到讲台上面去的时候,教室里沸腾了。他们慢慢站到一起,开始转圈。我瞥了一眼站在一边的老师们,他们大多环着手,看起来颇不耐烦。盖茨和亨利手拉着手转向两边,背靠背,盖茨一边扭髋一边手指打着响。她旁若无人的自如让我感到惊讶。在一个三百多人的房间里,在光天化日之下,她竟然跳起了舞。

她对着教室后面打了一个手势,音乐停了。她和亨利从桌子上跳下来,一男二女三个四年级学生爬上三级台阶走到了讲台上,"今晚八点在餐厅……"其中一个女孩说。

"……第十一届异装狂欢。"另一个女孩接道。

"准备过来参加这个派对吧!"男孩子们大叫。

房间里再一次爆发出欢呼和鼓掌声。有人开起了音乐,盖茨笑了笑,摇摇头。音乐被关了。"抱歉,这个演出到此为止。"她说,学生中发出一阵嘘声,即使是嘘声,也透着喜爱的意味。盖茨转向她身边的三个四年级学生:"谢谢大家。"她拿过写着发言者名单的写字板,说道,"阿切布莱德先生?"

阿切布莱德先生走到讲台上。刚要开口说话,后排的一个男生忽然大喊:"盖茨,你愿意跟我跳舞吗?"

盖茨抿嘴一笑。"请继续,阿切布莱德先生。"她说。

他的发言是关于被扔在教学楼里的苏打罐头。

盖茨把写字板递给亨利。

"桃莉·罗杰斯。"亨利叫。而后桃莉宣布国际特赦大会将从星期天下午六点改到星期六晚上七点。在接下去的五六个发言时,我发现自己期待更多的演出,我还希望看到盖茨跳舞,但看来演出是真的结束了。

亨利打响了下课铃之后,我走到讲台边。"盖茨!"我叫。她正把一本笔记本放进包里,没有抬头看。"盖茨!"我又叫了一声。

这次,她抬头看我了。

"你跳得真好。"我说。

她转了转眼:"见到人们扮小丑总是很有趣的。"

"噢,不,你可不是扮小丑。一点儿也不。大家都喜欢。"

她笑了笑,我明白她早就知道大家都喜欢。但她并不要求旁人夸赞,而我却总是说些自卑的话。那更像是她力求平凡,我看着她的时候,产生了这样的念头。尽管她那么与众不同,她也尽量表现得跟我们大家一样。

"谢谢,"她说,"你真好,莉。"

到了晚上,庭院里甚至宿舍内都涌动着一种令人迷醉的气息。周围宿舍的男孩子们聚集在我们的公共休息室里找女孩子。除了探访时间,男生是不允许上楼的。不出所料,阿思派丝很受欢迎,黛德总是跟在她后面快步跑下楼梯。她们拿着手袋,指甲磨得锃亮,内衣束得紧紧的,在叫声和笑声中,正对着男孩子们的 T 恤衫。我当时正在洗衣服,在地下室和二楼间无聊的闲逛中,我目睹了这场盛宴的进行。想像哪个男孩把我的胸罩穿在他的 T 恤外面真是可怕——空荡荡的罩杯凹陷着,布料被用力拉扯着,或者更糟,不是拉扯,而是围在他的肋骨上,脱下来之后,他就能看到确实的尺寸,也许扔在他寝室的地上,踩着它爬上床。但我很快意识到,我的想像也许有点偏离现实了,事实上,我根本没什么特别漂亮的胸罩。我的是灰棕色棉质的,罩杯间有一个同色的弓形连接。整个夏天,我和妈妈都是在 JC 佩尼大卖场买内衣。其他那些镶着缎面或蕾丝的,黑色、红色或者豹纹的在我看来都只有成年女人才会穿。

就连欣君都跟着一个刷着睫毛膏的男生去舞会了,宿舍安静下来之后,我背了一会西班牙语单词,而后下楼到公共休息室看看一排书架上的旧校刊。我喜欢看校刊,它们就像是学校的一本地图集。公共休息室里最早的校刊可以追溯到一九七三年。在过去的几个星期里,我差不多已经看到近期的了。在过去的这些年里,整个格局都没有什么变化:先是毕业生的照片,而后是各个社团,运动队,宿舍,所有的班级。那一年的高中一年级,有一篇概述记下了九月到第二年六月间的所有重要事件并且打趣其中的每个人:"你能想像林德赛没有了卷发棒的样子吗?"其后是最精彩的部分,四年级学生,每个人都有自己的页面,除了对家人、老师和朋友们的感谢词和时而乡愁,时而文学,时而莫测高深的引用以外,还有照片。男孩的照片许多都是他们在运动场上拍的;而女孩则许多是坐在床上或站在海滩上彼此勾肩搭背的照片。女孩子们还喜欢把自己小时候的照片也放上去。

如果你有兴趣和时间,你还可以从中发现在某一年,谁和谁是朋友,谁和谁约会,谁最受欢迎,谁是运动明星,谁非常古怪甚至谁有刘海儿。那些毕业生变得就像你的远方表亲一样,我知道了他们的昵称,他们喜欢的运动,他们最常穿的毛衣和发型。

在最近三年的校刊中,我发现了几张盖茨的照片。她喜欢打曲棍球和篮球,她一、二年级的时候住在埃尔文宿舍,三年级的时候住在杰克逊宿舍里。她二年级的笑话是"水晶球预言亨利和盖茨会买一栋有白色围栏的房子,生十二个孩子。"奥尔特惟一的亨利就是亨利·索夫,据我所知他现在和一个看来内向的二年级女生茉莉约会。我奇怪亨利和盖茨是不是真的谈过恋爱,如果是的话,是不是会因为他们之前任何好的坏的过去而带来尴尬。但从他们今天在点名仪式上一起跳舞的情形来看,又不像是那么回事。

在盖茨三年级那年的校刊,也就是最近的一本的最后,我碰巧发现了这么一张照片。在最后的那部分里,有四年级学生的毕业照:四年级的女生穿着白色的裙子,男生戴着海军帽,穿着海军夹克和白色长裤。上面有他们在毕业典礼上一排排坐着的照片,一张毕业典礼发言人的照片(那是一个高等法院的法官),还有毕业生互相拥抱的照片。在其中,有一张盖茨一个人的照片。我本来没有指望在这个部分看到她的照片,险些就错过了。这是张半身照,她穿着一件白色短袖开衫,戴着一顶牛仔帽,她闪亮的头发从帽子的边缘散落下来,披在肩上。这张照片本来拍的应该是个侧影,但拍照的人显然在按下快门之前叫了她一声,使她抬起头来。她可能同时笑着抗议,说着诸如"噢,别这样"之类的话,而对方一定是她非常喜爱的人。

沉浸在照片中太久了,当我抬头看到公共休息室里的橙色布艺沙发和奶白色墙的时候不禁一愣。我忘乎所以了,忘了自己,忘了奥尔特,忘了我所存在的这个三维空间。十点刚过,我把校刊放回去,决定先去跟布太太报个到然后上床睡觉。

在楼上的浴室里,小华盛顿穿着件粉色的浴衣站在一个下水口前面,正在往她的头发上抹润发油。

"嗨,"我跟她打招呼,"舞会怎么样?"

她做了一个鬼脸:"我才不去异装舞会呢。"

"为什么不去?"

"那你为什么没去?"

我笑了,然后她也笑了。

"瞧吧,"她说道,"你的室友一定为此兴奋不已了吧。如果是我跟她住在一起,我一定立马给她一下子。"

"她也并不是那么糟。"

"呵呵。"

"你是校篮球队的吧?"我问。

"是啊。"

"所以,你跟盖茨·迈德考斯基在一个队里,是吧?"

"当然啦。"

"盖茨是个什么样的人? 我这么问是因为她是第一个当上毕业班班长的女生吧,是吗? 我知道那很不容易。"

"她和这儿的其他人一样。"

"真的? 可她看起来不一样。"

小华盛顿把润发油的瓶子放柜子上,凑近镜子端详起自己的皮肤来,说道:"她很有钱。那就是盖茨,她家里有很多很多钱。"她退后一步对着镜子吸起两颊挑了挑眉毛,做了个鬼脸。我一个人的时候也会这么干,但不是在有别人在的时候。小华盛顿似乎对我的存在并不太在意,这让我感觉不那么拘谨。

"我以为盖茨是从农场来的。"我说。

"一个占了半个爱达荷州的农场。她们家种土豆。我打赌你不会想到这么个不起眼的小东西能值这么多钱。"

"盖茨的篮球打得好吗?"

"不像我那么好。"在镜子里我看到小华盛顿咧嘴笑了一下,"你弄清楚我的名字了吗?"

"还没,"我说,"我做了调查,但所有的渠道全都无功而返。"

"是啊。我告诉你为什么。那是因为我是双胞胎。"

"真的吗?"

"没错。我是妹妹,所以你能猜到我姐姐的名字了?"她不做声,我想我真的是要猜一猜了。

"这也许太明显了,大华盛顿?"

"一猜就中，"小华盛顿说，"给这个女孩子颁个奖吧。我现在长得比大华盛顿高了，但已成定局。"

"那可真酷。"我说，"那大华盛顿在哪儿上学呢？"

"在家。匹兹堡。你去过匹兹堡吗？"

我摇头。

"那儿和这儿不一样。我慢慢告诉你。"

"你一定很想念大华盛顿。"知道小华盛顿有一个双胞胎姐姐，即使是在很远的地方，也使我怀疑她是不是还需要朋友。

"你有姐妹吗？"小华盛顿问。

"只有兄弟。"

"啊，我也有一个。我有三个。但那不一样。"她把她的润发油塞进桶里，那是进宿舍的第一天，布太太发给我们放浴具的，然后转向我。"你还不错，"她说，"这儿的大多数人都不真诚，但你不是。"

"噢，"我说，"谢谢。"

她走出去的时候，说了声"晚安。"我从我的桶里拿出牙刷牙膏。当我把牙刷放到龙头下面冲水的时候，我发现旁边那个小华盛顿用过的下水口有稀稀落落的黑色粗硬的毛发。那是头发，小华盛顿的头发。我拿了些纸巾把它们擦走了。

接下来被偷的是阿思派丝的祖母寄给她过生日的一百块钱。她把她的皮夹放在桌子上，而这一百块钱就在皮夹里。我们是在星期天异装舞会后的晚上发现的。布太太还是那样一脸严肃，关于数额和失主，我都不是在她的晚课上知道的，而是从义愤填膺的黛德那儿听说的。

"看来我和我的朋友是目标。"回到寝室，黛德对我们说，"那是针对我们的。"她弯下身把一件红色的开司米毛衣放在地上，下面是一条黑色的裤子。再直起身来的时候，她皱了皱鼻子："这儿有一股臭味。"

我吸了口气，但那只是装装样子。她是对的——的确有一股臭味。

已经有好多天了，一开始我以为是我想像出来的鱼腥味，但它变得明显多了。黛德和欣君不在的时候，我闻了自己的腋窝和腿间，我的床单，我的脏衣服。这些地方都没有明显的鱼腥味。"闻起来有些奇怪。"我说。

"嘿，欣君。"黛德叫，"吸口气。不好闻，是吗？"

"吸口气？"

"吸一口空气，"我说着做了一个深呼吸的动作。"我们的寝室有一股奇怪的味道，"我说，"不太好闻。"

"啊。"欣君应了一声，又低下头看她桌上的功课。

黛德转过眼看着我。

"可能是从浴室传出来的。"我说。那看来不太可能。

黛德打开我们房间的门，走到走廊里。而后她又走回来。"不，是这个房间的味道，"她说，"肯定是这个房间。你们在这儿吃什么了？"

"只有那个。"我指了指我桌上的架子，我在那儿放了一罐花生酱和一盒沙丁鱼。

"你呢，欣君？"黛德问。

欣君还没回答，我抢着说："为什么你觉得是我们？说不定是你呢？"

"我可不是在这儿藏着一家杂货店的人。"黛德说。没错，欣君在她的床、桌子和橱里藏了好几个包裹和储物箱。

"但你怎么知道那是吃的东西，"我反驳，"也许是你的鞋子。"我拿起我的浴桶。

"你在干什么？"黛德问。

"准备上床睡觉。"

"你不帮我找找？"黛德吃惊地张着嘴，又或者是因为气愤，我有一种奇怪的欲望，很想在那儿塞一点东西，我的牙刷头或者是我自己的手指。

"抱歉。"我说。

我走出房间，关上门之前，听见她说："好吧，我会闻出来的。"

到了十二月。(我在奥尔特已经七十八天了。)有一次,在一个星期六的晚上,所有的人都出去了,我和小华盛顿下棋,欣君在一旁看着。还有一次,只有我和小华盛顿看电视犯罪节目,她烤焦了玉米棒,但我们还是把它吃完了。("我还是有点儿饿。"我之后说,小华盛顿接道:"饿?我可是前心贴后背了。")其间发生了两次偷窃事件,布太太在晚课上做了公告。我不知道丢的是谁的钱,但不是黛德的哪个朋友。我们房间里的味道更大了,变成了一股恶臭,我担心即使那不是我发出来的,我的衣服和皮肤上也染上了那股味道。有时在教室甚至室外,从礼拜堂出来,我都可以隐约闻到。有人到我们的房间来的时候,黛德或是自嘲地开开玩笑或是忙不迭地道歉。

圣诞节假期前的那个礼拜,我早晨休息时间经过收发室,看见吉米·哈迪根,一个四年级学生正握着拳头用力地捶墙。然后我看见玛莉·基鹏抱着夏洛特·陈,相拥而泣,她们也是四年级学生。平常,早晨休息时间里,收发室总是熙熙攘攘的,但今天却十分安静。我猜想是不是有什么人过世了,不会是老师或者学生,也许是哪个行政职员。

我走到布满金色窗式信箱的墙边。你得斜着从侧面看才能知道你有没有信,几年后,当我离开奥尔特的时候,我还幻想自己有时候能看见那小小的阴影。

我的信箱是空的。我瞥见古代史课上的杰米·劳瑞森在我的右边,我能听见他沉重的呼吸声。"杰米,为什么这儿这么安静?"我问。

"之前申请的四年级学生收到了哈佛的回音。但今年所有的人都被拒绝了。"

"一个人也没进?"多年以前,在奥尔特开始招收女生以前,男孩子们在毕业之前的一天拿一张小纸条到校长办公室。他们在纸条上写着"哈佛"、"耶鲁"、"普林斯顿";他们写的学校就是他们以后去的学校。

"目前只有两个。"杰米说,"诺文·朗斯和盖茨·迈德考斯基。其他的申请都被延期了。"

我感觉升起一股气息盈满了胸前。我扫视了一圈收发室，希望可以祝贺盖茨，但是她不在。

我当晚最后在餐厅遇见了她。那是一顿平常的晚餐，不是要穿正装有规定座位的正式晚宴。我把我的盘子放到餐具送洗的传送带上去的时候，看见盖茨排在取食物的队伍里。我的心跳加速起来，用手背擦了擦嘴，吞了一口唾沫，向她走过去。

还有不到十英尺的距离，我看到亨利·索夫从另一边走过来。"这儿，迈德考斯基。"他说。

盖茨转过身。

"不错。"亨利说着举起一只手，"击个掌吧，你这个大明星。"

盖茨跟他击了一下掌："谢谢，伙计。"

"感觉如何?"他问。

盖茨笑了笑："幸运极了。"

"忘了运气吧，谁都知道你有这个实力。"

他们之间的无拘无束让我明白我不能走近她，不是在这样一个公共场合。即使是恭喜盖茨，我也有我的自我需求。我决定改为给她写一张卡片，可以塞到她的信箱里或者留在她的房间里。

回到寝室，我用蓝红色的记号笔间隔写下了"恭喜你，盖茨"！在下面写上"哈佛好运"！又用紫色的记号笔画上星星。纸上仍然显得有些白得单调，我又在字的周围加上了绿色的藤蔓。我在底下签上了我的名字，我想写"爱你的，莉"，又担心她觉得古怪。但就我的名字有些单薄，而"真诚的"，"你真心的"之类的字眼又显得太正式太不合时宜。我拿着蓝色记号笔犹豫半天，最后写下了"爱你的，莉"。我把它放在一个信封里，留在盖茨寝室的门外。这样，她发现的时候应该只有她自己一个人。

而后的一个晚上有一场正式的晚宴，大多数人在运动后出现在体育馆,而后直接去了餐厅。我知道抓紧的话,我有足够的时间回到我的房间,拿上卡片,把它放在盖茨的门下;不管怎么样,我不喜欢太早去正式晚宴,因为那样你就只能站在一边。

快到院子的时候,我突然转了个向。天黑得很早,没有人会注意我而感到奇怪,穿着裙子和海军平底鞋的我跑了起来。布鲁萨德寝室非常安静。我轻轻走上二楼,打开房间的门,看见黛德猛地关上抽屉转过身来。我意识到了——之前因为先入为主而从来没有往这个方面去想,而眼前的这个场景太明显了——黛德不是站在她自己的衣橱前面,而是站在欣君的衣柜前面。

"不是像你想像的那样。"她说。

我后退了两步,她跟上前。

"我只是想找出那股味道的来源,"她急忙说道,"那一定是欣君。因为那不是我们,对吗?"

"如果你认为是她,你应该问她你能不能查看她的东西。"

"我不想冒犯她。"黛德听上去有些急了,"莉,我是第一个被偷的人,我怎么可能是小偷呢?"

我们注视着对方。

"噢,别这样,"她说,"你认为我会偷我自己的东西吗?"

我继续往寝室外面走。

"你要去告诉布太太吗?"她说,"没什么好告发的。我没有说谎,莉。你不相信我吗?"

我还是一言不发,她冲到我面前,抓住我的上臂。我被吓了一跳。跟她站得这么近,我甚至可以闻到她的香水味,看到她新长出来的细小的眉毛。如果我在这之前知道她修眉毛的话,我想,我会让她教我。转念一想,不,我们从来都不是那种室友。

"放开我。"我说。

"你准备怎么做？"我能听出她努力保持平稳，但她的声音还是有些颤抖。"你要去说些什么吗？"

"我不知道。"我试图甩开她，但她抓得那么紧。

"你要我怎么证明我说的都是真的呢？"

"放开我。"我又重复了一遍。

最终，她放弃地松开手。"我会自己告诉布太太我翻看了欣君的衣橱，"她说，"这样你相信我了吧。"

我没有回答她，直接关上了门。

还没有走出宿舍，我就意识到我忘了拿给盖茨的卡片。我决定不去晚宴了，我可以躲在公共休息室的电话间直到黛德离开寝室去食堂，然后悄悄溜上楼。这样，我也可以有足够的时间去决定怎么处理抓到黛德的事情。

电话间里很闷热，充满了臭袜子的味道。我的脉搏开始狂跳。为了平息我紊乱的气息我甚至想像扯线木偶一样跳舞。然而我没有，相反，我坐在电话间里的椅子上，用鞋底抵着椅子，双腿蜷起在面前，用双手环抱着它们。

这时我的脑海里突然浮现出盖茨的照片来，那就像明知蛋糕在厨房，而你却在客厅一样。你所要做的就是过去拿而已。"别，"我想道，"黛德会听见你走动的声音"。转念又想，"但她不会知道是谁"。我透过电话间沾满指印的窗偷偷往外看，慢慢地打开门，穿过公共休息室，蹑手蹑脚地走到书架前，用颤抖的手拿下了最近的一本校刊，然后又蹑手蹑脚地逃回电话间。

那张照片就如同我印象中的一模一样：她的牛仔帽，她桀骜不驯的头发，她智慧完美的脸。打开到这一页感觉就像咬蛋糕的第一口，你知道还有一大块等着你。如果黛德正好离开，我就能把校刊拿上楼去，我想。我

27

并不是想一直看着它，只是想把它据为己有，需要的时候拿出来看看。我想爬到床上，打开灯，在黑暗中，我能想像成只有我自己一个人，幻想和盖茨笑着愉快地谈话，而不只是她对一个新生的照顾。那种笑容意味着她对我的尊重并且了解我对她的喜爱。

听见有人下楼，我等了一会儿，走到窗边，弯下腰从窗台瞄出去。那是黛德。我撩起我的衬衫，把校刊塞到我裙子的腰带里，我不知道会不会有人发现它不见了，除了我自己以外，我从没见过任何人阅读过它们。走上楼，我把它放到我的衣橱的隔板上，放在一件毛衣的下面。虽然我很想，但现在还不是上床睡觉的时候，黛德和欣君可能一个小时以内就会从晚宴回来，开灯聊天。而且，我还要去送卡。

卡夹在我的字典里，昨晚我把它留在那儿。我把它打开放在桌上，"恭喜"的"喜"字有些模糊了，我舔了舔手指在化开的地方按了一下，看上去反而更糟了。我有些后悔为什么要写"哈佛好运"，多愚蠢，看起来好像她马上就要走了，而事实上，她还要在奥尔特住七个月呢。突然间，那些星星和藤蔓看起来就好像出自一个九岁的小孩之手。还有，"爱你的"——"爱你的"？我在跟谁开玩笑？我们甚至都不太了解对方。我拿起那张卡片，把它撕成一条一条的，然后又横着撕成三份。纸屑落进了垃圾桶。

我想到黛德，她慌乱地否认，她的手指紧抓着我的手臂。我想找个人说说我所看到的，但所有的人都去了晚宴。我拿起了一本黛德的名人杂志，躺在床上，试着去看。过了不久，我就把杂志放到一边，从衣橱中拿出我的校刊，又一次端详起盖茨的照片来。听见外面有响声，我急忙跑到浴室，以防黛德回来看见我。我躲在一个隔间里差不多十分钟，而后径直来到小华盛顿的房间。"我打扰你了吗？"她打开门时我问。

"我不知道，有吗？"她戴着眼镜，穿了一件灰色的毛衣。

"我能进来吗？"

她站到一边让我进去。我坐在她的椅子上，虽然她并没有请我坐，她坐在床上，面对她打开的课本和笔记本跷着腿。我从没进过小华盛顿的房间，很朴素，没有海报、挂毯或者照片。床单和书旁边仅有的个人摆设是在窗台上的一个无线电台钟，衣橱上的一个塑料乳液瓶以及床尾的一只泰迪小熊。那只熊穿着件淡紫色的毛衣，看着它，我感觉有一种突如其来的悲伤使我把对黛德的怀疑和义愤也全都抛诸脑后了。但这种悲伤对我来说太沉重，无法理解，转瞬即逝。

"你无法相信发生了什么，"我说，"我知道谁是小偷了。"

小华盛顿抬了抬眉毛。

"是黛德。"

小华盛顿的眉毛又沉了下去，拧在了一起："你确定吗?"

"我当场抓住她的。她正在翻欣君的衣橱。"

小华盛顿喃喃道："黛德·斯科沃兹，"随即点了点头，"我相信。"

"那太吓人了，"我说，"她把自己装成第一个被偷的人，这让她看起来像个变态的撒谎者或是别的什么。"

"我早知道我不喜欢这个女孩。布太太怎么说?"

"我还没告诉她。黛德求我不要。"

"但你看见她在欣君的衣橱里翻来翻去。"

"一点儿没错。"

"如果你不告发她，她会继续这么做的。"

"我知道，虽然我不明白为什么她要偷东西。她爸妈给她那么多零花钱。"

"你要是想把这儿这么多的人搞明白，你可有的头疼了。"

"我今晚可以睡在你这儿吗?"我问。

小华盛顿犹豫着不说话。

"没关系，"我说，"那不要紧。"我站起来，有些尴尬。"我早晚得看到黛德,不是吗?"我离开房间的时候,小华盛顿并没有试图挽留我。

我又躲进了浴室里,这次是在角落的喷淋房,大家都知道那儿的水压很小,所以没人用。我还没换下晚宴的正装,穿着裙子坐在蓝色地砖上感觉奇怪而又不卫生。我听见浴室的门被打开,黛德叫:"莉,莉,你在这儿吗?"

在晚课前,我下楼找到布太太。我张嘴想告诉她黛德的事,但站在她房间的进口,我能感觉到事情的严重性,它将对我和黛德的生活造成多大的影响。我还没准备好。

"我想去睡觉了,"我说,"我可以早些报到吗?"

我握了她的手,然后回到了浴室。

在校医院,只有六个房间,床在走廊两边一字排开。另外,还有护士给你第一次进来的时候量体温的房间,电视吧和贴着营养小贴士海报的茶水间。其中,有一条告诉读者吃巧克力时产生的大脑激素和恋爱时的一样。我在奥尔特的日子里,坐在午餐桌前听到或参与的各种话题的谈话中一次又一次听到有人提起:"你们知道吗,吃巧克力时产生的大脑激素和恋爱时的一样?"而后其他人会说:"我想我也听说过。"或者:"是啊,我记得我在哪儿看到过。"但在下一次因为真病或假病回到校医院之前,是无论如何想不起来在哪里见过的。平时充实的一天被漫长、平淡、空虚无聊的一个又一个小时所替代:睡觉,吃布丁和吐司,和其他一整天都要泡在这儿的同学一起看日间电视,也许是你的好朋友,又也许是你从没说过话的人。

这是我第一次去校医院。前一个晚上,我午夜之后才回到房间,在我认为黛德和欣君都睡着以后。天还没亮,我就起床了,穿上牛仔裤,甚至没刷牙就离开了寝室。只要再给我多一天的时间把事情理清楚,清凉,还蒙蒙亮的早晨,我一边想着一边向前走,那我就能决定怎么把黛德交出去了。

护士量了我的体温,给了我一个房间,我睡得很熟。醒过来的时候,临近中午的黄光在阴影中一闪一闪的,我听见了电视机发出的声音。我穿着袜子走到大厅里。

尚侬·哈姆利,一个怯懦的二年级女生,在休息室里,还有一个四年级男生佩蒂·劳斯,那是在盖茨当众跳舞那天举着扬声器的两个男生之一。我走进房间的时候他们都抬头看了我一眼,但都没有打招呼,我也没有。我坐下来,他们正在看一出肥皂剧,屏幕上,一个穿着蓝色珠片裙子的女人对着电话说:"但克里斯多夫正在里约热内卢,我想那不可能。"我不知道这个频道是谁选的。我已经想站起来走了。但马上这么做也许看起来有些怪异。我在房间里扫视了一圈,发现我座位旁的桌子上有几本小册子呈扇形摆放着。"我想自杀",其中一本在顶端写着,而后的一本"我是约会强奸的受害者",第三本上"我是同性恋吗"?我的胃抽了一下。我收回目光,瞥了一眼尚侬和佩蒂,看看他们是否注意到我在看这些小册子。看起来他们都没有。

我装做全神贯注地看电视,其实却在等他们离开。一个半小时以后,尚侬走开了,而后佩蒂也慢吞吞地去了茶水间,他们都走了以后,我一把抓起桌上那第三本小册子回到房间。"认为自己是同性恋的女人,是在性方面被另一个女人吸引并爱上对方。"小册子上写道,"她们对于女人的性取向对她们而言是正常而合理的。这种感觉从幼年或少年时期开始一直到成年。"有一些问题你可以问自己:"当我做梦或想像性事的时候,对方是男孩还是女孩?我有没有迷恋或者爱上过一个女孩子或者女人?我和其他女孩子的感觉有没有什么不同?"

我试着想像和盖茨亲吻的情景:我们站着,面对对方,而后我走向前。也许我要踮起脚尖才能够着她的高度。我把头侧过一点,这样我们的鼻子不会撞到然后把我的嘴压在她的嘴上。她的嘴唇干燥而柔软,我张开我的嘴唇,而她也张开她的,我们的舌头彼此缠绕在一起。

这样的场景既不令我恶心也不令我兴奋。但也许是因为我试图不让自己兴奋。我拿着小册子看下去:我第一次抚摸我的女朋友的乳房的时候,感觉那就像是世界上最自然的事情——缇娜,十七岁。我不禁想,缇娜,十七岁,你现在在哪儿呢?你还是十七岁吗,还是已经成人了?你的邻居和同事知道你的秘密吗?我可以想像她在亚利桑那,或者俄勒冈州,但我更怀疑她在新英格兰。就我所知,在奥尔特没有同性恋。事实上,我惟一一次见到同性恋是在家里,他是我们一个邻居的儿子,一个三十多岁的人,后来搬到亚特兰大做了飞机服务员。

我想像把我的手指放在盖茨的胸部。然后呢?我要揉捏它吗,还是四处游移?这种想像真是荒谬可笑。但如果我不想碰她的话,我都不知道我想怎么样。我把小册子塞到大衣口袋里,看不见的地方,希望我从来没有拿过它。

入夜我回到寝室,黛德正坐在她的床上剪指甲。她一看见我就跳起来:"你去哪儿了?我有些东西给你看。"她拉着我的手臂,带我转身走出房间。我们来到走廊里的巨型垃圾桶面前,一股和我们房间里相同的臭味在空气中弥漫着。"看,"黛德一边说一边指着前面。报纸上躺着一条干腊似的东西,一只空薯条袋,还有一些盆栽的残骸。那个干腊状的东西呈橘黄色,差不多有一只脚那么长。"那是乌贼鱼,"黛德说,"风干的乌贼鱼,就是它发出的气味。它在欣君的柜子里。它是不是你见过最恶心的东西?"黛德看起来很高兴,不再垂头丧气。"我先问了欣君我能不能察看一下,她说可以,然后我发现了它。我告诉你了,这就是我要找的。"

"那是吃的东西吗?"黛德点点头。"欣君现在在哪儿?"我又问。

"在跟她妈妈打电话,我想。她不太好受,但那得怪她自己,这东西太恶心了。"

"你有没有告诉她你之前翻看过她的衣橱？"

"莉，你要搞清楚。如果你试图把我告发出去，你只会把你自己弄得很尴尬。为什么你不等等看欣君会不会抱怨丢了什么东西呢？如果她没有，那就足以证明我的清白了。"

"她不会丢了什么的。"我说，"我肯定你已经放回去了。"奇怪的是，我现在开始相信黛德是无辜的了，这样我反而更能随口指责她。

"好吧，大侦探。"她靠近了说，"让我来告诉你吧，你不用这么异想天开。那是你自己的错。要是你不这么说，也许我们还能做朋友。"

"嘘，黛德。"我做出真诚的声音来，像是五十年代的情景喜剧里的女孩子一样。"我们真的可以吗？"让人讨厌的感觉也不错，我有些欣慰地发现自己在倡导温文尔雅和多愁善感的奥尔特还仍然保留了这种天赋。

黛德摇摇头："我对你很失望。"

她走出了走廊，指甲钳拿在手里，我猜想她一定是跟阿思派丝说我的不是去了。我把我的外套挂起来，躺在床罩上。我想起了口袋里的小册子。我又把它拿出来，当我看到那个愚蠢的标题——我是同性恋吗？心里有一种说不出的滋味。不，你不是同性恋，我想，你是本小册子。我想把它烧了。

听见门球转动的声音，我拉开书桌最上面的抽屉，把这本小册子胡乱地塞了进去。我以为是黛德又带回来新的嘲讽了，谁知道只有欣君。

"乌贼的事情，我很抱歉。"她说。

"那不要紧。"

"我是个糟糕的室友。"

"那真的没什么大不了的，"我说，"别担心。"

"你今天不在这儿。"她说。

"我在校医院。"

"你病了？"

"有一点。是的。"

"我给你泡杯茶。"

"没关系。"我说,"但是谢谢。"

"不喝茶?"

"现在不喝。"

她看起来挺失望,我想我应该接受她的好意,但已经太迟了。

在西班牙语课上,我记得那是午饭刚过。我心里突然一惊,那本小册子在我桌子里,在最上面的抽屉——那是可以想像最明显的地方! 小偷要找的是钱,但是那会是多搞笑,多该死啊。

这节课还剩下二十分钟。我试图通过计算让自己冷静下来:如果我们住在布鲁萨德寝室的有十九个人,而过去的六个星期里发生了四次偷窃事件,那么从现在到体育活动结束我能回到寝室之间可能发生偷窃事件的概率就很小,甚至微乎其微。但是那些小偷已经到过我的房间一次了。而且不管怎样,我怎么能依赖这些数字呢,它们冰冷的公正性吗? 要是奥尔特里有人认为我是个同性恋,这些数字可不会在乎。

还有十五分钟,十分钟,八、五、四、二。下课铃一响,我就冲出了教学楼。即使我不错过下面整节的生物课,我也会迟到,但跟藏起那本小册子比起来,我的名字被报告给教导主任只是一个小小的代价。

急急忙忙地穿过校园,当别人都在教室的时候在外面走动,让我想起了我从古代史的课堂里跑出来的那天而对早先的自己感到有些心软。事实上事情并没有那么糟。至少,没有那么复杂。

我从院子里抄近路,穿过空着的花岗岩石凳,我就在那儿遇到了盖茨。那是一个有风的阴天,当我打开布鲁萨德的大门的时候,门的把手握在手里凉凉的。

那是我经常思考的一个问题——时机。有时我在想,发生在人们身上的意外——撞车，坠树，半夜火灾——它们是可以避免的，还是命中注定的？一旦它们决意要发生，种种不幸的巧合是不是会出现在你的生活中，形式不同，但结果却一样？或者，也许它们甚至连形式也不改变，也许它们只是保持着固有的形态，像乌龟一样耐心地等着你。

小华盛顿出现在我们的房间里，就在我准备进门的时候。好像是她预料到我的到来而为我开门一样，只是打开门以后，她不是客气地站到一边，而是几乎跟我撞到了一起。

我们什么话也不说一直这么站着过了很久，我几乎以为我们都不说话了。而那样的沉默只有在电影中才会出现，在现实生活中，这样具有意义的时刻很难不被谈话打破。

"她们家里有的是钱，"她最后说，"她们不需要钱。"

"但那是她们的，不是你的。"

"是啊，我知道她们是怎么挥霍的。她们不喜欢晚饭，就叫披萨。越野比赛的热身赛要七十美元？没问题。"

"但偷窃是错误的。"

"你想要装做你不懂吗？别试图伪装成她们其中的一分子了。"

"那是什么意思？"

"意思是我用我的两只眼睛可以看出来你不是自己出钱在这儿读书的。"

"你不会知道的。"

"我当然知道。"

"即使我是拿助学金的，"我说，"我不是说我拿或者不拿，你又怎么知道？"

她耸耸肩，说道："你的被子。"

"我的什么？"

"你的床单。随便你愿意怎么叫它。上面什么花纹都没有。"

35

我不知道她是怎么知道那张床是我的，但她是对的。我的被褥是两面用的，一面是红色的，另一面是蓝色的。所以那是一条线索，我得记住。

"但你不是靠助学金的，是吗？"我问。

她瞪着我："我当然是。在这儿一年要花两万元。"

"但不是说，不是说你的父亲是医生，母亲是律师吗？"

她几乎笑了，但那成了一个嘲讽的笑："什么？像《考斯柏一家》①里演的那样吗？"

我看着地下想着她会不会恨我。我想问她，你怎么会认为你不会被抓到呢？或者你希望你会？但没有任何迹象显示她这样想过。

"听着，"她说道，我抬起头来，"我会就此停止。我只是在圣诞节假期之前需要一点钱，你知道吗？而这样的方式，对你我都有好处。"

我有些不明白："怎么会对我有好处？"

"你的同屋。"她说，但我还是不明白，"她今晚就会离开这里了。"

所以，小华盛顿这次是偷了欣君的钱，事实上她的计划真的不错。而我则要帮忙。在这之前，要是我这么做了，是完全不知情的，告发黛德的时候，我的确认为她就是那个小偷；而现在，我明知道那不是黛德而还抓着所谓的证据，那就是蓄意的诬告。

"你不会认为我在利用你，是吗？"小华盛顿说。

我转开目光。

"我永远不会利用你的，该死的，我的女孩。"她的声音听起来很高兴，要是我看不见她的脸也许我会相信。但她的眼中充满了无可言状的孤独和悲伤。我们站在门槛上看着对方，一种深切的同病相怜的感觉，让我几乎以为我会保守她的秘密。

----

① 《考斯柏一家》是美国的一部描述一个中产黑人家庭生活的情景连续喜剧。其中的父亲是一个妇科医生，母亲是一个律师。

※ 第二章　校规现行

第一学年　冬

　　布太太在晚课上登记完所有的人之后，公共休息室里就只剩下黛德、我和在电话间里的艾米·丹内科了。她在那儿不停地边说边笑道："住嘴!"

　　我低头看我的笔记本。"好了，"我问黛德，"单细胞生物眼虫藻的生殖方式是什么?"

　　"细胞分裂。"黛德答。

　　"对。"我在脑中重复，细胞分裂、细胞分裂、细胞分裂。让我惊奇的是，虽然黛德总把大部分精力都花在打扮自己和巴结那些比她更受欢迎的人上，却能毫不费力地记住这些，而我的生物成绩总是在 C 徘徊。我不清楚我怎么会这样，因为在进奥尔特之前，我的任何一门功课都从没有得过 B+ 以下的成绩。要么奥尔特比我的初中要难得多，要么我变笨了——我想两者兼有。即使我没有完全变笨，至少我失去了原来那个老师眼中聪明负责的学生的光环。你每次在课堂上举手发言回答正确，或者在考试中拿着蓝皮书跑出教室要求另一本的时候，这个光环就更耀眼了。在奥尔特，我怀疑我会不会需要第二本蓝皮书，因为连我的笔记都不一样了——以前我的字迹轻松潦草,而现在,它们变得局促细小。

"细菌呢?"我问,"它们的繁殖方式叫什么?"

"细菌是细胞分裂和结合。那可以是……"

"你们在干什么?"艾米·丹内科从电话间出来了,比平时更有兴趣地看着我们。上个月,也就是二月份的时候,艾米在跟圣弗朗西斯的冰球比赛中上演了帽子戏法,而后,在第三节,弄断了她的鼻子。这使得她在我眼里看起来更恐怖了。"如果你们是为了明天而复习,那就不用了。"艾米说。

我和黛德看看对方,"我们明天有生物测验。"我说。

"不,你们没有。"艾米咧嘴一笑,"不是我说的哦,明天是惊喜假日。"

"什么?"我说,与此同时,黛德说道:"那太可怕了。你确定吗?"

我问黛德:"什么是惊喜假日?"

"你怎么知道?"黛德问艾米。

"我不能告诉你我的消息来源。而你们也不可能完全确信。有时候,如果拜登先生认为太多学生知道了,他就会取消的。但想想看吧:星期三因为有运动会所以是不可能的;一般来说,也不可能是星期一或星期五,因为连着周末的话就不平衡了;而它一定在春假之前。那就只剩下星期二和星期四了,男生和欧佛费尔特校队的篮球比赛被改到了下个星期二;下个星期四,那个什么演讲稿专家又要来做四场演讲。再下个星期就是春假前的最后一个星期了。当然你看到绿夹克之前你永远不能肯定,但基本上,根据排除法,结果就是明天了。"

黛德点点头。显然,她听说过绿夹克。

"还有一样,"艾米说,"艾里克斯·艾立逊有一份历史作业最晚明天要交,而今晚吃饭的时候,他跟人说他还没开始写呢。"

"那又怎么了?"

"艾里克斯和亨利·索夫住在一个房间里,而亨利是四年级的班长之一,他当然知道。那些班长们是仅有的事先会得到风声的学生。而亨利一定会告诉艾里克斯的。"

"亨利可以这么做吗?"我问。黛德和艾米都好像忘记了我的存在似的看着我。

"不,"艾米说,"但那又怎么样呢?"她像是忽然想起来我是谁了:一个她不太认识的傻乎乎的新人,和我稍微有点儿开窍的室友坐在一起。很明显,她并不想这么大方地把她的时间和消息浪费在我们身上。"随你们吧,"她说,"你们可以通宵复习,如果这可以让你们感觉不会翻船的话。"

我看着她消失在楼梯口,转头问黛德:"你要跟我解释一下吗?"我还是不怎么喜欢黛德,但在奥尔特我没有更亲近的人了。时间回到十二月,小华盛顿在我向布太太告发后的二十四个小时之内就被要求离开奥尔特,当我们在公共休息室里集合上晚课的时候,你能感觉到气氛的不同,新的空虚。小华盛顿走了——她的爸妈过来接她,就这样,她的房间被彻底清理了——而关于小偷是谁,什么时候谁又会丢东西的悬念也就这样了结了。半夜两点多的时候,我因为剧烈的胃疼去了浴室。坐在马桶旁边的地板上,我把我的食指塞到嘴里伸到喉咙口。我呕了几次,但什么也没吐出来。我靠在洗手盆边上,从这个角度看马桶,可以看到平静的水面和白瓷的曲线。差不多二十分钟后,黛德推开了没锁的门。"你能不能让我一个人呆一会儿?"我说。她接道:"你做得对。你没有选择。"

在公共休息室里,黛德说:"惊喜假日是奥尔特的一项传统。每年一次,取消一天的课程让我们喘口气。"

想到我生物考试的 C,我有点儿犹豫是不是应该休息。

"你在点名仪式上看见绿夹克的时候就知道了。"黛德继续道,"拜登先生也许会宣布一下,而后脱下他的夹克,绿夹克,或是在地上或是穿在什么人身上从讲台下面跳出来。诸如此类。"

"那我们就不考试了?"

"我想是的。至少星期五之前不会。"

"那我们就不用复习了。"

"嗯。"黛德咬了咬嘴唇,"我们也许该以防万一。"

"我累了。"我说。

"如果我们现在复习,我们明天就不用了。"

我看着她——她可真负责。那就好像是一年前的我自己,那时候我说服我的爸妈让我去奥尔特,不顾他们更好的决定,而告诉他们这将是第一流的教育经历。现在的我不一样了,不像黛德。她可以学习是因为她的生活走的是阳关大道,而我走的却是独木桥。我不能做我自己想做的事情,不能说自己想说的话,一直以来窒息和压抑的气氛让我几乎崩溃了;不管我做什么,我总是在想些别的事情。成绩是次要的,但真正的问题是,所有的事情好像都是次要的。

"我去睡觉了。"我说,把黛德一个人留在公共休息室里,看她的生物笔记。

早餐的时候,亨特·杰根森向我们简要复述了她做的一个关于外星空间的梦,泰普·金凯特马上提出这可能不是一个梦,而是一次绑架。而后安德拉·沙尔蒂·史密斯,亨特的室友,说了一个很长的关于她如何误用了亨特的牙刷的故事,泰普对她说:"所以基本上你们还是看出来了?"我经常为别人提出的愚蠢可笑的话题而感到惊讶,特别是别的女孩,同样的,还有他们的愚蠢引出的热情回答。当然,也许愚蠢是重点——这样他们不会因为拿了助学金而感觉不舒服。

桌子上没有人提到惊喜假日的事情,我越来越怀疑艾米是不是猜错了,或者,如同我昨天半夜突然想到的,她是骗我们的。早礼拜的时候,拜登先生说了谦逊的重要性,我试图从他的话里找到点儿今天不上课的表示。但他什么也没说。总的来说,我喜欢早礼拜:摇摇晃晃的草编椅,昏黄的灯光,高得不可思议的拱形天顶,和着我们赞美诗的风琴声,还有刻着在战争中牺牲的奥尔特男孩名字的黑色石墙。但今天,我有些心不在焉。

点名仪式的时候,我能感觉到一种特别的期望,大家的话也特别的多。我周围的桌子,没有人像往常一样在学习,每个人都在说话,响亮的笑声不时地从各个角落迸发出来。阿思派丝·门特格玛丽,那个金发女孩,也就是黛德总是跟在她屁股后面的那个,坐在达登·匹塔德的膝盖上,那是我们班上一个酷酷的黑人男生;达登的篮球打得很好,来自布鲁斯,橄榄型的金链挎在他肌肉发达的后背和宽肩上。(我们班另一个黑人男孩凯文·布朗一点儿也不酷,他是一个戴着眼镜、弱不禁风的象棋高手,他的爸妈都是圣路易斯大学的教授。)我看见达登对阿思派丝噘了噘嘴唇,好像要亲她一样,而后我看见她把手放到他的脸上,拇指在一边的脸颊而食指在另一边,装出责备他的样子,看着他们,我想大概,差不多是肯定,今天就是惊喜假日了。怎么会不是呢?

亨利·索夫不得不打了三次铃才使人群安静下来,可以开始点名仪式。第一个发言的是范德赫夫太太,说的是参加希腊旅行的人要确认他们的爸妈付了五百美元的押金。而后一个我不知道名字的三年级男生说他把他的数学课笔记本忘在图书馆里了,如果有人捡到,希望可以还给他。第三个发言的人是迪恩·弗莱切,他慢慢踱到学生会的讲台上,亨利和盖茨就站在后面。小华盛顿的事情之后,我对于盖茨的兴趣也都消失得差不多了。这并不是因为盖茨自己做了什么,而是,我想,因为我把盖茨和小华盛顿以及其他我因这件事的不适感觉联系在一起。盖茨很快就像是我的一个什么朋友,而不是一个曾经占据我全部身心的人了。见到盖茨的时候,我的心仍然跳了一下,但只是跳一下而已。

"有几件事,"迪恩·弗莱切说,"首先,早餐时间到七点五十五分为止。我知道你们因为睡晚了却仍然想吃烙饼而对餐厅的员工抱怨。"大家都笑了，大多是因为每个人都喜欢迪恩·弗莱切。"如果工作人员对你说早餐时间已经结束了，那就意味着你最好立刻赶去早礼拜。记住了吗？第二件事，收发室就像个猪圈，你们的母亲会为你们感到羞耻的。"他伸手到一个放在学生会桌上的纸箱里；我之前完全没有注意到它。"证物一，"他说道，我的心跳加快了，而他拿出来的只是一张皱巴巴的《纽约时报》。"报纸应该放在回收箱里。"他拿出来的第二样东西是一对御寒耳套。"有人想要招领这个吗？没有？那我就给自己留着了。"他把它们夹在头上，我知道那就决定了。"或者……"他扫视了一圈大房间看见我们都在等着，微笑着说，"这个呢？"我在整个房间沸腾前只看到一片军装绿一闪而过。周围每个人都在尖叫，女孩子们互相拥抱，男孩子们则拍着彼此的背。

我没有尖叫或是拥抱什么人。耳边的喧闹声越来越响，我却反而感到我的兴奋越来越少。但我的压力却没有减退，我的身体还是那么僵硬紧张，而奇怪的是，我居然有种想哭的冲动。不是因为悲伤，而是因为我并不感到开心，和我的同学们一样，我经历了一次心情上的起伏，我也有一种宣泄的需要。这种无法抗拒的感觉，不同于我周围的人，好像是在赛前动员会上一样：它使我很不舒服，因为我不想任何人发现我没有欢呼雀跃；它也使我打颤，因为它使这个世界看起来充满了各种可以让我心跳的可能性。从另一个角度想，这也是奥尔特最好的一件事——什么事都有可能发生。我们彼此住得这么近，但因为这是一个讲究礼仪和约束的地方，更因为我们是少年人，我们把那么多的东西都藏了起来。在宿舍、课堂、运动队、晚宴和建议团，我们被打乱，分组，而后又打乱，总有机会你会发现一些被隐藏的东西。这就是为什么我在看到一些不同寻常的事情的时候会特别兴奋了——下雪的时候，火警演习的时候，还有我们有几次晚礼拜，彩色玻璃窗外的天空一片黑漆漆的时候，在不同的情况下，你会面临不同的事，甚至无可救药地陷入爱里。在我的生命中，奥尔特是人们命中注定要爱上的地方。

盖茨打响了铃，让大家安静下来。迪恩·弗莱切把两根手指伸进嘴里吹了一个口哨。"好了，伙计们。"他用手掌拍打着空气作势要大家冷静一点，"够了，听好了。我们会有一辆车十点钟去波士顿，另一辆车中午去西莫尔购物中心。如果你要去的话，到我的办公室来登记。我知道我不需要提醒你们大家，但是，你们离开学校的时候，还是要遵守学校的规章制度。"这是老师在你离开学校的时候总是要提到的。

点名仪式结束之后，学生们都走出房间，去迪恩·弗莱切的办公室或者走出大楼回宿舍。我走向收发室，在地下室里，看了一眼我的信箱口，但里面什么也没有。我不知道自己该干什么，我关心的只是要不要生物考试，而现在我不用考试了，却不知道该干什么了。问题是，我找不到人一起去波士顿或者购物中心；我还是没有任何朋友。让我惊讶的是，这一点并没有给我每天的生活带来很大的影响，至少逻辑上是这样。吃饭的时候，餐厅被非正式地按年级划分，在你的年纪区里，真是奇怪的民主，你可以坐在任何桌子的空位上；正式晚宴就更简单了，因为每个人都有规定的位子。做礼拜的时候，你也可以坐在任何位子上。其他的时间，在走廊和教室之间走来走去，从一间锁着的房间换到另一间，你可以走在别人后面几步或是站在一边，没有人会注意到你是一个人。

时间过得越慢就越是这样，在那些你应该开心玩乐的时候，缺少朋友的感觉就明显了——不去星期六的晚上舞会的时候，在探访时间，也就是每个晚上一个小时男生女生可以去对方宿舍的时候。那些时候我都把自己藏起来。大多其他的女孩都在探访时间打开她们的门，而我们的门却一直关着；欣君看起来一点儿也不在意，而黛德则下楼跑到阿思派丝的房里去了。

但有些时候，我的孤独却隐藏不了。当我们去普利茅斯农场的时候，我不得不在车上坐在丹尼·布莱克的旁边，一个因为过敏性鼻炎而整天流着鼻涕的非寄宿学生。我问他能不能坐在他旁边,他用他带有浓重鼻音的声音说:"可以,但我要坐在走廊边。"然后站起来让我挤进去。还有一个星期六,一年级学生会组织大家在冰球场搞一个滑冰派对。我去是因为我那时还不明白,晚上的派对并不意味着我就能更容易地找到人说话。在冰面上,女孩子们穿着牛仔裤、粉红或灰色的毛衣滑来滑去,而男孩们则试图把对方撞倒。在塑料的围杆外面,我们这些不会溜冰或者没有溜冰鞋的人站在露天席旁边。只是站在寒冷的空气中却不滑冰让我的双脚感觉冻得有些麻木了,人们说话的时候,你甚至可以看到他们的呼气。我时不时地试图跟茹菲娜·桑切搭讪,她是从圣地亚哥的一所公立学校中被选拔到奥尔特来的,她长得那么漂亮,如果她是白人我都不敢跟她说话,但我真正的注意力仍在冰场上。看着他们,那种熟悉的亦喜亦悲的情绪又涌上心头。大约十五分钟以后,茹菲娜对玛丽亚·奥德加,一个从阿布奎基来的胖子说:"真没劲。我们走吧。"没劲? 我有些难以置信。当茹菲娜和玛丽亚走了以后,我们这边别的孩子也走了,只剩下我一个,我也不得不离开。

要是我能试着前头后头地跟着黛德,也许我的日子会好过一点,但我的骄傲却不容许我这么做。有几次,我跟着欣君,但结果是我经常感到丧气,似乎我总是说太多的话,由于语言上的障碍,似乎她也不怎么明白我的意思。再说,欣君最近和克拉拉·欧郝拉汉交上了朋友,那是我们宿舍里一个丰满而讨人厌的女孩子。

其他的学生陆陆续续地走进收发室,我决定我还是整天呆在宿舍里比较好。在我的同学们花钱买衣服和录音带的时候,我可以好好学习,我想。也许我甚至可以在生物考试上拿个好分数。我走出教学楼。外面下起了雨,在环岛的圆形草地上,有一群男孩子在踢足球,在草地上又滚又爬。听着他们的叫喊声,我的嫉妒又来了。我并不想要他们所有的,但我却希望我想要他们想要的;看来快乐对他们来说是件更容易的事情。

走近宿舍，音乐声传到耳朵里。我听出那就是一直放的那首歌，虽然有好几个声源分头在放。那是麦当娜的《假日》，歌词是说"如果我们有一天假期/用一点时间来庆祝/只是一天摆脱原有的生活/那会是/那会是多么美好"。我走到院子里的时候，从宿舍的窗户看见扬声器放在屏幕两边，面向外，放着音乐。那都是女生宿舍的窗，我发现，没有男生的。我有些奇怪为什么这么多女生都知道这么做。看起来就像是某种动物的直觉，就像一代又一代的大象精确地知道在热带草原上去哪儿找水。

我们房间的窗上也有扬声器，那是黛德的。她的爸妈在她入学的第二周给她送来了一个小音响。（黛德的妈妈送来的日用包裹里面包括开司米毛衣和一盒法国巧克力，每一块都有自己相应的一组造型，包得像一个贝壳或者奖章，黛德把它们分给我和欣君，因为她自己总是在减肥。至于我妈妈送给我的日用包裹，我已经学会了等回到宿舍再打开它们。有一次她送来三个粉红色发光的纸盒里面是长垫子，还附了一张纸条仅仅写着：克鲁戈在打折。想你。爱你的，妈妈。）我走进寝室，欣君不在，黛德正在忙碌着，来回于浴室和我们房间——装满她的水瓶，整理她的背包，对阿思派丝大叫。从我们房间的门口，她对这下面大喊："克劳斯去吗？"阿思派丝说了些什么我没听到，黛德叹了口气又叫道："为什么不去？"阿思派丝没有回答。几秒钟之后，黛德又说："克劳斯最近变得很情绪化，"以她放低的音量来看，她似乎是在对我说，"和苏菲一起出去让他的心情变糟了。"

克劳斯·苏伽曼是我们班上最高最酷的男孩，作为一个白人男孩他的篮球甚至打得比达登·匹塔德还要好。虽然克劳斯只是一年级学生，他却和三年级一个名叫苏菲的女孩谈恋爱，这是我从"小道消息"上看来的。"小道消息"刊登在校刊《奥尔特之声》上，它用调侃的语气意指那些新的旧的小情侣，以及最近在一起的人，以隐讳的笔调来逃避老师的眼睛。它会用人名的缩写和双关——像克鲁斯和苏菲，就是"苏和克：'克'

服年级限制的感觉多么'苏'啊。"克鲁斯有女朋友的事实,显然不能阻止黛德对他的迷恋,在我看来这是必然而又可悲的,想当然黛德会看中班上最受欢迎的男孩。喜欢他就像是说"感恩而死"是你最喜欢的乐队或者说做礼拜很无聊,或者食堂的饭难吃一样。但我知道黛德和克劳斯是没有机会的。是的,她很有钱,但她也是犹太人,她的大鼻子和斯科沃兹的姓氏都使她的犹太血统无处隐藏。她很注意打扮自己,她的腿毛总是剃得很干净,她的头发总是散发着香气,但归根结底,她还是不漂亮。

有一次我看见黛德和克劳斯·苏伽曼还有其他一些人在收发室里站在一起。黛德笑着发出尖叫声,抬头看着克劳斯双手抓着他的手臂,他脸上的表情是一种那么温和,那么完全的事不关己。我为黛德感到一阵心痛。

"要是克劳斯认为苏菲让他心情不好,他也许就不会跟她出去了。"我说。

"他都差不多跟她分手五次了,"黛德说,"他跟她谈恋爱只因为她是三年级的。"

我笑了,"那让克劳斯听上去有点儿脆弱。"这么说出来感觉有些像辱没了神灵一样的窃喜。

"你不像我那么了解他。"

"一点儿没错。"黛德站在她五斗橱上的镜子前面。她张着严肃的大眼看着镜子里的自己涂上唇膏,抿了抿上下嘴唇。"他陷入了一段不健康的关系之中,"她说,"他并不那么喜欢她,只是感觉被她束缚住了。"

"也许你该找个没有女朋友的人。"

"噢,我可不是喜欢克劳斯。我们只是好朋友。"黛德从镜子前转过头,"你不去波士顿,是吗?"

"不。"

"我去。"

"我看得出来。"

"阿思派丝和我要去纽百利街买东西。我们要去那家超级棒的泰国餐厅吃午饭。你喜欢泰国菜吗？"

我从来没吃过泰国菜，黛德或许已经猜到了。

"像百帝泰国餐厅，"她说，"唔，那是我的最爱。你看见我的玳瑁头带了吗？"

"没有。"

"你不会在这儿呆一整天吧，是吗，莉？"她说，"你该去找点儿乐子。惊喜假日一年可只有一天啊。"

"我当然不会呆在这儿。"我说。

"你要去购物中心吗？"

我点点头，想也没想。

"那购物中心没什么可逛的，"她说，"记得上次我跟阿思派丝坐出租车去那儿吗？那真是浪费时间。波士顿的店好多了。哦，但你可能是要去看电影吧？"

我又点点头。

"你要去看什么电影？"

我愣了一下。"事实上，"我说，"事实上，我去购物中心的原因是——好吧，我要去打耳洞。"说着，我的脸红了。我从没想过要打耳洞；我甚至不知道我的爸妈是不是会允许我这么做。

"噢，莉！那太棒了。那会很好看的。你会戴耳坠吧，不仅仅是耳钉，对吧？"

"是的，我想。"

"那将是向前的一大步。"

我有点生气，但很明显黛德只是想要支持我。这是她纯真的一面——她的不愉快只是表面的，像地球的外壳一样，你一旦深入，就会发现她其实天真得不得了。

黛德是对的,这个购物中心没什么可逛的。灯光是亮白色的,地上是闪光做作的橙色地砖。几个过去的店面拉着铬钢的栅栏门,栅栏门的后面,黑乎乎空荡荡的,只有几个盒子或者一把孤零零的办公椅。我走过一家卖特大号女装的商店,一家音乐商店,而后是一排餐厅:一家潜水艇三明治店,一家披萨店,还有一家餐车馆里一格一格摆放着油光发亮的汉堡包。我不时看见其他二三成群的奥尔特学生。我们过来的车并没有坐满,也没人坐在我旁边,下车的时候,我曾经希望我可以混到陌生的人群里,但是购物中心里只有寥寥几人。我告诉自己别的学生可能会去看电影,还有不到一个小时就开场了,之后我就可以安安静静地闲逛了。但首先,我得先把耳洞打了。

购物中心里并没有卖发夹和便宜首饰的少女店。我惟一的选择看来只有去这么一家相应的男士店——它的橱窗里放着一辆摩托车,黑色的背景板映出向上蹿的火苗,还有许多的皮装。

一个三十好几的男人,束着马尾穿着一件剪了袖子的粗面夹克,站在柜台后面。"需要帮忙吗,小姐?"他说。

"我只是看看。"我需要几分钟,我想。我走到一排皮夹克旁边,摸摸它们的肩膀。这些夹克很软,散发着那种深沉微苦的味道。

"需要帮忙吗?"那个男人说,我转过身。但这次他是对站在店门口四处张望的克劳斯·苏伽曼说。当我从夹克衫这边转过身来的时候,我不禁傻笑起来。克劳斯的出现跟我无关,让人高兴的是他的缺席会对黛德产生影响。我想起了当我告诉黛德我要打耳洞的时候她表现得多么热情,我不知道我是不是该为我的幸灾乐祸而感到内疚。

我走到柜台前。"我想要打耳洞,"我停了一下,"谢谢。"

"打洞是免费的,"那个男人说,"耳环从六美元到九十九美元。"

他打开柜子的一扇门锁,拉出一个放着耳环的天鹅绒抽屉,推到我面前。有月亮、十字架和骷髅,每一种都有金色和银色的。我的孤独感又刺痛了我;打耳洞是件要拉上另一个女孩一起做的事情,一个朋友,这样的话她可以帮你一起选。我选了一对银球,那是在我看来最简单的一副。

"坐在那儿。"那个男人朝柜台外的一个凳子抬了抬下巴示意我坐过去。他绕过来,我看见了那支打耳洞的枪,一个白色塑料方边的东西,毫不起眼,有一个银色的尖头,会往前冲,打穿我的耳朵。

"你打偏过吗?"我问。我笑笑,笑声又高又紧张。

"没有。"那个男人回答。

"疼吗?"

"不疼。"他把枪对准我的右耳垂。

我想如果我有一个朋友,即使是黛德,我也会抓紧她的手指。我感到一阵夹紧随后是一种灼烧的感觉。"哎哟!"我叫。

那个男人咯咯笑起来。

我想站起来逃离他。但如果我跑了,我就只有一只耳朵打着耳洞。那种掉入陷阱的感觉让我有些呼吸困难。我能感觉到那把枪碰到了我的左耳垂,那个男人的手指插到了我的头发里。他上了个档,我抖了一下,肩膀耸了耸。

"搞什么!"那个男人把身子弯过来,我们可以互相看到对方的脸,他向下瞪着我:"你还要不要打了?"

"对不起。"我看着他的时候,他五官开始变得模糊起来。一个绿色跳动的亮点——就像你看了电灯泡以后转开眼——遮住了他的鼻尖和一部分的脸颊。我的胃里一阵翻腾。"哦,我的天!"我软绵绵地说道。

他离开我的视线,有把枪对准了我的耳垂。那个绿点仍然浮在空气中,就在他的脸刚才的位置上,越变越大,不停地跳动。我闭上了眼。

这之后,我什么都看不见了,但我却能听见。我感觉自己好像是躺在铁轨边上一样,火车的车轮就在我耳边隆隆作响。全世界都在倒退,以前发生的事情都在脑中打转,而我的神志还清醒。"你认识她?"一个聒噪的声音,另一个声音响起:"我不知道她的名字,但她是我一个班里的。"

"她是你们一起的吗?"那个聒噪的声音说,"你们是哪儿的?为什么你们俩不在学校呢?"

"我们今天放假。你有毛巾吗?"

"在后面的洗手盆里。"

"如果你去拿,我在这儿看着她。"

我感觉前额有些湿湿的,身体又有了知觉。而后我能睁开眼看见他们了,但我仍在那个晃动的绿色世界和真实世界中他们在我眼前的两张脸之间游移。"她醒过来了,"第二个声音说,"嘿,嘿,你叫什么名字?"

我眨眨眼,试图说"莉",但是发出的却是一个长长的嘶哑声。

"你昏倒了。"那是克劳斯·苏伽曼——是他在对我说话,"你有糖尿病吗?"

我发不出声。

他转过头对那个马尾辫的男人,也就是那个聒噪的声音,说:"你有糖或者苏打什么的吗?"

"这儿可不是 7-11 超市。"

"是的,我看得出来。"克劳斯回过头看着我,"你有糖尿病吗?"

我吞了口唾沫:"没有。"

"你想要我们叫救护车吗?"

"不用。"

"你以前昏倒过吗?"

"我不知道。"我一字一顿地说,那个绿色的晃动的世界彻底消失了。我有些筋疲力尽。

"你叫什么名字?"

"莉。"

"你是奥尔特的,是吗?"

我点点头。

"我也是。"他说,"我叫克劳斯。"

我愣了一下,即使在这个时候,他还这么谦虚地自我介绍。我当然知道他的名字。

我试着坐起来——我一直躺在地上——克劳斯靠过来把他的手托在我的腋下。

"慢慢来,"他说,他又转身问那个男人,"你没有苏打吗?"

"饭店在那边。"那个男人把头往店门口的方向晃了晃。

我站起来,克劳斯看着我的脸。"今天是什么日子?"他问。

"惊喜假日。"我回答。

他笑了。"不错。"他用手背擦了擦嘴。当我重复这个动作的时候,口水流到了我的手指上。"我们给你找点儿吃的。"他说。

我们慢慢走出店门口。

"等等,"我说,"我还没付钱呢。"

"我可不会操这个心。"

我们走回到挂着亮白色嗡嗡作响的灯的走廊时,他说:"天,真刺眼。"大概过了一分钟,他轻推了我一下,"这儿。"

我们来到那家餐车馆,一个女侍应生将我们领到一个面对面的座位上。克劳斯就在我面前,这让我有些不知所措:他的高大,他亮白的皮肤,他棕色的短发,他蓝色的眼睛看起来智慧又惫懒。我从没想到我和黛德会有相同的审美观,但我从来没有和克劳斯·苏伽曼这么帅的男孩子坐得这么近过,这让我有些心襟摇曳的同时又有些郁郁寡欢。那就像是在梦里一样,我把他从他的世界,那个曲棍球、帆船和穿着太阳裙的金发女孩的世界中拽出来,把他拉到我的世界里来:一个萧条的购物商场里的肮脏的小餐厅,在一个下雨天。"对不起,"我说,"因为……我是说……我不知道……"

"那没什么大不了的。"

"但你对我这么好。"

他转过头去不平似的叹了口气，我立刻知道我说错了什么。

等他回过头来，他说："你以前有没有发生过这样的情况？"

"有过一次，在几年之前。我六年级的时候有一次足球比赛之后。"

"我的妹妹也会昏倒。"他说。

克劳斯有个妹妹，这让我很好奇。我不知道她是否也会觉得他很有吸引力，或者是感觉很幸运可以跟他住在一个屋檐下。

"她在一架从加利福尼亚回来的飞机上晕倒了。飞机上的乘务员问她要不要让机长紧急降落，她说不要。我想她当时应该告诉他们要的。"

"呀！"我说。克劳斯语气的温和平稳和表情让我不知道该给他什么样的反应。一般，你能从观察对方来判断你是该点头、大笑，或表示同情，但克劳斯是那么面无表情，让我不得不怀疑他是不是对我们的谈话心不在焉。他的眼睛告诉我那不是真的——它们很有神，但不是我想像中我自己的那种，他的是一种事不关己，神游物外的有神。

侍应生走过来，克劳斯点了一杯香草奶昔。我打开菜单，一大堆字看得我有些头昏脑涨。我又把它合上。"我也要一杯香草奶昔。"我说。侍应生走了以后，我说："不知道我现在吃奶制品会不会有问题。"

克劳斯耸耸肩："你会没事的。"他的耸肩中有些让我嫉妒的东西——一种明日事明日忧的能力。

我低头看看桌子，而后又抬头看着他。"你不用呆在这儿，"我说，"你大概原本打算去看电影的，是吧？我没事。不是我不想要……"我仅能想到要说的是"你照顾我"，但那看来似乎比"你对我这么好"更糟糕。有些局促地，我说："但你真的可以走了。"

"那我的奶昔呢？"

"噢，我可以付钱，特别是你还帮了我。"

"要是我还想喝呢?"

"这个,你要是愿意你可以留在这儿。我并不是要你走。我只是想……"

"别紧张,"他顿了一顿,说,"莉。"

这一刻,我生命中第一次明白了什么是被一个人吸引。那并不是觉得他们有趣,享受他们的陪伴,也不是发现他们身上有什么惹人喜爱的地方,喜欢他们的酒窝,或者他们的双手,而是身体自然而然地感觉想向他们靠拢过去。我只想闭上双眼把我的身子靠在克劳斯的身上。

"你是一年级吗?"克劳斯问。

我点头。

"我也是。"他说。

他看上去要大得多,我心想,像一个男人一样——十八,也许二十。

"我想我以前见过你。你住在麦克考米科的学生宿舍吗?"

"不是,布鲁萨德的。"我没有问他住在哪儿,因为我知道。我们班一共不到七十五个人,我知道每个人的名字,即使是那些我没有说过话的。

"布太太教我的法语课。"他说,"她可有点儿严厉。"

"你认识艾米·丹内科吗?"

他点头。

"呵,艾米总是学布太太说话。就好像……"我停了一下。我得加上那些口音,没了那些口音就不好笑了:"就像'我的洗澡盆里有肥肝!'还有,她把布太太的那只狮子狗叫'哦啦啦'。她会说:'哦啦啦,如果你再叫,我就送你上断头台!'"

我看看克劳斯,他看来没什么反应。

"我想你得在当场才会觉得好笑。"我说。不过他笑不笑并不重要,重要的是我刚说了些全然无关紧要的事情,我说了一个故事。在这一刻,我的肩头卸下了奥尔特待人接物的准则。"你从哪儿来?"我问。

53

"这儿的城市。"

"波士顿?"

"纽约。"

"那你怎么会进奥尔特的呢?"一定有什么变得不一样了;显然,我成了引导话题的人,这太不寻常了。在南班德的时候,不论是在课堂上或是在家和家人在一起,我都是好奇、聒噪、固执己见的。我曾经像一个正常人一样说话,比正常人还正常。

"不是这儿就是欧佛费尔德,"克劳斯说,"这儿的老师看起来更松散些,在欧佛费尔德学院,都是打着领结的老男人。"

"所以你一直都知道自己会念寄宿学校?"

"差不多吧。"

"我猜那就是东岸的人的生活模式吧,"我说,"在我的家乡就不一样了。"

"你的家乡在哪儿?"

"印第安纳。"

"噢,是吗? 你是印第安纳州人?"他也许被人开过玩笑——我不确定,"你喜欢篮球吗?"

"我不太运动,"我说,"没有别的意思。"

"那是什么意思?"

"嗯,这是鉴于你是一个运动专家,是吧?"这话一说出口,我就意识到我揭穿了我们在店里互相介绍的谎言了,我早就知道他是谁了。

"我非常喜欢运动。"他慢慢地说。

"就是这样。"

"你觉得那就意味着我四肢发达,头脑简单?"

"那不是……"

"好吧。"他举起手,掌心对着我。他的手可真大:"我想我们明白对方的意思了。"

"我从来没说你四肢发达，头脑简单。"

"我也用银制餐具，"他说，"至少在公共场合。"

我的心跳加快起来。这是我不太喜欢的一种把戏，男孩子们用一种以为你不能，至少不那么容易嘲弄他们的方式来嘲弄你；他们把自己的聪明当成理所当然，而你的则是过分苛求和消极被动。

"我也读书写字的，"他说，"我看报纸。"

"恭喜你了，"我说，"那浴室呢？你掌握那些水管的用法了吗？"

我们面对面看着对方。我的脸有些发烫。

"我知道那有些狡猾，"我继续说，"但那使住在一个公共环境当中的每个人都好过很多。"

我们都沉默了一会儿。而后他开口："哇，哇，哇！"那个声音真古怪——那个声音，大概，就像是一个兴奋的南方祖母——我知道他要是嘲笑我，他也是嘲笑他自己。他的愚蠢让我原谅了他；这可是非奥尔特式的。"印第安纳，哈？"他说，"印第安纳是什么样的？"

"很多土地，你不会感到拥挤。人们都很友善。我知道那是形容中西部的陈词滥调，但那是真的。"

"那你为什么要离开呢？"

我很快瞥了他一眼，这次他看来只是好奇，而不是讽刺。"我不知道，"我说，我顿了顿，"我以为到了奥尔特，我的生活会更丰富多彩。"

"是这样吗？"

"我想是的。那完全不同了。"自从六个月前到了奥尔特以来，我从没真正考虑过这个问题。事实上，我在奥尔特的生活的确比我在家的日子丰富多彩。我没有以前快乐了，但我的生活精彩了。也许这不是世上最糟糕的交易。

"我在这儿过得比以前好，"克劳斯说，"我在纽约上的是男子学校，那可真是上了贼船了。"

我笑了："你喜欢和女孩子一起上学?"

"当然。"

因为我不想他以为我在暗示他喜欢和我一起上学,我接着说,"你和苏菲·斯如乐约会,是吧?"

"上帝,"他说,"你是什么,间谍吗?"

"那你真的是和她约会吧,嗯?"

"你是不是为苏联克格勃或者联邦调查局工作的?告诉我。"

"是苏联的克格勃,他们对你的爱情生活非常非常地感兴趣。"

"抱歉,你得告诉你的长官你没能得到什么新消息。"

"为什么不?我知道你跟她一起出去。"

"我们有时候一起出去。"

"那是真的爱情吗?你想跟她结婚吗?"

他摇摇头。"你疯了。"他说,但我知道他不介意我的一些东西。

女侍应生把我们的奶昔放在桌上。它们放在长长的窄底玻璃杯里,还有一把长长的勺子。看到这么大的杯子,我以为我们大概要花好几个小时才能喝完;也许我们得整个下午坐在桌子旁,聊啊聊。我尝了第一口,甜甜的,有很多奶泡,为什么我以前从来没有喝过奶昔呢?

"我不会和苏菲结婚的,"克劳斯说,"我可以告诉你为什么,然后再杀了你。"

"我不是说你现在要结婚,"我说,"但也许将来。可以请尊敬的奥奇神父主持仪式。"

"苏菲和我过一百万年也不会结婚。"克劳斯说。他把勺子放在桌上,拿起杯子直接倒进嘴里。我看着那些奶昔翻滚着落到他的嘴里,有时候你看见男生有些跟你不一样的地方那不是件坏事。他把杯子放回到桌子上去的时候,只剩下不到三分之一了——很明显,他并没有我那种冲动,要喝奶昔喝得时间越长越好。他的嘴唇上染上了一层白胡子。我忽然感到有些惊慌，克劳斯在我眼前显得愚蠢，感觉就像颠倒了整个世界的自然规律一样。而他很快擦了擦嘴。当然，他不是那种脸上沾了食物却浑然不知的人。"有一个原因是，"他说，"苏菲吸烟。"

我立刻想到的是，那是违反校规的。我咬了一下舌头。

"还有，下雨的时候，她不会出去，因为她的头发。她觉得那会卷起来什么的。"

"如果她有课呢？"

"如果她没有选择，她会出去的。但她不喜欢那样。"克劳斯又拿起他的杯子，把剩下的奶昔全部倒进嘴里，"但是她也会很棒，你知道她什么很棒吗？哦，别理我说什么。"

"哦，说吧。"

"你可能会反感的。"

"那你一定要告诉我了。"

"大多数女生都不喜欢那个。"

"我不会反感的。"

"她喜欢口交。"

我对他猛眨了几下眼。

"我就知道我不应该告诉你。"克劳斯说。

"不。"我低下头，"那没什么。"我的脑海中浮起这样的画面，苏菲跪在克劳斯面前，他坐在双层床的下铺，两个人都赤裸着。这个画面想来那么的成人化，那么的陌生。所有我不明白的不属于奥尔特的东西升起来在我的身边交织，就像是这个城市里的高楼大厦；我感觉自己好像是缩回成了一个微小蜷曲的个体，迎着风向前走。我在抬头看的时候，我知道我无拘无束和他交谈的能力消失了。我要跟谁讲话，跟谁开玩笑呢，是克劳斯·苏伽曼吗？

"我不是……"他开口。

"不,不,没什么。"我说,声音大得吓人。

接下来的几秒钟,我们看着对方。"那么,你怎么样?"他说,"你有男朋友吗?"

我很快摇了摇头。

气氛更沉默了。我们似乎陷入到这个话题里去了。

"听着,"他最后说,"我原本打算去看电影的。我应该跟约翰和马丁碰头的,你认识他们吗?"

我点头。他们也是一年级的新生,是克劳斯篮球队里的队友;约翰·布林德里和我一起上生物课。

克劳斯看看表:"我有些迟到了,但……"

"你该走了,"我说,"你一定得走了。"我沮丧得强烈地希望他快点离开。我不明白情么会突然变得这么尴尬,但我知道那是我的错。现在他一定比我们从没说过话之前更觉得我古怪,要是我还是那个跟他在教学楼里擦肩而过的不知名的女孩可能还好些。

他拿出几块钱放在桌上站起来。我抬头看他。保持镇静,再多一分钟就好,我想道,加油,莉。我试着微笑,但我的脸感觉就像一只正在腐烂的南瓜。"希望是部好电影。"我说。

"我们会再见的。"他举起一只手,像是要挥手,但却没有动。然后他就离开了。

第一次,我打量了一下饭店四周。我没看见别的奥尔特学生。一个人坐着,我感觉有些尴尬却又如释重负。女侍应生回来的时候,我想我应该再点些吃的,一顿真正的午餐——理想的话,该是些实实在在吃得饱的东西,像是一个汉堡加上个泡芙面包或者薯条。我正从餐巾架子后面拉出菜单,在吉士汉堡和吉士火腿之间犹豫不决的时候,克劳斯又出现了。

"嘿,"他说,"你为什么不一起来呢?"

"什么?"我"啪"地合上菜单。

"为什么你不来看电影呢？你只是在这儿傻坐着,不是吗?"

"哦,是的。我是说,谢谢,但你不用……"

"不,那不是……"

"我没事。"我说,"我都不认识约翰和马丁。"

"莉。"他注视着我,"只是看电影而已。来吧。"我能感觉到他很心急——电影就算还没有开始,也快了。

"我没什么。"我指指座位周围,"我不介意一个人呆着。"我立刻意识到我这是在说大话;我那么需要他告诉我去看看电影没什么,告诉我他想我去,需要的程度远超过他在意的。"嗯,等等。我去。"我的皮夹里就只有两张十块钱,而突然间去看电影的紧迫已经不允许我等找钱了。我在他的几块钱旁边又放了十块钱,虽然我想拿走那几块钱,想想又觉得小家子气。我们离开了餐车馆,我要一路小跑才能跟上他的两条长腿。我们走出购物中心,走到雨里,跟跟跄跄地穿过停车场———一般情况下,我不会在男孩子面前奔跑,但我知道他没看我——最后停在戏院门口的大玻璃窗前。克劳斯推着门,我们走进去,我闪过一个念头不知道他会不会帮我买电影票,但他没有,想来这个念头有些荒谬。电影已经开始了,我跟着他走进黑乎乎的电影院,我们面前的银幕又亮又响。我们沿着走廊往下走的时候,有人轻呼:"哟,苏伽曼!"而后克劳斯拉着我坐到了那一排。

我们坐下来,我有些气喘,我能感觉到他也是。我的衣服被雨淋湿了。银幕上,两个男人站在一个破旧的厨房里,其中一个拿着枪,看起来没头没脑的,难以理解。我从来没有在电影开场后到过影院,那会叫人看得一头雾水,而且又错过了预告片。但这部电影,一部我自己不会去看的警匪片,却无所谓了。

虽然一直是看着前面,克劳斯每动一下,每叹一口气,每笑一声我都留意着,虽然他笑得很克制;在他的另一边,约翰和马丁一直在那儿哈哈大笑。克劳斯的味道闻起来有些像肥皂，像我们刚刚走出来的雨，像春天的泥土。我们的身体没有接触，但有时我们的衣服会碰到——我们的袖子，我们的裤腿。除了我以外不知道还有没有人会留意到这些。

整部电影从头到尾，我都处于一种非常不自在的状态里面，说不自在其实也不尽然，那是一种疲倦并愉快着的拘谨。电影的情节，里面人物的名字我什么也没看进去。放映结束，灯亮起来，我才好像醒了过来；在黑暗中，我可以爱做什么就做什么，跷跷二郎腿，把头发披散到肩膀上，但灯亮了以后，我还是红着脸坐立不安。因为我坐在一排座位的最外面，我走在男孩子们的前面走出走廊离开。我跟他们站起来，我们往前走的时候，我都不敢回头看他们是不是跟在我后面。也许这就是我要跟克劳斯分手的地方了，我想。也许我们甚至都不用说再见，现在他又和他的朋友们在一起了，也许我应该意识到这些。

在戏院的大堂里，我在喷水池前停了停往我的肩膀后面瞥了一眼。他们就在我的后面。他们走到喷水池前面大概十英尺的地方停下来，似乎在等我。我吞了一口唾沫，慢慢向他们走过去。

马丁正在模仿电影中那段一个男人扼死另一个人的情节；他拿约翰当受害者，而约翰则伸出他的舌头翻着白眼。"而后他这样：'现在你想起来了吗？现在你想起来了吗？'"马丁说。约翰大声打了个嗝，三个男生都大笑起来。我站得离他们三个稍远一些，尽量表现出感兴趣的样子。

"你喜欢吗，莉？"克劳斯问。

我不知道他说的是整部电影，是里面扼死的情节，还是马丁模仿的动作："很不错。"

"其中有些叫人恶心的画面，啊？"约翰说。从他友好的语气里，我可以听出来我在不在这儿对他来说没什么大不了的。我们从没自我介绍过，看来也不需要。

"那些时候我差不多都闭上了眼，"我说，"那些让人作呕的画面——

60

我想我大多都没看到。"

"那些恶心的画面真恐怖,"马丁说,"你该回去再看一遍。"

"你们饿了吗?"克劳斯说,"我饿了。"

"我都快饿死了。"马丁说。

我们穿过停车场,雨已经停了,虽然天色还是有些阴郁。我们走进那家潜水艇三明治店,我依然跟他们在一起,看起来我跟他们一起也不错,他们看来并没有奇怪为什么我没有跟他们分手,或者为什么我没有跟一群女孩子在一起。他们每个人要了一个三明治,我要了一份椒盐脆饼。桌上,他们谈论着刚才的电影,重复着其中的对白。马丁试着去掐克劳斯的脖子,但克劳斯笑着把他的手打开了。我心想如果马丁来掐我的脖子,我会让他掐的,但他没有。

我们下一个去的地方是游戏机房。去那儿的路上,我想大概我要在这儿跟他们分手了,我根本就不知道怎么玩电子游戏,可我要是停下来一个人走开又好像很古怪做作。好在游戏机房里有撞球,我会玩这个。我们都拿到了一些兑币,我站在那个发光闪亮的机器前面,每次游戏结束就再塞一个进去。

我刚用挡板将球推回去,就听到旁边有人说道:"不错么。"

我转过头,是克劳斯,随后我听到了球落入机器口的声音。"啊呀!"我叫。我们两个一起看着那个球掉下去的地方。

当听到我的分数被加上去的时候,他说:"你玩这个可能比我玩得好。"

"可能?"

"那可不是小看你。"

"我肯定玩得比你好。"我冲口而出,"我可是州冠军。"

他一脸狐疑地看着我。

"我是个天才,"我说,"我在这个国家到处云游,然后'嘭'地一把火不

61

见了。"

"你开玩笑的吧?"

"那就是我能够进奥尔特的原因。你知道你有一技之长的时候他们是多么喜欢你吗?"

"我不相信,"他说,但我知道他心里已经相信了,哪怕已经有点儿动摇了,不然他根本就不用这么说。

"我九岁的时候,被封为'印第安纳撞球公主',"我说,"我的爸妈可骄傲了。"我看着他的时候,感觉到自己的嘴角慢慢地往上翘,接着他用手掌在我的脑门上敲了一下,似是拍打又像是轻抚,说:"满嘴胡说八道。"

"但你可不确定。"我说。

"我确定。"

"不,你不是。我看得出来,你不是。"

我们四目相投。他可真是英俊,一念及此,梦境就开始破裂了。想着他是克劳斯,是奥尔特的一部分,我的问题就来了。只是说话就什么事也没有。

马丁过来的时候,我总算松了口气:"你们想要去吃披萨吗?"

"你饿了?"我问,"又?"

他们要了一个超大号的披萨,这次我吃了一些,即使上面放了一些意大利辣香肠,黛德告诉我那是用公猪的精子一起烟熏的以后,我就再也没吃过。第四块吃到一半,马丁把它放到一次性纸盘上,摸摸肚子。"这是谁的主意?"他问。

"是莉。"克劳斯说。

"才不是!"我能听到我自己声音里软弱无力的坚持,那种女孩式的撒娇。

"那可是个坏主意,莉,"马丁说,"坏透了。"

"你要不要吃点多酶片,马丁?"约翰说,"有人知道现在几点了吗?"我们都转头去看墙上的钟，已经五点五十五分了。回学校的班车五点半就离开了。"该死！"约翰说，"我这个星期已经因为两次礼拜缺席星期六要被关禁闭了。"

"我们要给弗莱切打个电话吗？"马丁问。

"我们叫辆出租车好了，"克劳斯说，"没什么大不了的。"他说这话的时候，多么轻描淡写，我不禁怀疑他是不是早就意识到我们错过了学校的班车，是不是他那个时候就意识到了，而却故意不去管它。

克劳斯打付费电话叫车，我们几个人站在一边。马丁还在不停地嘀咕他吃得有多饱，而约翰一直抱怨："这该死的是怎么发生的？"我的口袋里剩下不到五块钱，从这儿开到学校大概要半个小时。但看起来没有人担心钱的问题，我什么也没说。

"会有出租车在电影院门口等我们。"克劳斯挂了电话后说。我们往回走，外面有些毛毛雨，天黑了。在戏院里等车的时候，谁也没有多说话，但不是因为尴尬，更多是因为疲倦。要是女孩子的话，一定会不停地叽叽喳喳，我想。

在这之前，我生平只坐过一次出租车，那是我妈妈刚生下弟弟蒂姆的时候，我和大弟弟约瑟夫一起坐车去医院找爸爸妈妈并且第一次见蒂姆。那是一个阳光灿烂的下午，我十岁，约瑟夫七岁。一路上，我都幻想着司机要绑架我们，我想像自己打开车门拉上约瑟夫跟我一起滚出去。但后来司机把我们送到了医院的门口，爸爸在那儿等着我们并付了车钱。

在出租车里，我知道这次不是绑架，并不只是因为我已经不像十岁的时候那么傻了，还因为我们这么多人对绑架来说太多了，而且，克劳斯也太高太壮了。那是辆栗色的出租车。马丁坐在前排。约翰走到另一边上车坐到了后排，而后克劳斯打开了离我们最近的车门爬了进去，我跟着他。我有些惊讶他竟然坐在中间的座位上，在我家那边，我认识的男孩子四年级以后就管这个位子叫做"婊子座位"。

座位是蓝色人造皮革的,车里有一股陈年的烟味,混着松花油空气清香剂的味道。后视镜上吊着一棵硬卡纸做的树。收音机的声音很小,放着一支大乐队的节目,不时有些嘈杂的噪声。雨刷在窗玻璃上来回地刷着,两只刷头之间的车窗看出去一片模糊。

看电影的时候,克劳斯坐在我旁边的那种感觉又回来了,但这次,不同于上次因为担心电影结束以后该怎么办的紧张,我有些感伤,因为我知道这一天差不多就要结束了。我们会回到学校,然后呢?很难想像我会从一个没有一个朋友的人摇身变成克劳斯·苏伽曼的朋友。这中间的鸿沟太大了。再说,我也没什么证据证明克劳斯真的对我有好感。他对我好是因为我晕倒了,仅此而已。我不想像黛德一样,假设友情,把别人给予的恩惠当做索要更多的借口。

约翰从克劳斯的另一边伸出头来,问:"你觉得生物考试会很难吗?"

考试——过了这么整整一天,我都快把它忘了。"可能吧,"我说,"我还没怎么复习呢。"

"我昨天晚上原本准备看书的,可当我听到惊喜假日的消息之后,我就把它搁到一边了。"

我笑了:"我也是。"

"惊喜假日就是会给人这样的错觉。"约翰靠了回去,他的声音听起来似乎很遥远,"它让你感觉拥有全世界所有的时间,但当你意识到这一点的时候,它已经过去了。他们该给我们惊喜一周。"

"你会无所事事的。"克劳斯说。

"怎么可能,我有一千一万桩事情可以做。"约翰那边犹自在说着话,这边克劳斯抬起了他的左手。起先,我以为他要把手搁在我身后的靠背上,心里突然间涌起了一阵渴望;但紧接着我就意识到他的手放在了我的身上。他的手圈住了我的肩膀,轻轻地拥着我,拥着我靠近他。我没有抗拒。我的身体依着他:我的腿压着他的腿,我的手臂将我们之间填得满满的，我的头顶刚好靠在他的锁骨下面。这一刻对我来说是那么的非同寻常，我坐在那儿，克劳斯的手臂围着我，马丁和约翰很可能在什么时候回头就看到了，但那看起来又那么自然。早先在餐车馆面对面坐着的时候，我就幻想自己多么渴望和克劳斯肌肤相亲，而现在竟然真的碰到他了；我能感觉到他胸腔的起伏。我们彼此相融，身体那么契合。那个时候我不太懂，这样的契合并不一直存在：有时候，你和其他人从某个角度没办法贴合在一起，或是体重不能平衡，或是骨头硌着对方。

克劳斯每一次回答约翰的时候，他的声音总是那么平静。"好吧，但什么时候是春假呢？"他说，——他们还在讨论整整一周的惊喜假日。他们可以坐在餐厅的桌子边上，把这个无聊的话题作为晚饭后的谈资。我决定去享受克劳斯正常的语气和这个不正常的情景之间的不协调；这样就成了我们两个之间的秘密。

他轻抚我的头发，一开始好像是不经意地轻触，而后他的手指穿进我的头发当中，一次又一次，他的拇指摩挲着我的后颈。我全身上下都湿热了；他让我感动不已，又有些酸涩的欢喜。收音机里传出喇叭的声音。外面的雨让一切都变得柔和起来，在路上旋转的车轮，模糊的交通灯，在克劳斯的另一边，约翰仍在喋喋不休，我多么希望我们可以一整夜这么开下去，一路上都像现在这一刻一样。

我们就这样向前开着，但是只一会儿就到了。我们驶进了奥尔特的大门。克劳斯靠到了两个前座的中间，他的手臂就这样离开了我，手指也离开了我的头发。"左转，"他对司机说，"穿过礼拜堂。"

车停在一片宿舍楼群前，不是我住的宿舍楼，因为布鲁萨德在环岛的另一边。司机打开了车里的灯。我仿佛刚睡醒般眨眨眼。我不敢看克劳斯，只好转过头看着窗外，但眼前只是一片漆黑。如果有人路过的话，他们能看见车里面的情形，我想，但我发现自己希望他们不要。我不想有任何人奇怪我和克劳斯、约翰、马丁他们在出租车里干什么。

"好了。"克劳斯说,我知道他在跟我说话。我转过头,看着他,就这样相对了几秒钟。马丁和约翰走出了车外。"再见,莉。"克劳斯点了点头。

我说:"但什么……"他回过头。我不知道该怎么接下去,几秒钟之后,他又转过身。良久,我都不知道我可以说些什么来改变这个结果。我想像那该是句言简意赅的话,一个狭长分离的矩形,就像是一把尺子;我不知道那是什么,但在什么地方,一定有那么句话。克劳斯从身后关上了门,车里的灯熄了,我看见他们三个走远了。车起步的时候,我听见了笑声。

从后视镜里,我看见了司机的眼睛。之前我都没有好好打量过他——他是个有些发福的中年人,灰色的胡茬,戴着格子布的帽子。"现在去哪儿?"他问,他有很重的波士顿口音,"哪栋楼?"

我指着前面:"那栋。"

他再次停下车的时候,我惊愕地发现米表的读数是 48.80。我说:"我得进去拿点钱。我保证我会回来的。"

他摇摇头:"你的男朋友已经付了。"

"我的男朋友?"

"你要是愿意可以再付一次,我没意见。"他呵呵地笑起来。

"谢谢。"我拉开车门的把手。

"这是什么大学?"司机问。

"这是所高中,叫奥尔特。"

"这只是一所高中?"他吹了声赞叹的口哨。

"我知道,"我说,"我们很幸运。"

我走进寝室的时候,欣君和黛德从她们的书桌上抬起头来。"莉回来了,"欣君说,黛德接道:"我们以为你死了。"

"我错过了回学校的班车,"我说,"就只能坐出租车了。"

"嗯,这样子?"黛德说,"打洞的事怎么样?"

"噢,"我说,"是的。"我把头发拨到后面,露出耳朵给她们看,右边,而后是左边。她们跑到我身边,我后悔该挑一副更有意思一点儿的耳环,这个实在没什么看头。

"啊,"欣君说,"很精致。"

"左边的那个有点发红,"黛德说,"但我相信抹点消炎药水就会好的。"

"消炎药水是干什么用的?"

"他们给你打洞的时候没有告诉你吗?"

"是个男人打的,"我说,"他有点儿小气。"

"你应该每晚清洗防止发炎。你把耳环摘下来的时候也要这么做。"

"把耳环摘下来?"

"天,莉,他们真的什么都没告诉你。等等。"黛德走到她的床边,蹲下去,从底下拉出一个塑料盒,拿着一只棕色的瓶子和一个棉花球回到我和欣君面前。

我转头问欣君:"波士顿怎么样?"

"不错,就是整天下雨。"

"是啊,"我说,"购物中心那边也是。"

"这儿,"黛德说,"坐下。"

我坐在她的椅子上。欣君坐在黛德的桌子上,把她的赤脚搁在我的椅子上。黛德站在我旁边,用卡子把头发卡到我的左耳后面。我们的姿势让我想到了打洞的时候,我想着要不要告诉她们我昏倒的事情。但我不确定那是一个可笑的故事还是一个奇怪的故事,还有,要是我提起昏倒的事情,那我就得提到克劳斯了。

黛德拧开消炎药水的瓶盖,用一个棉花球抵着瓶口,把瓶子倒过来。她随即把瓶子放到桌上,把那个棉花球对着我的耳垂。轻轻地,她抹在我的耳朵上。

我不能告诉她们关于克劳斯的事情，我想。因为黛德喜欢他，她不会相信或理解的，我甚至都不确定自己是不是相信或理解。不像他吻了我或者是表白了什么。我能说什么呢？很多年，我都有同样的感觉，不单单是克劳斯还有其他的男生——如果他们没有吻你，那并不意味着什么。他们对你的好感是那么微不足道，也许，只是存在于你自己的脑海里罢了。

我想起了在出租车上坐在克劳斯身边的感觉，他压在我的肩膀上手臂的重量，他衣服下身体散发的热量。我知道自己是多么渴望，只需要克劳斯在我身边，没有鲜花，没有诗歌，没有其他同学的祝福，没有富有的爸妈，没有好成绩或是漂亮的脸蛋……我一样会很开心。只是这样，我不会感到心烦意乱或是希望远走高飞；只是这样，就够了。想到这儿，我知道自己永远都不可能得到，是的，永远不会。我的眼睛湿润了。一眨眼，眼泪就顺着脸颊流下来。

"噢，莉。"黛德说。"噢，亲爱的。"欣君靠过来拍拍我的肩膀。黛德接道："再给我两秒钟就好。"她把那个湿湿的棉花球从我的耳朵上拿开，我才意识到她们以为我是因为疼才流眼泪的。

✳ 第三章　杀人游戏

第一学年　春

　　我认识康琪塔·麦克斯韦尔是在春天,第一次的曲棍球练习课上。当巴瑞特太太宣布分组投球训练的时候,我看着周围的女孩们都面对面点头窃窃私语。这似乎变成了上课和运动时的例行公事——当别人都分组的时候,我却找不到和我一个组的人。然后,教练或老师会说:"有人没有配着对吗?"我和其他一两个学生便会听话地把手举起来。

　　"嗨,"身后一个声音说。我转过身就看见了康琪塔,"一起打球吗?"
我犹豫着没说话。

　　"十分钟。"巴瑞特太太叫道,"只要掌握一点投球和接球的感觉就好。"

　　"我们到那边去吧。"康琪塔指着运动场靠近树林几英尺远的一角说。虽然我还没有答应她的建议,但我们俩都知道我没有别的选择了。"顺便自我介绍一下,"她说,"我叫康琪塔。"

　　"我叫莉。"

　　"我从来没有玩过曲棍球。"她听起来很高兴。我也没玩过——事实上,我的球棍才买了不到一个小时,就在学校的用品店里买的,闻起来还有一股皮革和新金属的味道——但我什么也没说。

虽然康琪塔和我以前没有说过话,但是我知道一些关于她的事情。事实上,我想每一个在奥尔特的人都知道她是谁,主要是因为她的打扮。她是一个有着一头乱蓬蓬的黑色短发的瘦小女孩,皮肤黑黑的。我第一次注意到她是几个月前在餐厅,她蹬着一双紫色的凉鞋,穿着一件紫红色横条的紧身衣,紫色的裙裤(也许是衬裤,我不敢肯定),外面披了件红衬衫配着一个有褶皱边的超大号领子。最后是一顶紫色的贝雷帽,斜斜地顶在她的头上。我当时觉得她就像是专门到学校演出的戏剧团成员。相比之下,康琪塔曲棍球练习时的打扮就保守些了,她穿着件暗黄绿色的小背心,白色短裤,原本黄绿色的及膝球袜被她拉到了膝盖上面。她很明显是个帽子迷,这次戴了一顶硬边的奥尔特棒球帽;我都不明白她到底是想用帽子来配衣服,还是想用衣服来突出帽子。

我们走过去的时候,康琪塔弯下腰打了三个喷嚏。我想对她说"祝你健康",但没有说出口。

她从短裤的口袋里掏出张纸巾来擤鼻涕,非常大声。"过敏性鼻炎。"她说。那是四月初,春假刚结束以后,一个蓝天白云,阳光普照的下午。"你猜猜看,我对什么过敏。"

我什么也没猜。

"草,"康琪塔说,"花粉、氯还有菌类。"

"菌类?"

"要是我吃了,就会因为荨麻疹在床上躺起码一个星期。"

"那太糟糕了。"我说,我的声音中没什么恶意,但却也不怎么尊重。

我们站开大概十码的距离。康琪塔把球放好,那个白色橡胶圆圆的小东西看起来就像是某个奇怪生物的蛋,她用球杆的杆头把球往前撞了一下。球停在了我左边几英尺的草坪上。"别说我没事先告诉你哦。"她说。

我把球捡起来,扔回去;球偏得比她还要远。

"我想你是迪伦的歌迷。"康琪塔说。

“什么？”

“你的 T 恤。”

我低头看。我穿着爸爸的一件旧 T 恤，淡淡的蓝色，在胸前写着白色的“不一样的时刻”①。我不知道这是他从哪儿弄来的，他常穿着去慢跑，我来奥尔特的时候，把它带上了，它的质地很柔软，而且，在最初的几个星期，还带着一股家里的味道。

“你知道那是他的代表作之一，是吗？”康琪塔说。

“是的，”我说，“没错。”在奥尔特，我不知道的事情太多了。其中大多取决于金钱（一个社交新人是什么，念“格林威治，康乃狄克”时你怎么发音）或者性（珍珠项链不总是珠宝），而有时候则需要更多的衣服、美食或者地理方面的信息积累。有一次在早餐的时候，大家在议论一个我从没听说过的酒店，有人说：“它在四十七号大街和莱克斯大街的转角。”可惜这些大街的名字对我也没有什么意义，甚至于我在好几分钟内都没搞明白他们讨论的到底是哪条大街。自九月份以来，我所学会的就是如何隐藏我的无知。我宁可被人当做漠不关心，也比显得无知要好。

“你一定听过这首歌，”康琪塔说着，开始哼起歌来，“无论你在哪儿徘徊，让人们聚集在周围，承认四周的水流涨了……我不记得后面的歌词了……什么什么什么……如果对你来说时间值得珍惜。”出乎我的意料，她的声音很好听，高亢清爽而不做作。

“听上去有点耳熟。”我说。事实上一点儿也不耳熟。

“迪伦后来发生的那些事情真叫人遗憾，他在六十年代是多么杰出的作词家。”康琪塔说，“不仅仅是音乐造成的。”

为什么，我心中奇怪，为什么音乐会造成遗憾？

“他的唱片我几乎都有，”康琪塔说，“如果你愿意，你可以到我的房间

---

① 鲍勃·迪伦是美国六十年代继猫王之后著名的歌星，《不一样的时刻》是他的代表作之一。

里来听。"

"噢,"我应了一声。我既不想接受这个邀请也不想拒绝,随即叫道:"这儿,"把球投了出去。球滚得离她很远,我加了句:"对不起。"

她急急地跑过去捡球,把它扔回来:"我们也许不用出去参加比赛。我听说有时候碰上重大比赛,巴瑞特太太会让打得不太好的人留在学校里。当然,没什么不好的意思。"

"我从来没听说过。"我说。

"也许只是一个希望。但我可以好好利用这个时间。"

干什么呢?我心想。我知道康琪塔没有男朋友——我们班七十五个人当中只有十二个人有男女朋友,他们总是一起出去约会——而我也不认为康琪塔有很多朋友。我印象当中,只有一次看到她跟玛莎·波特在一起,那是一个和我一起上拉丁文的红头发女孩。我坐在她的旁边,看见老师在她最近一次的考试卷上写着:"干得好,玛莎!又一次优异的表现!"而我那张得 C¯ 的试卷上则写着:"莉,我有点担心。下课后请到我这儿来一趟。"

"曲棍球最早是休伦族印第安人的运动。"康琪塔说,"你知道吗?"

"是的。"

"真的吗?你已经知道了啊?"

这种信口胡诌的小谎,被人一追问就坚持不住了,"事实上,"我只好承认,"我不知道。"

"那要追溯到一四〇〇年。真让人奇怪它为什么会成为东岸预备学校最流行的体育运动。你是从印第安纳来的,是吧?"

我不能肯定她是怎么知道我是从哪儿来的。事实上,我知道她来自德克萨斯,但那只是因为除了旧校刊以外,我还经常翻看现有的校刊,其中最后的几页印着每个人的全名和籍贯:阿思派丝·马利维特·门特格玛丽,格林威治,康乃狄克。克劳斯·埃尔格伦·苏伽曼,纽约城,纽约。

康琪塔·罗莎琳达·麦克斯韦尔,福特沃斯,德克萨斯。或者我自己,莉·斐奥拉,南班德,印第安纳。就像许多其他我没有的东西一样,我也没有中间名。

"我猜在印第安纳人们不玩曲棍球吧。"康琪塔说,"但这些女孩子当中有的人,"她冲着我们其他的队友点点头,"从小学一年级就开始玩了。"

"在东岸很多事情都不一样。"我不置可否。

"这么说太轻描淡写了。"康琪笑了,"我刚到这儿的时候,以为自己到了另一个星球。有一个晚上餐厅供应墨西哥菜,我兴奋得不得了,我过去的时候才发现那个调味料,就像是,加了洋葱的番茄酱。"

我记得那个晚上,并不是因为菜的味道,而是因为我把酱汁溅到了我的衣服上,整顿晚饭我就只好穿着那件胸口沾着红色污渍的 T 恤坐在那儿。

"我妈妈是墨西哥人,"康琪塔说,"我被她做的菜给宠坏了。"

这个引起了我的兴趣。"你的爸爸呢?也是墨西哥人吗?"我问。

"不,他是美国人。我妈妈移民过来以后他们在工作时认识的。我有两个继姐姐,但她们要比我大得多。她们差不多,像是,成年人了。"

我第一次接到了球。

"漂亮,"康琪塔说,"那你喜欢这儿吗?"

"当然。"

"喜欢这儿什么呢?"

"这真是一个奇怪的问题,"我说,"你不喜欢这儿还是怎么的?"

康琪塔对我的无礼没什么反应。"唔,"她把球杆的一头支在草地上,好像拐杖一样,"我不知道我们是不是都能坦诚。一开始,我以为你我都是。我觉得你和其他人不一样,但现在我想我大概是错了。"她看来有点难过,但并没有生气,一点儿也不——她比我想像的要俏皮得多。

"我们从来没见过,"我说,"我不知道你怎么会对我有什么印象。"

"别这样,莉。你不会装做我们对对方一点儿也不了解,是吗?"

我愣住了。当然,我是知道一些关于其他人的事情,但康琪塔是我遇到的人当中第一个似乎对我有所了解的。另外,虽然我有收集别人信息的嗜好,我却从不会让当事人知道。想像一下,如果在吃晚饭的时候,突然对一个你从没说过话的男生说:"啊,你有一个姐姐也是奥尔特的吧?叫艾丽丝?一九八三年毕业?"他怕是会被吓得偷偷跑出去。我并没有因为康琪塔的话想偷偷跑出去,更多的只是好奇。"好吧,"我说,"你知道我些什么事呢?"

她可以像我一样在这个问题上打太极拳,但是她没有:"我不太相信你喜欢这儿,"她说,"这是其一。"她又挥杆把球打了过来,球停在了我们俩中间。"你总是低着头走来走去。早上点名的时候,你也总是低头看书,不跟周围的人说话。"

我一下子陷入了沉思中。我只是呆呆地站在那儿,也没有去捡球,把球杆的底部架在自己的右胯上,愣愣地看着印在铝制球杆上的标志发呆,我后来意识到这是个错误的姿势,甚至方向都错了。

"你看起来是个有想法的人,"康琪塔说,"在这个学校里,我没见过任何有想法的人是无忧无虑的。"

我总是会发现,有的时候旁人认为你是莫名哀伤;而我觉得此时的哀伤是因为一些对他们来说珍贵的东西,是他们与日常生活所见所闻对比的结果。始作俑者可以不同,你不需要无知无觉地过你的日子,但也许你还是会——那是让人最无法忍受的。

"也许我们很相像。"康琪塔说。

我抬头看着她。我拿不定主意是不是要迈出这一步。

"我总是想,我猜我能和她成为朋友,"康琪塔说,"你明白那种突如其来的感觉吗?但如果我错了,你可以告诉我。"

我想到了她那天戴的贝雷帽,那亮紫色的羊毛织物;要是我注意到了，别人也肯定注意到了。我又想到了我在奥尔特的生活，无论是与人交往还是回避与人交往的过程中，我总是装做不介意自己一个人的样子。这样总不是长久之计，接下去还有三年的时间，不能总是这样；我在奥尔特只有短短的三个月，而我的寂寞已经让我身心疲惫了。

集合的口哨响了——那是巴瑞特太太让我们集合——在一片混乱中，我成功地回避了康琪塔的问题。

第二天一早，盖茨一个人主持了点名仪式，临近尾声的时候，亨利·索夫出现了，站到讲台边。盖茨往边上靠了靠，亨利走到了桌子前面，即使这样他还是一言不发，大家都笑了起来——看起来，他是在模仿自己另一天主持点名仪式时的样子。学生们经常会在发言时表演一些插科打诨的小品，有时候碰上四年级有重要的考试，他们会用一个又一个的小品来捣乱，或者是开玩笑；有一次，大约有二十几个四年级学生站起来，一个接一个地祝福迪恩·弗莱切生日快乐。

"我想今天就差不多到这儿了，"亨利说，"我现在就要打铃了。"他用很夸张的姿势慢慢地把手放到桌子左边那个可以打响全校铃声的按钮上，就在他快要按下去的时候，从大厅前的壁炉里走出一个人影。这个人穿着一件黑色连着风帽的袍子，拿着一支超大号的水枪，他把枪对准亨利的时候，一条水柱从坐在壁炉和讲台间的学生们头上穿过，击中了亨利的心脏周围，浸湿了他的衬衫。

"噢！"他喊道，"我死了！我死了！他们打中了我。"他抓着自己的胸口跌跌撞撞地绕到讲台一边——我看看盖茨，她微笑地站在亨利的背后像一个宠溺的大姐姐一样看着他——而后亨利走前两步，一头栽倒在桌子上，手臂软绵绵地搭在前面。

学生们欢呼起来。我和其他一年级学生一起坐在前面，周围并没有多少欢呼声，我的同学大多并不比我更明白到底发生了什么事。越往后面,尖叫和欢呼声就越响。穿斗篷的人摘下了他的帽子——那是埃德姆·罗宾诺维兹,一个四年级学生,他举起双拳大喊,虽然听不清楚,我猜他喊的是:"我胜利了。"

关于埃德姆·罗宾诺维兹,我知道三件事,每一件都让我连一点儿跟他说话的兴趣也没有。第一件有点儿久远了,发生在我进奥尔特的两年以前。在早上点名的时候,大家经常会宣布自己丢了笔记本或衣物什么的,例如"我星期一下午在图书馆遗失了一件绿色的羊毛外套",而有一天早上,作为一个二年级学生,埃德姆走到讲台上用很正经的声音宣告:"昨天晚上,吉米·格鲁威在音乐楼里失去了他的童真,如果你发现,请还给他。"他走下了讲台的时候,拜登先生对他怒目而视,下面的学生则面面相觑。吉米是埃德姆的室友,一个英俊的金发男孩,虽然这个小道消息从来没有提及,我却有些好奇那个女孩到底是谁。

第二件关于埃德姆的事情也在某些方面跟性有关系。在秋天,艺术楼里举行巴黎石膏像展,这是两个四年级女孩的联名展览,她们的脖子上总是绕着薄纱围巾,耳朵上挂着银环,穿黑色的衣服,很有可能是烟民,或是在进大学的时候开始抽烟。她们对她们的艺术很认真,那大概是她们的展览中被允许展出很多人体作品的原因,展品包括一些人体器官,在大量的推理论证之后,校园里盛行的说法是,有部分器官是埃德姆·罗宾诺维兹的。第三件关于他的事使前面两件显得更有意思,他应该是他们班 GPA 考试得分最高的人,无论录取比例如何,他进耶鲁都是铁板钉钉的事。

讲台上,亨利又"活"了过来,和埃德姆站在一起。"好了,现在正式宣布,"埃德姆说,"杀人游戏又开始了,今年的规则如下。如果你是一名学生,我们假设你愿意参加,如果你不愿意的话,今天中午以前到收发室把你的名字从班级名单当中划掉。如果你是教职员工,我们假设你不愿意参加"——说到这儿,迪恩·弗莱切发出一声欢呼,引得大家都笑出来——"那就意味着你想参加,是吧,弗莱切?"埃德姆说,"不管是谁抽到弗莱切,记住:他可做足了心理准备了。"

大家笑得更大声了,埃德姆继续说:"对于一年级的男生女生,我来简单说明一下。这个游戏的目标是,杀光你所有的同学。"教室里又一次响起笑声,笑声使得这一天和这个游戏似乎更长了;曾经有一些老师和学生反对过杀人游戏,但他们被认为是缺乏幽默感的少数派。

"杀人的方法非常简单,"埃德姆说,"游戏从明天下午一点开始。十二点的时候,你会在你的信箱里找到一张小纸条和一些橘黄色的小贴纸,纸条上面写着一个名字。这个名字就是你的目标,而这个人不会知道你拿到了他的名字。你必须在没有任何人看到的情况下把贴纸贴到他身上。如果被别人看见了,你就得再等二十四小时才能进行下一次行动。你的目标一旦'死'了,你就要接手他们的目标和他们的小纸条。别忘了你自己也是别人的目标。有问题吗?"

"要舔多少下才能舔到图图西棒棒糖的芯呢?"①一个女孩叫道。

"那要看你的舌头了。"埃德姆说,"这就是你能想到最难的问题了吗?"

"生存的意义是什么?"另一个人大叫。

站在盖茨旁边的拜登先生拍拍亨利的肩,亨利凑过去在埃德姆的耳边悄声说了几句。

埃德姆点点头。"我刚刚收到高层的指示,我们得小心了。所以,简单说,当心你的背后,不要相信任何人。如果你有任何问题,可以来找我,盖洛维,或者索夫。"他走下讲台,亨利跟在他后面。

"你应该告诉他们赢得比赛的人会得到'大杀手'的称号。"他们经过我的

---

① 图图西棒棒糖是美国一种著名的糖果,"要舔多少下才能舔到图图西棒棒糖的芯呢?"是该公司七十年代家喻户晓的广告词,因为一直没有标准答案而成为一个经典谜语。

桌前的时候，我听见亨利说。而后的发言已经开始了，但我还看着他们俩。

"或者让他们给你一下子，"埃德姆说。"不管他们选什么。"他们都窃笑起来，我也笑了，就好像是这个玩笑也是跟我开的。

当时，听着他们这么说，我并没有想太多杀人游戏的事情。让我感触最深的，是我想成为埃德姆·罗宾诺维兹的冲动。我当时也弄不清楚自己的想法，要是别人对我这么说，我可能还不相信。我对一些男生的好感让我有些疑惑，那不是浪漫，但我却不知道那还可能是什么。到现在我才知道，我希望别人花些时间来听我开玩笑，在全校师生面前开院长的玩笑，叫他的小名。我想成为一个自高自大的高中男孩，那样我就能他妈的清楚地知道自己在这个世界上的位置了。

练习后，我刚准备离开体育馆就听见康琪塔叫我的名字。在过去的二十四小时里，我一直为我早先对她的傲慢无理而有些后悔。我等着她走上来，而后我们一起沿着石板路走向中央环岛那边。"真是累人的运动。"她说道。

我注意到队伍围绕船屋往返跑的时候，康琪塔是掉队者之一——我们大队从河边折返跑回来的时候，她还在往河那边跑，确切地说，不是跑而是走，一边走一边喘着大气。我脑中闪过一个念头，想停下来，但克拉拉·欧郝拉汉已经走到她身边了。

"我跑到河边的时候，差不多想加入水手算了。"康琪塔说，"你看见那些舵手了吗？他们就坐在那儿喊号呢。"

"但我听说你的队友在赢得比赛的时候会把你扔到水里，想想被扔到雷蒙德河里的感觉吧。你会生出个连体婴儿来的。"

康琪塔笑了："我不会生孩子的，除非是像圣母玛丽亚一样沐主圣恩。"她还怕我不理解，补充道，"我当然是个处女。"

我克制住自己不转过头去瞪她。什么样的人会标榜自己的贞洁？

"嗨,想来我的房间听听鲍勃·迪伦吗?"她问。我们已经走到头了——她的宿舍在环岛的西面,而我的在东面。

"现在?"我说。和康琪塔一起离开体育馆是一回事,反正我们也顺路,但陪她一起去宿舍,跟她去什么地方,就完全是另一回事了。

"你不能去也没关系。"

"不,我想没问题,"我说,"就去一会儿。"

爬上康琪塔宿舍的楼梯,我问:"你和谁住在一起?"

"我一个人住。"

"你不是一年级么?"单人房虽然不受欢迎,但从来不会分配给一年级新生。

"我是,"她回答,"但我失眠,所以他们破了例。有时候,我晚上睡不着觉。"

"那太糟糕了。"我从来没有遇到过患有失眠症的同龄人。

"可以的时候,我会打点小盹。"

我们走进她的房间,我的第一印象就觉得房间被刻意装饰成十几岁小女孩的风格,但设计者也许从来没有遇到过一个这样的小女孩。有些东西"专业"得让人感觉不舒服:像是一套电视剧集,褶皱边的粉红色窗帘(一般寝室的窗是挂遮光帘的),统一的褐色地毯上又铺了一层浅蓝色的地毯,裱了框的埃菲尔铁塔海报,心形的镜子嵌在心形的白色柳条框里。房间里一个塑料的白色矮桌放着一大盘糖果,一个画着粉红和蓝色花纹的花瓶,两边各放着一个布靠垫。(所有的白色都给我留下了模模糊糊的印象,因为在我家,妈妈从来不买白色的东西,不论是家具、床单,还是衣服。十二岁之前,我每年复活节都向妈妈要白皮鞋,而每年都遭到拒绝:"它们太容易脏了,让你头晕。")康琪塔的床头上,粉红色的霓虹灯用草体拼成她名字;霓虹灯之类的东西在白天亮着,在一个空无一人的房间里,让我感觉非常的郁闷。衣柜上放着一台音响,竟然也是粉红色的,但比这些装潢更值得一提的是这个房间的大小。这肯定不是一间单人房。这是一间只放了一张床的双人房。

"随便坐，"她说，我坐在了一个布靠垫上。"你饿了吗？我有点儿吃的。"

"我还好。"

她没有理我，踮起脚尖去拿她放在橱柜顶的东西。她拿下来我才看到那是一个大篮子，里面装着还没开封的薯片、葵花子、开心果、巧克力饼干、动物脆饼，还有几袋可可粉。连篮子里的食品看起来都经过专业设计，我突然感觉自己是在参加一个只有我自己一个客人的吃喝派对。

"我只要一些糖果就够了。"我指着桌子说，"但谢谢你把它拿下来。"她把盒子放回去的时候，我从桌子上拿了颗牛奶糖。我看见所有的糖纸上，都蒙了一层灰。

"有件事我必须得做，"康琪塔说，"你能保守秘密吗？"

我挺起腰来："当然。"

她掀起床上蒙着灰尘的皱边拉出一个电话来。

"我从来不知道房间里有电话插口。"我说，虽然是秘密，这可不太好，像是特殊待遇。

"是我们后来装的。迪恩·弗莱切和帕纳赛特太太批准的，但我不能告诉其他学生。我妈妈跟他们说我需要电话，以防半夜哮喘病发作。"

"但如果你哮喘病发作的话，你根本就没办法打电话呀。"

"我可以打 911。"康琪塔顿了一顿，"事实是，我妈有些紧张过度。我刚到这儿的时候她试图打付费电话找我，但不是忙音就是没人应答，她也不能留言。不说这些，我很快地给她打个电话，然后就放音乐。"

她拨号，一会儿，开口说："喉啦①，妈妈。"虽然我学过西班牙语，却一

_____

① Hola，西班牙语的"你好"

80

点儿也听不懂她在说什么,除了——我都不太敢确定——我自己的名字。我思索着这个房间的装饰花了多少钱,转念一想,也许这是一种文化传统,也许虽然她的家庭并不很富有,但他们愿意把钱都花在看得见摸得着的东西上。我最近看了一篇关于十五岁成人仪式的文章,我想康琪塔到了十五岁的时候也许会举行一场这样的仪式。我甚至有可能被邀请参加,那会很精彩,会离奥尔特远远的,我会去参加。我可以让我爸妈把飞机票当做生日礼物和圣诞节礼物一起送给我。

康琪塔挂上电话,我问:"你是不是每天都跟你妈妈打电话?"

"是的,至少一次。我走了她真的很难过。"

我只有星期天才给我妈妈打电话,即便频率这么低,我们也从来不煲电话粥,似乎每次我打电话过去都是在她要开始烧晚饭或催我的弟弟们上床的时候。有时候我挂上电话以后,会在电话间里呆坐一会儿,即使有别的女孩们在门口等着用电话。我想起我爸妈是多么不希望我上寄宿学校,我的弟弟们在我走的那天是怎样哭喊着不让我走,随后又多么快地就习惯了我的离开。我知道他们想念我,但看来现在他们发现我不在家的时候比在家要省心得多。

康琪塔走到音响那边,"像我们说好的,"她说,"女士们先生们,向你们隆重推荐,鲍勃·迪伦先生。"康琪塔顺时针转动了音量旋钮,吉他声传到耳边。一个深邃、柔软的声音低声吟唱:"躺下吧,女孩,躺下吧……"不像我原来想像的,它更柔和,更浑厚。最让人惊讶的是,它听上去像是言情音乐,或者说是两性音乐:迪伦唱的是一个男人,穿着脏衣服,却有着一双干净的手,描述了一个女人在床上如何如何是这个男人这辈子见过最美妙的东西。

"我喜欢这首歌。"我说。

康琪塔把音量调低:"什么?"

"我喜欢这首歌。"

"噢,我也是。"她又把音量调响了。

"为什么还要等待这个世界的开始?"迪伦唱道,"为什么还要等待你爱的人,当他已站在你的面前?"

窗外,午后的亮黄色阳光渐渐蒙上了傍晚的阴影。这是我一天中最感伤的时候,总在这个时候,我相信自己的生活不该是现在这个样子的,而此时音乐让这种感觉越发强烈——我发觉自己希望可以进入到歌里所唱的那个世界,躺在洁白的床单上,当一个穿着脏衣有些腼腆的男人慢慢靠近时,我会爱上这么一个男人的,我想,他会穿着一件法兰绒衬衫,我把他拉向我,我的手臂紧紧环着他的后背,从衣服里透出他皮肤的热度。

一曲终了。我不想抬头看康琪塔;我并不特别想跟她呆在一个房间里。

"这儿还有一首好歌,"她说,"叫'不为人知的蓝色乡愁'。"

"乡愁"这个词引起了我的兴趣,但这首歌只是旋律不错,歌词却有些空泛,让我不由想换首歌来听。康琪塔又放了几首其他的歌,换了几张CD,有时放到一半就切断了。到了最后,我还是最喜欢"躺下吧,女孩,躺下吧"。我走的时候,康琪塔说:"你可以把它借去听。"

"不用了。"

"没关系的。"

"我没有 CD 机。"我说。

"你的室友呢? 你跟黛德和欣君住在一起,是吗?"

她的调查做得还真仔细。

"黛德有一套音响,"我说,"但我们算不上好朋友。"

我的手已经碰上了门球,她又说:"想去城里吃晚饭吗? 餐厅今天的晚饭是大比目鱼,所以我想如果你没什么事的话……"

除非有正式的晚宴,学生是可以出校的,但我从来没有出去吃过饭。我只有在周末的时候,才会借欣君的自行车出去,到杂货店去买牙膏或者苏打饼干。

"我们可以去吃披萨或者中国菜。"康琪塔说。

我从没去过饭店吃饭。渐渐地,由于一直没有去饭店的习惯,就觉得好像那是个没有邀请就不会去的地方;这些地方看来是属于其他人的,那些三四年级的学生,那些有钱人,那些有朋友的人。但此时此刻,我却受到了邀请。康琪塔喜欢我,我想。她非常友好。如果我接受了她的邀请,我就可以像其他人一样。"我们去吃披萨吧,"我说,"我会去找辆自行车然后回来找你。"

"等等。"

我回过身。

"我没有自行车。"她说。

"我也没有,我借欣君的。"

她有些吞吞吐吐:"我是说,我不会骑自行车。"

我愣了一下。

"我以前都是走路去的,"她说,"时间不长。"

走出她的宿舍,我们来到双车道上向着校门口走去。"你从来没学过吗?"我问,希望她没听出来我有多惊讶。我从来没有听说过谁五岁以后还不会骑自行车的。

"就是没什么特别的必要去学,如果这是你要问的话。"

"但你小的时候,你附近邻居的小孩难道不骑车吗?"

"我不太认识其他的小孩子。"

我想起自己小时候,附近八到十二岁的小朋友总是一起骑着车到处转悠,我自己也是其中一员。我们骑到公园,赶在天黑前回家,一路上街灯摇曳,夏蝉齐鸣,我们蹬着车,回到家的时候,往往是灰头土脸,满身大汗了。

"你想学吗?"我问。

"我从没想过。"

我们都不出声。而后我说:"我可以教你。至少可以试试。"

她没有立刻回答我,但我能感到她有些紧张的喜悦,一瞬而过的兴奋。我们肩并肩地走,我看不见她的表情,但我能感觉到她在微笑。"你不觉得我现在学太晚了吗?"她问。

"绝对不会。那是件一旦学会了就忘不了的事。也许只需要几天。"我想着康琪塔可能不希望别的同学看到,"我们可以在校医院背后的那条路上练习。"我说,"我们可以早上学,或许,在早礼拜之前。"

我在杀人游戏中第一个目标是德尔文·毕林格,一个对我来说班里普普通通的男孩。在我的信箱里,我发现了一张写着我和他的名字的纸条,上面还夹着圆形的橘黄色贴纸。我的周围,其他的学生也找到了他们的任务,正在吵吵嚷嚷地交谈着。那正是第六节课的开始,我从收发室出来,走到餐厅去吃午饭。我刚走到地下室通向一楼的楼梯井,就出乎意外地迎面碰上了德尔文。像我一样,他也是一个人。我们对视了一眼,没有打招呼,他就转身消失在楼梯上。

我的任务纸和贴纸还在手上。我用食指和拇指撕下一张贴纸,贴在指尖上,立刻挥着双手跑上楼梯,"德尔文。"我叫。

他在上面几个台阶停下来回过头:"嗯?"

我二话不说,跑上几步,跟他站在一个台阶上,伸手把贴纸贴在了他的左臂上。"你死了。"我说,我咬着嘴唇,尽量让自己不要笑出来。

他看着他的手臂,就好像我在上面吐了口痰似的:"那他妈的是什么东西?"

"杀人游戏啊,"我说,"你是我的目标。"

"那还没开始呢。"

"不,开始了。"我把手表伸到他面前:一点十分。

"乱七八糟。"他听起来似乎怒火中烧，不过，我并不太了解他，因此对他的情绪并不确定。他瞪了我一眼又转过身，好像要继续上他的楼。

"等等，"我说，"你还没有把你的任务给我。"

"我什么都不必做。"

我们面对面看着对方，我笑了出来。按理说，嘲笑德尔文·毕林格应该是我不敢去做的事情。他是我们班六七个小开之一——他们大多来自纽约，父亲都从事投资经纪或其他我一无所知的金融行业。(理论上来说，小开不一定要是纽约人，或是有一个当银行家的爹——只要看上去差不多就行了。)但如今看来德尔文的怒火与其说可怕不如说是愚蠢可笑；他让我想起了噘着嘴的六岁孩童。"你想要赖皮吗？"我问。

"你这么顶真干吗？这只是个游戏。"

"那我就是在遵守游戏规则。"

德尔文瞪了我一眼，摇了摇头。他伸手到他的口袋里，拿出了几叠折好的纸，塞在我手里："给你，开心了？"

"是的。"我说，"谢谢你。"

第二天一早，是原定康琪塔第一节自行车课的时间，天空中乌云密布，从远处传来隐隐的雷声。我不由得怀疑康琪塔会不会出现；她看上去像是那种会因为小小的坏天气预报而改变计划的人。但当我来到校医院的后马路时，她已经在那儿等着了，穿着一件亮粉色的透明雨衣，戴着一顶与之匹配的帽子——西南风格，像是渔夫戴的那种，只是我很难想像有什么渔夫会穿粉红色的透明雨衣。

我骑着欣君的自行车，慢慢停在康琪塔的旁边，下了车。"上来吧，我们开始。"我说。

她绕过一条腿，两脚站在地上分跨在自行车的横梁两边。

"现在坐下。"

她放松往后靠了靠。

"把你的脚放在踏板上。"

"你抓紧了吗?"

"是的,当然。"我原先紧抓着书包架的两只手分别挪到了车的横梁和座位背后。"这样是不是感觉更稳些?"

她抬起右脚放在踏板上,而后是她的左脚。由于踏板上有脚套,康琪塔没有找到开口而是踢在了踏板上,踏板转了几圈。"对不起,"她说。

"再试试。"

第二次,她成功地把脚塞了进去。

"好了,"我说,"现在慢慢往下踩。要用——我想是用你大腿的肌肉。"

她开始踩踏板。右边踏板下去了,左边的踏板上来了,而后就停住了。

"继续,"我说,"那是让车前进的动力。"

她又开始继续踩。她的动作还有些不协调,但至少还连贯,而她在往前走。我跟着跑起来。

"我觉得我好像在往一边倒。"她说。

"有一点。你骑得越快,就越稳。"

"这是欣君的车,是吗?"她问。"你跟她一定比跟黛德要好,因为你不想借黛德的音响。"

"欣君更随遇而安些,"我说,"黛德没什么,只是她不那么随意。"

"黛德的问题是她想成为阿思派丝·门特格玛丽。"

这个观察是完全正确的。但这很奇怪——康琪塔的语气显得她似乎和黛德很熟,但我却怀疑她们甚至从没有说过话。

"你觉得黛德和阿思派丝明年会住同一个房间吗?"康琪塔问。虽然申请表递交的最后期限要到五月底,但春假放完以后,房间的分配已经成为一个热门的话题。

"我怀疑。"黛德当然希望如此,我知道,但到了最后一刻,我不认为阿思派丝会同意。

"竟然有人想和阿思派丝住同一个房间,"康琪塔说,"她那么小气。"

"你认识她?"

"噢,我老早以前就认识她了。"

这看起来不太可能。阿思派丝住在我同一个宿舍里,不是康琪塔的,即使她们在一个班上课或者在一个运动队里,阿思派丝的身边总是有许多人,被一群类似于黛德的女孩子包围着,简直就跟奥尔特的其他人都隔绝了。我想到了阿思派丝浅色的长发,她的衣着——春天柔嫩色调的开衫和卡其布的裙子,白色或海军蓝的帆布鞋——她小麦色的长腿和鼻子上闪亮的雀斑,让她看来似乎是在阳光下打了一个下午的网球的样子。我瞄了一眼我旁边骑在车上的康琪塔,她那亮闪闪的粉色雨衣和帽子,她蓬松的黑发。"我不知道你们两个是朋友。"我说。

"我一出生就认识阿思派丝了。我们的爸爸在一起工作。我们从幼儿园开始就是同班。"

"我以为阿思派丝是从康乃狄克州来的。"

"他们家几年前刚搬到那里。在那之前,他们住在德克萨斯。"

"那么你们经常在一起吗?"

康琪塔转过头看着我,脸上掠过有些好笑的表情:"是的,一直都是。你没见过我们在一起吗?"她顿了顿,又说,"莉,你要到什么时候才能不跟我绕圈子? 我和阿思派丝小时候是朋友,但她从五年级以后就不跟我说话了,因为她变得太酷了。"听上去康琪塔只是在陈述一个事实,而不是表示愤慨。我想她是把自己当做一个局外人来接受这个处境的,也许她甚至在进奥尔特之前就是这样的,在我还希望周边的人和事会让我变得讨人喜欢一点的时候。

"那欣君呢?"康琪塔问,"你想你们接下来会住在一起吗?"

"可能。"我相信欣君打算和丰满又雅痞的克拉拉·欧郝拉汉住在一个房间。我想她们应该会接受我成为她们房间里的第三个人,那会比住单人房要好些,但也好不了多少。就像和阿思派丝住在一起能巩固黛德的地位使她成为一个真正受欢迎的人一样,跟欣君和克拉拉住一个房间会让人觉得我是那些不起眼又惹人讨厌的不合群的女孩之一。

我们一路骑过了校医院,"我们调个头吧,"我说,"我们可以继续骑回去。"

星期三,在"杀死"德尔文以后,我又"杀"了塞奇·克里斯滕森(她是一个在曲棍球队的二年级学生),晚饭的时候,我杀了埃尔·沃瑞,一个四年级学生。我把贴纸贴到她们身上的时候,她们都吓了一跳,但谁都没有特别在意。"我玩这个游戏总是很差劲。"埃尔把她的目标和贴纸递给我的时候很认命地说。

而我,很明显的,在"杀人游戏"上有一定的天赋,我发现自己有时在想——要不想是不可能的——我是不是有可能赢得整个游戏。要是我让所有人都大吃一惊呢?要是所有的男孩子(男孩子们当然更擅长这个游戏)都疲于互相残杀而忘了躲在一边雷达区以外的我呢?毕竟,不可否认地,那些我平时引以自怨自艾的特质——我的不起眼,我对旁人的观察——现在都成了我的优势。也许最后胜利就出乎意料地属于我了,就像在和家人玩红心大战的时候常常拱到红心 Q 一样。

即使我在杀人游戏中成不了最后的赢家,我还是挺喜欢它给餐厅和教学楼带来的不一样的气氛。有些人会告诉你他们杀了谁,但有些人会保守秘密——就像是自己的成绩——据说有一群二年级学生已经为此画了一个巨型的图表,就像家谱一样,把所有参与游戏的人的关系排列出来。但可想而知,这样的图表坚持不了多少时间,因为人们的关系每个小时都在发生新的变化。我听说负责登记的范丽太太把其他班的预订计划表给了四年级的孟迪·凯福勒和阿尔伯特·舒曼，但后来当更多的学生去她的办公室问她要预定计划表的时候，却被她拒绝了。排队等早餐的时候，另一个一年级新生瑞奇·希块斯特告诉我至少有一半以上的学生在最初的二十四小时内就被"杀"掉了。我一点儿不惊讶——黛德和欣君就都在昨晚之前被干掉了。在烤我的面包圈的时候，我听见阿思派丝对克劳斯说："如果再让我听到什么关于这个倒霉的游戏的话，我会尖叫的。"

"是啊，因为你已经出局了。"克劳斯说，"别这么没有游戏精神。"（站得离克劳斯这么近，我愣愣地瞪着地板，觉得跟康琪塔一起出去是那么无趣。）

"不，"阿思派丝说，"那是因为他很傻，这个学校的傻子已经够多的了。"

"当然，"克劳斯说，"我完全相信你。"

他们站在我前面大概三英尺左右，面包圈烤好以后，他们就走开了。克劳斯还活着，我想道，这让我忽然兴起了一个念头：要是我一直坚持下去，最终这个游戏会把我带向他，或者把他带向我，那就更棒了。克劳斯拿着写着我名字的纸条，走遍校园来找我，伸手将小贴纸贴到我的身上——这种可能性让我有些伤感，有些恐惧，更充满希望。自从我们第一次坐一辆出租车回来到现在一个多月以来，我们终于有借口说话，他终于要正视我了。

生活在有了别有用心的动力之后，目标就特别明确；走在去礼拜堂的路上，我感觉似乎有了真正的方向。我的下个对象是麦克格拉斯·米勒，一个从达拉斯来的三年级学生，是从埃尔·沃瑞那里接手过来的。我听说麦克格拉斯擅长曲棍球，我想要杀死一个运动健将可能会困难些——他在游戏中晋级的机会要大得多。

我在前一个晚上就想好我下手最好的机会就是在早礼拜结束以后的

那段混乱期。因此,我早早地结束了我的早饭,没跟康琪塔一起,我一个人在礼拜堂的后排找了个位子。一般我都坐在前排,但我知道后排总是那些没睡醒的三四年级男生和要利用早礼拜的时间做作业的学生的集合地。身边的位子渐渐坐满了人,我一直都在寻找麦克格拉斯。七点五十五分,他坐在了我前面两排的一个位子上。当教化学的库克先生在讲台上讲述他小时候怎样通过陪伴外祖母钓鱼而培养耐心的时候,我眼睛一眨不眨地盯着麦克格拉斯的后脑勺。

虽然在赞美诗唱完了以后就可以离场,我一般都等到最后的退场圣歌结束。然而,这个早晨,在最后一个"耶路撒冷"响起之前,我跟着麦克格拉斯向出口走去。门口是一个瓶颈,这也是为什么我一般总是等到最后才走的原因,学生们摩肩接踵互相开着玩笑。四年级的派克·法瑞尔叫道:"嗨,都雷,注意背后!"而后另一个人叫道:"放过那个杀手吧!"

在我和麦克格拉斯之间还有两个人,我悄悄地超过其中一个,然后是另一个。我的右手在口袋里撕下一张橘黄色的贴纸粘在手指上。走到门口的时候,麦克格拉斯离我只有几步之遥了;我可以看见他红色 POLO的 T恤的织纹,近得就好像看见另一个人脸上的毛孔一样。

我把手从口袋里拿出来,把黄纸条贴在他的后背上,还没来得及把手拿开,就听见马克斯·库柏,一个站在我旁边的三年级男生叫了起来:"我看到了,一年级的小女生,不管你的名字叫什么,你可真差劲。嘿,米勒,看看你的背后。"

麦克格拉斯转向马克斯,马克斯指着我。

"她刚才想要杀了你。"马克斯说。

麦克格拉斯又转过来。我低着头,气红了脸,没敢抬头,我往上瞥了一眼,看见麦克格拉斯正咧嘴笑着说:"你?"

人群继续向前涌,我们三个发现自己已经脱离了人群,孤零零地站在礼拜堂门前。

"你真是太差劲了，"马克斯又说了一遍，相当的大声，他比我高几英寸，伸手向下指着我。但是他看来并不像德尔文那样怀有敌意，而只是有些兴奋。另外有几个三年级的男生，马克斯或麦克格拉斯的朋友围在我们旁边。

"你叫什么名字?"麦克格拉斯问。他带点南方口音和一点点鼻音，他已经把背上的纸条拿下来贴在了他的中指上。

"我叫莉。"

"你是想从我背后杀了我吗，莉?"

我扫视了一圈其他男孩，目光又回到麦克格拉斯身上，"差不多吧。"我说，他们都笑了。

"我要告诉你的是，"麦克格拉斯说，"尝试是好的。但成功是不可能的。你明白了吗?"

"告诉她。"另一个男孩说。

"让我们再说清楚一点。"麦克格拉斯举起他的右手，贴着纸条的手。"尝试，没问题。"他说。他又举起左手，"成功，没可能。"他摇摇头，"绝对绝对没可能。"

"等着瞧看我能不能记住。"

"噢，"马克斯说，"她还不服输呢。"

忽然间，我发现自己对他和麦克格拉斯产生了一种奇怪的感觉。

"那就这样吧，莉，"麦克格拉斯转身走开的时候说道，"我会看着你的。"

"我也是。"另一个男生说着，还在他眼前做出望远镜的姿势。他对我笑了笑，而后追上了他的朋友们。(西蒙·桑霍斯·奥拉德，汉诺威，新汉普郡——那天下午在宿舍里，我从校刊中查到了他的名字。)

那天晚上，晚饭以后，我走出食堂，推着欣君的自行车准备去接着给康琪塔上自行车课，忽然转头看见爱德孟都·萨尔达纳跟在后面。那是一个看上去有些内向的二年级男生，我们从来没说过话。虽然在我之前有几个学生离开了餐厅，爱德孟都和我旁边却没有别的人，我大约在他前面十英尺左右的地方。

"你想要杀了我吗?"我问。

他不明所以地皱皱眉头。

我的心跳加快了。"要是你那么做的话，我会大叫，"我说，"他们都会转过头来。"我指着前面。我有些虚张声势——也许我不会叫，因为那会像闹剧一样;但也许我会，因为我是多么想继续玩这个游戏。

"那愚蠢极了，"爱德孟都说。他有些口齿不清，但我听得十分仔细:"我对这个游戏可没什么兴趣，你知道?"

"那你要杀我吗?"我几乎不敢相信我是对的——我一开口问他就意识到他可能只是去图书馆而已。

"我不在乎，"爱德孟都喃喃道。"你想要活下去，我就不杀你。我不知道他们为什么要玩这个游戏。"他坦然地看着我，我有些疑心这会不会是个圈套——他装做不介意的样子，而在靠近的时候猛扑过来。但回想起我以前对他的了解——爱德孟都从凤凰城来，我几乎可以确定他是拿助学金入校的，他还有他的同屋，一个从波士顿来的名叫菲利普·埃韦斯的有钱少爷在房间里除了玩双陆棋就无所事事了——看来似乎爱德孟都一直都是这么害羞而又爱找借口。显然，他比我还难受。

"要是你不介意，那你会让我走吗?"我说，"你能不能转过身? 或者你原地不动，我继续向前走。"

"没关系，"爱德孟都说，"你走你的好了。"

当我把这一切告诉康琪塔的时候，她叫了起来:"杀你的是爱德孟都? 爱德孟都·萨尔达纳?"

"是的，怎么了?"

她爬上车踩着踏板，我在一旁抓着——她很明显有了进步，即使是在

第一节课里。"没什么，真的，"她说，"我和他都在 MSA 里。"MSA 是少数民族学生会的意思，我对这个组织一无所知，只知道他们都在星期天晚上聚会。

"你对他没什么吧？"我问。

"对爱德孟都？你当真的吗？"

"我提到他的时候，你好像很兴奋。"

"我才不相信爱情呢，"康琪塔说，"那有什么意思？"

这个问题无法回答。做人有什么意思？呼吸空气又有什么意思？

"别告诉你你对什么人有意思？"她说。她看着我，转头的时候，不经意地连带动了手臂，车倒向左边，她很快又把头转了回去。"谁？"她问，"我不会对人说的，我保证。"

"我才不会告诉那些认为爱情是毫无意义的人。"事实上，我没有向任何人提起过克劳斯。惊喜假日以后，我甚至没有大声说过他的名字。但是我时时刻刻回想起他，以至于有时候我亲眼看见他，会感觉有些奇怪——真正的克劳斯，走来走去的克劳斯，跟朋友说话的克劳斯。他是我一直惦记着的人吗？

我从没提起他一是因为他的特殊身份，二是因为也从来没有人想听。"你真的谁都不能说，"我说，"我是认真的。"

"我以为你知道你能信任我。"康琪塔说，她听来似乎有点受伤。

"是克劳斯，"我说，"那是在惊喜假日那天……"

"克劳斯？你喜欢克劳斯？"

"康琪塔，你到底要不要听？"

"对不起。"

"那是在惊喜假日那天，"我继续，"我们最后在一辆……喜欢克劳斯有什么不对？你认识他吗？"我的脑子里忽然想起了什么人，几秒钟之后，我想起来那个人是黛德。

"他跟我在一个数学班里。"康琪塔说,"他看来还可以,但我本来以为你会更喜欢像——也许像伊恩·舒尔曼那样的。"

"我都不知道那是谁。"

"他是一个画画儿画得好得不得了的二年级学生。他画连环漫画,穿黑色的匡威运动鞋。"

"你确定你不喜欢他?"

"我可没那时间,"康琪塔说,"不然我和爱德孟都早就坠入爱河了。"

我忍不住笑出声。

"继续吧,"她说,"惊喜假日,然后呢?"

我一五一十地告诉了她:购物中心,出租车,克劳斯抚摸我的头发,她问:"他吻你了吗?"

"约翰和马丁会看到的,"我说,我意识到自己在暗示是客观条件不允许我们亲吻,我想也许这是你把故事告诉别人的原因,看看他们是不是有可能再给故事添油加醋。

"等一下,"康琪塔说,"克劳斯有女朋友。"

"他没有骗我,"我说,我们转了个圈——我已经数不清康琪塔来来回回骑了多少趟了——她已经可以看着我而不怕失去平衡了。"他真的没有,"我说,"亲吻是欺骗。在出租车上坐在一个人的旁边不是。"

"你是不是希望自己是苏菲·斯如乐呢?"

她把车转了一百八十度,又面朝北了。"走,"我说,"继续踩踏板。"事实上,我很少想到苏菲。她很漂亮,她是三年级,而克劳斯也许是她的男朋友,但苏菲不可能像我那么在乎他。如果他们分手,我怀疑她在一个星期之内就会跟别的什么人出去约会了。但我甚至不希望他们分手——要是克劳斯没有约会对象,那他在其他女孩的环伺中就更危险了,她们在礼拜中对他蓄意套近乎,她们谈话中的笑声。只要他对我而言是遥不可及的,他对其他女生也是遥不可及的。"别担心苏菲,"我随康琪塔说,"现在的重点是,我希望我会在杀人游戏中拿到克劳斯的名字,或者是他拿到我的。"

"我以为拿到谁的名字由不得你自己。"

"没错,但这个游戏的人数正呈几何级数缩小。"我脑中闪过一个念头,也许"几何级数"这个词我用得不对,但在康琪塔面前没有关系;她不是挑刺的人。"我杀的人越多,我就越有机会接近他。"

"你确定他不会被别的什么人干掉?"

"我想他很小心。不管怎么样,你是不是很惊讶我竟然把杀人游戏当做我达到目的的手段? 我成了马基雅维利了。"这个秋天,所有的一年级新生都读了《君主论》①。

"布鲁斯特先生会感到骄傲的,"康琪塔说,"只要想到如果你嫁给克劳斯——也许他会给你额外的加分。"

我看着她,她盈盈地笑着。自行车骑得我们两个都满头大汗,我知道自己已经对康琪塔投降了,我们成了朋友。她一定也有一样的感觉,因为她接着对我说:"我有些事情想跟你说。"

我知道她要说什么,但却选择装傻:"什么?"

"我在想,也许我们明年可以住一个房间。"

我可以很轻易地想像出那会是怎么样的一个场景:我们的房间会有花边的粉红色窗帘,吃她的食物,一边看书一边听鲍勃·迪伦。那倒不是我能想像到的最坏的情况,但仍让我感觉有些不舒服。我们已经有不少共同点了——我们的庸庸碌碌,我们的助学金——还有我们可能会培养出来的共同点(我为自己的可塑性感到害怕)。我可以预见我们在星期六的晚上呆在寝室里,穿着睡衣,叫中国菜的外卖,向对方扔水球,大声尖叫。我不确定自己是不是想尖叫。我想交男朋友,我希望我的生活是多

---

① 马基雅维利,意大利著名实战派思想政治家,《君主论》是他著名的三部著作之一,讲述如何做一个政治领袖。

愁善感的,迂回曲折的,离经叛道的,至少有一些离经叛道。"噢,"我说,"我想过这个问题。但我在给你一个明确的答复之前得先确认一些问题。"

"关于欣君的问题?"

我点头。"玛莎·波特呢?"我问,"你们不是好朋友吗?"

"玛莎很好。但她的室友,伊丽莎白,是个好吃鬼,她圣诞节之后就没有回来。玛莎说他习惯了一个人住,可能明年也会申请一个单人间。"

所以有别的人跟我一样对跟康琪塔住一个房间有着矛盾的心情。我一点也不惊讶。

"到时候告诉我吧,"康琪塔说,"申请表还有一段时间才截至。还有,我妈妈这个周末到波士顿来,你想要请你星期六和我们一起吃午饭,我也邀请了玛莎。"

说也奇怪,虽然只有一个小时不到的路程,但我从来没有去过波士顿,只有从机场坐班车回学校的时候路过那里。但现在,当回家人们问起我是不是喜欢那儿的时候,我可以给他们一个真正的答案了。

"我把你的事都告诉我妈妈了。"康琪塔说,我不禁奇怪为什么康琪塔这么喜欢跟我在一起,特别是在没有其他人应和的情况下。我怎么会这么轻而易举地就博得了她的好感,或者说是毫不费力,甚至不情不愿地?我曾经不屑一顾的解释真的是那么简单明了吗?

"我会尽量满足她的期望的。"我说。

晚课前,我在寝室中百无聊赖——欣君不在,黛德正打着盹,这也许意味着她打算开夜车准备考试——我在黛德五斗橱上的镜子里,瞥见自己的影子,忽然愣了一下,我看上去不像那种会赢得全校范围的比赛的人。我不确定这样的一个人应该长成什么样子——但肯定不是我。我长着棕色的鬈发,薄薄的嘴唇,又浓又粗的眉毛(不是男生的那种浓眉,但是对女生来说,浓了点),我知道我的眼神很犀利。"你瞪着我干什么?"我妈妈开车或者做饭的时候会这么说,"什么? 我的牙上有什么东西吗?"有时候我甚至能感觉到自己盯着人看,但那是不由自主的,不然我的眼睛又该往哪儿看呢? 要是你从不看别人的话,那不是更奇怪了吗?

我走进黛德的镜子,观察我的皮肤,看看有没有什么青春痘的迹象,我刚把头转过去检视我的左下巴就听见黛德没睡醒的声音:"你在干什么呢?"

"没什么。"

"要是你不完成你的拉丁语,"她说,"就都泡汤了。"

"你正迷糊着呢,黛德,"我说,"回去睡你的觉吧。"

晚课的时候,欣君和我站在茶水间前吃着曲奇饼干。等到所有的人都报到完了,发言结束,我们已经差不多吃掉了三分之二,我开始觉得有些撑了。艾米·丹内科走到冰箱旁,拿出一杯健怡可乐,说:"麦克格拉斯认为你今天在礼拜堂想要试图杀了他是一件非常可笑的事。他可真自以为是。"说这话的时候,她眼角都没瞟我。在她的语气中,出人意料地有些主动搭讪的意味,几乎是友善的。"你知道他的房间就在爱莉西丝和海蒂她们楼下吗?"她补充道。她声音里那泡沫式的快乐告诉了我:艾米喜欢麦克格拉斯。

我把曲奇还给欣君,她有些迟疑:"我大概吃不下了。"

艾米眼巴巴地看着我们。

"你要来一点儿吗?"我问,虽然是欣君的,我还是把袋子递了过去。

艾米用中指和食指夹了两块饼干出来,我突然想到她说不定是那种上了洗手间以后从不洗手的人,我以前从没这样想过。"我站在你这边,"艾米说,"我的意思是要把麦克格拉斯拉下马。"

这样她就有些借口去惹他了,我想。我倒不是反感——我明白阴谋诡计是需要有些借口的。

"问题是他的朋友们现在就像他的保镖一样。"我说。

"这倒是。"艾米点头。

"也许你可以趁他睡觉的时候从他的窗口爬进去。"欣君说,"他在晚上没有保镖。"

我笑了,我的目光迎上了艾米。"那是违反探访规定的,"我说,"我必须先得到纪律委员会的批准。"

"你不用进去……"她一说,我就明白了,接道:"噢,像是写一封恐吓信下去? 或者吊个什么东西下去?"

"是啊,让他紧张一下。"

"我想到了,"欣君突然说,"我们可以用鱼竿!"

"我们要上哪儿去找鱼竿呢?"虽然艾米听起来有点满不在乎,我告诉自己她是主动来跟我们搭话的。

"地下室里有一些,"欣君说,"我在储藏室见过。"

"我知道你说的是什么,"我说,"在锁着的门后面。"地下室在几间寝室的下面,据小道消息说,这是学生们夜间偷偷溜去异性寝室的一条秘密通道。"但我们晚课之后下不去啊。"我说。

"我们问问布太太。"欣君建议。

"问她?"艾米说。

"不妨试试。"我说。

布太太的门一敲就开了。艾米和欣君都不做声,我意识到我成了默认的带头人。"嗨,"我说,"我们有一个问题。这有点儿奇怪,但您知道杀人游戏吗? 您知道麦克格拉斯·米勒吗? 他是我的目标,我们想吓吓他。只是开个玩笑。所以,虽然我知道已经过了十点,但我们希望……"

"我们想到地下室拿一根鱼竿,"艾米说,"就两分钟,可以吗?"

"你们要鱼竿干什么呢?"布太太问。总的来说,对于我们的忽然出现,她看起来远没有我原先想像的那么惊讶。

“我们想放点东西下去到麦克格拉斯的房间,像是一张纸条什么的。”我说,“他住在海蒂和爱莉西丝下面。我们会悄悄地,不会花很长时间的。”

“但如果你们那样做的话,”布太太开口,我以为她接下去要说“你们会违反晚课纪律”,谁知她竟然说:“麦克格拉斯就知道他是你的目标了。”

“不,他已经知道了,”我说,“我在走出礼拜堂的时候想要杀他,但他的一帮子朋友都看见了。”

“是其他那些三年级男孩?”真是出乎意料,布太太看来对此非常感兴趣。

“是的,”我说,“大多是他曲棍球队的。”

“好吧。”布太太下了决心似的点了点头,“我想我们得给那些男孩子们好好上一课。”

而后,我们三个人,艾米、欣君和我,跟着她走出公共休息室,沿着地下室的台阶走下去,却没有找到印象中的鱼竿,我们愣了一下,停了停,我开口道:“我们不需要鱼竿。我们可以就用一把扫帚或者什么的。”我们又爬上楼梯,绕过公共休息室的壁橱,快步穿过大堂到海蒂和爱莉西丝的房间,这次还有布太太的参与,跟她们解释我们的来意时,她们从疑惑不解变成了兴致勃勃最后简直有些热情洋溢了,热情地就像我们自己一样,突如其来却不可思议的真诚。

“你知道吗,你们应该用一个枕套,”海蒂说,“这样你们就可以把字写得很大。”她去掏她的洗衣袋,在我看来这明显是奥尔特风格了,为了一个玩笑而毫不在乎地牺牲一个枕套。似乎没有人在意这个枕套和别的东西一样,是要花钱的。海蒂把它塞到我手里,爱莉西丝则递过来一支黑色的记号笔。

摘下笔套,我顿了一下:“我该写什么呢?”

大家都不做声,沉思紧张的沉默过后,爱莉西丝建议:“我知道你在哪儿。"

"你睡觉的时候我在看着你。"海蒂说。

"我闻到你血的味道,"艾米说,"那味道闻起来"——她瞥了一眼布太太——"味道好极了。"①

"我们不要在这种时候用法语。"布太太说。

"目前为止,我最喜欢'你睡觉的时候我在看着你'。"我说,"但这是不是听起来太像圣诞老人了?"

"我一直都在看着你。"欣君说。

我们六个你看我,我看你——这么多人,这感觉很难说不像是为了某个重要决定而举行的一场会议——看到海蒂和爱莉西丝都点了头,我说:"太好了,言简意赅。"

艾米从桌上挪开几本书让我们可以把枕套平铺开来。接着,我用粗体字写上"我一直都在看着你"。

"画一个眼球。"海蒂说。

我画了一个杏仁状的眼眶,眼膜和瞳孔,还有上下眼睫毛。

"你还得签上大名。"布太太说。

我有些犹豫。"写上我的名字?或者,不如……"我写下,"爱你的,你的杀手",欣君拍手:"太棒了。"

我们把枕套用玻璃胶带贴在扫帚柄上,很明显要是有两根的话,会好一些;爱莉西丝跑去找来一根拖把。海蒂打开了窗,艾米和我——我知道她想亲手吊下去,我能感觉到她有多在意麦克格拉斯——将我们的上半身投入茫茫夜色中。我倒拿着扫帚,紧紧抓着靠近扫帚刷毛的颈部,她抓着拖把。我们下面的窗子里透出光来,那意味着他们还没有睡觉。艾米靠过去,用拖把的把手敲了敲外墙。"哟——噢,"她叫道,"特快专递,男

————————

① 原文为法语。

孩子们。"

十秒钟过去了。我开始担心麦克格拉斯和他的同屋斯班塞都不会注意到这个,担心不是为了他们,而是为了在房间里的我们,要是我们的计划徒劳无功怎么办呢?而后我听见楼下传来一阵混乱的脚步声和几个男生的声音。"嘿,米勒。"有人叫道,几秒钟以后,真真切切地传来了麦克格拉斯的笑声。他从其中一个窗口探出头来,转过来看着我们。

"嘿,宝贝。"艾米叫。(我从来不会,以后也不会对克劳斯·苏伽曼说"嘿,宝贝"。)

"嗨,麦克格拉斯。"我说。

"到底发生了什么事?"麦克格拉斯说,"你们都疯了。"

另一个男生探出头来说——不是对我们,而是对房里的什么人——"真是坚持不懈啊。"我身后,爱莉西丝、海蒂、欣君和布太太都挤了过来。海蒂打开了另一扇窗,不一会儿也伸出了窗外。

而后第三个人——看来男生的房间里也有一大帮子人,最起码有三四个——出现在窗口,伸手抓住了枕套。

"嗨!"艾米叫道,"别碰!"

"那可不是你对男生说的话,丹内科。"抓枕套的男生说,那是马克斯·库柏。

"咬我吧。"艾米回答。

"下面还有谁?"海蒂问。

"上面还有谁?"马克斯反问,"听上去像一群大象。"

"事实上,是一群赤身裸体热辣得不得了的女郎,身上只有丁字裤和口红。"艾米说,"只要花一分钟九十九美分,你就可以打电话上来跟我们其中任何一个说话。接线员就等在……"

"够了,艾米,"我听见布太太说,感觉松了口气,又有些失望,"让这些男孩子们自己呆着去吧。"

"我们得走了。"艾米对着下面叫,"永别了,保重,再见,拜拜。"

我们开始把扫帚和拖把往上拉,刚刚消失在窗口的麦克格拉斯又把头伸了出来。"这个不是留给我的吗?"他说,"在这样的骚扰之后?"

"你可以留着它,"我说道,大方得就好像那是我的枕套一样,"但你得保证今晚枕着它睡觉。"

"我每晚都会枕着它睡觉的。"麦克格拉斯说,这是我退回房间前听到的最后一句话,夜色又被关在了屋外。

星期五早上,拉丁文下课,收拾桌子的时候,我对玛莎说:"你明天会去吧? 跟康琪塔一起?"玛莎和我以前基本上没说过几句话,主动搭讪让我的心怦怦地跳。在做了七个月的拉丁课同桌以后,却没有好好地说过话,这样子同车去波士顿,就更古怪了。特别是我觉得我们之间不说话的尴尬是因为我——在第一节课的时候,那时我刚到奥尔特,紧张得不得了,连跟人目光接触都不行,玛莎对我说:"我从没学过拉丁文,你呢?"我当时说:"没有。"然后别开头,环着我的手臂。几个月后,泰柏·金凯德站在黑板前翻译句子"塞克斯特斯是克劳迪亚的一个邻居"的时候,放了一个屁;大多数人都没有听见,但当我看见玛莎忍不住笑了出来的时候,我知道我犯了一个错误——她是一个值得交的朋友。

走在走廊上,玛莎说:"康琪塔的妈妈是一个超级好人。"

"你知道我们要去哪儿吃饭吗?"我问。在我看来,有逻辑的问题是最好的问题,它们没有副作用。

"我们在酒店和麦克斯韦尔太太碰头,大概就在那儿附近的什么地方吧。"玛莎说,"你跟玛莎在一个曲棍球队里吧,她非常喜欢你。"

我知道我该作出怎样的反应——"康琪塔人很好",或是"我也很喜欢她"——但是我却说不出口。玛莎的话使她看起来像是一个和事佬,一个好和事佬:大度而鼓励,希望看到别人在一起。

"你做什么运动?"我问。

"赛艇。其实我很确定这是我整个春天最后一个空闲的星期六了,所以,我很乐意去哪里转转。"

"赛艇是不是像人们说的那样强度很大?"

"它很精彩好看,但你在船上的时候,你基本上一直在大喘气和流汗。"

"看到别人划船的时候,我总会想到琼那斯·奥尔特,是一八八〇年吧,"我说,"我可以想像他穿着那种束身衣留着八字胡的模样。"

玛莎笑了。之后我们常取笑她很容易被逗笑。但我一直很喜欢玛莎的一点是她总是让你觉得自己很聪明。"噢,是的。"她说,用一种受了感染的口吻,"赛艇是很文明的。"

"绅士的运动。"我说。真奇怪为什么我以前就从没跟玛莎说过话呢?

从贴在迪恩·弗莱切门口的海报上,我看到麦克格拉斯这个星期是普鲁塞克太太那桌的值日生,这个消息,让我清晨四点在床上醒来的时候,忽然想到了一个杀他的计划。像所有的值日生一样,麦克格拉斯将在正式晚餐开始前二十分钟到达,布置会场。到了那个时候,我决定(这个决定太激动人心了,一个完美的主意,一想到这个,我就一直没有再睡着过,直到闹钟六点半准时响起),我会等在桌子下面把贴纸贴到他的腿上。

曲棍球课上完之后,我冲到餐厅,五点三十分,麦克格拉斯应该在十分钟后到。在餐厅只有五六个学生,包括那天晚上餐厅的值日班长,一个叫欧里·卡尔米亚的四年级学生。(餐厅值日班长的三个名额是人人都想要的美差——他们负责监督正式晚宴上的所有侍应生,那就意味着他们可以指挥比他们小的男生干活,而自己和女孩子们打情骂俏。)欧里正忙着把白色的桌布铺到桌上——看到一个餐厅值日班长自己在干活我感到很惊讶——我决定自己从厨房门边的那一大摞桌布中拿一块。

我把桌布平铺在普鲁塞克太太的桌上，扫视了一下整个餐厅。没有人注意到我。我拉出一把椅子，弯下身，爬到桌子底下，又把椅子拉回到原来的位置。我跪坐在地上，屁股压着脚后跟，膝盖冲前，但很快就觉得腰酸背痛，于是换成了意大利坐姿。桌子底下没有太多的地方可以让我调整。我的肘敲到了椅子上，我吓得一动也不敢动，而后我发现外面没什么动静——既没有人大叫说发现有人想恶作剧，也没有人出现在我的视平线上问我到底在干什么——我又松了口气。我发现未完工的桌子底下粘了几块看上去有年头的口香糖，我可以闻到桌子和地板的味道，虽然闻起来都不太像木头；它们闻上去更像是鞋子的味道，像是不太脏的跑鞋，或是小孩子的凉鞋。

五点四十分，我开始有些紧张，期待着麦克格拉斯的出现。越来越多的值日生到了，我觉得每一次走过来的脚步声都像是他的。普鲁塞克太太周围的桌子都坐满了，一定，我想道，他们一定会看见我的，他们一定会注意到我浅蓝色的裙子，(穿着裙子坐在地板上的我是不是很不得体?)或是看见我穿着凉鞋的脚。但是没有人过来。在我右边的桌上，那个侍应生，我可以听出她的声音，那是克拉拉·欧郝拉汉，她正犹自哼着歌，唱的是吉姆·克奥斯的《我有一个名字》。过了一会儿，我听见一个男孩说："里德今天的心情不好，是吗?"而后一个女孩回答："比平时也差不了多少。"我等着想听到些关于杀人游戏的谈话，但是却没有人提起。最后，所有的人声音混在一起，越来越响，混成了一片嗡嗡声，当众夹杂着银制餐具和玻璃杯的碰撞声。六点差十分。麦克格拉斯不会这么大胆缺席他要值勤的正式晚宴吧，我想，或者他真的会? 如果只是缺席，还有可能侥幸，但如果你是值日生，我很确定你会被活捉的。

五点五十六分，他到了；在他走到桌子边之前，我听到了他笃定而快乐的声音。一定是有人说他迟到，因为他走近的时候，我听见他说："这是两分钟哲学，看着点，慢慢学吧。"我的头上传来些响声，听起来好像是他放了些盘子，然后是银具。我还没来得及把贴纸贴在他身上，他又走开了，过了一会儿，他又捧着一盒玻璃杯回来。他的小腿离我只有几英寸——他穿着一条卡其短裤，长着金色浓密的腿毛——他正吹着口哨。

这个时候的我在两个完全相反的念头之间苦苦挣扎。一是将要杀死麦克格拉斯的令人难以置信的兴奋。要是你已经习惯了拒绝和失败，就像我一样或者只是我自己以为的我一样，胜利会冲昏你的头脑，它会让你暂停一下。有时候我发现自己反复咀嚼着这样的胜利，至少在我的脑海里，以此来说服自己这是真的。不仅仅是重大的成就（当然，除了进奥尔特以外，我是不是还有重大的成就是值得商榷的一件事），哪怕是微小的成功或是任何我等待和期盼的事情也是如此：我现在吃上了披萨，我现在走出了汽车。（以后：我正在亲吻这个男孩，他正躺在我上面。）我这么做是因为梦想成真总是让人觉得难以置信，缺少总比拥有感觉来得真实。

另一方面，我在此时此刻又有些伤感，一种突如其来的疲惫感。我想大概是因为麦克格拉斯的腿毛吧。还有，他的口哨声。麦克格拉斯也是一个活生生的人。他不想被杀死，他不知道我就在桌子下面。这么攻其不备似乎很不公平。我突然意识到，我想要的并不是赢得整个比赛。我想要的是赞美，当然，还有整个学校的认可，但我不可能安然度过这之前的每分每秒，只有我和我要杀的人。像德尔文，那没什么问题，因为他是那样的一个蠢货；而塞奇和埃尔，是因为她们不在意是不是被淘汰了。但麦克格拉斯是个好人，而且他看起来至少有一点儿在意是不是还活着，虽然在眼下这个触手可及的时候放他一马十分可笑。而且我也不是全然不想那么做。只是心情似乎有些复杂。从现在开始，我想道，为了能够接近克劳斯我要不惜一切代价。但我并不热衷此道，我也不认为这个游戏本身对我意味着什么。做了这个决定，我伸手把贴纸贴在了麦克格拉斯的小腿上——我把它贴在他的胫骨边上，差不多就在脚踝和膝盖的中间。而后，我推开我面前的椅子，手脚并用地从桌子底下爬出来。从这个角度抬头看麦克格拉斯，我不由觉得自己有点儿像一只小狗。

就像我所担心的，他的表情毫不掩饰地表现出他的震惊。我甚至不确定他是不是立刻认出了我。我站在那儿，口气有些不敢确定："我刚刚杀了你。"虽然麦克格拉斯大笑了起来，我想那只是因为他的游戏精神。

"哦，小家伙。"他用他的南方口音说，"你逮到我了。伙计，你可真行。你在下面多久了？"

我耸耸肩。

"你赢得当之无愧。嘿，克勒斯，看看谁在我的桌子下面。我知道，她赌赢了我。"麦克格拉斯转回头看着我。

"对不起。"我说。

"不用对不起。你为什么要说对不起呢？你赢得光明磊落。我得把我的贴纸给你，是吗？但你知道那个什么？"他伸手去掏他的后裤袋和他上衣两边的口袋。"我把它忘在我的房间里了，"他说，"我可以晚些给你吗？我会亲手送到你的房间去的。"

"没关系。"我说，"什么都没关系。"（当然他没有带在身上。这个游戏对他来说并没有多大意义。）

我立刻知道我搞砸了。不论我们之前曾经有过怎么样的嬉笑调侃，我都已经把其中最重要的部分毁了。从现在开始，麦克格拉斯对我会非常友善（我忽然想道，他一直是很友善的，在接下来的一年多时间里，直到他从奥尔特毕业），但这种友善将会是虚有其表的。杀了他，我亲手结束了我们两个之间惟一的交集。几个月后，当我们两个在三楼的走廊上擦肩而过的时候，他会问："后来又杀了什么人吗？"或者，"你的枕头挂得怎么样？"我或许会笑笑，或者说："它们很好。"——三言两语。当然，麦克格拉斯只是敷衍一下，我们两个只是没话找话而已。我明白，我也懂得其中的规矩，但是，没什么比一个彼此分享的玩笑渐渐消逝更伤我的心了，那曾经给我带来多大的乐趣啊。

星期六早上，我等在宿舍外的院子里；康琪塔说她妈妈会派辆车十一点来接我们。气温大概二十度左右，天朗气清，我想起玛莎说她很乐意出去走走，我也是。我看见一辆豪华轿车绕过环岛，在环岛上，两个男孩子正在投垒球。我仰起头对着天空，合上眼。大概一分钟后，当我再次睁开眼睛时，那辆豪华轿车正停在我面前，康琪塔的头从后座的车窗中伸了出来。"嘿，莉，"她叫道，"上车。"

　　我走到车边，尽量使自己的表情不要太惊讶。我从没坐过豪华轿车。车厢内，灰色的皮椅围成一个马蹄形；司机和后排中间被一块黑色的玻璃窗隔开。我看见康琪塔穿着一件紫色的 T 恤，一件粗棉斜纹的长背心，上面还有硕大的橘色纽扣，白色紧身衣，高跟露趾的草凉鞋；她看上去不像剧团里的人了，而更像是一个第一次被允许自己打扮自己的四岁女孩儿。玛莎穿着平常的衣服，让我觉得放心的是，她没有穿裙子。

　　"我们正在讨论听什么音乐，"康琪塔说，"惟一收得清楚的电台是瑞格舞和——你怎么说，玛莎？"

　　"柔和的爵士。"玛莎说。

　　"我选择瑞格舞。"我说。

　　"我就知道你会这么说，但我们想确认一下。"康琪塔按了一个钮，我们和司机间的玻璃窗降下几英寸。"调到第一个电台好吗？"她说，"谢谢。"没等有什么回音，她又按键让玻璃窗回到原位。到那时我才知道，我终于明白了，康琪塔是有钱人。而这一点却和我对她的了解那么不相符。为什么她要表现得那么奇怪？为什么她经常提起她的墨西哥血统？为什么她说她感觉自己像个局外人？如果她有钱，她属于奥尔特。这个等式很简单。说到底，有钱是最重要的，比漂亮的外表还要重要。话说回来，我想到康琪塔并没有对我隐瞒什么。她那豪华装修的房间，甚至她的衣橱，那些看起来都不便宜——而我却对这些视而不见。我意识到我之前以为她也是领助学金的猜想彻底被推翻了，这真尴尬。（不但是尴尬，而且现在,知道自己错了,我可以毫无顾忌地跟她同屋了。我可以放弃自己的坚持,那没关系。这时的感觉就好像你五六岁的时候尿裤子一样,一种有苦说不出的感觉,一个最好永远遗忘的时刻。)

"好吧,听我说,"她说,"我想找个你们两个都在的时候跟你们说——我听说拜登先生以前跟布鲁萨德太太约会过。"

"不可能。"玛莎说。

"你是说校长拜登先生吗?"我说,"但是他已经结婚了呀。"

"那是很久以前了,"康琪塔说,"但要是他对布太太还有意思呢?"

"你怎么知道的?"我问。

"阿思派丝告诉我的。她爸爸和拜登先生六十年代的时候是哈佛的同学,我猜那个时候布太太住在波士顿。"

"想像一下跟拜登先生接吻,"我说,"他会让你离开三尺远。"这是探访异性寝室的规定,而且必须开着门。"想想拜登先生的小弟弟硬起来,"我补充道,"那真是错了十万八千里了。"

"莉。"康琪塔说,看来我似乎真的惹到她了。

"勃起,"我说,"随便怎么说。"

"别说了。"她用手捂起耳朵。

"他们也许还用昵称称呼对方。"玛莎说。

"小淘气。"我举例。

"苹果饼。"玛莎响应。

"奶酪派。"我说,我们俩无端地哄笑起来。

"什么?"康琪塔说。她并不是没有听到——那个时候她捂着耳朵的手放开了。

"那不是……"我开口,跟玛莎对了一眼,我们又一起笑了出来。

"什么?"康琪塔看着我们俩,"奶酪派是什么意思?"

玛莎擦了擦笑出来的眼泪。"没什么意思,"她说,"莉随口说说的。"

"那有什么好笑的?"

"嗯……"玛莎努力忍着笑,"那就像是,奶酪派?"

"苹果饼。"我重复,我们俩都开始哼哼。

"玛莎让男生摸了她的胸。"康琪塔说。

"谢谢了,康琪塔。"玛莎看来满不在乎。

"我才不会那么做,"康琪塔说,"至少结婚之前不会,之后我也只会在黑暗中做爱。"

"是啊,没错。"玛莎说,她的声音听起来充满了爱情的甜蜜。

"你做过吗?"我问她,话一出口我就有些后悔了。真的,我跟她一点儿也不熟,我几乎忘了我跟她才刚认识。

"天,没有,"玛莎说,"我妈妈会杀了我的。"她看起来并没有觉得这个问题很冒昧,"康琪塔,男生把手伸进你的衬衫里的时候,触摸到的只是皮肤,"玛莎说,"那是一种很美的感觉。"

"你会让男生摸你的胸吗,莉?"康琪塔问。

"那要看这个男生是谁了。"我想到那首歌"躺下吧,女孩,躺下吧",那个穿着脏衣服的男人。

"真没想到,"康琪塔说,"我没想到你也这么随便。"

第三次,我和玛莎大笑起来。

"我希望我能随便。"我说。

"别这么说。"康琪塔看上去很受伤。

"我开玩笑的。"我说,她看来松了口气,我又忍不住说,"一部分。"她又露出了受伤的表情。

"噢,康琪塔。"我说着坐到她旁边的座位上,伸出一只手臂勾在她肩上,向前摇摇她的背。此时此刻,她看来楚楚可怜,非常迷人。我们到了一二八号大街,也许是车的速度,也许是阳光或是我们的对话——我真的感觉非常开心。我在奥尔特时的那种力不从心,时刻警惕的感觉,都离我

109

而去,从打开的阳光天窗中一哄而散了。

酒店就在波士顿市中心,那是我见过的最豪华的酒店,但在那个时候,我倒不觉得惊讶了。希拉科林斯式的柱子竖立在大堂的两侧,地板和天花板铺的都是绿色的大理石。康琪塔到服务总台问饭店在哪儿,玛莎和我跟在她后面,从车上下来我们还有些晕晕乎乎的,我能感觉到酒店的工作人员和大堂里其他的客人都看着我们,在他们眼里,我们只是三个小女孩,平平凡凡的,而那个时候,我们的平凡也不是件坏事。相反——衣着朴素,有一点吵吵嚷嚷,背着背包旅行,我们让他们充分了解到了十几岁的年轻人是什么样子的,我为我们而自豪。

在餐厅,康琪塔大叫:"妈妈!"投入一个非常漂亮也非常丰腴的女人怀里。麦克斯韦尔太太吻遍了康琪塔的双颊和下巴,她们开始泪水涟涟地用西班牙语交谈起来,而后又转向我们,为她们的失态而道歉。麦克斯韦尔太太坐在位子上,并没有站起身招呼我们,但她伸出了手。她的手被晒成小麦色,戴着很多金色的镯子。"我很高兴见到我女儿的朋友们。"她说。康琪塔介绍我的时候,麦克斯韦尔太太说:"啊,是那个鲍勃·迪伦的歌迷。"她穿着一条宽松的浅绿色真丝裤子,上面配着一件同样料子的衬衫,平领,宽袖;几英尺之外,我就闻到了她抹的香水味。她棕色的皮肤细洁光滑,比康琪塔略深一些,黑色的头发被松松地挽起来。

"谢谢您邀请我们一起吃午饭。"玛莎说,我接道:"是啊,您真是客气。"

整个餐厅,除了我们只有寥寥的几桌人;在我们旁边,一个人高马大的男人一个人坐在那儿。侍应生把菜单递到我们手里,长方形的皮质菜单里,用书法体写着各式菜名和介绍。在二十美元以下的,只有一个全是蔬菜的开胃菜。我的口袋里只有十五美元,意识到这一点让我感觉怪怪地松了口气——付钱的不是我,我连试都不会试,因为我根本付不起。在菜单的最后注明了日期,这有些特别。以前我就有这种想法,而这一天的经历，使这种想法更坚定了，金钱能使你的生活变得更好，渴望金钱，并不一定是因为贪婪，而是为了更舒适的生活，那可以让你派一辆豪华轿车去接你的女儿和她的朋友们，可以在优雅的环境里享受美食，可以在肥胖的时候仍然有漂亮的衣服穿。我妈妈有一个朋友和麦克斯韦尔太太一样胖，但她穿的是运动裤和花罩衫。

麦克斯韦尔太太说："我想听你们各自说说你们的故事，莉，你先说。"

我笑了。但我照她说的做了——从我妈妈到一个游泳池打工开始，说到我在幼儿园里一双棕色橡皮牛仔靴怎样坚持穿了一整年，说到我怎样想像我有一个虚幻的朋友名叫小猪，说到我弟弟们出生的时候我多少岁。直到最后进入奥尔特。她们问了一些无关紧要的问题，而后我们的开胃菜来了——我们都点了开胃菜，那似乎是理所当然的——而后玛莎讲了她的故事：她第一次掉牙的时候是怎样想像自己快要死了，她二年级的时候怎样赢得了拼写小蜜蜂，还有她在佛蒙特州度过的每一个下雪天。主菜送上来了，我点的是烤鸡配土豆泥和酸果酱汁；那感觉就像是到了感恩节。

还有甜品，我们各自点了不同的奶油果仁蛋糕和慕司，把叉和勺子伸到其他人的盘子里分享。康琪塔的妈妈说着他们家里的事情，他们认识的人，上个星期她和康琪塔的爸爸参加的一个婚礼。"我要告诉你一个好笑的故事，我的孩子，"她说，"我们雇了一个新的工人帮米古勒打理花园，他的名字叫布鲁。①"

"那是他的绰号还是真名？"康琪塔说。我和玛莎交换了一个眼色，一个新的工人帮米古勒打理花园？

我们都要了咖啡，我也是，虽然我在学校从来不喝咖啡，聊着聊着，又过了一个小时，到了原先安排轿车司机送我和玛莎回学校的时间；康琪塔要在酒店里和她妈妈一起住一晚。我们起身，在离开前拥抱了一下麦克

---

① "布鲁"在西班牙语中是傻瓜、蠢驴的意思。

斯韦尔太太。抵着她巨大的胸部，闻着她的香水味，我开始有些爱上她了；我是多么幸运地闯入了这个世界。

在车上，司机一关上我们的门，我和玛莎就面对面讨论起来。"麦克斯韦尔太太是不是很酷？"玛莎说。

"看起来她好像真的想了解我们的生活。"

"我吃得太饱了，那个酸橙慕司简直太棒了。"

"还有那巧克力——要是再多吃一口，我就要松裤带了。"

"那个保镖怎么样？"玛莎说，"真刺激。"

"你说什么？"

"那个坐在隔壁桌的男人。戴着耳机的那个。"

我没有注意到他戴着耳机，但那个男人真的是跟我们坐了一样长的时间；我以为他坐在那儿是因为他觉得我们的谈话很有趣。"为什么康琪塔的妈妈要保镖呢？"我问。

"我不知道她是不是需要保镖，但她绝对有那么一个。你知道麦克斯韦尔是谁吗？"

我摇摇头。

"康琪塔的爸爸是塔尼克的首席执行官。"

我爸妈在南班德的房子三个街区以外有一个塔尼克的站点——显然，在我们遇见很早之前，我和康琪塔的生活就有了那么一点点的交集。

"关于麦克斯韦尔的故事数不胜数，"玛莎说，"我猜从他爸妈的结合开始，那是个丑闻。她妈妈以前是他爸爸公司里的清洁工。他们就是那样认识的。"

"不可能。"

"是真的。他那个时候的妻子是另一个女人。康琪塔的妈妈，差不多，十九岁的样子，刚从墨西哥移民过来，英语都不太会说。这是七十年代的大新闻——我第一次跟我爸妈提起康琪塔的时候，他们说：'不是欧尼·麦克斯韦尔的女儿吧?'"

"为什么? 她爸爸是什么样的?"

"最近《财富》上登了一篇他的生平。以前在图书馆里,但被什么人拿走了。不过,他的绰号叫油王。他的家族就是做这个生意的,之前已经赚了不少钱,但他似乎很冷酷无情,生意做得非常成功。他年纪也已经很大了。康琪塔和他很像。还有,他穿着橘黄色的护腿。"

"真的?"

玛莎笑了:"不是的,莉。他穿着西装。"

"我从没听康琪塔提过这些。"

"她有的时候会说一些,但她很不以为然。我想那是她为什么到奥尔特来的原因,来学习适应。但这儿和她原先想像的不太一样。"

刚看见那辆豪华轿车时那种不耐烦的感觉又涌上来。她想的话,她是完全可以适应的。

"她很想念她的妈妈。"玛莎说,"在这儿没有人娇惯她,这也许是她得忧郁症的原因。"

"她有忧郁症?"

"那是,她肯定没有失眠症——我的房间就在她隔壁,她打呼的时候就像卡车开过一样。但我不是说她说谎。她的实情和别人不一样,那也是我为什么拒绝她的原因。"

"如果她没有健康问题,他们为什么允许她装电话,住大房间,还有那些其他的东西?"

"莉,"玛莎说,"别天真了。"她伸出一只手用拇指上下摩擦着其他的手指。"奥尔特也许唾弃地惦记着麦克斯韦尔能兴建的所有学术大楼和艺术工作室吧。"

那个时候,我很惊讶玛莎那么赤裸裸地谈到麦克斯韦尔的财富,之后,当我第一次去到玛莎家在佛蒙特州的房子时,我可以看得出来,他们明显也很富有。但是,我最终意识到,富有也是有不同等级的。普通的富有,你不会谈论的招摇的富有,还有那种超级的,可笑的,粗枝大叶的富有——就比如非常专业地装修你的房间,或是坐着豪华轿车到波士顿去见你的妈妈——那是被允许讨论的。

"你会跟康琪塔同屋吗?"我问。

玛莎做了一个鬼脸——不是厌恶,而有些内疚。"她跟我提过,但那很难想像。"

我看着窗外;我们旁边的车道上有一辆出租车。我回过头看着玛莎说:"这也许听起来很奇怪,但你能想像我们俩住一个房间吗?"

"噢,我的天! 我整天都在想这件事呢。"玛莎咧嘴笑了,我也是,只有一部分是因为我不用跟康琪塔住一间房了。另外一部分的原因是,我立刻知道,就在麦克斯韦尔付钱豪华轿车里:从那一刻开始,我在奥尔特的日子将不再是孤单的一个人了。玛莎和我会在一起,我们的友谊将持续下去。我很肯定也很轻松。好多年以后,我在一个婚礼上听到牧师描述婚姻是难过减半和加倍快乐,我脑中想到的不是我当时约会的男孩子,也不是未来想像中完美的丈夫,而是立刻想到了玛莎。

那个晚上,回到校园,我在宿舍门口的院子里遇到了爱德孟都和他的室友菲利普。"嗨,爱德孟都",我说,"嗨,菲利普。"我尽量让自己听上去自然些——我可不想他们像马特·瑞尔曼和他的室友贾斯蒂普·考德哈瑞一样玩把戏,贾斯蒂普闭上了眼睛,在马特杀死劳拉·毕斯的时候。

"嗨。"爱德孟都说,还是几乎没有看我的眼睛。

他的羞怯增加了我的勇气。"很美的夜晚,是吗?"我说。

"你已经不在我的手上了,"他说,"我几天前被杀死了。"

"那是谁?"我的心跳加快了。我就这样走来走去,全然不知自己可能被干掉——我接近克劳斯的机会可能被夺走——随时随地被任何一个除了爱德孟都以外的人。

"我不能告诉你。"爱德孟都说,要是他笑一笑,我还觉得我可以诱骗他说出来,(害羞木讷的男孩不是都等着勇敢的女孩子们去甜言蜜语地引诱他们吗?)但他的语气和表情都那么严肃。事实上,他看起来都不太想跟我说话。我能感觉到菲利普同样兴趣寥寥,甚至有些不耐烦。我是不是真的这么差,即使是大家都讨厌的人也不愿意跟我在一起?

"你为什么不能告诉我?"我说。

"因为。"爱德孟都耸耸肩。

我们三个站在那儿,我看着他们俩,他们都没有看我。菲利普的皮肤真的很恐怖,长满了疤和白色的脓包,特别是他的下巴。如果我的皮肤像他那样,我想,我可能都不敢离开寝室。我觉得自己要对他宽容一些,即使他不喜欢我,还有爱德孟都,也要让菲利普满是丑恶粉刺的生活中有些好的东西。

"好吧,"我说,"那就算了。"

爱德孟都叫我的时候我已经打开了布鲁萨德宿舍的大门,他的话模模糊糊地传到我耳朵里,直到他把整句话说完我才听明白,他说的是:"你担心得太多了。"

星期天晚上,康琪塔从波士顿回来以后,我们约了学自行车。学完之后,我推着欣君的车,陪她走到宿舍。玛莎跟我说过她认为可以稍候再跟康琪塔说这件事,至少等到她自己提起,或者发现我们的讨论以后,但这样瞒着她让我有些坐立不安。我们经过图书馆的时候,我说:"有些事情我想告诉你。不是什么大不了的事情,只是玛莎和我决定明年一起住。"

康琪塔停下脚步,我看见她的眼泪在眼眶里打转。我扶着她的肩膀:"别哭。"

她抬起两肘挡住脸,好像是在我们俩之间设了一个屏障。对面走过来几个男生。"我们到那儿去吧。"我指着图书馆前的一个环形的大理石凳——这个石凳是一九五六年毕业的学生送的,中间还有一个带翼天使的雕塑,在我的印象当中,从来没有人坐过。

"过来。"我拍拍身边的石凳。"我很抱歉,康琪塔,"我说,"我真的很抱歉。但你得冷静一点。"

"那我们同屋的事情呢?"她的脸像个红色黏糊糊的葡萄干。

"我们是说你和玛莎还是说你和我?"

"你和我。"

"我把你当做是一个很好的朋友。我只是觉得很难共用那么小的地方。"

"你和玛莎要共用那么小的地方。"

"是的,但——你有那么多的东西。"

"那是因为我妈妈的室内设计师。大多数的东西我都不喜欢。"

"还有,我和玛莎有很多共同点。我们相处得很好。"

"在我介绍你认识之前你们几乎都没说过什么话。"

"我们有说过话。在拉丁语课上。"我应该在这个问题上让步,但我忍不住冲口而出这个,理论上的,事实。

"你们是什么时候决定的?"

"昨天。再说,康琪塔,你有失眠症啊。"

"你们是在回学校的路上决定的? 是你问她的还是她问你的?"

"是互相的。我们很自然地就说上了这个话题。"

康琪塔沉默不语。再次开口的时候,她的声音有些发抖——我想那是抱着最后一丝希望的颤抖。"我们可以三个人一起,"她说,"我们可以要一个三人间。"

我差一点儿就要答应她了。玛莎那儿,我知道,她是倾向于双人间的,但我确信我可以说服她一起住一个三人间。"那没用的,"我说,"三个人总是会打架的。"

"我们在波士顿就没有打架。"

"那只是一天而已。但是,康琪塔,那不会改变什么。我们还是可以一起出去玩。我们今年不就成了朋友嘛,虽然我们不住一个房间。"

"我们不是朋友。"她从口袋里拿出一块薰衣草手帕,擦了擦鼻子,却没有擤,鼻涕还残留在她的鼻子里。

"我们当然是朋友。"我从没想到过我们的关系会到这种地步,我尽力劝解她,"你反应过度了。到了明天,你就不会介意了。我送你回寝室去吧。"我站起来低头看着她瘦弱沉重的肩膀,在夜晚微弱的灯光下,我第一次注意到她的跑鞋条纹是黄橙相间的。"康琪塔,我不知道你想我怎么做。"

"让我一个人静一静。"

礼拜堂的铃声响了一下;八点半。说要一个人静一静的人从来就是口是心非的,这一点我是知道的。

"好吧,"我说,"如果你真想这样的话。"

杀死麦克格拉斯时候,他告诉我他的目标是亚历山大·黑弗德,一个二年级学生。亚历山大从巴黎来,我听说他是个瘾君子,他很英俊,有一种优雅的气质但却不娘娘腔。身材中等,偏瘦,窄臀,他穿牛仔裤的时候——我们没有正式晚宴的时候——不像别的奥尔特男生那样穿跑鞋,他会穿棕色的休闲皮鞋,你也许会觉得很古怪甚至有点畸形(它们有一个厚厚的皮底),但亚历山大·黑弗德穿着它们就意味着,从某种角度来说,不论你是不是这么想,它们非常非常的酷。我从来没跟他说过话,但我曾经有一次去厨房拿吃的时候跟在他后面,他的声音,只有那么一点儿口音,自信又带着点儿若有若无的谦卑的意味。但那也许只是我因为他是法国人而产生的错觉。

问题是虽然麦克格拉斯告诉我要接手的目标是亚历山大,他却没有把那张纸给我来证明这一点,包括他的那些贴纸。我还有些剩下的贴纸——事实上,我还有好几张——但拿到那张写有亚历山大名字的纸似乎很重要。虽然没有人,包括德尔文,要求我拿出来证明给他们看,但我需要证明给自己看。要是麦克格拉斯搞错了,我应该要杀的是亚利克斯·埃里逊,那个四年级学生,那该怎么办呢?

　　到了星期一,麦克格拉斯还是没有把纸给我。没错,我星期六一天基本上都不在学校,但整整一个星期天,在做礼拜的时候或者午饭过后——星期六的午餐按理说应该是最好的,但也因此常常是最差的,总是有些带血的羊肉之类的东西——而后在寝室里,他能够很容易地找到我。最后,在星期一晚上的正式晚宴上,我又走到他身边,这是我们之间最后一次不怎么样的交流,他缩着头告诉我他会晚些时候拿过来,绝对绝对,不会忘记。最后,他没有忘记。第二天,我跟在亚历山大的后面走出了点名大厅,成功地杀死了他。他的目标是瑞丽·哈蒂克斯,也是一个二年级学生。站在那儿等亚历山大找出他的贴纸(在几秒钟的时间内,我似乎错过了机会告诉他我不需要那些贴纸,看起来他也许会认为我已经浪费了他的时间)让我觉得自己傻乎乎、美国腔又兴奋过度。

　　但我得继续玩下去,不然我怎么接近克劳斯呢?而随着每一天的过去,我越来越迷惑,还剩下多少人,我还要走多远,我们两个还有多少时间。自从爱德孟都告诉我他被杀掉以后,我没有感觉到任何人企图杀死我。但即使杀他的人不准备杀我,他的下一环,再下一环也还是要杀我的,特别是因为剩下的游戏者——也许是十五个,也许是五十个——大多数都不得不自选。所以我走路的时候总是瞻前顾后的,我试图不要一个人到公共场所。但比起我自己,我更担心克劳斯的安全。也许他已经觉得这个游戏没什么意思了。他已经厌倦了。一般,我在校园里看见他的时候,我都会远远地看着他。但现在,我会跟近一些,在早饭午饭的时候

118

坐在他旁边的桌子上，等着听他们谈论些关于这个游戏的话题。我甚至在午饭后跟在他后面离开（如果他注意的话，他可能已经认为他是我的目标了），最后我等到了我要的。他站在我十五英尺开外，跟约翰·布林德里和德尔文·毕林格说话，我没听到他之前的话，但是却听到了最后的部分："……除非是在我洗澡的时候来杀我。"三个男生都笑起来。"如果他在我洗澡的时候来，"克劳斯说，"那没问题，伙计，如果那值得你那么做的话。"

太棒了，我想道。克劳斯还活着。

拉丁语课上，玛莎告诉我早饭后康琪塔去了校医院。她没来上曲棍球课，第二天也没来。这段时间，我跟玛莎商量了很多次，至少我找玛莎商量了很多次。星期天晚上把康琪塔留在外面以后我做的第一件事就是打布鲁萨德的付费电话给玛莎。（要是我去她们的寝室，当然，我就得冒着遇到康琪塔的风险。）那很奇怪——事实上，也有些刺激——和一个同样在校园里的人通过电话来谈话。

"她一定生气了，"玛莎星期一告诉我，我问："生我们俩的气还是我的？"玛莎回答："主要是你。她发火是因为觉得受到了伤害，但她会好的。"像往常一样，因为她是玛莎，这话听来并不觉得冷酷无情。

康琪塔第二次缺席曲棍球课以后，我去校医院找她，护士告诉我她已经回寝室去了。站在她的门外，我能听到她房里的音乐，我想那也许是迪伦吧。我敲了敲门，康琪塔叫："进来。"

很明显，她没想到是我——看到我的时候，她抿起嘴皱着眉头，像是一个做出一脸怒容的小孩。

我指着音响说："音乐很好听。"

"你想怎么样？"

"我很担心你。"

"在你偷走我的朋友之前还是之后？真正的问题是你是打一开始就想利用我接近玛莎还是你只是趁机那么做？"

"康琪塔。"我并不想那样，但我却微笑了。

她瞪着我。

"我们不是在演肥皂剧，"我说，"偷朋友不是在现实生活中发生的事。"

"你怎么知道？你在我之前没有任何朋友。"

"不是那样的。"我想到了欣君。而后又想到了海蒂和爱莉西丝，在吊枕套那晚之后我们再也没有说过话，我想她们不应该算。

"我把你想像得太好了，"康琪塔说，"我以为你聪明灵巧。但事实上，你肤浅又墨守成规。你找不到自己，你只能通过你身边的人来确定自己是什么人，你总是担心自己跟错误的人在一起浪费时间。我真为玛莎感到难过，我猜她根本不了解你是怎么样的人。要是阿思派丝·门特格玛丽跟你说她想明年跟你住一间，你一定会第一时间甩了玛莎。"

听着康琪塔的一字一句，我又一次被事实刺痛了，而旁人的了解，又减轻了我的痛楚，这种带着感激的心情一如既往。像我这样的丑小鸭，也有人了解。

"为什么你不试着做点大事呢？"她说。她的语气软化下来，"我们还是可以一起住。我会原谅你的。"

"如果我不跟你住，你就不接受我的道歉吗？"

"如果你只是想我接受你的道歉，没问题。就在这儿，我接受你的道歉。"

"你会回来上曲棍球课吗？"

"没去打曲棍球跟你没关系。我只是怕花粉过敏而已。"她转过头不看我，"我要洗澡了。"

我走出来，到走廊时候，我听见她的门又被打开了，我感觉她的手碰到了我的背上，一时间，我以为她想要从背后拥抱我——我甚至想到她可能是出于性冲动，也许康琪塔爱上了我——而我知道，在我脑中那个最微小最肯定的部分我知道，她杀了我。

我转过身。

"你死了。"她的声音平平淡淡的，怎么都听不出有什么心满意足的意思。回过头，我想她杀死我并不是因为这么做能带给她快乐，而是因为不这么做的话——我这么对她，还放我一马——会让她自己心里不舒服。之后，我试图把一切理清楚，但因为跟她说不上话，我只能一直维持这种不明不白的理解。我能推测出来的是她拿到了爱德孟都的名字，而后她知道他就是我的杀手，她杀了他来保护我——她在周末之前就杀了他，这样整个周末她都在校园以外，这样她自己就不会被别人杀死。她原本想帮助我赢得这个游戏，而现在她不再帮我了。或者，说不定更为复杂些，也许她杀了更多的人以求拿到我的名字来保护我。那个时候，搞清楚我们之间的关系，事情发生的前后顺序似乎很重要，但很快，它就变得无关紧要了。我在第一学年之后再也没有参加过杀人游戏，虽然我在奥尔特的日子里，人们没有停止过这个游戏。我不确定它是什么时候停止的，也许它还在继续，以一个其他的名字：贴标签，或者，淘汰赛。这种事情一旦你离去你就不会再知道，但即使在我离开之前，我也完全失去了兴趣；我成了那些觉得这个游戏无聊可笑的人的其中之一。

但在那时，站在走廊上：我看着康琪塔的脸，寻找着任何能证明她在开玩笑，或是能救回我的死亡的蛛丝马迹。那是因为在我看来，她杀了我是多么不可能的一件事。杀人游戏不应该存在于我们两个之间。那该是克劳斯，康琪塔是怀着怎样的心态来封杀了另一个女孩子懵懂的爱情呢？除非她自己喜欢那个男生，那还说得过去；不然封杀别人的爱情无论如何都是件错事。

我找到了——在她的眼睛里，在她的嘴边——她愿意改变她的决定，但只有在一种情况下，就是我成为她的同屋，从某些方面来看，我也没什么好责备康琪塔的，因为我相信她自己也没有意识到她想改变这个决定，或者，她意识到了，但却知道我不会接受。那也就是说，她并不是要借此威胁我。我们的友谊就这样结束了。要是有一天，能有一个理由让她报复我，而我全然没有借口去反击她，也许我们还可以再做朋友。我可以想像这样倾斜也许会造成一个脆弱的平衡，需要我们其中的一方宽容的原谅来维持。而另一方面，我们的报复却是互相支撑的，像是两边力量均衡的一面墙。

在我看来，如今我对康琪塔是有所亏欠的；虽然不是出自她的本意，但她把玛莎带到了我的身边。事实上，是她为我创造了接近玛莎的机会，但康琪塔也做了些让我无法定性的事情：她提醒了我，我知道怎样去交朋友。就为了这一点，我欠了她很多，但此时此刻，我相信，从她杀死我的这一分钟开始，她报了她的仇；我相信我已经不再欠她什么了。

在那奇怪的一周里，还发生了些别的事情。那是在星期天的晚上，在我告诉康琪塔我要和玛莎同屋之前，在她杀死我，我们彼此口出恶言，造成无法弥补的伤害之前：康琪塔学会了骑自行车。

那晚，当我出现在校医院的后街时，康琪塔正盘着腿坐在草地上。我下车，她跨过一条腿坐在车上。我抓着书包架。"好了，"我说，"准备。"我们往前挪动的时候，我开始跟着慢跑。

她回过头。"现在我爸爸也想见你了。"她说。

我脑中闪过秃顶的欧尼·麦克斯韦尔的脸——我还是没有见过他的照片——想像被介绍给这么一个知名人物、跟他说我的父亲会是件多么古怪的事情。"我很期待。"我说。一缕头发落到了眼睛里，我举手把头发拨到耳后。康琪塔突然比以前离我远了许多，我猛然意识到，我的手松开了。她正自己骑着车，完全平衡地向前进。我继续跑，试图追上她，但没有了我的拖累，她骑得更快了。

"嗨，康琪塔，"我叫道，"别激动，我已经松手了。你正自己骑着呢。"

话音刚落，她立刻捏起了刹车，双脚着了地。

"你骑得很好，"我说，"你该继续骑啊。我帮你起步。"我以为这样的情形不会再出现，至少不会马上出现。但那没关系。她已经有进步了。这么骑一次，她就知道她能做到。

"你抓紧了，是吗?"她说。

"是的，我正抓着呢。现在踩踏板吧。"

我抓着车，但几乎没用什么力，她一起完步我就抬起了手。她继续往前骑，我停下了脚步，她骑得离我越来越远。"莉!"她叫道，"你松手了! 我能感觉到!"

"我知道，但你没事。看看你。"

"我停下来了。没问题吧? 我停下来了。"她停下车像往常一样转了个身，滑下座位，向一边把车拖过来。

"现在回到我这边来吧。"我叫。她大概离我二十码远，我想也许有人会听到我们的喊声吧。我转念又想，哦，谁在乎?

"我就这么开始?"

"是的，"我说，"就像我在那儿一样。"

即使站得那么远，我还是能看见她犹豫再三，放平了她的肩膀。

"你可以的。"我大喊。

而后她真的向我骑过来了，喜上眉梢的。风向后吹起了她的黑发，随着她越骑越近，我看见她的关节都发白了。我开始拍手。"哇，"我欢呼起来，"你做到了! 你成功了!"

她从我身边骑了过去。

"看看她呀!"我叫，"有谁能追上康琪塔·麦克斯韦尔?"

她举起了她的右手，可能是想向我挥手，车晃动了一下，她很快把手放了回去。我屏住呼吸，她找回了她的平衡。她真的很棒，比很棒还要棒，她棒极了。看着她的背影越来越小，我对她的快乐感同身受。我教会了康琪塔骑车——真是不可思议。这一种感觉，也许是我们短暂的友谊中惟一的一部分，永远不会变质。

第二学年　秋

　　二年级英语课上无所事事的时候,我常看着莫瑞小姐的胸针发呆,琢磨着那是怎么来的。那是个银色的胸针,做成一本打开的硬面书的形状,书页厚厚地叠着,像是波浪卷发似的落在了两边。她每个星期会有三四天戴着这个胸针,我总是好奇其中有没有什么特别的原因。我猜这个胸针可能是她爸妈送给她的礼物——特别有可能是妈妈送的——或者是哪个大学教授或者高中老师送的,祝愿她在这个艰难高尚的职业中能够一帆风顺。也说不定是哪个老邻居或者亲戚送的。那肯定不会是朋友或者男朋友送的,我几乎可以肯定——一年前到奥尔特来做实习老师的时候,莫瑞小姐二十二岁,在我这个十五岁的小女孩眼中一点儿也不年轻,但对于从同龄人那边接受这么一个老土的首饰来说,这个年纪看起来怎么也太小了些。胸针对于四十多岁的女人来说还行,也许三十多岁也可以接受,但再早的话,好像耳环或项链之类更合适些了。

　　九月份,我第一次踏入莫瑞小姐的课堂时,首先注意到的就是克劳斯·苏伽曼,那个我整个夏天都日思夜想的人,就在那儿。因为英语是我当天的最后一节课,而且我在这之前的其他课上都没有看见克劳斯,这使

125

我越发担心今年再也看不到他了,可能我们再也说不上话了,这样他就绝对不可能爱上我了。我第二个注意到的是用粉笔写满了整块黑板的大字:"文学是劈开我们之间冰冻海洋的一把斧子。"——弗朗兹·卡夫卡。第三是教室的后排发生了一些小混乱,就在其中一个打开的无框帕拉底奥式窗户旁边。达登·匹塔德高举着一只跑鞋,其他几个学生围坐在长方形的桌子旁,七嘴八舌地谈论着什么。

"用力拍它一下。"阿思派丝·门特格玛丽说,我一年级时的同屋黛德说:"你会吓到它的。"阿思派丝接道:"谁在乎? 反正它要死了。"

诺丽·克里翰,一个从科罗拉多州来的瘦瘦小小的女孩子,长着一头柔软的棕发,用她软绵绵的声音说:"放它走吧,达登。它又没有妨碍到任何人。"我在诺丽旁边的空椅子上坐下来。那是只蜜蜂,我看见——那是所有混乱的起因。

桌子对面,反坐在椅子上看着达登的黛德扭过头,跟我对了一眼。"嗨,莉,"她说,"这个夏天过得怎么样?"

我愣了一愣,试图找个针锋相对的问题出来。"不错,"我说,"你呢?"

"糟透了。我……呃! 把它拿走! 把它拿走!"那个蜜蜂正飕飕飞过她的右耳,她举起双手在脑袋周围一阵乱挥。蜜蜂飞到了她的脑后,她大叫:"在哪儿? 它去哪儿了?"

在她旁边的阿思派丝歇斯底里地笑了起来。

"我抓到它了,"达登说,但他往前走的时候,那个蜜蜂挣脱了他向我这边飞了过来。飞到我眼前,变得一阵模糊。我没来得及想,便一掌拍在鼻子上,手心先是感觉被刺了一下,而后变得粘糊糊的,我知道我打中了它。我都不知道自己是不是故意的。房间里鸦雀无声。

过了几秒钟,达登说:"我的天啊,斐奥拉。不错么。"与此同时,老师从门外走了进来。

"我会装做我什么也没听到。"她说,而后咧嘴一笑,你能感觉到她的举动感染了整个房间，我们大家对她的印象都一样：她很棒，我们想到，我们有个很棒的英语实习老师。她并不很漂亮——一个小猪似的朝天鼻，金色的头发剪到下巴的长度，把她棕色的眉毛衬得特别的浓黑——她把头发扎起来，看上去很运动。她穿着一件短袖的牛筋布衬衫，一条粗棉斜纹筒裙，没有穿长筒袜，脚下穿着凉鞋。她的小腿是健康的麦色，看上去很健美，像是那些在达特默思打曲棍球队员的腿。每年秋天，奥尔特都会招三四个新的实习老师，他们大多大学刚毕业，过来教一年的文化或体育课。

她走到桌子前面，从一个浅蓝色的小山羊皮包中拿出一个文件夹。"我是莫瑞小姐。"她说，"千万别想着叫我莫瑞太太，那是我妈妈。"

大家都笑了。

"我在这儿教二年级英语。"她继续道，"所以，如果你不是过来学二年级英语的，我建议你利用这最后的机会快快溜走。"

达登站了起来，笑声更响了，而后他又坐了下去。

莫瑞小姐昂了昂头："好吧，聪明的小伙子。你是我第一个想认识的人。"

"我叫达登·匹塔德。"

她扫视了一遍名单。"找到了。那是个很押韵的名字。有人知道什么是押韵吗？"

黛德举手："是不是就像'朱红的知更鸟'，或者'前面的气球'？"

"类似。但这些是同声，辅音声母相同。押韵押的是元音韵母，像是'达'登·匹'塔'德。换句话来说，匹塔德先生，无论你走到哪里，你都随身带着一首诗啊。"

"我有个押韵的名字，"达登说，"我喜欢这个，伙计们。"

我不知道和达登建立一个友好和睦的关系在莫瑞小姐来说是不是一个战略行动——达登是二年级班里最受欢迎的男生之一。大家都打心底里喜欢他,最主要的是,他们喜欢一个从布朗克斯来的大黑个。

"好了,"莫瑞小姐说,"现在你们剩下的这些人……"

我再也忍不住了。我半蹲着站起来,我的手掌还贴在一起,说:"对不起,我可以去一下洗手间吗?"

"你为什么早不去呢?"

"我只是想去洗洗手。"我说,全班哄堂大笑起来。我不认为他们是在笑我,不完全是,我自己并不感觉很尴尬,但我却能感觉到尴尬的气氛弥漫在空气中。徒手杀死一只蜜蜂,在我同学们的眼里,是件粗鲁而古怪的事情——就像是在餐厅里将奶酪涂满你的烙饼,或者在白天拿着你巨大的旧鞋垫在教学楼里到处走,晚上把它们扔在你自己的寝室里,据说一个叫奥黛丽·法莱赫蒂的三年级拉大提琴的女生这么做过。我可不想变成我们班的奥黛丽。

在我的同学们偷笑的时候,莫瑞小姐扫视了一下整个房间。在几秒钟内,她看起来有些疑惑,而后突然下了决心。"你可以等到我离开以后。"她又低下头看名单,"好了,那么奥力弗……"

"对不起,但我真的很快,而且铃还没响呢。"我整个人站了起来。我想要去洗手,洗去那些证据,感觉就像是一种自然的渴望。

我们又对视了一眼——我可以在莫瑞小姐的脸上看出她已经把我当做是一个捣蛋鬼或者皮大王,一个全然与我自己不一样的人——就在我们看着对方的时候,铃响了。"是的,它响了。"莫瑞小姐说,"坐下吧。你们大家要记得在上课前把你们的膀胱清理干净。"

我的同学们都咯咯地笑起来——一个老师竟然用了"膀胱"这个字眼——而我感觉到了自己的怒火。

"好了,"莫瑞小姐说,"奥力弗·阿姆森——你在哪儿?"

奥力弗举起了手。

"我念得对吗?"

奥力弗点点头。

"诺丽·克里翰?"

"到。"诺丽用她软绵绵的声音说。

当莫瑞小姐叫到我的名字的时候,我说:"在这儿。"我们看了对方一眼,她点了点头,像是把这条信息归档:那个讨厌的女孩子叫莉·斐奥拉。

阿思派丝悄悄地说:"举起你的手,莉。"

我没理她;我的手感觉又热又痒,还粘在一块,在桌子下搁在我的膝盖上。

"来啊,"阿思派丝说,"让我们悄悄地看一眼。"

"有什么问题吗?"莫瑞小姐看看我再看看阿思派丝,最后目光落在我身上。

"没有。"我说。

"你有什么要跟我们大家分享的吗?"

没有人出声,我意识到他们都在等着我。我说:"好吧,就是这个。"我举起手臂打开双手,手掌上,黑糊糊的粘液、翅膀的薄翼,还有一小簇一小簇的黑黄色的绒毛混杂在一起;我左手掌上被刺的地方还有一个红色的肿块。一般来说,我认为最好不要引人注意,但这个姿势决定了你不得不带些戏剧性,想低调些都难。有时候你可以感觉到来自别人对你的期望的张力,而你不得不牺牲自己,冒着看起来行为古怪和惹人不快的风险,来娱乐大众。

像是看幽默短剧的观众一样,教室里发出了喘气声和咯咯的笑声。

"那是什么?"莫瑞小姐问。

"我打死了一只蜜蜂。"

她发了个声音,我用了几秒钟才辨别出那是一声愤怒的感叹。"很好,"她说,"去洗你的手吧,洗完了快点回来。"她的怒火让我有些惊讶;我原本以为她知道了事情原委以后我们之间就会冰释前嫌。

站在洗手池的镜子前面，除了对于第一天上课就把老师搞得发了疯的不安以外，我还有些朦朦胧胧惊喜的兴奋，我试图找出原因。我回忆刚才发生的一系列事情，我想起来了——我打死了那只蜜蜂以后，达登·匹塔德叫了我的姓。他说："不错么，斐奥拉。"那看来不是什么大不了的事情，我就像其他女孩子一样，男生可以随意地开开玩笑。这对我而言是一种接近赞美的话语，值得珍藏。

我回到教室的时候，黛德正在发言："……我最喜欢的书是《马乔里·莫宁斯塔》因为那是你真正可以联系自身的东西。哦，还有我从威斯特切斯特郡来。"在阿思派丝介绍她最喜欢的书和她从哪里来的时候，我思索着轮到我的时候我该说些什么。《简·爱》，也许——整个夏天，回到南班德，我一口气花了整整二十四个小时读完了它，虽然期间被打扰的程度就像我喜欢这本书的程度一样。但看来阿思派丝是最后一个发言的人。要么莫瑞小姐忘了我，要么她只是不想让我有机会说话。

"好了。"她说，"现在我想请你们把注意力转到……"

"莫瑞小姐？"阿思派丝说，"对不起，但在我们继续之前，你能不能告诉我们你从哪里来还有你最喜欢的书是什么？"

"为什么你想知道这些？"莫瑞小姐的语气，如果可能的话，显得饶有兴趣——被压抑的兴奋。

"我们告诉了你啊。"阿思派丝说。

"啊哈，"莫瑞小姐说，"有来有往。"

"我们想了解一下你的性格喜好。"达登说。

"我在爱荷华州的杜布克市长大，那是在北部，然后在爱荷华大学念完了本科——就这些，你们这些眼光锐利的家伙。"她举起一只手，有几个男生笑了起来。所以，她没有在达特默思打过曲棍球，我想道，知道了她来自爱荷华州，我看出了她身上一些中西部人的特性，根据她的衣着，特别是粗棉斜纹的裙子，还有她的动作。她还是有些紧张，我看出来了，一念及此,我立刻肯定了自己的想法,她当然会紧张。这不仅仅是她在奥尔特教学的第一天,而且还是她整个教学生涯的第一天。我在这个时候注意到了她的胸针;她把它带在衬衫的右边,就在锁骨下面。"我主修文学,"她继续说,"是美国大学优等生荣誉学会的一员——你们知道,我只是自吹自擂一下。"她笑了笑,却没有人跟着她笑起来。在奥尔特,你是不会自吹自擂的;而且你也不会认为在承认自吹后就会让这一行为显得恰当。"很难说哪一本书是我最喜欢的,"莫瑞小姐继续说道,"但我也许会说是《我的安东尼亚》。"

我看见黛德在她的笔记本上写下《我的安东尼亚》。"那是谁写的?"她问。

"有谁想告诉黛德"——莫瑞小姐看了一眼名单——"谁是《我的安东尼亚》的作者?"

大家都不做声。

"你们知道的吧,是吗?"

还是沉默。

"别告诉我连奥尔特这样出类拔萃的学府出来的学生都不知道薇拉·凯瑟是谁。我以为你们应该是最优秀最聪明的。"莫瑞小姐又笑了笑,尽管如此我还是不太喜欢她,我为她感到羞愧。这是她另一个失策的地方,用类似杂志文章的口吻来谈论奥尔特,这是城里那些杂货店或理发店的店员才会做的事情。

"薇拉·凯瑟是不是写了《啊,拓荒者》?"杰妮·卡特最后说,"我想到我姐姐在普林斯顿的课上读过。"

"你是说你姐姐看过,"莫瑞小姐说,"凯瑟是本世纪最重要的作家之一。你们大家应该至少要看一本她的书。"她指了指我桌子这边后面的黑板,上面写着卡夫卡说的那句话。显然她在上课前已经进过教室了,在黑板上写下那句话,然后离开。"你们当中有多少人进来的时候注意到了?"

她问。

有几个人举起了手,但不包括我。

"谁愿意把它大声地念一遍?"

黛德把她的手高高地举着。她念完之后,莫瑞小姐说:"有谁同意卡夫卡的看法?"我精神恍惚起来。奥尔特的课堂讨论我从不积极参与——总有人会说出我的看法,且经常会用比我所能想到的更精炼的语言来表达,久而久之,我说得越少,就越没有必要发言了。课将近尾声的时候,莫瑞小姐给我们布置了回家作业,阅读《瓦尔登湖》的前三十页,并在下星期一之前,以一个我们思考人生的地方为题,写一篇二百字的文章。"充分发挥你们的创造力……"她说,与此同时,下课铃响了。"该死,"她说,"他们是不是认为我们的耳朵都有问题? 就像我刚才说的,在你们的作业上充分发挥你们的创作细胞。要是你们没去过什么地方,就编造一个。明白了吗?"

一些人点了点头。

"今天到此为止。"

我们都站起来,整理我们的背包,我看了看椅子周围的地板确认没有拉下什么东西。我真害怕自己会傻乎乎地留下一张写着我个人荣誉的小纸条什么的。其实根本就没有这样的小纸条,除了殷勤的、真诚的、强颜欢笑的家信(我们输了对圣弗朗西斯的足球比赛,但我想这个星期六我们会赢的;我们在美术课上学画自画像,对我来说,最难的部分是鼻子)以外,我甚至连信和日记都不写,而这些并不能减少我的担忧。

我是最后几个离开教室的人之一,我走到走廊的时候,达登、阿思派丝和黛德就走在我前面几英尺的地方。我慢下脚步,让我自己跟他们的距离拉开一些。他们笑嘻嘻地消失在楼梯拐角,我等到他们身后的门关了以后,才跟上去。

突利斯·哈斯科尔出现在公共休息室的时候,我正穿着睡衣站在炉子前面,热着我的鸡汤面。那是星期六晚上,九点刚过,寝室里的其他人——事实上,是差不多校园里所有其他的人——都去了本学年的第一次校园舞会。玛莎换好衣服,戴上她的手镯,画着口红的时候,我就坐在我的桌前跟她聊天。她并没有试图说服我跟她一起去,这让我感觉有一点点失望,但更多的是欣慰,我终于在奥尔特交了一个真正懂我的朋友。玛莎走了以后,寝室里的声音听起来似乎更安静了——水流的声音、收音机的声音、其他女孩子的声音——而后一切都变得静悄悄的。我换上了我浅蓝色的棉质睡裤,套上件旧 T 恤,下楼到公共休息室,打开电视机,把汤罐头里的东西倒到一个盘子里。星期六的晚上一个人过也不坏。真的,期望越多失望越多,在奥尔特的第二年,我已经学会了不再过多地期望什么。在一年级的时候,有那么几次我甚至以为要是我的悲伤足够深切,它会魔法般地吸引一个英俊的男孩来到我的房间安慰我,这就成了我一个人自怨自艾时的调剂品。我心机费尽最后却一无所获,我终于发现你要是找点事情来做,时间会比较容易打发,像是看看电视或者读读杂志什么的。再说,我对于那个虚无缥缈的男孩的渴望最终落实到了克劳斯·苏伽曼的身上,而他一定是去参加舞会了,任凭我再怎么牵肠挂肚,哭喊称颂,他还是在舞会里。

我正在搅拌我的鸡汤的时候,听到一个男生的声音说:"嗨,你在那儿。"我转过身,突利斯就站在公共休息室的门口。

"嗨。"我说。突利斯是一个四年级学生,在去年冬天的才艺表演上,他用吉他自弹自唱了一首《火雨》。坐在观众席里(我去看才艺表演是因为我只需要在一旁看,看其他人热情洋溢地表演,而不像在舞会或加油会,需要我自己投入激情),我曾经对这个男孩动过心——突利斯——在此之前我从没有注意过他。他先是在台上放了一个脚凳,就消失了,再次出现的时候,他拿着他的吉他,用一根蓝黄相间的吊带吊着。他走过舞台的时候，一个男生大叫："来首小夜曲吧，哈斯科尔。"突利斯没理他。(他看起来一脸严肃有些恍恍惚惚的，好像是一副刚睡醒的样子；他长着一张善于思索的脸，扎着条马尾辫，大概有六英寸长，对于奥尔特男孩来说，这很少见。)看着他在台上，我开始猜测不知道他班里的同学喜不喜欢他，想到这里，我忽然对他产生了一种共鸣，我对于所有无故被排斥的人都有同样的感觉——不是指那些十足无趣而丑陋的孩子(这样的人在奥尔特很少)，而是指那些在我看来可圈可点的人却最终——选择？是选择的关系吗？——被排斥在主流圈的边缘。突利斯坐了下来，随意拨弄了几下吉他，什么也没说，就开始弹了。他还没开口唱，我便听出了这首歌，而之前的共鸣扩大到了其他东西上，一些有别于同情而更像是感情的东西。他懂得忧伤，很明显，有谁能选择表演《火雨》却不了解忧伤呢？我问自己他迷人吗，随着他的音乐，我想道，也许他是的，听得更久一些，我想道，他肯定是。唱到了第二段的时候，我已经开始想象我们之间可能发生些什么，也许不久之后的某一天我们在收发室相遇，我羞怯地赞美他的表演(在我想象这个场景的时候，表演才刚进行了一半不到)，而他也同样害羞地谢谢我，我们开始交谈，而后不久，自然而然地成为一对情侣。事情就这样发生了，而后我们将一直和对方在一起，奥尔特其他人将越来越远：礼拜的时候我们坐在一起，晚上在艺术楼约会，而我会去他家过感恩节——我总是隐隐地感觉他应该来自缅因州——在下午茶之后，我们来到岩石海滩散步眺望大海，我穿着他死去的爷爷打猎时穿的夹克，我们手牵着手的时候他第一次向我表白说爱我。台上，突利斯一直垂着眼，当他唱到"美梦和飞行器的碎片散落在地"的时候，他庄严地抬头看了一眼，我能感觉到观众中一阵骚动。我向两边各瞥了一眼，看见我这排和我能看见的其他排的女生都着迷地看着他。我不由担心起来。要是我们同是孤独者，那是一回事，可要是有一群女生抢着想吸引他的注意，那就全然没有希望了。我能制造怎样的开场让我显得不那么异想天开呢？我不能，那是不可能的。歌唱完了,当观众席爆发出喝彩声的时候,那喝彩明显都是女生发出的。突利斯站起来低了低头,而后在欢呼声中挥挥手走下了舞台。在我的前面,艾薇·兰德斯转过身对凯瑟琳·庞德说:"我从来没注意到原来突利斯这么惹火。"不!我心里叫道。不!而后我又突然泄了气,好吧,好吧,突利斯。放弃我跟别的女孩子约会去吧。我能照顾你,我能让你快乐,但如果你不相信,我也无法向你证明。那天的晚课上,大家仍在讨论他,不知是谁说了一句:"伊莎贝尔真是幸运。"我才陡然想起,就像我记得突利斯来自缅因州一样,突利斯跟一个叫伊莎贝尔·布尔登的小巧漂亮的女孩约会。虽然只是几个小时,但到了那个时候,我的一厢情愿看来真是愚蠢可笑。就像是我在机场遇见一个陌生人,却把他当成是自己亲戚给他一个大大的拥抱——突利斯不是我可以爱或者能回报给我爱情的人;看在上帝的分上,我们甚至都没有说过话!碰巧的是,从接下去的那周一开始,我就在收发室遇上了他,那时很安静,我满可以自然而然地跟他说些关于他的表演的话,但我什么话也没说,什么感觉也没有。

七个月后在公共休息室碰见他,我还是没有什么感觉,或者说几乎没感觉——我倒是希望我戴了胸罩。我很高兴我当时正在煮鸡汤面,那看起来无伤大雅。我总是认为越是多肉辛辣的食物,越是会增加女孩子的负罪感——例如洋葱巨无霸,星期天的下午寝室里大家集体去雷蒙德披萨店订购的时候,我是绝对不会参与的,那绝对会让人懊悔不迭。

"你知道怎么剪头发吗?"突利斯问。

"什么?"

"头发。"突利斯说着,伸出他的食指和中指在身前一开一合地比划了几下。

我瞪着他。我以为他是叫我上去找什么人,虽然我很清楚整个寝室都空了,我还是准备上去看看,只是为了礼貌。"你的头发?"我问,"还是别人的?"

"我的。我只是有点……"他耸耸肩,伸手到背后拉了拉他的马尾巴,"……对它感到厌倦了。"

我想想我的剪发经验:在幼儿园的时候,我剪了一个洋娃娃的头发,而后感觉满意极了,虽然那娃娃的头发看起来糟糕透了让我妈妈很不高兴。还有,在我九岁的时候,我妈不同意一家小理发店的女人将我的头发打薄,她认为那样看起来太成熟了,一回到家,我就躲进了洗手间,自己剪成了那样。这次剪得也不怎么好看。但帮突利斯剪头发——那种古怪的情景让我有些跃跃欲试。"当然,"我说,"我帮你剪。"

"真厉害。"他笑了,要是我早知道这会让他露出这样的笑容,我早在他第一次提出请求的时候就答应他了。

"你想在这儿剪吗?"我指了指整个公共休息室,包括一个壁炉、一台电视机、两个橙色的沙发,五六只蓝色的圆椅,几个嵌在墙上的书橱,还有在茶水间旁边的一个圆桌和几把木头椅子。

"这儿就好,"突利斯说,"你有剪刀吗?"

"是的。但不是那种专门用来理发的剪刀。"

"那太棒了。我们也许应该找一块毛巾。你想我回去拿毛巾吗?我就住在维利斯宿舍。"那就是为什么他会到这个公共休息室来的原因了——我们这儿是离他最近的一个女生宿舍。也许剪头发这种事,在男生眼中,就像烤巧克力脆心饼干和抱孩子一样,是每一个女生都会做的。要是他真是那么想的,他可真可爱——我还不想成为那个打破他天真美梦的人。

"我可以上去拿毛巾。"我说。我只有我自己用的毛巾,还放在地下室的洗衣机里洗,而玛莎,像其他大多数学生一样,都是申请了洗衣服务的。每个星期二早晨礼拜之前,把你用过的毛巾和其他脏衣服一起放在一个印有你姓氏的黄色拉绳袋里,放在寝室门前的台阶上。等你从礼拜堂回来的时候,就会发现一个新的口袋被放在那儿,里面有新的毛巾和上个星期的衣服,已经洗干净了。只要支付三千元一年的费用就可以让这种神奇的变化发生在你自己的身上。进入奥尔特之前的那个夏天,当我爸爸在奥尔特寄来的一大堆信件中看到这个价钱时,他说只要每个学生给他一半的价钱,他就抛弃我妈妈和弟弟们,带着一块洗衣板和一块肥皂跟我一起到麻省来,给奥尔特的孩子们洗衣服。

　　我把炖着鸡汤面的炉子熄了,快步跑上楼去。在我们的房间里,我拿了一块还包在塑料套里的毛巾(玛莎不会介意我借用一下的,而她无论如何也不会在一个星期内用掉所有的毛巾),从抽屉里拿出剪刀,抓起在化妆台上的梳子,并且趁着上来的机会穿上了一个胸罩。我想过要把上衣换了,但想到突利斯可能会注意到而以为我想要给他留下什么印象;他也许会认为我愚蠢到想像那需要一套不同的装备。我两步并一步地冲回公共休息室。

　　"不如坐在这儿吧?"我拉了一张木质的餐椅放在电视机前面,让他可以一边剪头发一边看电视。他坐了下来,从背后,我把毛巾披在他的肩上,然后绕过去跟他面对面,将毛巾的两个角拉过来叠在一起,让毛巾的边紧贴着他的脖子。"把你的辫子拿出来。"他照我说的做了。我端详着他的脸。我们的脸大概相距两英尺,我的比他的略高一点,一般来说,跟一个男孩这么接近会让我有些局促不安——想当然我的毛孔会显得尤其粗大;皮肤满是斑点——但这次却不同;站在突利斯前面,我什么歪念也没有,表现得特别专业。"你是想保持原有的发型,但稍微剪短一些,还是想把它剪成男孩子的板寸头?"

　　"你觉得呢?"

　　"我不认为你适合剪得非常非常常短。"因为,我心里暗暗想道,我不知道那该怎么剪。"但可以随着你的头型剪短些。"我又绕到他的后面,开始梳理他的头发。他的头发是浅棕色的,夹杂着一些金色,不像女孩子的头发那么柔弱,但发质还是很好。我从他的右肩伸过手去,用我的指尖顶着

137

他的下巴。"把你的头放正。"他立刻抬头挺胸。我拿起剪刀剪下一缕头发。这个动作有些快感,头发和金属的摩擦带来的切断的声音和感觉。我意识到我该找个地方处理剪下来的头发。"等一等。"说完,我从废纸篓当中拿出些旧报纸,摊在椅子周围的地上。一缕缕的头发悄然无息地落下来,攒在一起。

"你不认为我需要把头发打湿吗?"他问。

我没想到这一点,我怎么没想到呢?但如果我这会儿告诉他要打湿他的头发,不是就砸了自己的招牌了吗?"不,不用,"我说,"我这么剪就行了。"

过了一会儿,他说:"我总是奇怪为什么在理发店他们总是要你先打湿头发呢?这么做的目的是什么?"

站在他身后,我尽量使自己的声音听起来轻松自然些。"那只是人们的一个习惯,"我说,"有的人认为这样会方便些。但是,事实上,"我继续发挥,"那不太好,因为你的头发湿的时候看起来更长一些,这样你就有可能比你原本打算的剪得更短。"这话事实上是成立的,尽管我不知道我是从哪儿学来的——也许是哪本杂志吧。

我们沉默了几分钟。一开始,我每一刀都剪去不到半寸,背后的头发比较平齐,就剪得多一些。但他想要都剪掉,他说了,它长得有些叫人厌烦了,而我现在的方法并不那么有效。我一刀剪下了四英寸,与此同时,我感到了一种无法挽回的快感。我猜想突利斯已经被电视上关于寻找消失的亚特兰蒂斯大陆的节目吸引住了。又过了几分钟。他有一部分的头发已经变成了早上起床时的那样。我忽然想到,他的发型发生了这么巨大的改变,其他的学生一定会对此说三道四,然后他可能会提到那是我剪的。莉·斐奥拉?他们也许会问。这是怎么一回事?或者只是,她是谁?说不定这件事的消息甚至会传到克劳斯·苏伽曼那儿。

"你为什么不等到星期一到城里去剪呢?"我问。

"你知道有时候你脑子里突然有了一个主意，你会觉得'还等什么呢?'就是现在了。我就是这么想的。"

我犹豫了一下，说:"你为什么不去舞会呢?"

"舞会?"

"在学生中心的那个。"

他笑了。"我知道舞会在哪儿。那不关我的事，你知道?"

"是啊。"顿了一顿，我接道，"也不关我的事。"

"我刚到这儿的几年常去，但每个星期都差不多。"

"是啊，我猜也是。"一次舞会也没有参加过的我，似乎没有什么立场发言，但看起来我似乎也应该表示同意。"好了，"我说，"已经挺短的了。"

他用食指和拇指围了个圈，伸手到颈后，像是要抓他的马尾辫，但所能抓到的就只是空气而已。"真是短。"

"可以了吗?"

"不，是的，太棒了。"他用指尖摩挲了几下脖子后的发际线，"那就是我想要的。就是不一样。"

"我还要修一下。坐好。"

他照做了，我继续我的修剪工作。我不知道该怎么办的部分是他前额的头发——我该留多长呢? 我走到他前面，站在他和电视机的中间，把他中分的头发全部往后撸。"你要在前额留些头发吗? 要吧?"

"我要吗?"

"我觉得要是没有的话，会显得有些奇怪。"

"没问题，那么。那样很好。"

"闭上眼睛。"

他闭上眼，有那么几秒钟，我端详着他的脸。他的鼻子和两颊有些淡淡的雀斑，从远处看不到，在他下巴的右边，有一个他挤过的青春痘的疤痕，已经差不多好了，看样子，像是十三四天前的。在他的下巴尖周围，还有星星点点的金色,包括嘴唇上方也是。面对他,我突然兴起了一种想要呵护他保护他的感觉,把我自己都吓了一跳。想起我已经曾经对他动过心,感觉有些怪异,虽然我也知道这样的好感,一种不该有的好感——如果不是所有的好感都被定义为错的话,在一定的距离内会再度点燃起来。但在这儿,我们两个靠彼此这么近,他让我认清了自己;他离我太遥远,他不会喜欢我,我也不配爱他。

我继续剪,每次我走开两步查看自己的作品的时候,都觉得还不错。也许我真的有剪头发的天赋。

最后,我说:"睁开眼睛吧。我想可以了。"

"这儿有镜子吗?"

"在浴室里。"我指着电话间旁边的门,他走过去的时候,我跟在他后面。

"哇,"他说,我的心抽了一下,而后他咧嘴一笑。他腾出一只手伸到脑后摸了一下。"嘿,干得不错,"他说,"太感谢了。"

我同样回报了一个笑容:"我很荣幸。"

"我该给你报酬或别的什么。"

"噢,天。"我摇摇头,"当然不要。"这个想法让人有些气恼,接受这样的报酬让人觉得不舒服,就像是,帮隔壁寝室吸尘一样。

"嘿,你知道么?"突利斯说,"你介意帮我剃一下我的脖子吗?那会不会太失礼了?"

事实上,这个要求让我有些脸红。

"我可以去拿我的刮胡刀。"他补充。

"我可以用我的。那没什么。"我拿回来的是我楼上的化妆包里那把粉红色塑料的剃刀。我从茶水间的水斗盛了一大杯水,和一块肥皂一起放在电视机上。突利斯又坐回到椅子上,椅背朝前,叉开腿坐着。背对着电视机。我用手指蘸了点水,抹了点肥皂,擦在他的脖子上。一碰到他的皮肤，即使他的脸背对着我，还是会让我想起曾经对他的好感。我把肥皂泡沫涂开，拿起剃刀放在他的脖子上比一比，推动剃刀，放在水里蘸了蘸，又挪回到他的脖子上，我们两个一句话也没说。"有人认为亚特兰蒂斯是希拉岛的一部分，"电视里有声音解说道："理论依据是证据表明公元前一千五百年希拉岛的一次火山爆发造成了大部分的岛屿沉入了海底。"突利斯在想什么？我不禁好奇。他对我的手指有什么感觉吗？我总是怀疑我在男孩子眼中属于那种没有女人味的女生。只有跟克劳斯在出租车里的那一次，才让我找到了一点感觉。

确定剃完了他脖子上所有的碎发以后，我又用手指摸了一遍，很光滑。"好了，"我说，我的声音听起来一点儿也没什么特别，"都完成了。"

他伸手到颈后摸了摸。"谢谢，"他说，"我要是试着自己剃，可能已经把自己割了十来条伤口了。"他站起来，把椅子放回到桌子那边，我趁着这个时候，把散落着头发的报纸拿起来，团成一团，扔进废纸篓里。我能感觉到他就要走了，也许就是下一分钟。在这一刻之前，我一直都希望不要有人回到宿舍来，因为我不想被迫解释到底发生了什么事；要是有人对此质疑的话，说不定突利斯就会中途改变主意了。再说，我感觉到我跟突利斯之间有一种默契正在发展（那是很初级的，我知道，并不像成为朋友那样）而我不想它被打扰。我可以想像宿舍里哪个女孩子推门进来，站在我的地方尖叫："突利斯，我不敢相信你竟然让她剪了这么多！突利斯，你疯了！"但现在，头发剪完了，他也差不多要走了，我却感到有些失落，这一切没有人看到。我喜欢这一段，我意识到，我不会介意有一个观众的旁观。那就像是当蒂姆，我的小弟弟，刚出生的时候，我的妈妈会让我带他出去，把他放在推车里，站在街上的时候，我总是想——我那时十一岁——要是我班里住在附近的几个男生看到我，他们肯定都会立刻对我产生好感的，因为我这个样子是那么酷，那么成熟。我是说，照顾我的婴儿弟弟？一个人出门？

我把肥皂水倒进下水道,杯子放在水斗里。我手里还拿着剃刀。我想着把它留下,不用来干什么,只是放在我床下的纸盒里,和我的旧笔记本、考卷和学校演讲的作业放在一起。但我要是不把剃刀扔掉,突利斯会注意到的,那可能会看起来很古怪,就像奥黛丽·法莱赫蒂。我把它扔进了废纸篓里。

"再次谢谢你。"突利斯说。

"没关系。"

他走到水斗这边,我们面对面。他伸出手,我们握了握。"看起来你前途无量,"他说,"全国开满美发沙龙,满是名人客户。"

我转了转眼睛:"那可真是把我在奥尔特所学的东西学以致用了。"

"可以更糟些。好了。我们会再见的。"他走到离门还有几英尺的时候又转过身来,"真对不起,我可真是糊涂,你的名字……你叫……"

"莉,"我说,"莉·斐奥拉。"

"对,对。"他点点头,"不好意思,奥尔特那么小,但当你到了四年级……"

"没关系。"我说。

"好了。嗯,谢谢,莉。"他笑了,我再次感觉到他拥有世界上最美的笑容。还有,我想道,我给他剪了个第一流的发型。这一切的发生,超出了我的能力之外。

"其实……"我脱口而出时,他正巧又转过身来:"噢,对不起,我叫突利斯……"

"没关系,我知道你是谁。我只想告诉你,我知道那是很久以前的事了,但我还是想告诉你我觉得你在去年的才艺演出上弹吉他的那次表演,非常棒。"

他笑容依旧。我爱男生们,我想。所有的男生。

他走的时候,挥了挥手,就像他在唱完《火雨》之后下台时那样。

黛德思索她人生的地方，按照她英语课的文章中所写，是在斯卡斯代尔的家里一楼和二楼之间平台上一个靠窗的位置。而达登写的是乘2/3地铁时，阿思派丝写的是她夏天开她爷爷的帆船到长岛湖期间。（我相信阿思派丝的夏天是在长岛度过的，我也相信她爷爷有一艘船而她的确坐过它出海，但并不像她所说的那样是一个人——根据我的观察，漂亮而受欢迎的人很少会一个人打发时间。）马丁·韦和念了关于他如何坐在马桶上思索他的人生的，大家都笑了，而后杰弗·奥提斯念了同样的东西，但大家没有那样笑他，因为他没有马丁那么酷，也因为他是第二个。

　　当莫瑞小姐问有没有人自告奋勇大声把他的文章念出来的时候，没有人响应，所以她就点了黛德，而后是达登，他就坐在黛德的旁边，说了他去的地方，而后按照座次，桌子旁的人一个接一个地读了他们的文章。在杰弗后面，似乎就轮到我了。看着我前面的人一个一个读完了他们的文章，我的心越跳越快，我的脸也越来越热起来。我对我的文章有些担心——我怀疑它写得不怎么样，它一定也不好笑——但更主要的是，我不喜欢别人看着我，听我说话。现在，轮到我讲了，我却发现我做不到。我就是做不到。我知道我的声音会颤抖喘息，而我的紧张情绪只会让那更变本加厉，直到最后，我会觉得自己再也坚持不了多一秒钟。看起来就好像是这一刻自己蜷缩了起来，虽然我不清楚要让时间自己蜷缩需要什么条件——也许是自燃，或者也许地板会爆裂开来而我们会滚在自己身上像是罗盘里的某个部件一样。

　　"我放弃，"我说，"我们可以那样做吧，是吗？"

　　"为什么你想放弃？"莫瑞小姐问。

　　"我只是宁愿放弃而已。"

　　莫瑞小姐叹了口气，好像我要用犹豫不决来耗费掉剩余的上课时间一样——好像她自己并没有使大声朗读看起来像是自愿性质的一样。"其他人都读完了，"她说，"如果你不读的话，那是不公平的。"

我不确定我以前是不是听到过有哪个大人以公平为论据来支持他们的说法。但如果我再挑战莫瑞小姐，我能感觉出来，无论那是什么，都将是实实在在的；可能成为大家课后的谈资之一。

我低头看着我的文章，那是我昨天晚上在玛莎的电脑上打的。"思考过去的生活是帮助每个人做出决定和理解个人道德、价值观的一个重要部分。"我开始念，我知道我的声音几乎轻不可闻，"许多人，像是亨利·大卫·索瑞，都有一个特别的地方，安静而平和。对我来说，那个地方就在我爸爸的……"念到这儿，我已经完全没有声音了。突然间，我明白了为什么我之前那么犹豫，"我念不下去。"

"你做得很好啊。"莫瑞小姐说。

我没有抬头看她或者我的同学们，虽然我感觉到他们在看着我。

"要是你愿意你可以重新开始。"莫瑞小姐说，她的声音中有一种以前从未有过的和蔼。

"不。"我说。

"莉，没有人在评判你的好坏。你得习惯自如地念你的文章，因为在接下去的一年里你要经常这么做。"

我一声不吭。

"你能告诉我你为什么不想念吗？"

我能感觉到，不是我想哭，而是我也许会忍不住哭出来；这种可能性已经露出一点苗头了。我最好还是尽量少说话为妙。

莫瑞小姐又叹了口气，但不同于之前那种不耐烦的叹气，这是另一种新的。"你今天不一定要这么做，"她说，"但以后，不论你写什么都要准备好念给大家听，你们所有人都一样。没有例外。诺丽，轮到你了。"

下课以后，莫瑞小姐说："莉，在你离开之前，我想跟你谈谈。"

我收拾完我的书，乖乖地坐在椅子上，我的背包拉上了拉链放在我前面的桌子上。我把我的文章放在膝上，准备交给她。毕竟，她怎么想并不很要紧——我相信老师就像医生一样,被他们的判断所左右。

等房间里的人都走光了,莫瑞小姐在我对面坐下。她穿着一个淡紫色的假高领和一件黑色的运动衫——那已经挺酷了——那个书形的胸针就别在她运动衫的左领上。在她的左胸下面有一条短短的横线,大概三英寸长,是白粉笔画的,我相信她肯定没发现;她的皮肤有点儿油,特别是鼻子两边。

"我希望你可以大声把你的文章念出来,"她说,"现在,对我,我明白不情愿在上课时发言的心情,但你得克服它。"

我没吭声。

"我不论如何都是要你念的。"她说,"除非你选择就这样把它交上来,这次作业得零分。"她这么说的时候,很明显不认为有这样的可能性。但那不是个太坏的主意。一般来说,我的担惊受怕都是源于我自己或是假象或是有具体现实依据的逻辑推理,而所有的推理,看起来基本上总没有我所想像的那么严重。一次作文得零分,也许在我的学期总评分中占个百分之五,那不是什么大不了的事情。

"我可以得个零分。"我说。那无疑是最好的选择——在这一点上,我对这篇作文太在意了,她也许会有疑问,也许这跟她没关系。我的作文看上去可能没什么,但我太大惊小怪了。

她斜睨着我:"但你做了作业。"

"是的,但我改变了主意。"

莫瑞小姐的嘴张了一下似乎是想说什么,又闭上,又张开。"我希望你可以把你的文章念给我听,"她说,"我不会做任何评论。"

我从不会争论些注定的事情。"好吧,"我说,我看到她有些惊讶,"我现在就要开始吗?"

"就现在。开始吧。"她的声音听起来热情洋溢。不,不,我想。我们还是和以前一样。

我把我的文章从膝盖上拿到桌上。"思考过去的生活是帮助每个人做出决定和理解个人道德、价值观的一个重要部分。许多人，像是亨利·大卫·索瑞，都有一个特别的地方，安静而平和。对我来说，那个地方就在我爸爸的小店。我爸爸的店叫做'床垫总汇'。在印第安纳州的南班德市。我住在家里的时候，平常因为上学，我是不去店里的。我在周末的时候过去。在店背后，有一个办公室，在办公室后面，有一间堆满了床垫的仓库。那儿就是我用来思考的房间，因为那儿安静又舒适，我可以躺在所有的床垫上，有几堆甚至快要摞到了屋顶。这间屋子最好的一点是我可以听见别人的谈话，特别是我的爸爸，他有一个大嗓门。听着我爸爸和别人像是顾客或者销售员的对话，我就知道自己不是孤独的，而我没有必要插嘴。在这个地方，我想起很多的事情，像是进大学要念什么专业，进什么社团。我相信思考是一个人自我发展和认识自身优势的一个重要的部分。"

我抬起头："完了。"

"我得说，我真不明白你之前在忸怩些什么。那就是我想要你们写的。念给我听并不那么糟糕，不是吗？"

我耸了耸肩。

"我尤其喜欢听到你爸爸声音的那部分。"

莫瑞小姐这么温和——充满同情的温和——说明，不论她早先对我的印象如何，她现在已经了解到了我是什么样的人：一个不聪明的傻瓜，一点儿也不。

"我只是不明白你为什么不早念出来呢？"她说。

那个，事实上，是我最担心的——她对真相的了解。而她对此的一无所知能让我觉得好受些，也会少顾虑她一些。

"你也许感觉到自己在这个课上有个糟糕的开始，"她说。"但我想要你知道，我是全然不在意的。在我的课上，只要愿意学习都是好的。另外，"她补充道，令我震惊的是，她竟然眨了眨眼。房间里只有我们两个！我该怎么回应她呢？她有没有意识到，这可不是拍寄宿学校的电影啊，在电影里学生和老师可以有些亲密无间的小动作，而后镜头就直接切换到了另一个场景，像是那个学生踢着足球或者是老师骑着自行车回到她在校园边上的小屋？不，我们还是在同一个房间里，我们两个在她这眨了眨眼之后还是要呼吸，还是要说话。"我得给中西部老乡开一点儿后门，"她继续说，"看起来在奥尔特像我们这样的人不多。"

我试着微笑。

"你说你是从印第安纳来的，是吧？"

"是的，"我说，"从南班德。"

"你知道，我以前的男朋友是在那儿长大的，"她说，"伊万·安德森。你不认识他吧，是吗？"她露出一个略带自嘲的笑容，像是表示她知道那是多么不可能的事情。

"我想不认识。"我把我的文章推到桌子那边，站起来，拿起我的背包。

我离开的时候，她说："嗨，莉？"

我在门口转过身。

她也站了起来，挺胸抬头，手臂弯曲，双手握拳，向前伸出她的拳头。"自信！"她说。

再一次，当我试图微笑的时候，我自己都不知道那有多少说服力。走在空荡荡的校园里回宿舍，我想着奥尔特多么让人受不了，你说的话，脸上的表情都要表现得：注意力集中！求知欲旺盛！我垂着腿，而后看见我前面十码的地方有个人从院子里面出来。那是查理·索库，一个四年级学生，另一个我从没说过话的人。我瞥了眼他的眼睛，发现他并没有看我，我立刻垂下眼，我们越走越近，我将背包从一个肩膀滑下，放到胸前，拉开外面的一个口袋的拉链，假装在里面翻什么东西。这样，查理和我擦肩而过，没有打招呼。

有不少人在我面前对突利斯的发型做了评论,有一天中午吃饭的时候,我刚坐下就听见阿思派丝和黛德正在讨论。我等着她们意识到我在其中扮演的角色,但她们都没有。

"他看起来比以前好十倍。"阿思派丝说。

"莉,"坐在我旁边的艾米利·菲利普斯说,"是不是你剪的?"

我点点头,黛德叫起来:"你?"

我又点点头。

"但你都不认识突利斯。"

没错,从这个学年开始,每次我们在英语课教室碰到的时候,黛德都表现得非常有礼貌,甚至有几次还很友好。但是,我还是不由自主地喜欢看她自说自话。"他请我剪的。"我说。

黛德眯起眼。"你会剪头发?"去年我们住在一起的时候我怎么没看出来她有这个本事呢?我可以看得出她在想什么,我还有什么被蒙在鼓里的?"我会玩高空秋千,"我想说,"我还会说斯瓦希里语。"

"我当然会。"我说。

"你可以帮我剪吗?"坐在桌子前面的尼克·恰斐问。

"当然。"

黛德的嘴又张大了,就像是她每次想不通或者气不过的时候一样。尼克·恰斐并不很吸引人,但众所周知他很有钱,很明显,黛德怀疑我是不是能够跟他相处,这一点儿也不意外。

"今晚晚饭以后可以吗?"尼克说,"我会去你的宿舍。"

"或者我去你那边。"我从来没有涉足过男孩宿舍的公共休息室。但我能听出我的声音里的轻松自如,那都是因为黛德在一旁看着,因为让她出乎意料对我来说是不可抗拒的诱惑。要是我跟她眼对眼,我肯定会忍不住笑出来,证明我都是假装的。我专心地对付我的吞拿鱼。

艾米利·菲利普斯说:"你也可以帮我剪吗?"

我还没来得及回答,黛德抢着说:"你疯了吗?男人的头发和女人的头发是完全不一样的!"

"我只是想把分叉的部分剪掉。"艾米利说。

"没问题。"我说。事实上,那比我为突利斯剪的容易多了,"我今天也可以帮你剪。"

"事实上,我明天有法语考试,星期三晚上怎么样?"

这么巧,我星期四有一场西班牙语考试。但那其实也没什么关系——反正我什么也做不到那么好,把我的时间用来剪头发比用来学习要好多了。

"我真不敢相信。"黛德说。

"要我帮你剪吗?"

"不!"她说,桌子上每个人都笑了起来。

在之后的几个星期里,我帮越来越多的人剪了头发,到十月底为止大概有二十五个。我在突利斯那次做的一些事情成了习惯——我从不让他们在事先打湿头发,我总是站在他们面前让他们闭上眼,当然还有,我不收费。在校园里,人们突然跟我话多了起来,特别是老师和男生。突利斯自己总是很热络地招呼我的名字;有一次,我急急忙忙穿过体育馆准备去足球场的时候,雷纳德兹·考菲,一个四年级的班干部,大叫:"哟,莉,你的剪刀呢?"还有一次,正式晚宴后我离开餐厅的时候,奥赫奇牧师,那个头发全秃了的牧师,伸手扶着我的手臂说:"就我所听到的,斐奥拉小姐,我很遗憾我没办法享受你的服务。"

在这样的情况下,我总是很矜持,很少回答。但到了真的要剪头发的时候,我会感觉到一种自从到了奥尔特之后在别处从没有过的自信。有时候,我甚至没有按照他们的要求,而是按照我自己的审美观来帮他们剪——比方说多剪掉几英寸什么的——他们看起来会有些疑惑(并不是生气,从没有人生气,只是疑惑),但其他人总是很喜欢。我学会了使用一种电动的剃刀,不同的数值对应不同的长度,虽然这事男生可以自己做,但有些人还是希望我能够代劳。奥力弗·阿姆瑟说:"我相信你比相信我自己多。"

在我的手中,在我的手指下,人的脑袋摸起来温暖而脆弱,我几乎感觉我可以闭着眼只靠触觉帮他们剪头发。我从不紧张;事实上,我略过了所有的情绪。我总是跟他们聊几句,很少从头到底说话,我从不担心我是不是说得太多了,或者是觉得我们之前的沉默让人尴尬。剪完之后,等人走了剩下我一个,把头发吸走或者扫干净,我会有一种成就感。我为我自己的本领感到自豪。虽然一般我认为任何形式的骄傲都是让人反感的,但这个没关系,剪头发是一种无关褒贬的行为,没什么好自吹自擂的。那就好像是善于打结或者善于看地图一样。

学完《汤姆叔叔的小屋》不久,就到了我们要做表演的那一天。作业是选择书中任何一个重要的场景,说明它的重要性,而后把它表演出来。我和诺丽·克里翰和杰妮·卡特分在一组,我们选择的这段是说凯茜和艾米莉娜躲在阁楼上装鬼吓西蒙·勒格里;我扮勒格里。

我们之后,就只剩下达登、阿思派丝和黛德这一组了。"我们得穿上戏服。"黛德宣布。

"好极了。"莫瑞小姐说。没有其他人还那么麻烦地去穿戏服。

他们走出房间,我们等待的时候,教室里悬起了一个五彩耀眼的灯——我们都从位子上站了起来,用南方口音交谈着,像每个表演结束时那样拍着手要求再来一个。那一次欢呼声中,我简直怀疑我们发出的声音就像那些你在走廊里听见的那些班级的声音一样响了———一般是在你数学考试的时候——那种叫声和笑声就好像他们在开派对一样。"我不得不说,我从不知道这个班有这样的表演天赋。"莫瑞小姐说。

阿思派丝把她的头伸进来。"我们有件事要告诉您,"她说,"这是一场用现代的手法重新演绎的表演。没关系吗?"

莫瑞小姐点点头:"当然。"

"那个部分是说谢尔比的奴隶们聚集在汤姆叔叔和克洛伊婶婶的小屋里。"阿思派丝还是只露出一个头,"而与此同时,谢尔比先生在大屋里为了要把汤姆叔叔和哈里交给黑利而叹息。"

"这为什么重要呢?"莫瑞小姐问。

"我们表演奴隶们聚会的场景,汤姆叔叔是他们的带头人,他们知道他要走的时候都聚集在他的周围。"

"很不错。开始吧。"

"再等一秒钟。"

阿思派丝消失了,门随之关上。一分钟后,达登甩开门迈着大步走进来,阿思派丝在他后面扶着他的腰像是跳康茄舞的队伍一样,而黛德则跟在阿思派丝的后面。达登歪戴着一顶软呢帽,一副过大的太阳镜,脖子上挂着数条金、银、珍珠的项链,身上是一件短小的红色雨衣,紧绷着他的肩膀,我认出来那是黛德的。他的右手上,拿着一根手杖。黛德自己穿了一件奶白色及膝的真丝内衣,阿思派丝则穿着一件条纹的比基尼上衣(条纹是粉红、嫩绿和浅蓝色的)和一条网球裙;两个女孩子的脚上都穿着高跟鞋。

"哟——哟!"达登大叫。他伸出拳头在空中挥舞了几下,而后朝后面的黛德和阿思派丝点了点头。"这是不是你们这些人见过的最好看的火车?"我听到桌子各处爆发出阵阵笑声,还有人——也许是奥力弗——大叫:"嗯哼,兄弟!"像是回答一样,阿思派丝和黛德抬起她们的下巴,转转头,眨了几下眼睫毛。

他们三个摆动着身体晃过整块黑板的长度,直到桌子和窗户的另一头。达登弯下腰把他的面颊靠近杰妮·卡特。"给你的汤姆老爹一点爱吧,小甜甜。"

杰妮的脸上露出惊讶和好玩的表情。她的目光移到了莫瑞小姐身上,我转眼去看的时候,莫瑞小姐也是一脸迷惑。我也同样摸不着头脑。我完全不明白达登、阿思派丝和黛德在搞什么,他们的奇装异服,怪异举止和达登的这些暗语背后有什么特别的意义。我感觉到大多数同学都明白了。杰妮噘起嘴亲了达登一下。

"谢谢,宝贝儿。"达登说。他往后退了一步,阿思派丝和达登重新调整了一下位置,站在他的两边,她们的手臂通过他连在一起,注视着他,抚摸他的肩膀和前额。"我的孩子们,你们知道我们今天到这儿来是为了什么,"达登说,"老爹也许要离开了,但是你们知道他会一直关注你们。谢尔比主人很不容易……"

"停!"莫瑞小姐说,她的声音响亮而尖锐。此时此刻听到一个正常的声音似乎是一件很奇怪的事情。"够了,你们三个,坐下。先把那些衣服换掉。"

达登、阿思派丝和黛德一声不吭地看着她。他们已经换了姿势——阿思派丝双手环抱在胸前,一点儿也没碰到达登——人人都一脸严肃。

"我们只是……"达登开口说。

"立刻,"莫瑞小姐说,"快。"

他们快步从我们身边走过去,回到大堂。我们其他的人在他们走出去以后面面相觑。克里斯·葛瑞夫把头低到了桌上。达登、阿思派丝和黛德回来的时候,不发一言坐回到位子上。

"有没有人愿意解释一下那到底是什么意思?"莫瑞小姐说。

没人说话。我不清楚她问的是我们所有人还只是他们三个,我也不清楚她是真的要求有一个解释——假使,她像我一样看不明白——还是她要求更多的辩护。

"真的,"莫瑞小姐说,"我很好奇——好奇究竟是什么竟然能使你们三个认为适合把汤姆大叔和其他奴隶诠释成皮条客和妓女。"

显然，我是一个白痴。

"汤姆大叔是一个救世主式的人物，"莫瑞小姐说，"他是一个英雄。"

达登低着头，阿思派丝环视了一圈房间，她的脸上毫无表情，手臂又交叠了起来。看着阿思派丝被指责感觉很古怪，并不像我想像的那么具有观赏性。事实上，我还有些为她感到难过，只不过她看起来似乎不为莫瑞小姐的话所动；更多的只是感到厌烦。他们三个当中，只有黛德看着莫瑞小姐。"我们只是想有所创新。"黛德说。

莫瑞小姐干笑了笑："怎么创新？"

"像是，我们——嗯，用一种现代派的方式——我们觉得这会很有趣。"

"让我来告诉你们一些事情，"莫瑞小姐说，"对你们所有的人来说，等你们在不远的将来的某一天踏入真实的社会的时候，这一课对你们会很有帮助。下一次，你们想要有所创新的时候，下一次你们想要开玩笑的时候，你们也许会停一停，想想你们的行为在别人眼中是什么样的。因为我要告诉你们，这个在我看来就是种族歧视。"

闻言，所有的人都看着她，包括达登和阿思派丝。种族歧视在奥尔特并不存在。也许它存在，它当然存在，但并不像那样。这里的孩子有着各种各样的文化背景，和爸妈一起从巴基斯坦、泰国、柬埔寨移民过来，有些孩子的家里人甚至还住在很远的地方——就以我的宿舍来说，就有从津巴布韦和拉脱维亚来的女孩子。没有人歧视他们，并不会因为你不是白人就会被排斥在外。在我看来种族歧视是我爸妈这一辈的东西，到了今天，它虽然还没有完全消失但已经没有拥护者了——就像腰带或是肉块。

"我们不是种族主义者。"阿思派丝说。她的声音里完全没有黛德那种心急火燎和急于辩白。阿思派丝知道她是对的，惟一的问题是，是不是值得向一个不如她的脑袋说明，像是莫瑞小姐。"我们怎么会呢？达登是黑人。"

这有些太冒失了,或许说这个不合适——达登的黑皮肤,在我们这个后种族歧视的环境下,不是一件你可以发表意见的事情。

"这就是你的辩护?"莫瑞小姐说,"达登是……"即使是她看起来也说不出他是黑人的话,这更肯定了阿思派丝的力量。但随后莫瑞小姐看来拿回了控制权。"听着,"她说,"内化的种族主义还是种族主义。自我憎恨并不是一个借口。"

我瞥了达登一眼,他低着头。他吸了口气,两颊鼓了出来,又把气吐出来,摇摇头。我不认为他憎恨自己,我当然也不希望他那样——我憎恨我自己,那还不够吗?有必要有这么多我们这样的人吗?

"还有——"莫瑞小姐说,但达登打断了她。

"我们错了,"他说,"我们到此为止好吗?"他抬头看着莫瑞小姐,嘴唇抿成坚毅的线条。此时此刻,在我眼里他就像是一个成年人——他深沉的声音,他的外形和他的理性,比起证明自己的清白,他更想解决问题。我希望自己是他的朋友,这样,下课以后我可以告诉他,他的行为给我留下了深刻的印象,那不会让我看起来像是要故意讨好他。

莫瑞小姐犹豫了一下。看来之前她只是热身,但这相对来说更好下台一些。"好吧,"她最后说,"但我要多加一点。你们的表演让人失望的不仅仅是其中种族主义的陈词滥调。其中的性别歧视也让我觉得非常非常的不舒服。不,你们是女人的事实并不能使你们若无其事地失去自己的个性。我们的文化教导我们女人最大的财富是外表,但我们并不一定要接受。我们可以标榜我们的身体,或是选择正直诚实和自我尊重。"莫瑞小姐的声音变得高昂起来,她听起来有些过于激动了,我看见阿思派丝的眼睛转向了黛德。她不该用"女人"这个词,我想。我们所有在这个房间里的,除了莫瑞小姐她自己以外,都是女孩。

那天晚些时候——课堂里发生的这些事情的消息传得很快,连玛莎

154

都来向我追问详情——我在衣帽间的时候听见阿思派丝有一次说起这件事。"来,来,来,"她说,"我们去把胸罩烧了吧。"

第二天,当我们在上课前等待铃声响起的时候,莫瑞小姐说:"做好学习的心理准备了?"她装出一副拉拉队长的样子,在空中挥舞着她的手,大叫:"E-N-G-L-I-S-H,那是什么? 英语!"在奥尔特我们没有拉拉队长,她开这个玩笑是要表示她已经原谅了我们;看来她并没有意识到,她自己还没有被原谅。

十一月初的一个星期六的下午,玛莎和我在我们的房间里看书。她坐在她的桌子前面,我仰躺在下铺的床上,拿着我的西欧历史课本直到开始有了睡意,我闭上眼睛,将打开的书举到脸上,书页从我的脸颊轻拂过去,我等着那些别针和大头针扇过的感觉。随着下午时间的推移,我看书的时间越来越短,闭着眼睛的时间越来越长。晚些时候,我听见玛莎站了起来,听上去像是拉上了一件夹克。我把书掀起来。

"我要进城去,"她说,"你要带点什么东西吗?"

我坐了起来:"也许我会跟你一起去。"

"我就是去跑跑腿。"

虽然看起来她不想我去,我还是有些不敢相信。玛莎给我的感觉,是一种除了有几次从爸妈那儿得到过以外,在别处从来没有的感觉,她让我觉得自己是一个很好的伙伴,以我敏锐的观察力和拨云见日的智慧没有状况是解决不了的。"玛莎,你知道买痔疮药膏没什么丢人的。"我说。

她笑了。"我发誓如果我要买痔疮药膏的话,你一定是第一个知道的。"

"玛莎,为什么你……"我一开口,她就说:"我要去剪头发。"而后接道,"你还要问什么?"她拉上了她的背包。

"没什么,"我说,"你要剪头发?"

"别觉得不舒服。我认为你是个很好的理发师。我真的这样认为。"

"我没有觉得不舒服。"事实上,我也不知道这是不是我的真心话,"但为什么你要搞得这么神神秘秘的呢?"

她叹了口气,还是背着她的背包,坐到她的桌子前面。用一种很抱歉的声音问:"我有吗?"

"是的。"

"我只是觉得有些好玩,"她说,"我的意思是,你为什么要帮人剪头发呢?"

"我为什么要帮人剪头发? 我不知道。为什么你这么问?"

我们不是在吵架。真的,跟玛莎吵架是一件难以想像的事情,她是我见过的最没有脾气的人了。即使是此时此刻,她看上去,要是说有什么情绪的话,有点难过。我依然感觉到我们之间有一种陌生的张力。

"我这么问是因为……哦,我不知道。"

"说吧,"我说,"无论你想说什么,直说吧。"

她顿了一顿:"我认为你帮人剪头发,特别是男孩子,是把这作为一种接触他们的方式,而与此同时,你又不用跟他们太亲近。"

"你是指身体接触,还只是社交上的接触?"

"嗯。"她想了想,"我猜两者都有吧。"

"所以我有些变态?"

"不! 哦,不,莉,我完全没有这个意思。想要跟人亲近是很自然的一件事。"玛莎的理想是成为一个古典文学的教授,但有很多时候我更能想像她成为一个心理医生或是一个小学校长,"虽然你看来是在帮别人的忙,但你又得到了什么? 甚至没有人帮你打扫。那不是一个公平的交易。我只是认为你应该得到更多。"

我低头看着自己在床垫上的大腿。

"你可以成为,像是,尼克·恰斐的朋友,"玛莎说,"如果你想的话。

我个人不认为尼克有什么了不起的。但你能做的不仅仅是帮他剪头发而已。”

我相信这是玛莎的真心话。至于尼克·恰斐会不会相信就是另一回事了。

“也许是我太大惊小怪了吧。”玛莎说。

“不,我很感激你把这些说出来。”我咽了口唾沫,“真的。”

玛莎再次站了起来。“我只是觉得我最好到城里去剪头发。你不需要为我做什么。”

“但我很高兴帮你剪头发。”我说。

“我知道。”她走到门边,一手抓着她的自行车钥匙,“谢谢。”

“玛莎。”她走到走廊上的时候我叫住她。

她转过身。

“是不是每个人都这么想? 我剪头发是因为……”我想说,因为这样,即使作为一个失败者我也可以和男孩子们说话,但玛莎讨厌我自暴自弃。

“当然不是。”她笑了,“大家都忙着想自己的事了。”(没有人比玛莎更能让我安心了——在考试前,她安慰我说我一定能及格,在正式晚宴前,她安慰我说我的衣服看起来没问题,在我回家过圣诞节或是暑假前,她安慰我说我的飞机不会坠毁。她安慰我说,我走出礼拜堂的时候没有人会注意,我在大学里会很开心,我在她的垫子上洒了啤酒没关系,我没有口臭;要是我还不相信,她会把她的脸靠过来说:“好吧,对着我呼气。继续,我不介意。”有时我还是会想,我回报给你了什么?)“我几个小时就回来,”玛莎说,“别撇下我一个人去吃晚饭,好吗?”

我点点头:“你剪了头发我一定能看出来。即使你悄悄地出去,你回来的时候我就知道了。”

“是的,没错。”她张嘴笑了,“提醒我永远别做间谍。”

看着她离开,我的脑中不禁想像将来某一天我们不再住一个房间,我们的日常生活不再有交集的画面。这个念头让我觉得自己好像被困在水下一样。转念又想，你真傻；你们还有差不多三年的时间在一起，我又找回了自己的呼吸。但我知道，我一直都知道——经常那么不高兴如我，这个认知也从来不会使我感觉好过一些；反而，它看来是最坏那个部分——我们在奥尔特的生活只是暂时的。

莫瑞小姐站在黑板前，向我们展示如何将一首诗划分成重读音节和非重读音节，这时，我感觉到黛德轻推了一下我的大腿。我转过头，看到她双目直视前方。

过了几秒钟，我更明显地感觉到被捏了一下。我低下头，看见她试图传一张小纸条给我。最上面，我认出是阿思派丝的笔迹，写着"11月8日魅力评分。下边是一个表格，一边写着衣服、鞋子，而后是化妆；另一边写着阿思派丝，而后是黛德，而后是莉。"

在她名字旁的格子里，阿思派丝写着，衣服"3.4"，鞋子"6.0"，而化妆她写的是"0.8"，最后补充的文字挤在格子里："什么人来告诉这个女人液体眼线膏的时代早就已经过去了?!"黛德，与此同时，给分如下，衣服"2.8"，鞋子"6.2"而化妆"1"。在阿思派丝的评语下面，她写上了："同意!"这是我能够想像的对她们两个关系最简明贴切的概括了。

莫瑞小姐转过来面对着桌子，我把那张纸条放在膝盖上，像是张纸巾。但事实上，它让我有些进退两难。是的，我是有些地方不喜欢莫瑞小姐，但那跟她的衣着没什么关系。另外，阿思派丝和黛德不知道落笔的东西会出卖你吗？一张纸条可以从笔记本里滑落出来，飞出窗外，被人从废纸篓里捡出来展开，而对话中不敬的评语是无迹可循的，在下一秒钟就可以完全抵赖掉。

但我怎么能不参加呢？她们已经发出了邀请，如果我拒绝，肯定就不会再有下一次了。这时，杰弗·奥提斯开始大声朗读艾米莉·狄更生的诗:"我所见所闻中最洋洋得意的鸟/今朝立于一根小小的树枝之上",我提起笔,在纸上剩下空白的三格中写下我的评分,最后写上:"都被那枚胸针掩盖了——抢眼的家伙!"没来得及多想,我就把纸条塞回给了黛德。

课后,我一如既往无所事事地闲逛。在楼梯口,阿思派丝往后瞥了一眼——她和黛德大概在我前面十二英尺左右的地方——我们看了看对方。"你对于那个胸针的评语不错,莉。"她说。她停下脚步,黛德也跟着停下来,我上前两步跟上她们。"就像是,她从谁的外祖母那儿偷来的?"阿思派丝继续道,"从现在开始,配饰也算一栏。"

"当然。"黛德说。

"还有,莉。"阿思派丝说,"我有件事想问你。"

我忽然涌起一阵凉意。也许她会说,你跟男孩接过吻吗? 或者:你爸妈开什么车?

"你可以帮我剪头发吗?"她问。

"噢,"我说,"当然。"这个无关痛痒的问题让我大大地松了口气,以至于直到我答应下来,我才想起和玛莎的对话。那并不是一个结论,但它让我犹豫了一下。

"今天晚上没有正式晚宴,我们就约六点钟吧。"阿思派丝说,"这样我们还有时间赶在晚饭时间结束前去餐厅。"

没有正式晚宴的时候,玛莎和我六点一开门就去餐厅,一般我五点过一刻就开始饿了。跟我们坐在一起的还有一群人,一些早来的二年级学生。他们大多都是些傻乎乎的男生,有时候我会积极地参与到他们的对话中去,而不只是等着回答别人的问题。但——这是阿思派丝。

"六点没问题。"我说。

六点零三分,我敲响了她的门。我五点多就到了,等到了六点整,想想六点整还不如稍微早一点,又多等了几分钟。站在门外,我可以听见里面音乐重重的节奏,我不得不一直一直地敲门直到阿思派丝出来应门为止。她穿着一件T恤衫,一件红色的羊毛开衫,上面订着小小的珍珠色的星形纽扣,内裤,却没有穿长裤。她长长的金发湿漉漉的,上面还有梳子梳过的痕迹。她对我扮了个鬼脸,有点打趣抱歉的意思,而后跑到角落那边调轻音响,整个臀部就这样暴露在我眼前,一览无余:纤细光滑的大腿,还有两瓣匀状的屁股——我先是愣了一下,随即感觉到了这个选择是多么经典性感——白色的棉质内裤。音响里正放着滚石的音乐,我突然觉得,摇滚歌曲正是为阿思派丝这样的女孩而写的。黛德怎么能承受得了一直待在她身边?即使只有我们两个,我感觉自己就像是她的女仆。

她调轻了音响,对我说:"给我两秒钟。我本来指望我的牛仔裤这会儿能干,但是我想它现在还湿着呢。"——说到这儿,她伸手抓了几把挂在椅子上的那条牛仔裤——"所以我得穿别的了。"她从洗衣篮上面又拖出一条牛仔裤套上,拉起来,在她平坦的小腹上扣上扣子。看着她,我感觉到了我自己的无关紧要——在我这种人面前,她可以穿着内衣昂首阔步地走来走去,套上显然还没洗过的衣服,那不是因为我们很亲密,而是因为她根本不在乎我怎么想。而我呢,还在那儿想来想去试图说——你想像不到外面变得多冷?——而后又觉得不好,这有些做作,有些无聊,有些像是哪个喜欢上她的男孩子想跟她搭讪时用的开场白。

我环视四周。虽然过去的一年中阿思派丝跟我住在一个宿舍楼里,但我从来没进过她的房间。阿思派丝今年的室友是一个从毕拉克塞市来的女孩子,名叫霍顿·金奈莉——黛德曾经渴望二年级的时候成为阿思派丝的室友,并且对此深信不疑,但我不认为会有人同意她的想法——两张没有铺过的床上,是套着花朵图案被套的羽绒被。(和往常一样,花朵图案的羽绒被总让我想起小华盛顿。)白色的圣诞灯正亮着,高高地在墙上贴成一排,在北面的墙上,她们挂了一幅巨大的橙绿色的挂毯。在一张桌子上放着许多的明信片和西藏地图,另一张桌子上放着一张蓝色的毛毡标牌,上面用白色的字写着"欧嘞①小姐"。在第三和第四面墙上挂着几张巨大的黑白海报———一张是约翰·科尔群,另一张是瘦瘦的,没穿上衣,双眼凝视前方的吉姆·莫瑞森(很多女孩都从波士顿的 MFA② 买一些活着的明星海报)——还有些你在奥尔特的女生宿舍里经常可以看到的学校照片:照片中,你和你的朋友戴着羊毛帽子,滑着雪,或是穿着浴袍,在沙滩上;穿着正装去参加舞会;穿着奥尔特的校服,赢得比赛后互相搂着对方的脖子。两张桌子上都摆着电脑和音响,在你看得见的地方到处都是各种笔记本,课本,目录和各种贵的便宜的化妆品:一个高高的白色塑料瓶装的护手霜,一些爽身粉扑,一些金色外壳的唇膏,漱口水,一个香奈尔的瓶子(我还没亲眼见过香奈尔呢),一包卡通型的邦迪创可贴,在门前的地上扔一件灰色的厚呢短大衣,缎子的衬里,我们走出屋子的时候,阿思派丝在上面踩了一脚——用她的鞋,踩了一脚。她任那些圣诞灯和其他的灯开着,音乐也没有关。跟着她下楼到大堂——在剪头发之前,我们要先去接什么人,要么是我没有听到这个人的名字或是她根本没说——我感到很受刺激,还有些说不出来的气愤。我和玛莎一起住的房间是那么安静平凡,我们的生活也是那么安静平凡。我不禁奇怪,阿思派丝是生来就这么酷呢,还是有什么人教她的呢? 像是一个大姐姐或者表姐妹什么的?

"我们要去找谁?"我问。阿思派丝走得很快,我在几步之外跟在她后面。

她说了什么,但我想我一定是听错了,我又问:"谁?"

她转过身:"什么? 你不喜欢他还是怎么了?"

"不,"我说,"我只是不……你是不是说了克劳斯? 像是,克劳斯·苏伽曼?"

---

① 欧嘞在西班牙语中意为"很棒""好极了"。
② 位于波士顿的美术博物馆。

她得意地笑了："像是，克劳斯·苏伽曼？那个有名的克劳斯·苏伽曼？怎么，你暗恋他？"

"不！"我说，我忽然想起我的反应越激烈，她就越是能明显地看出我在说谎。"我都不怎么认识他。"我接道。

"我告诉他我要剪头发，然后他说'我要看'。所以我说我们会弯到他的宿舍去接他。"

在过去的几个月里，我到过几乎所有男生寝室的公共休息室。大多数都有一股怪味，到处都是胡乱丢弃的披萨盒子，他们在场人越多就越惹人讨厌，手插在裤子里，拿些有的没的暗指性的话题来说笑，看我是不是听明白了其中暗含的意思或是有没有被惹火。又或者他们会玩一些游戏，像是拿一个篮球在我的头上扔来扔去，让我不得不剪到一半跌跌撞撞地避开去，又或者索性就拿起披萨盒子来踢，努力不让它接触到地面，一个个盒子到最后都是千疮百孔。电视机总是打开的，放着些嘈杂无聊的节目，就像上星期天我帮马丁·维尔剪头发的时候，他就正看着一个既无聊又嘈杂的垃圾怪兽节目。在去男生宿舍之前，我总是要先确认一下自己看起来没问题，或是借用一下玛莎的香水。但一旦我到了那里，我会发现自己明显不属于那里，甚至更糟，是一个闯入者。女孩子总是喜欢有男生围在身边，但在我看来，男孩子们往往更喜欢自己呆着，比起有一个切切实实的女孩子在场，我怀疑他们更喜欢跟别的男生一起用一些饥渴的词汇来讨论女生。但奇怪的是，在我的男同学们的这些吵吵嚷嚷，充满汗酸臭又没有待客之道的巢穴里，即使我感觉自己那么的格格不入，我从不真的想离开；有时候我慢慢地一缕一缕地剪来拖延时间，假装修平。（一旦我剪完了，我就不可能留下来了，我就没事可做了。对其他女孩子来说也许没什么，但我则需要一个借口。）我想留下，我知道，因为这些男孩子的生活方式，他们的傻头傻脑，他们因为一些简单的动作而获得的快乐，像是吹口哨或是打嗝，周围所有的东西都闹闹哄哄乱七八糟叫人难

162

受——这一切看起来也许都比女孩子们生活的方式要来得更真实和鲜活,更好。至少比我的生活方式好,试图让自己看上去更漂亮些,更聪明些,而我不是和那些男孩子一样常常莽撞得让人讨厌吗?

在克劳斯宿舍的公共休息室里,一群男生正坐在沙发上,吃着汉堡包和薯条,喝空了所有特大号的纸杯———一定有人说服了老师载他去了麦当劳,买了整个宿舍要吃的东西。一般到男生宿舍的公共休息室的时候,我总是站在门口,等有人发现我过来跟我说话。而当我跟着阿思派丝进去的时候,麦克·杜安,一个高大的四年级足球队员立刻站起来走到我们面前。"什么事?"他一边问一边拉起阿思派丝给了她一个熊式的拥抱。我从来没有,真的从来没有,被任何一个奥尔特的男孩子抱过。

"叫苏把他的屁股挪过来。"阿思派丝说。

"我去找他。"另一个男孩子说着跑去下面的大堂。

"天,阿思派丝,为什么你总是来找苏呢?"麦克说,"你怎么不找我呢?"

阿思派丝笑了:"你很孤独吗?"

"我孤独地等待着一个火辣辣的女孩子是我孤独的原因。"他的手臂依然环在阿思派丝的肩膀上,他开始在她的背上摩挲。我不会让麦克·杜安那样碰我。他庞大的身躯,红色的皮肤和浓密的胡渣,总让人觉得有些隐隐的害怕。"你应该到这儿来……"麦克还没说完,我就听见了克劳斯的声音:"嗨,阿思派丝。"他对我点了下头:"莉。"我的心跳加快了。

"我们快点吧,"阿思派丝说,"我饿死了。"肚子饿的那个,事实上,是我——公共休息室里弥漫着食物的香味,比起帮阿思派丝剪头发,我更想抓起一包薯条,悄悄溜走,找个地方自己一个人享用。但克劳斯才刚出现,我最好什么事也别干就跟他呆在一起。"莉,我们去哪儿?"阿思派丝说。

"我想哪儿都可以。"这个不是剪头发时的那个我,而是那个日常生活中——怯懦摇摆的我。

"就在这儿也可以。"

"这儿太乌烟瘴气了,"克劳斯说,"我们去地下室吧。"

麦克·杜安抢着又给了阿思派丝一个拥抱,而后我们俩跟着克劳斯离开了公共休息室。在地下室,我们来到了一间水门汀地板、日光灯的大房间,狭窄的横窗紧靠着天花板;房间里空空如也,只有一台发着嗡嗡声的苏打水饮料机,两台洗衣机和两台烘干机。

"我刚想到,"克劳斯说,"你们也许需要一把椅子,是吧?"他转身消失在楼梯上。

我们还需要一条毛巾盖在阿思派丝的肩上和一些报纸铺在地上,但他已经走了。

阿思派丝打了个呵欠:"累死我了。我昨天晚上差不多三点左右才睡。"

"噢。"我说。克劳斯吸引了我所有的注意力和渴望,我已经不剩下什么去应付阿思派丝了。他去拿椅子了,还没有回来。

"在前面一个晚上,我到了两点才睡。"

克劳斯出现的时候,我正琢磨着我们得说到她哪天的睡觉时间表。他拿着一把木制的椅子,金属的椅腿,他抓着椅背,椅子的腿伸在空中,座位则靠在他的肩上,看上去特别孩子气,以一种可爱的方式搬椅子。他把它放在饮料机的前面,阿思派丝坐了上去。

"头发会掉在你身上的,"我说,"也许你该把毛衣脱掉。"

她听了我的话——即使是对阿思派丝,我还是有这种特殊的权威——把毛衣递给了克劳斯。"真漂亮。"他捏着嗓子用一种尖细的女声说着,把毛衣围在肩上将两个袖子打了个结。这个动作着实把我吓了一大跳。

"红色绝对适合你。"阿思派丝说。

"谢谢,娃娃。"他用同样的声音说道。

我恨不得他立刻把那件毛衣脱掉,停止用那种声音说话。他的举动一点也不好笑,而他试图表现的那种幽默是那么的庸俗无聊。而且,我知道克劳斯在我一个人面前是不会表现成那样的,他的表演都是为了讨阿思派丝的喜欢。之前,我心里还暗暗希望他来看我们剪头发不是因为她而是因为我。相信克劳斯对我的感觉和我对他的感觉一样,似乎没有想像中那么困难。我并不总是这么以为,但有些时候——比方说,在课间休息的时候,我们差点在楼梯口撞上,我们会在继续走之前在转角上面对面,一动不动地停上几秒钟。如果是一般的情况下,他是不是会说些什么,像是"嗨",或者做个向前走的手势而不是一声不吭呢?

"我想让它还是一样长但是短一点。"阿思派丝说。

克劳斯笑了——一种正常男性的笑,感谢上帝:"怎么可能又短一点又一样长?"

"那叫似是而非。"阿思派丝说。这是人们在奥尔特经常说的话,从我去年到这儿开始他们就一直用这种标语式的话。第一次我是听到我的同学汤姆·劳塞这么用,但对此神经过敏有时会让人有些不舒服,那种故意做作出来的新新人类腔,就好像是他隆了鼻子却还装得若无其事一样。然而我后来发现这种说话的方式变得非常普遍,我对此几乎都浑然不觉了,有一次——不是在奥尔特,而是暑假在家的时候,我们发现鸡蛋都用完了,我妈问我准备怎么做巧克力饼干面团的时候——我甚至听到我自己这么说话。(当然,那其实没什么好似是而非的;我最后跑了两幢房子从邻居奥式弥兹家借来了。)还有一个曾经一度在我们班而不是全校范围流行的词是"绿锈"。这是从我的古代史课上开始流传开来的,它本来的意思是在青铜或红铜上的绿色薄膜,以此来暗示什么东西脏了——男孩子们会挑着眉毛舔着嘴唇说(不是对我,当然,对其他女孩):"你有一片漂亮的绿锈。"但绿锈最终没有"那叫似是而非"那样的持久力。

我对克劳斯说:"阿思派丝的意思是,她想每一缕头发都一样长,但所有的头发都剪短一些。"

克劳斯愣愣地看着我。他也许一开始就明白了。

"没错,"阿思派丝说,"看到了吧,苏,我们开始吧。"

我从寝室里带来提了差不多半个小时的塑料袋里,拿出剪刀和一把梳子(不是我自己的——那是在剪了突利斯的头发以后买的,给所有的人用的,我从没洗过,也没有人问)。我站在阿思派丝的后面梳了几下她还有些湿漉漉的头发。她用的香波闻起来有坚果荷花的香味,我有一次意识到为什么男孩子会爱上她这样的女生。"多少英寸?"我说。

"我想四五英寸吧。"

"你确定吗?"一般,我总是倾向于剪得越短越好,我喜欢彻底一些。但阿思派丝的头发那么出众,看起来就像是我会做出对整个奥尔特社区造成伤害的事情一样。"我们先剪三英寸看看吧。"

"但长头发容易打结。也许你应该帮我剃个光头。"

"你剃光头很好看。"克劳斯说。

这才更像是我印象当中他的腔调,这样以一种平淡无奇的语气来调侃——事实上,他平静真诚的语气和所说的天马行空的话的反差,构成了他的调侃方式。

"好,"阿思派丝说,"剃光,让我变成光头吧。"

我拿起一撮剪断,环视了一下整个房间,正如我所料,没有垃圾桶。我只好让头发落在光秃秃的地上。

克劳斯走过来站在我旁边。"我的妈呀!"他说,"噢上帝! 你要变光头了,阿思派丝。"我剪去的甚至不到三英寸,但克劳斯好像很喜欢逗她;无论如何,他对我肯定没有什么感觉。

"闭嘴。"阿思派丝说。说不定她也喜欢他。根据去年黛德传达给我的"共识",克劳斯和阿思派丝是"好朋友",事实上,作为一年级新生,他们各自和别的人约会，但现在两边都吹了；克劳斯和苏菲·斯如乐十月份的时候分了手。如果克劳斯和阿思派丝喜欢对方的话，我想，他们真的就该约会。那将是一个出人意料又情理之中的发展。

"我从来不知道，"克劳斯说，"你这么信任莉，莉，你到底拿了什么证书？"

正弯着腰的我，转过头抬起来看着他。他脸上露出兴高采烈的表情。在几秒钟的时间里，我什么也没说，我感觉到他的笑容在看到我的表情之后僵了一下，我觉得他明白了我的意思——我不是什么人，我也不是什么东西，我并不是为了衬托你的玩笑而存在的背景板——但谁知道呢？也许他只是认为我想不出该说些什么。

"莉剪了一大堆人的头发，"阿思派丝说，"突利斯的头发就是她剪的。"

"不坏么。"克劳斯绕了个圈，站到阿思派丝的前面去了。

阿思派丝抬起头，也许是无意识的，看着他。我可以再伸手把她的头按下去，但是我没有。我在纵容她；事实上，我有一种很荒谬的愿望，希望能促使他们两个在一起。我甚至于不介意阿思派丝装成她跟我是一线的，我们对克劳斯，女生对男生。"突利斯的头发剪得棒极了。"她说，"就这样。"

"就这样？老天啊，阿思派丝，你真的应该考虑去当律师。接下去是不是噫哩哇啦？"

看着克劳斯这样调侃让我有些反感；那个感觉太私人了，就像是看着他剃牙一样。

"你才稀里哗啦呢，"阿思派丝说，他们都笑了，她接着说，"不是很顺口么，噫哩哇啦稀里哗啦。"这一次他们异口同声——异口同声就像眨眼一样，让我起鸡皮疙瘩——我好不容易才克制住自己从地下室逃开的冲动。他们真丢人！他们比我更像傻瓜！想起来当初点名的时候，我远远地看着他们，觉得他们看起来酷酷的高不可攀，真是一种讽刺。

"阿思派丝，"我说。他们还在笑，我只好试着岔开话题，"你觉得莫瑞小姐明天还会穿那双靴子吗?"

"你跟腌鱼小姐也有问题?"克劳斯说。

"莉和莫瑞小姐互相看不顺眼。"阿思派丝说，"她们的仇可大了。"

是那样吗?

"你跟拉皮条那件事有关?"

"没有，但是她们在别的事上闹过别扭。"阿思派丝说。

"莉，我从不知道你这么"——克劳斯停了停，我们对视了一眼，不知道他接着会说什么，也许另一个克劳斯会一闪而过，我以为我喜欢的那个人——"气愤。"他说。他没有出来。

"我没有。"这时我可能听起来有点生气，但我不在乎。

"可是腌鱼从来就不是第一选择，不是吗?"克劳斯说。

"闭嘴。"阿思派丝说。

"我以为人人都知道。"

"你闭上你的嘴好吗?"阿思派丝看来像是在重新考虑些什么——显然，是我——因为她接着说:"好吧，莉，你不能告诉别人，莫瑞小姐是最后一秒钟才被录取的。我想他们之前雇用了另外一个女人做英语实习老师，她非常聪明，是耶鲁大学的，她是一个黑人，所有的条件都符合他们的要求，然而到了最后一分钟，八月份的时候，她住在伦敦的未婚夫患睾丸癌，所以她过去照顾他。他们急着找人代替她，莫瑞小姐就出现了，碰巧的是，她想要教书，但在秋季还没有找到工作。所以他们就雇用了她，差不多两天后，她就从南达科他开车出来了。"

我们谁都没说话——我甚至连剪头发的动作也停下来了——过了一会儿，克劳斯说:"睾丸上长癌。真惨。"

"你怎么知道?"我问阿思派丝。

"瑞妮告诉我的。"瑞妮·奥斯古德是一个木工老师，三十出头，从奥尔特毕业以后,成了这儿的老师,并没有继续上大学。他英俊的外表经常成为学生小纸条上的话题,有小道消息说他几年前和一个四年级女生闹过绯闻,虽然没有人知道那个女生的名字;不管怎么说,他的确和几个特定的学生保持着特殊的"友谊",阿思派丝就是其中一个。"她在这儿不合群,"阿思派丝说,"不单单是作为老师,连运动也是——你能看得出来她运动不错,但她没有一点儿曲棍球的经验。她连比赛的规则都不知道。"

莫瑞小姐当然没有曲棍球的经验——在中西部没有人玩那个。我忽然可以想像她的处境了,九月份知道自己被奥尔特录用,急急忙忙地收拾好行李就向着东部来了。想像她一个人开车,一路调着被干扰的电台,晚上住在汽车旅馆,站在她的门前,就可以看到无边无际的大豆田还有些零星的告示牌和水塔。她也许从爱荷华(不是南达科他)走 I-80 公路到克里夫兰,而后转道 90 公路——那是我爸爸去年一年级开学的时候送我来走的路。

"她很幸运,"阿思派丝说,"她是个差劲的老师,只是瞎猫碰上了奥尔特这只死耗子。"

但是她被录用的时候并不是差劲的老师。她从没上过课。但阿思派丝有什么资格来说她差劲呢? 她还缺乏经验。我很少希望自己错过那些小道消息,但这一次我真的不需要知道,莫瑞小姐是奥尔特的替补选择。

"好吧。"我对阿思派丝说,"剪完了。"

阿思派丝站起来,用手指梳了梳头发,一只手一边。我有些失望地发现我竟然弄得这么干净——虽然椅子下面的地上满是头发,却没有一根沾在阿思派丝的衬衫上。她转向克劳斯:"我看起来怎么样?"

"难看。"他说。

阿思派丝对他吐了吐舌头,即使那样她也一点不难看。她看了看手表。"该死,"她说,"晚餐时间只剩下十五分钟了。"

她走到楼梯口,克劳斯跟在后面。我不知道我是不是该跟上去。而且,这里还有一堆乱七八糟的东西需要清理。

"嗨,阿思派丝。"我叫。

她应了一声:"怎么?"却没有回过身来。

"地上还有很多头发。"

她转头看了一下:"没那么多。"

这些多得足够做一个假发了。"你们至少要把椅子放回去吧?"我说。

"噢,是的。"克劳斯走回来把椅子扛在肩上,这一次,这个动作看上去一点也不吸引人。

"千恩万谢,莉。"阿思派丝说着,他们两个都走了。

我看看地上的头发,再看看楼梯。这没错是阿思派丝的头发,但这么留在地上看起来还是很糟糕。最后,我回到公共休息室,借了扫帚和簸箕,把地上扫干净,倒进垃圾桶——这么做的时候,我还想着要不要带着这些穿过校园把它们倒在阿思派丝的床上,但这也许是违反校规的,即使不是,那么做也非常的奥黛丽·法莱赫蒂——而后把扫帚放回到宿舍的橱里。公共休息室里的人都走光了,沙发前的桌子上面还孤零零地留着几根薯条。我有点想把它们吃掉——毕竟,我错过了晚饭——但那也非常的奥黛丽·法莱赫蒂。玛莎是对的,我一边想着一边走回宿舍。这是我最后一次帮人剪头发:我退休了。

《自我之歌》这一课的作业是要我们写一个自己所关心的话题,自己找一个立场来论述,直到交作业前几天,我还是什么都想不出来。"死刑。"玛莎在去正式晚宴的路上建议。

"我该支持还是反对呢?"

"莉!"

"我想是反对。"

"你要反对因为它是对少数民族和穷人的歧视。被判死刑的人当中有很大一部分都是没有受过教育的黑人。而且,许多被执行了死刑的人最后都被发现是无辜的。"玛莎知道这些一方面是因为她的爸爸是个律师,另一方面她总的来说比我要认真和消息灵通。在我自己的脑子里转来转去的信息,不外乎是一个名叫施祖(牵牛花)的电影明星宠物,或者一个模特被送去疗养(因为厌食症,另外有传闻说她吸食了可卡因)。

"死刑是一个很好的话题。"我说,"但我写不了。"

"你也可以写社会福利或者堕胎。"

"黛德会写堕胎的。"

"好吧,这样的话,指甲抛光——赞成还是反对?"

"没错,"我说,"你真是个天才。"我们走过礼拜堂的时候没有出声。孤单离我越来越远了,一切都变得好多了,现在我和玛莎住在一起。"嘿,"我说,"你说我写些关于在学校祈祷的事情怎么样? 我可以比较一下公立和私立学校,在这儿每个人都是自己选择过来的,所以没问题,但是在公立学校那就不太公平,要是你是犹太教或者佛教徒怎么办?"

"听起来不错。"玛莎说,"说不上非常好,这不是让你真正有感而发的东西,但足够了。"

我们交作业的时候,莫瑞小姐并没有要求我们大声朗读出来,这让我松了口气。这篇文章至少有八百字,加上我的名字、日期,和"二年级英语,莫瑞小姐"和标题,我的一共有八百零二个字。我想她没有要求我们当堂朗读是因为文章太长了。但第二周作业发下来的时候,显然她还是要我们朗读的。"我希望你们能了解其他人的想法,"她说,"诺丽,从你开始怎么样?"

她看来忘了把我的作文发还给我,我举起手,但她并没有让我发言,所以我又把手放下去了。我不打算插嘴,还是等轮到我的时候再说比较好。克里斯的作文写的是运动在学校里的重要性;阿思派丝写的是旅行怎样拓宽你的眼界;黛德写的是她怎么做出正确的选择。(黛德传给我那张评分表的那天以后,我故意不坐在她旁边,但我一直留意她和阿思派丝有没有再写那样的纸条,她们果然还在写,而且天天都写。我坐得太远,看不到她们写的是什么,但有一天,莫瑞小姐穿了一条苏格兰式的百褶裙,别着一个特大号的别针,我知道她们一定会嘲笑她——对寄宿学校来说,百褶裙是另一个只有外面的人才会穿的东西。)杰妮的作文写的是关于她最好的朋友是怎样在二年级的时候死于白血病的,充满了真情实感,但非常伤感,我想她的确是该得 A 的。

我就坐在杰妮的旁边,她念完了以后,莫瑞小姐说:"杰弗,你接下去。"

"莫瑞小姐?"我说。

"你不用念了,"她说,"你知道为什么。"她的脸有些气呼呼地发红。我能感觉到其他学生都在看着我,我转向杰弗,示意他继续,好像我知道发生了什么事情一样。我惟一能想到有关系的就只有我这个学年刚开始第二个星期的时候拒绝朗读自己作文的那一次了。

下课铃响的时候,莫瑞小姐说:"我们明天继续。达登和马丁,记得明天把你们的作文带来。莉,你留一下,其他人解散。"

等所有的人都离开了教室,她从她的记分册下面拿出些什么东西——我的作文——放在桌上向我推过来。它滑到一半就停下了,我还是够不着。我没有立刻伸手去拿,而是先看了莫瑞小姐一眼,她的表情中有些东西让我僵在那儿一动也不敢动。

"如果我想的话,我可以让你这个学期不及格,"她说,"你对我缺乏对一个老师的尊重,也缺乏对这个教室的尊重——我很惊讶,莉。我不知道我们还能不能继续下去。"

我等着她把话说完,看来她已经差不多完全否定了,我急着说:"对不起,但我不知道你指的是什么。"

她不可置信地抬了抬眉毛,我的目光迎上了她的。我们对视的时间越长，我以为，我越能说服她我是无辜的。她先收回了目光，我趁机把我的作文拿在手里。我选择的题目是"在公立学校不宜祈祷"，如今在那上面圈上了一个红色的 F。我在标题的旁边打上了一个星号，在第一页末尾的星号后面，我写上了："这不是一个我真正关心的问题，但我相信它足以完成这份作业。"这个注解旁边写上了密密麻麻的红色批注，我扫了一眼，虽然不是所有的字都能一眼认出来：那么为什么你要费力去写这个话题呢？你难道不明白……你的表达和文字缺乏……认识……因为这是一份作业，它的目的是……

我抬起头："我说的我不关心并不是说我真的完全不关心，我只是说我不是很关心。"

"那并不意味着什么。"

"我只是实话实说。"

"那你为什么不写别的话题呢？"

"我想不出来。"

"难道没有什么事情能引起你强烈的感情吗？你在这儿，你在这么好的学校上学，你有这么多有利的条件，但你却想不到任何你所关心的事物。你将来打算做什么呢？"她停下来等着我，我意识到这是一个需要我回答的问题。

"你是说工作吗？也许……"我脑袋里忽然闪过一个念头，也许我想当一个老师，但显然这个有待考证。"也许当一个律师。"我说。

她嘲弄似的轻哼了一声："律师总有一个立场。他们有他们奉行的信仰。至少好的律师是这样的。"她又环起了她的手臂，"我不知道该拿你怎么办，莉。我不了解你。你是一个密码。你在这节课上有什么收获吗？"

"当然。"

"是什么？"

"我不确定你具体指什么？"

"我问的是你在这节课上有没有收获。只是一个很简单的问题。"

我们都没有说话,沉默的时间越长,她最后的话让我想起的东西越多。也许我完全可以换一个题目,用另一个话题岔开——我可以说,那就是为什么有人喜欢把应声虫作为宠物。或者,那是因为我一直想去新墨西哥州。这么想,似乎有点愚蠢可笑,有点反复无常,这是我们所进行的对话;跟莫瑞小姐抬杠感觉有些不正常。

但我不能那么说。那会很古怪。她会觉得我有什么地方不对头了,比她现在所想的更不对头。

"我喜欢看书,"我说,"我认为那很有意思。"

"你最喜欢什么书呢?"我还没有说完,她的第二个问题就咄咄逼人而来。

"我喜欢,嗯,《自我之歌》。"

"你喜欢它什么?"

"我不……"我有些不自禁地发出类似哽咽的声音。我并不想哭,但听起来似乎是这样,立刻,莫瑞小姐的表情软化了下来。"我不知道,"我说,"也许是它的用词。"

"我也喜欢惠特曼,"她说,"那也是为什么我选择这一篇的原因。"

她瞪着我——不像之前那么有敌意但还是瞪着我——我别开眼,看看黑板,看看窗户,又低头看看桌子。当我的目光回到她身上的时候,她的眼光没有转移过。

"你可以无关痛痒地过日子,"她说,"你可以当一个总是说不的人,对什么都不感兴趣,对什么都不报以热情,酷到什么事情都不参与。或者,有的时候,你可以说是。你可以发展自己的兴趣,有自己的立场,主动跟人交往。我看见你课前课后都不跟你的同学们说话。他们想跟你交朋友。黛德和阿思派丝想跟你交朋友,从某些角度来说,我希望你能给她们这个机会。"

我感觉自己的嘴角抽搐了一下。这个时候，我显然不该微笑；那会触怒她。但她错得太离谱了。她把一切都搞错了，如果说她错得很荒谬，那么她错得也很谄媚。我不是无关痛痒，我也不是毫无兴趣，阿思派丝当然不会想跟我交朋友，就我所知我是最谈不上酷的一个人——我所做的只是看着别的学生，好奇于他们的生活，惊羡于他们的轻松活泼，懊恼于自己和他们之间无法逾越的鸿沟，我的束手束脚，我的不自在。我对什么都没有强烈的感觉吗？我对所有的事物都有强烈的感觉——不仅仅是待人接物，其他人的一举一动，还有整个物质的世界，风的味道，数学楼悬在头顶的灯，浴室里刷牙时开的收音机的音量。这个世界上所有我喜欢的不喜欢的事物，想要的不想要的东西，希望结束或继续的故事。有些事情我说不出个所以然来，像是中美关系什么的，并不意味着我是一个麻木的人。至于说我是一个密码，那很难说，因为我根本不知道这个词是什么意思。但我回到宿舍以后一定会从字典上把它找出来。

　　"你听见我说的了吗？"莫瑞小姐问。

　　"是的。"

　　"我是说，我说的你都听进去了吗？"

　　"我知道，我听进去了。"她想要的更多。她想我跟她一样说那么多，吐露我的心声。但我没什么可说的。我压根就不是她想像中的那个我，哪怕是此时此刻，跟她在一起，她发出了邀请，我也不会如她所期望的那样。"您想我重写吗？"我问。

　　"这不是一篇作文的问题。是的，这篇作文让我很不舒服，我知道这听起来有些唱高调，但这个很重要，这是关于你的生活。关于你在你的生活中做些什么。我希望你能记住这次谈话。"

　　她为什么要选择我？我奇怪。我哪里招惹到她了？

　　"我希望今天是你说是的一天。"她伸出手掌在桌上拍了一下。这是兴奋的一拍——她的火气下去了——这让我想到了阿思派丝；如果阿思派丝看到了这一幕,她之后一定会模仿的,这其中的热情。尽管我不知道是出于什么原因,但我还是很高兴莫瑞小姐选择了我作为她胡思乱想的对象,我不会在学校里宣扬这件事,而只会告诉玛莎。"今天会是那样的一天吗?"她问。

我咽了一口唾沫:"好的。"

"你听起来不太确定。"

我应该说是!——大声地叫出来——但我没有。并不是我不想让她高兴,而是我不愿意撒谎。她是不是真的以为,如果我信心满满地大声叫出来,就意味着什么呢?她是不是应该已经过了那个相信一个人会在十分钟之内改变他的看法的年龄了?之前,她的评语看来似乎是对我有些误解,但即使是不正确,它们还跟我的生活有那么些联系。而她这会儿的表现跟我一点儿关系也没有;她表现得好像是一个足球队的教练,或是一个循循善诱的演说家。之前我也有过这样的想法,但除了鄙视从不明确从不感伤。我看着她兴奋而充满希望的面孔,想道:你不怎么聪明。

那一晚,她来到我的宿舍,九点左右敲响了我的房门。玛莎去了图书馆,我正吃着麦片看《魔法》。她没等我过去开门而是自己打开门走了进来。看见她站在门口我既觉得有些意外也觉得在情理之中——自从从教室里出来以后,我的脑袋里就一直不停地回想着我们的对话,她的表现感觉仅仅像是我所想像的那些东西的自然显现。

"我没有打扰到你吧?"她说。

我擦擦嘴:"没有。"

"我想到了一个主意。"我能感觉到她身上散发出来的压力——她有了主意,她做了决定,她步履轻快地穿过冷风瑟瑟的校园——跟我的懒惰形成了鲜明的对比,我糟糕的姿势,我衬衫前面粘上的面包屑。我直起腰坐着。

"我想你帮我剪头发,"她说,"我会为此给你打一个分数。这样你可以为你的作文作出弥补。无论我给你打什么分数,都会替代原来的 F。"

我看着她,突然感觉很累很累。

"这个交易怎么样?"她说。

"嗯,可以。"这当然违背了我不再剪头发的誓言。她是我的老师,我没有别的选择,即使是别的人,另一个学生,我还是不会说不,但我会拖上几个月。我会先应承一阵子,而后说:过几天怎么样? 然后就一直拖着,有时我会说:你知道,你的头发看起来比较复杂,我不想把它剪坏了。然而,我直到三年级还最后帮人剪了头发。

莫瑞小姐咧嘴笑了笑:"你看这可不是我故意帮你,我的头发真的需要好好剪剪了。"

我犹豫了一下:"你想我现在帮你剪吗?"

"那最好了。我带了工具。"她伸手到她的包里,拿出一把梳子和一把剪刀——在所有叫我剪头发的人当中,她是惟一一个自己带工具来的——把它们举起来。"我猜这些应该够了。我们应该转移到浴室去吗?"

我还没想到这一点,但这个建议让我松了口气;有她在我的房间里让我觉得有些不自在。

我搬了把椅子到浴室,把它放在厕所门板和一排水斗的中间。莫瑞小姐坐了下来。我站在她后面,拿着一条玛莎的毛巾。这样放在她身上,拍她的肩膀,触碰她的喉咙感觉很奇怪。我走到她面前把毛巾递给她。"给,"我说,"这样不会弄得你身上到处是头发。"

"啊,"她说,"想得很周到。很不错的客户服务。斐奥拉小姐。我要弄湿我的头发吗?"

"不需要。"站在她背后,我告诉我自己头发就是头发。我可以把她当成是别的什么人。

177

她向前弯下脖子,我看见她有一颗痣,一个深棕色的小点就在她的发线下面,我觉得有些恶心。我可以闻到她的头发的味道,不是阿思派丝那种香波的味道,而是另一种人的味道。在莫瑞小姐的发际顶端,头发结成更深色的一束一束,看起来湿乎乎的。要么她很久没洗头了,要么就是她的头发很容易出油——也许,应该说,是她很容易出油,因为她的脸也是油光光的。我开始梳头。莫瑞小姐的头发很浓密,比看起来要浓密得多,那就意味着剪头发需要更多的时间。但我会很小心,不会匆匆忙忙的。这叫彻彻底底——我有能力把它做好,就意味着把它做好是我的义务。

　　我们没有说话。我想她是想说说话的,但我没有给她机会,随着时间一分一秒地过去,我能感觉到她越来越安静了,沉浸到她自己平静的世界中去了。我剪完了后脑勺,右侧,左侧,而后是前面,确定看起来平整。我又梳了一遍,确定没有漏掉任何一缕长出来的头发。九点四十五分,九点五十分,十点的时候我听到大家都上完晚课回宿舍来了。我帮她剪头发的时候,莫瑞小姐在想什么呢?她那时候二十二岁——我是第二年三月份才知道的,她带了小蛋糕来跟我们一起庆祝她的二十三岁生日——她的想法是一座我无法想像的城市。

　　但在那以后我可以想见了;我可以看到她处于人生中一个清晰可辨的阶段。作为一个年轻女子她一个人搬到了国家的另一边,她一定对身边所有的东西都非常敏感——她很年轻,她是一个女人,她一个人生活;她的快乐,即使她有快乐的话(我不知道莫瑞小姐是不是快乐),一定也感觉那么稀少。那就是为什么,回过头看,我几乎可以确定她佩带着那个银色的书本胸针是为了她自己。这么做代表了坚持不懈的努力。在那些我习惯了看着它的下午,它被系在她的衬衫或高领毛衣上,当她坐在桌子顶端或者站在黑板前面的时候,当我揣测所有这个胸针来源的可能性的时候,这是我从没有想到过的一种假设。这么想让人有些失望得受不了,那看来有些可悲(当然,那是我自己那时年轻的标记,太过于感伤,好像世上没有比这更大的伤痛充斥着似的），说不定，除了那时有时无的心痛，它还唤起了我心底绵绵的同情。

头发剪完了，莫瑞小姐在镜子前面转来转去。她说："太棒了，莉。我现在知道为什么你这么热门了。"她离开之前，我们面对面站在浴室外的走廊里，她说："真的，我怎么谢你都不够。"我能感觉到她想拥抱我，但我情愿她不要这么做。

现在，我不想见到她，我不想对她道歉或是表示感谢，我不愿相信她对我以后的生活产生了如此长远的影响，就像一位最好的老师所做的那样。但一些与她有关的东西经常在我脑海中回响：也许是她的虚张声势和真心实意，也许是对她将来命运的揣测（据我所知，她离开以后，奥尔特里没有什么人还跟她保持联系），也许是她的多做多错。

至于那次理发，就像我所猜测的那样，她给我一个 A。

※ 第五章　家长会

第三学年　秋

　　当我走进食堂的时候，看到里面安安静静，空空荡荡的，虽然只是星期五晚上六点多，倒像是星期天的早上似的，在三年级学生的区域里，只有一桌坐了人，还只是仅仅坐了半桌人。我把我的食盒放在欣君和尼克·恰斐的中间，那个金发却不怎么帅气的男孩，他的祖父母在凤凰城和旧金山都设立了恰斐博物馆。桌子对面坐着茹菲娜·桑切和玛丽亚·奥德加，她们俩是我们班除了康琪塔以外仅有的拉丁女孩，同时也是同屋和最好的朋友。茹菲娜有着一头乌黑蓬松的长发，丰润的嘴唇，大大的眼睛上是一对细长的黑色弓形眉，她穿着紧身的牛仔裤和衬衫。玛丽亚并不怎么漂亮，虽然她也穿着紧身的衣服，但她就胖得多了。她对茹菲娜并不言听计从，在人前话也不少，这是她给我留下的印象。

　　我坐下来，对欣君说："你爸妈今年不过来吗？"

　　她摇摇头："太远了。"

　　"我猜主要是因为他们以前来过了。"我说。我们一年级那年他们从汉城过来的时候，欣君的爸妈带我一起到红谷酒店吃晚饭，那差不多是奥尔特到波士顿的路上惟一的一家爸爸妈妈们可以逗留的饭店。餐厅里满是奥尔特的一家子一家子，许多家长看来都认识对方；他们都会跑到对方的桌子那边去打招呼，用开玩笑的口吻称呼对方。金先生和金太太跟我说话的时候，我必须得全神贯注才能在餐厅嘈杂的背景声中听明白他们说的是什么，我回答他们我的家乡在哪儿，我喜不喜欢奥尔特的时候，我都不知道我的回答他们是不是听到了。金太太有一颗前牙是假牙，嘴唇涂着闪亮的红色唇膏。她吃了差不多盘子里十分之一的食物，没有要装剩菜的垃圾袋；金先生有点儿秃顶，身上散发着古龙水和香烟的味道。他们都说着流利但带有浓重口音的英语，都很矮小。像大多数奥尔特的爸爸妈妈一样，他们很有钱——欣君的爸爸拥有一系列跑鞋厂——但他们是那种韩国式的富有，外国的富有，那跟新英格兰、纽约的富有不一样。其他的爸爸妈妈们看起来都有些类似：爸爸们高高瘦瘦，灰色的头发，带着悲天悯人的微笑，穿着西装。妈妈们都长着金灰色的头发，用束发带挽着，戴着珍珠耳环、金手镯，长长的格子衬衫配上金色纽扣的黑色羊毛开衫，或是——对于身材瘦小的人来说——香槟色或者炭色的裤装，脖子上配着丝质的围巾。（还有，那些妈妈的名字让人很难想像她们曾经上过班：菲菲、叮当还有阿美。）他们不仅在一个饭店吃饭，还住在同一个酒店，在I-90公路上富丽堂皇的喜来登；他们为孩子们租了独立的房间，据小道消息说，所有住在那儿的孩子，差不多也是学校里所有的孩子了，在那儿大闹天宫了一番，最后还跑到室内游泳池里裸泳，或是在走廊里被制冰机浇醒。金氏夫妇并没有邀请我去喜来登，老实说，我也不想去——欣君和我也许只是黑灯瞎火地躺在床上，听着隔壁其他人狂欢的大叫和碰撞声。二年级那年，玛莎邀请我去红谷酒店跟她的爸妈一起吃晚饭，我去了，但她今年再次邀请我的时候，我拒绝了，直到拒绝的这一刻，我才意识到我有多么痛恨这一切。

"我爸爸想过要来，但是我妈妈说坐飞机实在太累了。"欣君说。

"你从亚洲飞过来的时候，比从西边往东飞感觉更糟，"尼克说，"我从香港回来的时候,睡了差不多一个星期。"

我没有搭尼克的腔,其他人也没做声。我切好了我的意大利面,放下刀,将面条卷在叉子上。

"莉,"玛丽亚说,我从我的盘子里抬起头来,"你的爸爸妈妈也没来?"

"他们明天到。"我立刻紧张起来,怕有人会问我为什么他们会晚到——毕竟,校长的欢迎下午茶会是在那个下午举行的——而我不想承认他们是从南班德开车,而不是坐飞机来的。("一路开过来?"有人也许会问,"那要多久,十二个小时?"而我将不得不纠正说那要十八个小时。)

"只要确定他们在我们的比赛结束以后过来就行了。"茹菲娜说。"那可是不该让爸爸妈妈看到的东西。"虽然三年级了,茹菲娜、玛丽亚和我还在踢足球预备队。

"这是你爸妈第一次来,是吗?"欣君说。

"除了我入校那次以外。"我说,虽然那次只有我爸爸送我过来。

"好家伙,"尼克说,"我真高兴我爸妈这个学期不来。我的弟弟进了欧佛费尔特,那儿这个星期也有家长会。"

"什么,他们比较喜欢你弟弟?"茹菲娜问。

"正式的原因是因为他才一年级,这是他第一个家长会。不是我抱怨。"尼克咧嘴一笑,"真的。"

大家都笑了,包括我——在奥尔特这么久,我已经意识到在同样的情况下跟大家做出不一样的反应也是一种不合群,一种引人注目——但我有些惊讶。尼克难道不感到内疚吗,在你不亲近的人面前打趣自己身边的人不是一种背叛吗?在情景喜剧或者电影中,和你的爸妈作对也许无伤大雅——男人害怕圣诞节的时候回家,女人和他们的母亲一起商量着结婚计划——但这些情景在我的印象中是全然陌生的。我太了解我的爸妈了,他们对我来说是这么真实:他们的车开进车道的声音,母亲漱口水的味道,母亲的红色浴衣,还有她小房子奶酪的牌子,父亲怎么打着嗝念字母,一手抱着我的一个弟弟跑上楼。我怎么能拿我的爸妈开玩笑?除非我并不真的拿他们当成我的爸妈而只是名义上的爸爸妈妈。

"你们知道为什么我喜欢家长会?"玛丽亚说,"因为伙食好太多了。不是这种"——她指着她盘子里几片漂在意大利酱上的面条——"而像明天,午餐会丰盛得多。"

茹菲娜哼了一声:"而后所有的家长们会说,'奥尔特把它的学生们照顾得很好。我很高兴把我们的小泰迪熊送来这里。'"茹菲娜在她正常的声音上加了一层鄙视的口吻;使她看来有些傻乐,不像我,要是我对奥尔特发两句嘲弄之词,那一定会是苦涩的。她转向玛丽亚,用她正常的声音说:"你猜他们会不会再做那些布朗尼蛋糕呢?那个可真不错。"

"我们去了拜登先生的下午茶会。"玛丽亚解释说。

"直到我们因为穿着牛仔裤而被赶出来。"茹菲娜补充,她们俩相视一笑。

我当然没有去下午茶会;那是用来欢迎家长的,而我还没有家长过来。我跟茹菲娜或者玛丽亚都说不上是真正的好朋友,但我总觉得奇怪而又羡慕她们旁若无人的样子。她们看起来似乎也并不对奥尔特的馈赠感恩戴德——她们都是拿助学金的,助学金从本质上来说,不是一种馈赠么?——或是尊重它的习俗。但她们有两个人,而我只有一个,你无法独自一个人离经叛道,真没办法。再说,她们的少数民族身份让她们注定成为主流圈之外的旁观者,这一点对我却无碍。

"嗨,"尼克说,"我的弟弟刚寄给我一张《粉红色的弗洛伊德》的 CD。你们想到活动中心来听听看吗?"

"也许吧。"玛丽亚说。

"你呢?"尼克看着茹菲娜,我第一次怀疑他是不是对她感兴趣。他当然不会想当她的男朋友——奥尔特的男孩基本上从来不跟少数民族的女孩子出去约会,偶尔有的也是些不受欢迎的男生和一些亚洲或印度的女孩子,从来不会是同城的黑人或拉丁女孩,而且也从不会是一个银行家的小开。但也许尼克觉得茹菲娜很漂亮,也许那可以解释他这会儿的表现。因为,事实上,尼克·恰斐跟我们这一帮女孩子在一块儿本身就有些古怪。就是他的爸爸妈妈没有来,似乎他也应该在红谷酒店和哪个朋友的爸妈一起晚餐。

"你想去的,其卡①?"玛丽亚说着,戳了一下茹菲娜的胳膊。

"啊呀。"茹菲娜叫。玛丽亚又戳了她一下,茹菲娜道:"停,不然我告你虐待同屋。"接着她张嘴大笑起来。她笑得这么夸张,让我意识到茹菲娜一定是快乐的。我以前从没觉得她有多快乐,我不确定这是什么时候开始的,她的情绪是暂时的还是长久的。我奇怪,她喜欢奥尔特吗?撇开她的抱怨不谈,她对这个学校有归属感吗?我忽然想起一年级的时候,我们从校外比赛回来,在车上,我坐在她的旁边。那是在十一月初一个天气阴沉沉的日子里,天空灰蒙蒙的,因为比分十分接近——从下半场开始,奥尔特就只落后一分——教练整场比赛都让我们坐在替补席上。一开始我们聊了几句,为我们的队友加油,然后站起来,四处走走或做做准备运动,保持状态以防突然需要我们上场,但天气太冷了,过了一会儿,我们就只是静静地坐在那儿——玛丽亚也坐在替补席上,还有些别的女孩子——不说话挤成一团。比赛结束的时候,我对于我们的失利全然不在意。回到车上,我穿着队服坐在茹菲娜旁边的位子上,我的身体感觉开始融化活络了。开在高速公路上,两边的树都是秃得一片枯黄,草也枯死了,天空几近白色。我正好可以趁着这段时间好好休息。回到学校,我要先到吵吵嚷嚷的衣帽间(因为我没有上场比赛,看起来我似乎就不用洗澡了,但我不想被人看见我没有洗澡),而后是同样嘈杂的晚餐,而后的时间直到睡觉我都可以在宿舍里自由支配了。我一个人的时候不会无聊,因

---

① "其卡"在西班牙语中意为"女孩子"。

为我在我该在的地方,因为只要回到学校,任务就完成了,我所要做的就是等;在我的房间里,我只为我自己负责,选择权是我自己的。我把头靠在椅背上,车里各种各样的声音在耳边徘徊,司机的收音机波段里时有时无的咔啦声,几个不睡觉也不看书的女孩子的说话声,隐隐约约的音乐声,是什么人的随身听正放着不知名的歌。此时此刻,这辆车看来是我最好的安身之所了——不是一个太好的地方,我不怎么自得其乐,但我却找不出其他更好的地方了。在身旁,我忽然觉得有些晃动,我转过头,看见茹菲娜正在悄声哭泣。她面对着窗外,我只能看见她的一部分左脸颊,红红的,妆花了一脸;刚到奥尔特的时候,茹菲娜总是浓妆艳抹,即使是在比赛的时候——眉毛,还有黑色或紫色的眼线。她右手紧握着拳放在嘴前,轻轻抽泣。她哭了多久了? 我是该说些什么还是装做没看到?

我把脖子转向另一边,上上下下地扫视着走廊。没有人注意这儿。我听到茹菲娜抽鼻子的声音,还没想好该怎么做,我的指尖就无意识地跑到她的小臂上:"要我叫巴雷特太太过来吗?"

她摇摇头。

"要手帕吗?"我从脚下的背包中抽出来的,事实上是一块餐巾;去比赛的路上,我吃一个火鸡三明治的时候用到过它,上面还有些面包屑和芥末酱的残渣。

她把拳头从嘴前挪开,咽了口唾沫,转向我,伸出手,摊开掌心。看着她的眼睛,它们是那么悲伤,我真希望那条餐巾是干净的。她低下头,擤了擤鼻子,又望向了窗外。车窗外是一片常青树,在渐渐沉抑的暮色中显出婆娑的阴影来。她开口说:"我只是想知道,事情是不是一直都是这样。"

我没想到她会这么说。一开始,我没料到她的声音会如此矜持,我以为她会说些更具体烦恼的东西:我想念我的男朋友(我听说茹菲娜在家乡圣迭哥有一个男朋友,一个比她年长,军队里的男人),或者我不相信巴雷

185

特太太竟然不让我们上场。我能怎么回答她呢？说我不知道她是什么意思，还是说我都明白，这两种假设中，我更希望是后者，但要是我再问一个问题，就不是那么回事了；要是我再让她多做些解释，那就意味着我完全不明白她在说什么。

我吸了口气。"不，"我说，"我不这么想。"

我等着看我们两个谁还会说些什么。她依旧望着窗外，我也是，车窗外，天开始下起雪来。

如今两年过去了，茹菲娜的脸上几乎没有什么化妆的痕迹了，她的头发也不再像以前有一阵子那样往后梳成马尾辫，而是披散着，她总是不自觉地话多起来，即使是在像尼克这样的男生面前。我不知道自己跟一年级的时候相比有没有什么变化。当然，并不那么成功——我不再那么天真了，稍微少了一点点焦虑，但我也更胖了，过去两年中我重了十磅，我的身份好像也确认了。早先，我想像自己看起来特立独行、胡思乱想，像是我自己选择一个人过似的，但现在我只是另一个长相平凡的女孩子，大多数时间都跟她的同屋呆在一起（同样长相平凡），不跟男孩子约会，无论是学习还是运动都不优秀，不参加任何违规乱纪的活动，像是吸烟或者夜不归宿。现在，我平淡无奇，而茹菲娜则快快乐乐。她也很性感——要么她以前不那么凹凸有致，皮肤也不总是麦色的，或者是我从前没有注意到。我有些好奇，不知道她是否觉得自己在奥尔特是浪费时间，将如此青春美貌的年华白白耗费在麻省这个地方。

"你应该过来听听。"尼克对茹菲娜说，而后他转过头对我和欣君说，"你们也是。"

"你知道，我们没什么其他更好的事情可做。"玛丽亚对茹菲娜说。

"我有事。"茹菲娜说，这可真是耐人寻味——尼克看来像追求茹菲娜，而她却给他碰了钉子。他不是真的要追求她，我知道。

"我也是。"我说着站了起来。尼克出人意料的友善，但我可不认为他真的想我去活动中心。"你们玩得开心。"我诚心地说。

　　我总是觉得你要是去参加一个聚会，得是人们非常非常地希望你去，如果他们的热切心情有一丁点儿折扣，那就意味着你是一个不受欢迎的人，当然，现在我开始奇怪我这个想法是从哪儿来的。我怎么会以为做一个不受欢迎的人是那么一件大不了的事情？现在有时候我想起所有从我手中溜走的机会——去城里修指甲，去别的寝室看电视，到外面去打雪仗——拒绝似乎已经成为了我的习惯，这让我觉得要是参加了什么活动反而会引人注目。二年级的时候，有一次我坐在午餐桌边的时候，黛德正组织一群人在春季正式开学前去饭店吃一顿。她顺着桌子一个接一个指着我们数人头，轮到我的时候，她说："好吧，你不去因为你从来不参加舞会。"她说得没错，但我去过饭店呀，我也会穿好衣服，租了大巴和我的同学们一起坐在大房间的大圆桌上，在膝盖上放上大得不得了的红色餐巾，我也会用麦管喝雪碧，吃热腾腾的肉卷和烤牛肉还有甜点；这一切都没有问题。但这个时候，黛德已经跳过我了，我又能怎么解释呢？

　　不单如此，我不想跟尼克去活动中心还有其他的原因。我那时总想着要是你跟某人一见面相谈甚欢，最好尽量避免跟他们再次见面，时间越长越好，以免破坏了之前的好印象。比方说，星期三晚餐后的演讲上，你和你的同屋无意中和邻座的男生聊得不亦乐乎。假设那个演讲无聊透顶，从头到尾你们都在那儿窃窃私语，互相做着鬼脸，演讲结束后，你们一起离开教学楼。四十分钟以后，你一个人，没有了同屋的圆场，在图书馆卡片检索区碰到了其中的一个男生，他的朋友也不在——这个时候你该怎么做呢？仅仅认出对方点点头，也许，有些不够友好，那会显得你们在演讲时的交流是反常的，而你已经回到你的日常角色中去了。但停下来说话可能更糟。你不得不试图说些什么来延续之前的欢声笑语，但那时却没有了可供取笑的演讲，只有你们两个人，傻傻地笑着，都想故作幽默让对话能使彼此满意。在这么大一堆麻烦之后，如果你们再遇见又该怎

187

么办呢？那真是太糟糕了！

这种担心让我在和其他人相谈甚欢后的大多数时间都在逃避，通常是在我的房间里。这种担心的持续时间有固定的计算公式：你对于对方了解越少，第二轮见面要表现得与众不同而别具魅力的压力就越大，要是你认为你在第一次见面的时候给人留下了那样的印象的话；那多数是源于要巩固原先的印象。还有，你们第一次和第二次见面的间隔时间越短，压力就越大；这就是上述从演讲到图书馆精神折磨的来源。最后：原先彼此的印象越好，压力就越大。通常，我的这种担心在第一次见面分手之前就会出现——我只想我们还喜欢对方的时候，这种担心能够烟消云散，在事情发生改变之前。

我离开桌子的时候，茹菲娜说："祝你跟你爸妈过得愉快。"

我的爸妈——我都把他们给忘了。我走到厨房把我的盘子和银餐具放下，感觉胃里有些抽搐。自从他们决定过来，我经常想像他们到来的情景，在校园里我想让他们看的东西，但现在他们快要到了，他们的到来反而变成了一种打扰，甚至一种负担。并不是我不喜欢跟我的爸妈呆在一起，但我不是最终适应了奥尔特的生活吗，这样的晚餐不是让我更确信我属于这里吗？我一个人走进餐厅，我加入了他们的谈话，吃了意大利面——刚进奥尔特的时候，整整一年，我都不敢当众吃面——那不是进步的表现吗？我忽然害怕我的爸妈也许会看不懂我，在奥尔特的我，那个敢吃意大利面的我。六年级的时候，在南班德，我在小学的嘉年华上赢得了吃馅饼比赛的第一名。我没有用手就吃掉了整个馅饼，得到了一个花瓶形状带手柄的塑料金色奖杯，被扔在垃圾桶里，而后我们就直接掉头了，我和我的朋友凯利·瑞巴德一路上坐在一个笼子般又颠又转的狭小空间里。但那之后我就变了。我不一样了。无论我的爸妈怎么想，这个——奥尔特的我自己——才是现在真正的我。

外面又黑又冷。亮白的星光间，几乎满月的月亮在空中闪耀。接下来的两天应该是十月底最宜人的气候了,阳光却不燥热,整个校园里,树叶都变成了金红色。过去的两年,家长会的天气总是那么理想,这也不奇怪;在我看来,奥尔特就像是一个总能万事如意的人。

我并不讨厌这个社会财富——相反,我还很高兴成为它的公民。虽然我个人并不总能得到我想要的,我分享了奥尔特浩瀚特权的一部分;现在我说着它的语言,我知道它的秘密。我的归属感可能从来没有像这个晚上那么明确,我不知道当时我是否意识到了这一点——之后,它更显而易见了——但肯定这个时间并不是巧合。那是因为我的爸妈要来了,因为我知道他们不属于这里。我想事情常常是有了对比之后才显现出来——就像是只有到了你生病的时候,你才奇怪为什么,在过去年复一年,日复一日的日子里,你从来没有珍惜过你的健康。

一开始我坐在教学楼外,北门外的石灰石台阶上,因为我的爸妈会从五十五码以外的那扇大门里开车进来。他们说他们大概九点左右到。那天早上六点,我还在床上的时候,就听见公共休息室的电话响,知道别人的爸妈不会这么早打电话过来,我赶忙两步并作一步地冲过去接。他们刚刚过了纽约州的匹兹菲尔德,我妈妈说,我爸爸去买咖啡了,他们迫不及待地想快些见到我。

我穿着一条及膝的棕色棉质百褶裙,我能感觉到台阶透过裙子传来的阵阵凉意,还有一件海军蓝的毛衣和一双不系鞋带的半统靴,我正看着我的物理课本,至少是把它放在我的膝盖上。星期六的课取消了,楼上基本上没有什么人。那是一个天朗气清的早晨,雾洒在巨大的环形草坪上,环绕着大楼楼脚,弥漫了整个运动场。我想过如果我爸妈不来,我这两天可以做些什么打发时间——去跑步,或者野餐。(当然,这有些自欺欺人,我不太喜欢跑步,也从来不野餐——我要做些什么呢,进城买块宝石吗?)

我试想我爸妈这个周末想干些什么。我计划带他们逛逛校园,我知道我妈会想要见见玛莎。我爸爸更棘手些。看起来进入他的世界——到他的店里去，在晚上帮他在院子里翻地，在他看球的时候从冰箱里拿瓶啤酒给他（这么多年，我弟弟约瑟夫和我都为了谁去开瓶子而打架）——比他进入我的世界要容易得多。我在学校的时候，我们电话和信件的联系都不频繁。我到奥尔特以来，他只给我写过一封信，加上他们都签名的复活节卡片的话，一共三次，而我妈妈则差不多每两个星期给我写一封信。她的信上全是些婆婆妈妈的小事——上个周末在大卖场碰到尼尔森太太和布里太太，她们都问起你。布里说有一个教过她数学的老师叫帕图斯基（不知道是不是这么写的）非常严厉，我说我想他大概没有教过你——一般在信箱里找到她寄来的信，我都不急着打开；有时候我甚至会把它们塞在我的背包里背个三四天。但打开信的时候，我会一字一句地念，把每一封都收好；把有着妈妈字迹的纸扔进垃圾桶，看来不大合适，会让我觉得有些伤感。

至于我写给我爸妈的信，还有我在电话里说的很多话——都是骗人的。毕竟，来奥尔特是我自己的主意。我用我妈的老打字机填了申请表，我爸妈帮忙的只是经济资助表而已。而后，当我拿到各个学校录取通知和奖学金的时候，奥尔特的奖学金是最丰厚的，我别无选择，只有上路了。要是我不想去，为什么要那么大费周章地申请呢？但很明显，在我爸妈看来，与其说寄宿学校是一个很好的计划，不如说是一个"机会"。因此，我永远不能让他们知道我的不快乐——无论是更不开心的以前，还是已经习以为常的现在。即使相信我喜欢奥尔特，我爸还是一次又一次地说："你为什么不回家来，去马文·汤普森上学呢？"或者，在我告诉他那些绰号以后："你还没烦透麻省的那些混蛋么？"也许，既然我能这么安心地呆在这儿，我其实并没有那么不开心。

九点十分，我忽然想起不知道我爸妈是不是错过了这个入口从别的地方进来了，在校园里到处转悠着找我。在我的印象中，他们就像是进了森林的汉森和戈兰特①，看来我有必要成为他们的保镖。我跑下台阶，急急忙忙地沿着车道跑到另一个门去找他们。这一次，我就站在门口，肯定不会错过他们。除非，当然，他们已经开进去了，迷迷糊糊地，在某个时候正在敲哪个男生的门。

　　我靠在砖石的柱子上，柱子的顶端有一个混凝土的球。几分钟过去了，我的脑子开始撇开他们的到来神游太虚的时候，听见了一声喇叭响。他们离我只有二十英尺，十英尺，而后，就在我身边，在他们——我们——的灰蒙蒙的达特森②里。妈妈摇下车窗，司机座的那边，爸爸叫道："嘿——吼，嘿——吼"，妈妈笑得合不拢嘴，把头和手都伸出了窗外，我走上前，弯下腰，我们拥抱的时候我忽然有些不知所措，我们的脸贴在一起，她大大的塑料眼镜挂在我的脸颊上，想起来这是我的家人啊，所有平时的不知所措都不见了。"莉，你看起来好极了。"妈妈说，爸爸咧开嘴笑了，接道："我看起来她可不那么好。"妈妈叫："噢，泰瑞。"

　　一辆银色的萨博停在我爸妈的车后面不动，也没有按喇叭。"你们得挪个地方，"我说，"来，让我进去。"我打开后门，爬进去的时候，我闻到了一股旅行车的味道，一种空气不流通的酸臭。座位上安放着一个汉堡王的空口袋，还有几个苏打罐头在地上打滚。我不禁拿这个跟玛莎的爸妈从佛蒙特开车过来的时候所带的食物比较：装在热水瓶里的蔬菜汤，麦麸面包块还有切好的水果，他们用从家里带来的银器进食。装在汽车的后座，也就是我爸妈的两大箱浅蓝色人造革的行李所在的地方。我忽然想起来，在约瑟夫和我更小的时候，我们用这些箱子做过窝，在里面垫上毯子，然后爬进去，把箱盖拉过来当做屋顶，用头支着。这些回忆让我感觉到一种怪异的，过早的疲惫——所有关于我爸妈的事情，连他们的行李都

---

　　① 《汉森和戈兰特》是一出著名的童话剧，剧中，汉森和戈兰特是一对兄妹，被父母遗弃在森林里，迷了路，结果意外地闯进了女巫的小屋。
　　② Datsun，日产早期的一种汽车。

让我想起一些事情,或是让我有同样的感觉。

爸爸踩下油门,我们穿过奥尔特一扇又一扇大门。从爸爸一年级开学前把我送过来到现在已经两年多了。他开始左转,当他再一次准备左转的时候,我说:"右边,爸爸。在餐厅的后面有一个停车场。"事实上,左边有另一个停车场,在教学楼的后面。但是那边有更多的行人,更多的学生会看到我爸妈这辆丢人的车。我对于达特森的疙瘩正如我所预料的那样,是一些我不得不接受却又不愿承认的东西——就像一个新娘走在教堂的走廊上却鼻子发痒。

"宝贝,哪个是你的宿舍?"妈妈问。

"你从这儿就看得到。在拱门那边。"

"这儿的一切都太漂亮了。"她回头微笑道,我能感觉到她把这种评语当成对我的一种赞美,就像是我因为奥尔特的外表而应得的赞许。

"现在再右转。"我说。

那是一大早,很多停车位还空着。爸爸将车停好,熄掉引擎。他看了我妈一眼,然后又转到我身上:"我们是不是该呆在车上,看看我们的屁股是不是会在椅子上生根?"

换作平常,我一定会笑出声来——总的来说,爸爸总是能让我开怀大笑——但我却急急地说:"谢谢你们过来,开了这么远的路。"

"宝贝,我们想来。"我们从车里爬出来的时候,妈妈说,"别理你爸爸。现在我先得找一个厕所,然后我们要你带我们看看这儿所有的东西。"

我们从后门走进餐厅,我把他们带到厕所。在女厕所门外,我再次感觉到让他们其中任何一个独处的不安,即使是很短的时间。也许我更应该跟我爸爸一起呆在大堂里,因为他是更容易惹麻烦的一个——他这个人莽莽撞撞的,而妈妈顶多也就是结结巴巴一些——但我自己也想要上厕所。但,事实上,我是不是有点可笑呢?我跟着妈妈,走到她隔壁的隔间。我把厕纸放到座位上的时候,她放了一个长长的屁。"莉,我们会见到玛莎吗?"她在她的隔间里问道。

"我正在想带你们在校园里转一圈,而后我们可以晃到宿舍去。中午的时候,在那儿吃午饭,我的足球比赛是两点钟。"

"再跟我说一次你们跟谁踢?"

"加迪纳队。"

"你说园丁队①? 像是花园?"

"发音一样,但拼法不同。"

"为什么叫那个名字?"

"妈,我不知道。那只是新汉普郡的一所学校。"她没有回答,我便觉得自己有点脾气不好,便又说,"说不定是什么人的姓氏。"

她冲了马桶——我一直专心地跟她说话,还没来得及小便——而后我也冲了我的。我听见她洗手的声音,而后她叫道:"宝贝,我去找你爸爸。"也许,她也担心让他一个人呆着。

我从厕所出来的时候,他们正打量着墙上画框里的蜡笔画。"这儿有你画的吗?"妈妈问,"你洗手了吗,宝贝?"

"当然。"

"你妈妈怕你染上 WASP② 细菌。"爸爸说。

这是一个耳熟的笑话——在家里,从教堂回来妈妈都叫我和我的弟弟们洗手,爸爸会说:"妈妈怕你们染上天主细菌。"——但这次的版本让我着实愣了一下;让我惊讶的是我爸爸竟然知道什么是 WASP。

"噢,闭嘴,泰瑞。"妈妈说。

我好奇她是不是也知道。

"这儿的画都不是我的。"我说,"我这个学期没有选修美术。"(我爸妈

---

① 英语中园丁的发音为"加迪纳"。

② WAS 是一个性连遗传征候群。病患因为无法制造正常的 WAS 蛋白(WASP)而致病。

193

不是那种——像康琪塔·麦克斯韦尔的妈妈——了解我每一个课程，知道我每分每秒在干什么的家长。)

"你可以看看我们吃饭的地方，"我说，"在这边。"他们跟着我走进餐厅的正厅。这里的窗户几乎要碰到天花板那么高——将近十五英尺——房间东面的窗玻璃上都闪耀着阳光。在南边，两步台阶通向一个高台，上面放了一张加长的桌子——这是正式晚宴上校长坐的，平时坐着四年级的学生——桌子后面挂着一个像划艇那么大的校徽。墙上的其他部分满是白色的大理石格，上面刻了一八八二年以来所有四年级班长的名字。在教学楼大堂里木质的格子上面刻着每个班所有人的名字，但这些要特别得多；这儿的名字更少，它们都是雕刻在石头上，再刷上金色的。房间里所有的桌子都摆好了午餐的碗筷，厨房的工作人员正将餐巾摆成扇形。我转过身："我带你们去看礼拜堂。"

我的爸妈都没有动。"那就像我们玻璃杯上的一样。"妈妈指着校长桌子后的墙说。

"是啊，是校徽。"在奥尔特的第一个圣诞节，我从学校的商店里买了一套四个威士忌酒杯给我爸妈。我妈妈在我回家吃晚饭的时候把它们拿出来——因为我们家有五个人，总有一个人要用不一样的杯子——但我怀疑他们在我不在的时候也拿出来用。

"墙上那些其他的东西是什么？"

"那是名单，是那些，"——妈妈不会知道班长是什么——"就像是班里的总统，"我说，"那些在四年级的时候当上班里总统的人。"

"我们可以看看吗？"

我瞟了她一眼："那儿不会有你认识的名字。"

"所以？"爸爸说。

我们对望了一眼。"我不是说你不能看，"我说，"我只是不明白你们有什么好看的。"爸爸仍旧看着我，"好吧。"我说。我穿过餐厅，听见他们跟在我后面。

但是——这当然是真的，我显然是忘记了——他们认出了其中的几个名字。他们认出了其中三个：一个三十年代的毕业生后来成了美国的副总统，一个五十年代的毕业生后来成了中央情报局的局长，还有一个是七十年代后期的毕业生，成了电影明星。我以前跟他们提起过这些校友，还有其他校友，不都是四年级的班长，那些得到掌声欢呼的人；对于校外的人来说，正是这些著名的毕业生的存在——而不是现在这些学生的毕业升学考成绩——证明了奥尔特的价值。在家乡，要是我爸妈的朋友知道些关于我念书的这个地方事情，那不会是它什么地方或者叫什么名字；而是那些在我之前毕业的名人的名字。

我们三个站在校长桌前，伸着脖子。"这儿现在有一个女孩子的爸爸是参议员。"我说。我不知道我为什么要说这个——也许因为他们这么兴致勃勃而我知道自己对此并不太高兴。

"叫什么名字？"爸爸问。

"藤尼弗。从俄勒冈州来。"

"我不介意在这个周末见到一个参议员。"

我猛地转头看着他，但他仍旧盯着那面墙。虽然他也许感觉到我正瞪着他，他的脸上却波澜不惊。看起来似乎不太可能分辨出他是不是在开玩笑——他是存心惹我才这么说还是他根本不知道。"要是你们想看看整个校园的话，我们就继续走吧。"我说。

我们走到礼拜堂，里面空荡荡的，只有弹风琴的人。在礼拜堂正中，我们停下来抬头看一百英尺上空的拱顶——确切的数字是一百零三英尺——爸爸说："真是要了我的命。"他们抬头看的时候，让我惊讶的是我爸妈看起来不像是童话故事里的人物，反而更像是在欧洲的游客。（并不是我自己去过欧洲，但奥尔特会让你熟悉一些无聊的周围人事，即使你自己对这些人事本身不熟悉——欧洲的游客，无伴奏合唱团，有着嘶哑声音

195

的中年犹太妇女,发光的汗衫和长长的抹着指甲油的指甲。)

爸爸说:"这是你为了你的罪过祈祷的地方吗,小跳蚤?"

"我为了你的罪过祈祷的地方,"我说,"我没有罪过。"

他咧开嘴笑了,我感觉到我自己的脸上也显出了微笑来。

"那妈妈呢?"他问。

我说:"她也没有罪过。"妈妈也异口同声地说:"我没有罪过。"

"看到吧?"我说,"要是我们两个都这么想,那一定是真的。"

"恰恰相反,"爸爸说,"要是今天早上你妈妈在汉堡王那里所做的不叫贪吃的话,我就是猴子的叔叔。"

"泰瑞,我连最后那个热蛋糕都没吃。"妈妈说。

"怎么样,爸爸?"我说,"看来你要当猴子的叔叔了。"

"那你觉得你是什么呢?"

"我完完全全是个人。"我压低了声音说,"因为我们都知道我真正的爸爸是托那利先生。"

"噢!"妈妈说,"你们两个真恶心。"托那利先生八十几岁了,住在我爸妈背后的房子里;他的太太几年前去世了,即使是在他太太还健在的时候,我们都相信他爱上了我妈妈。

"你听说过最新消息吗?"爸爸说。

我摇摇头。

"他们出去约会了一次。"

"没这种事。"妈妈走到我们几英尺开外,拿起一本《赞美诗》,翻看起来。

"在哪儿?"

"问她。"

"在哪儿,妈妈?"

"托那利先生因为青光眼这几天不能开车,他问我能不能送他去拿些晚饭。就这样。"

"当然不只是那样。"爸爸还咧着嘴笑着。

"我们有些误会，"妈妈说，"我以为他是去拿吃的东西，但后来发现原来他想住在那儿。真的，我没办法只好跟他一起住下了，而他坚持要请我吃……"

"他坚持，"爸爸重复，"在这儿，她的丈夫和儿子在家里等着她吃晚饭，而这个时候，托那利先生却坚持……"

"莉，我要了一盘黑豆大虾，那味道真是棒极了。"妈妈说，"你知道我不是很喜欢吃海鲜，但托那利先生推荐这个，味道真是不错。"

"看吧看吧，她想要扯开话题了。"爸爸说。

"他跟你吻别了吗?"我问。

"噢，你可真讨厌。"妈妈说，"比你爸爸更坏。"我和我爸爸得意地笑笑。这是我和我家人最快乐的时光，互相没规没矩地嘲笑对方。我们在餐桌上讨论拉肚子;吃了带蒜的东西之后，我的弟弟们会把脸凑过来，试图朝我的嘴里哈气;而当有一次约瑟夫因为在车上唱一首黄色小调而被端下车的时候，爸爸心里痒痒的，叫约瑟夫把歌词写下来。在奥尔特我对这些事只字未提，除了玛莎以外，谁都没说过。而玛莎自己家里，很明显从没说过这些。她有一次对我说她甚至从没听到过她妈妈打嗝。我家里人的行为举止让人感觉真实却有些不雅——这是我真实生活的另一面，也许是最真的一面，但也是我痛苦隐藏的一面。仅仅几个月前，我和玛莎跟几个男生在一张桌上吃午饭，他们在讨论为什么有一个同学总是不来吃早饭，其中一个用拇指和其他手指围成一个环，暧昧地前后晃动。另一个叫艾略特的男生转头问我:"你知道那是什么意思吗，莉?"并没有不友善的口气。我知道那是什么意思吗? 他是认真的吗? 在我从小长大的家里，爸爸对着我楼上六岁和十三岁的弟弟大叫:"别打了快下来吃饭!"但艾略特这么问我的时候，我的脸一下子就红了，好像连我的身体也在为我的矜持守礼而圆谎。

妈妈把《赞美诗》放在椅子背后,我们走出大门的时候,迎面碰上了南茜·达利,一个身材苗条的四年级女生,是壁球和网球队的队长,身边还带着她的爸爸。我们六个颇为友好地面对面站着,我开口说:"嗨,这是我的爸爸妈妈。"又回过头对他们说,"爸爸妈妈,这是南茜·达利。"

妈妈伸出她的手:"很高兴见到你,南茜。"爸爸也跟她握了握手。

我的心在狂跳——事实上,我以前从没跟南茜说过话。没有好好地说过话。我之所以把她介绍给我爸妈是因为我不知道还能做什么,因为突然间,有了爸妈们的在场,奥尔特的外交礼仪显得荒唐可笑起来:你可以年复一年地在一个小小的社交圈里生活,你知道他们的名字和他们的秘密(二年级的时候,南茜和亨利·索夫在音乐楼里好过,到了四年级,他们要好的时候,亨利打开了教室的窗,把手伸到窗外,抓了点雪,拿了进去,涂抹在她的乳房上),知道了这个故事,你们在校园里相遇的时候——即使你们从来没有真正碰过面,你们肯定也会遇到——不会打招呼或是微笑;甚至连眼神也会刻意避开。当然要不是爸妈在这儿,南茜和我都不会开口说一个字。对我的心理来说,那并不是那么荒唐可笑——只是我知道我的爸妈会觉得很奇怪,这让我有些心慌。(但说真的,我爸妈觉得奇怪又怎么了? 我又需要向他们证明什么? 我需要介意的只是奥尔特的人而已。)

妈妈握了握南茜爸妈的手——"我是琳达·斐奥拉,"我听见她说,而后南茜的妈妈说:"我是柏蒂·达利"——而后是我的爸爸。"你们从哪儿来?"我爸爸问。

"普林斯顿。"南茜的妈妈说。她穿了一件棕色的真丝裙子,上面有螺旋状的花纹,配一套棕色的羊毛衫,达利先生穿着西装。我爸妈比他们平时的星期六穿得要体面得多,爸爸穿了一件卡其布的运动上衣和一条卡其布的裤子(当然,因为它们不是配套的,显得有些失礼),我妈妈穿了一件红色的高领套衫,外面是一件灰色的灯芯绒上衣。我在电话里曾经吞吞吐吐地跟我妈解释过大多数家长都会穿戴整齐;我无法开口要求他们应该怎么做,幸好她听明白了。

"我们从印第安纳州的南班德来。"我爸爸说,"差不多一个小时前刚到,能到这儿来我们真是太高兴了。"

达利一家都笑了,最起码南茜的爸妈笑了;南茜自己则露出了一个难以察觉的微笑。

"你也是三年级吗?"我妈妈问南茜。

南茜摇摇头:"四年级。"

"噢,真厉害。"我妈妈说,好像四年级学生就像黑珍珠或是濒危的树蛙那么珍贵。

"我们得走了,"我大声说,"回头见。"我没有看南茜,希望这样可以让她知道我只是把这次交流当成是碰巧,而以后再也不会试图跟她讲话了——为了对我的越界作出补偿,我甚至也许会逃避跟她说话。

"周末愉快。"达利先生在我们背后叫道。走出礼堂,我才意识到我一直拽着我妈妈的毛衣袖子,一路拖着她。我松开手,扫了一眼环岛和其他大楼——路上走来走去的人更多了——想到要完成这个行程我忽然感到有些害怕,更不用说坚持这整个周末了。他们明天吃完早中饭就会离开,还有二十二个小时,其中大概有十个小时,他们会呆在汽车旅馆。这样就是十二个小时。但这十二个小时简直就是没完没了! 要是我们离开这个校园,那就不一样了。要是我们去波士顿,比方说——在波士顿,我们可以在一起,我们可以去看看水族馆或者在自由之路上走走或者找个饭店坐下,吃着蛤蜊汤;我甚至可以让我妈帮我拍张照片,就坐在桌子那儿。

但我们在奥尔特;时间过得越快越好。我们走到去我寝室的路上,妈妈说:"玛莎现在会在那儿吗?"

"应该是的。"

"那她的爸妈呢?"

"他们是昨天到的,现在可能还在他们的酒店里。"

"他们住在哪儿?"

我犹豫了一下:"我不知道。"

"玛莎的爸爸是个医生,是吗?"

"不,他是个律师。"

"为什么我会以为他是个医生呢?"

"我不知道。"这个,也是一个谎言。她会这么以为是因为黛德的爸爸是个医生。

"记得午饭的时候要把我们介绍给玛莎的爸爸妈妈。我要谢谢他们对你这么关照。"

我没有回答。她的问题,她小小的努力——她难道不知道东部人根本不在乎这些吗? 对他们来说,看在自己的分上的友好并不是一种美德。我记得有一次跟她谈起过这个,去年我回家过圣诞夜的时候。我坐在厨房的桌子边看报纸,而她站在水斗边上,戴着她的黄色橡皮手套洗碗。她想知道,麻省的人是不是真的不像我们家乡的人那么友善? 我说那已经是老套的说法了,但是,像所有老套的说法一样,其中总还是有一些道理的。(这句话是我最近逐字逐句从一个四年级男生那儿听来的,他是辩论队的队长,这是有一次我们在正式晚宴上被分到一个桌子的时候他说的)。而后我说,这种不友善对我来说并不算什么,只要习惯就好。那个时候,这个话题让我觉得自己聪明又成熟,并不是跟我妈妈讨论什么马泽一家刷了他们房子,或者柏力·尼尔森先生看上去似乎胖了之类的话题,特别是面对面——不,不是闲聊,而是一种见解,一个观念。走在去宿舍的路上,我不知道妈妈是不是还记得那次的对话。

我敲了敲我和玛莎共住的房间的门,以防她正在换衣服。"请进。"她叫道,我还没来得及碰到门球,妈妈就冲到了前面,把她的眼镜推到鼻尖,用最上端的部分仔细打量起我们贴在门上的照片来。她指着门上的其中一张，手指就按在上面，那张照片上，我和玛莎肩并肩地在一个游泳池里，她抓着照片的一边，只露出我们的手臂、肩膀还有湿漉漉的头。"这是在哪儿拍的？"

"在玛莎的家。"

"你是什么时候去的？已经够暖和可以游泳了吗？"

"就在这个学年开始之前。"

"这不是你那件条纹的泳衣，是吗？"

"我借了一件玛莎的。"

"我觉得它看起来不像那件条纹的，但是……"

"你们可以进来了。"玛莎在门背后又叫了一遍，我应道："两秒钟。"我回头看着我的妈妈："还有别的问题吗？"我并没有讽刺她的意思，一点儿也没有，但当她瞪大了眼的时候，我能感觉到我伤害了她。

"有一个游泳池感觉一定不错。"我爸爸说。他说这话的口气就跟他说他不介意跟参议员碰头一样，我感觉我对他自说自话的反感已经升级到怒火了。

我打开门。玛莎坐在地板的垫子上，正把叠好的衣服放在我们当做桌子用的皮箱上，我们走进房间的时候，她站了起来。爸妈跟在我身后，我皱皱鼻子，转了转眼睛。玛莎被我的表情逗乐了，而后她对我爸妈露出了一个欢迎的微笑，伸出手朝我们走过来。"终于见到你们真是太好了。"她说。她跟他们握了握手，问了他们一路开车过来的情况还有他们对奥尔特的看法。

"它太漂亮了。"我妈妈说。

玛莎点点头。"有时候我走着走着忍不住要捏自己一下，不敢相信自己住在一个这么漂亮的地方。"是真的吗？我自己也有这样的感觉，但玛莎对于描绘美好的事物要比我拿手得多。也许她只是为了表示礼貌——

真诚的礼貌,不是像南茜·达利那种浮于表面的礼貌。

"玛莎,莉告诉我们你被选到纪律委员会了,"妈妈说,"真是一个很大的荣誉。"

"谢谢,"玛莎说,我接道:"她不是被选出来的,她是校长指派的。"

"我就是这个意思,"妈妈说,"我觉得那太了不起了。你爸爸一定很骄傲。"

大家沉默了几秒钟。

"他也是奥尔特毕业的吗?"妈妈说,但她的声音微弱而不肯定,"我想……"

"是的。"玛莎说。妈妈怎么会知道这个,我什么时候告诉她的? 她为什么要提这个呢? 这就是为什么我总是倾向于把人家的事情藏在肚子里,至少我知道,这比告诉他们要好。"但那很有趣,真的,"玛莎说,"因为我爸爸在这儿的日子过得不怎么样。那个时候这儿还是男中,我想他一定被欺负得挺惨的。到了我申请寄宿学校的时候,他说,你去哪儿都行,就是别去奥尔特。当然,最后奥尔特成了我最喜欢的地方。"

"我很高兴知道小跳蚤不是惟一一个不听她爸妈话的孩子。"爸爸说。

玛莎笑了。"小跳蚤?"她重复道,"这个你从没告诉过我。"她又对我爸爸说,"我想像不出莉不听话的样子。"

"那你就太缺乏想像力了,玛莎。"

这一次,她真的被逗乐了。玛莎要是喜欢上我爸妈比她不喜欢他们更糟糕。要是她喜欢他们,那就意味着在这个周末剩下的时间里,每次我们在一起的时候,我都得担心她美好的第一印象会破灭。并不是它该破灭,也不是我觉得我爸妈不好,但如果有一个我的同学喜欢上他们,即使是玛莎,可能——我现在就可以看得出来,看着她跟他们说话——因为他们看起来"讨人喜欢",或者"真诚可靠"。确切地说,因为他们不拘小节,因为我爸爸总有精彩的言论,因为他们从印第安纳开车过来。但是任何觉得我爸妈可爱的人都会觉得失望的。我爸爸特别有他自己的主意和喜好，但他可不像动物园里的小羊羔，不会反咬你一口。

"玛莎，你不踢足球吗?"妈妈问。

玛莎摇摇头:"曲棍球。"

"我想也是。你今天下午也有比赛吗?"

"每个人今天都有比赛。"我说。

"玛莎的比赛跟你是一个时间吗，莉? 因为，玛莎，我们也想去看看你"——妈妈用手指做出了一个"引号"的姿势——"'行动'。"

"你们真是太好了，"玛莎说。很难想像她的爸妈会提出来要参加我的比赛，更别说是在刚见到我才十分钟的时候。"我的比赛两点半开始，莉，你的呢?"

"差不多时候。它们在校园的两头。对不起，妈妈，但我想你们不能去看玛莎比赛了，除非你们想错过我的比赛。"

"那也是个办法。"我爸爸说。

"斐奥拉先生。"玛莎说，"对她好点吧。"她真的决定喜欢他了——我们得尽快离开这个房间才行。

爸爸靠在我桌子边上，拿起一本女性杂志，"不错么，莉，开始看这些书了。啊，这儿写着什么……"他把杂志翻过来举在面前，让我们大家都可以看到。红色的大字横跨了两页，写着:"噢，耶! 怎样获得前所未有的高潮。"

"真恶心，爸爸，"我说，"放下。"

"恶心? 这是谁的杂志啊?"他咧嘴笑着，也许这就是转折点了——这就是我爸爸向玛莎暴露他变态的一面的时候。(不是因为他是这么一个人;只是这个时候看起来像那样而已。)

"我们去教学楼吧，"我说，"走了。"

"'哦——呃，性'?"爸爸读道，"'我们都有过这样的经验。当然，一段关系开始的最初几个月总是美妙无比的,但很快……'"

"爸爸,"我说,"别说了。"

"'……很快你就会穿着宽松的运动裤上床,而他就会当着你的面修剪他的鼻毛。面对这些……'"

"我走了。"我说着,砰地甩开了房门——我甚至不敢去看玛莎——我听见妈妈说:"泰瑞,她想让我们看看学校的其他地方。玛莎,请你原谅……"门关上了。我靠在墙上,交叉着手臂,等他们。他们出来的时候,我爸爸脸上的表情就好像是一个犯了错的小男孩,像是干了什么不对但有趣的事情。我转身开始向前走。

"什么?"他说,而后转向我妈,"那有什么? 那是她的杂志呀。"

我走在他们前面几步下了楼梯,穿过公共休息室,走到外面。我能感觉到我妈加快了步子追上我。在我身后,她说:"莉,玛莎真叫人喜欢。现在,我才知道你以前对我说的都没错,她有兄弟姐妹吗?"

"有个兄弟。"

"是哥哥还是弟弟?"

"妈,那有什么关系?"

"噢,莉,当然有关系。"妈妈温柔地说,而后——一点也不温柔地——爸爸说:"看看你跟你妈用什么口气说话。"

我回头看了一眼:"看看你用什么口气跟我说话。"

"什么?"

四十码开外,教学楼前的露台上人头攒动:男人穿着蓝色的运动上衣,一个女人穿着粉红色格子套装,一个女人戴着绿色的宽边草帽。差不多十点钟,天空中万里无云一片蔚蓝。其他家长的声音这么远听来嗡嗡的,就好像是一场鸡尾酒会。

"莉?"爸爸说。他的语气有些冷冷的恼怒,但在这冰冷的背后——我太了解我的爸爸了——有着一丝兴奋。这就是我爸爸,他不分时间场合。

跟我有关系吗？在这些人面前？当然。没问题。

"没什么。"我说。

他沉默了几秒钟，而后用比之前更沉稳的语气说："没什么。是啊，我猜也是。"

在露台上，我和妈妈站在点心桌前，爸爸去拿他和我妈的名卡；妈妈拿了一杯丹麦酒和一些橙汁。"你真的什么都不要吗？"她第三次把塑料杯子拿到我面前。"这是鲜榨的。"

"我跟你说了我刚刷完牙。"我说。

走到教学楼的一路上，我们都没有多说话——放着一排排桌子的主厅，几间教室，外来演讲的观众席（小马丁·路德·金在奥尔特演讲过一次，这是导游者对未来的申请人必然要提到的一件事；但还有一件事他们不会说，那就是在金访问的时候，整个学校里没有一个黑人学生）。妈妈问了一些问题，我不长不短地回答了她，我发觉自己有些心不在焉，先是想到了足球比赛，这次我肯定会被派上场，因为巴雷特太太在家长会的时候，会让每个人都有表现的机会，接着我又想到了克劳斯·苏伽曼。我对他懵懵懂懂的暗恋当然没有在我帮阿思派丝剪头发的那个晚上结束。有那么二十四个小时，我认为自己一点儿也不喜欢他，但后来，当我们在餐厅擦肩而过的时候，突然间，我又爱上他了。昨天下午，我看见克劳斯和他的爸妈在一起。他穿着一件夹克衫，戴着领带，当我们目光相遇的时候，他稍稍抬起他的下巴跟我打招呼，平常他不会这样。我想那是因为他的爸妈，他们的在场无形中拉近了我们的距离，或者说，强调了我们的共同点——我们都是奥尔特的学生，而所有这些在校园里转来转去，高高的穿着体面的大人们不是。

在收发室，爸爸说："那么这儿就是我的信来的地方？"我知道他已经原谅我了，或者至少他愿意装做他已经原谅我的样子。

"我都快没地方放了，"我说，"也许他们该给我第二个信箱。"

"只要他们不向你另外收费。"爸爸说。

随后就是午餐时间了。我们急忙赶回餐厅,但这一次那儿被挤得满满的。拜登先生讲了几句话,家长们都笑了,而后奥赫奇牧师朗读了简短的祷告文,我们才坐下。有烤鸡、黑橄榄、红辣椒拌意大利粉色拉,还有肉卷。我爸妈在我的左右两边海吃起来。

"你不饿吗?"妈妈说。

"不,我饿。"我咬了口意大利粉,软软滑滑的。

我们找位子坐的时候,没有看见玛莎和她的父母,这让我松了口气,我挑了一个坐着两个一年级瘦弱男生和他们爸妈的桌子坐下。而后赫普韦尔太太加入到我们中间来,她是我们的一个美术老师,稀稀落落的头发乱哄哄的,水汪汪的眼睛,总是在她的衣服外面套上一件挡颜料的罩衫——午饭的时候,她穿了一条蜡染布的裙子——据说她跟她的丈夫一起抽大麻,她的丈夫是个木匠,不在奥尔特教书,也没来吃午饭。赫普韦尔太太很好打发,这整张桌子也很好打发——那些人,我不在乎他们怎么想,跟他们坐在一起,我真走运。

我爸妈跟男孩子们的爸妈说话的时候——这两个男孩叫科比和汉斯,其中一个,我记不得是哪一个了,是个数学天才——我扫视了一圈餐厅,找到了克劳斯。他和他的爸妈跟他的室友德尔文,德尔文的爸妈,奥赫奇牧师和古籍部的部长斯坦恰克博士坐在一个桌上。

"嘘!"我爸爸伸出一只手指竖在嘴前。"那是那个参议员吗?两点钟方向。"他的头晃到我们右边,"那个长着酒糟鼻的家伙。"

"上帝,爸爸。"

他可不是在窃窃私语,声音甚至还不小。

我爸爸笑了:"我没说错吧?在我看来像是个马屁精。"

"我不知道那个是谁,"我说,"但罗宾·藤尼弗不坐在那桌,所以我想那个不会是她的爸爸。"

“哦,她在哪儿?”

我看了一眼在我们前面的那一桌——苏伽曼一家和奥赫奇牧师正哈哈大笑——又转过身看看餐厅的四周。“我不知道。”我说。

“你发誓?”

我直视他的眼睛,这一次我一点儿也不心虚:“当然,我发誓。”

过了一会儿,我们走到长桌那边拿甜点,那个桌子平常是色拉吧,现在放满了各式的饼干和布朗尼蛋糕,桌子的两端各放着一个咖啡壶。就在这个时候,我看到了罗宾,在她的旁边,意外地站着一个形容不出来的男人,领带上印有一个小小的美国国旗。当时只有我和我爸爸——我妈妈,在吃了我盘子里的意大利粉之后就宣称她已经饱了——似乎不该让他错过这个一开眼界的机会。这将是我这个周末给他的一个特权,也证明了我不是一个很糟糕的女儿。

“爸爸,”我嘟哝道,轻推了他一下。

他正在往他的咖啡里倒奶油,有几滴溅出了杯子的边缘落到了茶碟上。“嘿,看着点儿。”他说。

“不是的,”我说,“快看。我们刚才说的——酒糟鼻。但这次是真的。”我回头看了一眼罗宾·藤尼弗的爸爸,感觉到我爸爸顺着我的目光看过来。“那领带。”我说。

“天哪。”

我们静静地站在喧嚣的人群里,盯着藤尼弗参议员看,我忽然感觉到了我有多爱我爸爸。这是一个家最好的地方之一,知道彼此的毛病。

他放下了他的杯子和茶碟,大踏步地绕到桌子的另一边。很快他就走得远远的,让我够不到他的运动上衣,虽然也许我本来也够不到。“哦,老天。”我说,站在我旁边的一个妈妈看过来,我们对视了一眼,但她什么也没说。我追过去,在他身后几英尺的地方停下来。

“……你的崇拜者。”我听见他说,而后他们握了握手,我爸爸和参

207

议员。

我爸爸背对着我。我只能看见参议员的脸，而罗宾茫然地看着他们。那个参议员看来相当和蔼可亲。他们谈了大概三十秒钟，随后又握了握手，我爸还用他的左手拍了拍参议员的上臂。参议员笑了，我真希望我从没来过奥尔特，或者我生来是另一个人，或者至少我可以立刻失去知觉，并不是会制造混乱的那一种，像是昏倒或者摔倒在地什么的——而是单纯地凭空消失。

当他从参议员那边转过身来的时候，差点就跟我撞个满怀。他的脸上显出兴奋过度雀跃无比的表情来，我怀疑对他来说跟这个人碰面是不是真的意味着什么，他也许并不只是想让我生气或尴尬。他伸出大拇指："好人。"

我无话可说了。至少在这个情形下如此。我最好还是先压下我的火气离开人群再说。

"我回桌子那边去了。"我说。

"让我拿上我的咖啡。再帮你妈拿一块布朗尼蛋糕，你说呢？"

"她什么都不想吃了。"

"相信我，她会要一块布朗尼的。"他轻笑道。我想也许我爸一点儿也不懂我在想什么，不然他会有些悔意。即使他是故意这么做的，也还是会有些悔意。

回到桌上，科比的爸妈站起来准备离开，赫普韦尔太太和汉斯的爸妈已经离开了。我不知道科比的爸妈是在等我和我爸回来还是正好是这个时候要离开，让我妈妈一个人坐在桌上，张大了眼睛到处看。这一刻，我讨厌他们所有的人，无论是学生老师，还是那些不善解人意的家长和我自己的家里人，只顾着他们自己，不想想别人。

我们吃甜点的时候，餐厅里的人已经走得差不多了。爸爸把一块甜饼一掰为二，将其中一半蘸到他的咖啡里。"跟你妈说说我的新朋友。"

"你自己告诉她。"

"谁?"我妈妈说,"你们俩在说什么?"

"爸爸刚跟罗宾·藤尼弗的爸爸打了个招呼。"

妈妈看起来有些茫然不解。

"你知道这儿一个女孩子的爸爸是参议员吗?"我说,"哦,爸爸刚走过去跟他聊了两句。"

"是你把他指出来给我看的。"我爸爸说,他的语气还是相当愉悦。

"要是我知道你要过去打扰他我就不会。"

"打扰他?莉,看在上帝的份上,他是一个公众人物。他喜欢跟人说话。"

"你根本不知道他喜欢什么!"我叫起来,"你以前从没见过他。你从没听说过他。他来这儿,是想和他的家里人一起过一个平凡的周末,而你却跑过去装做……"

"放松。"我爸爸的语气不再那么高兴了。他转过头对我妈说,就像我不在那儿一样:"他是一个活生生站在那儿的人,不是假的。"

妈妈点点头,我看着他们俩,整个身子绷得紧紧的。

"你疯了。"我一字一句平静地说。

爸爸看着我:"你说什么?"

"你完全疯了。你跟那个人说了两秒钟的话,但你却表现得好像跟他是老朋友一样。你这么在乎为什么?你觉得这样可以证明你跟他说了话了吗?"

"我不知道你怎么会这么以为。"我爸爸说。他把另一半饼干蘸到他的咖啡里。

我继续开口说话前已经吸了口气,但我看到他,我突然感到一种排水一般的冲力,这一瞬间将我们盘旋吸入的拉力。他一脸期待地看着我,拿着他的饼干在杯子上几英寸的地方,饼干后面的三分之一,粘上了咖啡的·

黑色,已经开始有些融化,眼看着就要掉到下面的咖啡里去了。那看起来很叫人讨厌,叫人难以忍受,我意识到了这一点但他却没有。他喜欢甜饼蘸咖啡的味道,那对他是一个诱惑,这看来真叫人讨厌。我们给自己的小小奖励——我想也许没有比这更可悲的东西了。

我并不真以为他疯了。但一旦我冲动地这么数落他以后,我们的角色会不会激烈地碰撞?最糟糕的是把他当做一个拥有一定优点和缺点的三十九岁男人,自说自话地做事情。

"我只是觉得……"但我刚才是怎么想的?"那就像是要人家的亲笔签名,"我说,我知道自己的语气里显出些愤愤不平来,"我是说,那有什么意思呢?我不明白人们为什么要那么做。"

"也许不,"我爸爸说,"但你不得不承认很多人不同意你的看法。"

"奥史密兹家的儿子有一堆名人的亲笔签名,"我妈妈说,"沙伦告诉我他们去年夏天去洛杉矶的时候,拿到了,莉,你知道那是谁,他是一个真正的大明星。哦,我记名字太糟糕了,但是沙伦说那个明星说话就像是跟你和我说话一样。"

我们三个都不做声。

"所以,"我最后说,"奥史密兹先生还戴着假头套吗?"我投降了。

"莉,这么说可不好。"我妈妈说,"奥史密兹先生是一个好人。"

"他戴假头套又不是说他不是一个好人。"我说。

"宝贝,对男人来说,那叫假发,但我可不认为他喜欢别人这么说。在我们那个时候,大家不喜欢拿私事来讨论。"

"回到你妈妈还是小女孩,恐龙还在地球上咆哮的时候。"爸爸说,"是吧,琳达?"我们总是这样:妈妈回来以后,我们的事情就这么过去了,像是流逝的河水。

"噢,闭嘴。"妈妈说。但我们没事了,我们没事了,我们已经到了对岸。

离上半场结束还剩四分钟,巴雷特太太让我换下了诺丽·克里汉——我是后卫——而后又在下半场开始后四分钟把我换下。在我上场的时间里,加迪纳队,进了两球。

我坐在玛丽娅旁边的长凳上。"你爸妈呢?"她问。

我指着场地对面。有些家长借来了垫子或折叠椅,但我爸妈只是坐在地上。我爸爸大概是正撕开草的边缘吹气,试图吹出口哨的声音来。这是他另一个曾经给我留下深刻印象的把戏。

"噢,"玛丽亚说,"斐奥拉爸爸和妈妈。我猜他们现在很开心。"

"可能吧。"

"他们开心极了。像是'宝贝,你看见莉在那个二十号面前站起来了吗?我真为莉骄傲。'"要是从别人嘴里说出来,这话也许听来有些讽刺,但玛丽亚的足球踢得比我更糟糕。她也是后卫,在场上,她跑起来总是慢慢吞吞的;有时候,要是对方的传球从她身边飞快滚过,她会索性停下来,看着球滚进球门,好像她,玛丽亚,不是踢球的队员,而是在看球的观众。这差点没把巴雷特太太气得中风。"你爸妈今晚带你出去吃饭吗?"玛丽亚问。

我点点头。当我妈对我说"爸爸和我想带你去些好地方"的时候,我提到了一个中国餐厅,因为我知道,她所谓的好地方,不是指像红谷酒店那样的地方。

"那很好啊,"玛丽亚说,"去校园外面走走。"

"你想要一起来吗?"我问。我还没来得及细想就脱口而出,因为那看起来像是玛丽亚想要暗示我的。而且——当然这么说不太好,但也是事实——一个中国饭店在她眼里也许也不错。

"当然,"她说,"还有茹菲娜吗?"茹菲娜当时正在场上踢中卫,她在场上奔跑的时候,长长的马尾辫也在她脑后跳跃。

"当然。"我说。

"嘿,看,"玛丽亚说,"他们在向你招手。"

真的——我爸妈都在招手。他们会喜欢玛丽亚和茹菲娜的,我想,他们会喜欢我邀请朋友们一起,那会使我爸爸觉得他自己带我们出去吃饭很慷慨;在家的时候,我爸妈总是叫我带其他的孩子回家。我举起手,向他们挥了挥。

下午,我跟我爸妈一起到了他们的汽车旅馆。我们以二比七输了比赛,在我看来似乎到了比赛最后加迪纳队的教练让她的队员们不要再进球了。在所有的家长旁观的情况下,这是寄宿学校式的礼节。

爸爸登记入住的时候,我和我妈坐在车里。他们住在雷蒙德旅店,只是我几个星期前在黄页上帮他们找到的;旅店不能担保房间是无烟的,房费是三十九美元一晚。"你踢得棒极了。"妈妈说。

坐在后座上,我笑了。我还穿着我的队服,头发扎在脑后。

"什么?"妈妈说,"你上场了,"而后她也笑了,"你上场了。"

"你喜欢加迪纳队在我在场上的时候进的哪一个球? 第一个还是第二个?"

"那个队的女孩子比你们大,"妈妈说,"我的小莉又能怎么办呢?"

我们都没说话,车厢里安静下来,不让人感觉拘谨的沉默;午饭和比赛都已经过去了,感觉上事情的发展似乎还不错。

"噢,看。"妈妈敲了敲她关上的车窗。"它们可爱吧?"二十英尺以外,在小屋的顶上,两只知更鸟正停在上面转来转去。"看起来它们正在开派对,等大家一起来。"

"但它们正担心没有人来。"我说。

"噢,但现在……"一只麻雀停在屋顶上。"第一个客人。"妈妈说。小动物总是能引起我妈的兴趣——我们在高速公路上每次看到牛或马的时候,她总是会拍拍我和我的弟弟们,说:"看。"我们开过河流或大桥的时候她也是这样，特别是在我看书的时候。

"莉，爸爸和我看到奥尔特太激动了。"她说。

这个时候，爸爸从门口出来了。从他的嘴唇看来，他正吹着口哨。

"我也是。"我说。

当我敲开玛丽亚和茹菲娜寝室门的时候，她们都已经穿戴整齐了。茹菲娜穿了一件毛衣和一条裙子，玛丽亚穿了一件纽扣衬衫和一条黑裤子。几分钟前，我没来得及洗澡，终于换下了我的队服换上了牛仔裤。在房间里，我找到了玛莎给我的留言条：*我爸妈想见见你！你在哪儿？晚上打电话到喜来登饭店找我吧!!* 我爸妈在车里等着，我把纸条团成一团，扔进了垃圾桶。

"你们看起来很不错。"我对玛丽亚和茹菲娜说，"但，我的意思是，我们不是去……"也许她们想像我是邀请她们去红谷酒店，"我们只是去金锅饭店，"我说，"可以吗？"

她们互相看了一眼，而后转向我。"当然，"玛丽亚说，"听起来好极了。"她们肯定以为我们要去的是红谷。

在车里，我妈妈问了她们是哪里人，是不是喜欢奥尔特。茹菲娜说"不太喜欢"，而后笑了。

"为什么不?"我妈妈问。

"这儿很势利，"茹菲娜说，"有很多势利鬼。"

这最可断言的抱怨怎么能从她的嘴里说出来？她这么漂亮怎么会这么说？（她后来去了达特默思，玛丽亚去了布朗。那个时候我当然不知道这些，要是我知道的话，我只会更狼狈。要是你既漂亮又上了艾维的法律学院，那么，还有谁会在乎别的东西?）

"我同意，"爸爸说，"我今天看见一个人，我想，可怜的家伙，他扭到了脖子。而后我意识到了，不是扭伤，他只是鼻孔朝天而已。"

"不是开玩笑，"茹菲娜说，"而且孩子们比家长更糟。"

"没什么比继承一大笔钱让你觉得更值得了。"我爸爸说。

我僵了一下。钱这个字让我起了鸡皮疙瘩。而且，爸爸说的话可能是神父在教堂里某次布道时说的，或者是他从《读者文摘》里抄来的。

但茹菲娜说："你说得没错。"

"那，玛丽亚，你呢？"妈妈说，"你觉得奥尔特怎么样？"

"有好有坏，"玛丽亚说，"那要看您是哪一天问我这个问题了。"

"你们中午吃饭的时候在吗？"爸爸问，"简直就是耗子开会，啊？"

他们都哄堂大笑起来，我望着窗外。他干吗要这么卖力呢？没有人对爸爸妈妈期望这么多。

"什么是耗子开会？"玛丽亚问。

"告诉她，小跳蚤。"从后视镜里，我看到爸爸正咧着嘴笑。

"就是一个又大又热闹的活动。"我说。

"那真有意思，"茹菲娜说，"我得记下来。"

晚饭的时候，茹菲娜点了龙虾酱烧大虾，为了省钱，我要了炒素，虽然我怀疑爸爸是不是会意识到我在省钱。茹菲娜和玛丽亚都要了苏打水，这在我们家是不常见的——在饭店里，我们一般只是喝水——但这样要求她们也许不公平；世界上大多数人在饭店里是喝苏打水的。等我们的运气饼干上来的时候，我们在桌子上互相传阅：你喜欢运动、马和赌博但不能过度；你可爱的微笑将成为你的保护伞；你是最棒的！这顿晚饭并不太糟糕，真的，每个人都喜欢对方，但邀请她们始终是一个错误。我得保持高度的警惕性，等待着。

回到学校，我们先送她们回寝室，然后才是我自己，玛丽亚下了车而茹菲娜还坐在座位上。"很好的晚餐。"她说着，拍拍她平坦的小腹。

"我们很高兴见到你。"我妈妈说。

茹菲娜看看我，然后是我爸，我妈妈，而后又回到我身上。"你们——

你们要住在喜来登,是吧?"

"什么?"我爸爸说。

"我以为……"茹菲娜顿了一顿,"因为,我跟尼克说我会过去找他。"

尼克?我想道。尼克·恰斐?每次大吃一惊的时候,我总是没办法表现得放松,我说:"我们可以送你过去。我爸妈不住那儿,但是没关系。"

"有没有人愿意告诉我到底这是怎么回事?"我爸爸问。

"茹菲娜想搭车去一个酒店。"我说。我回过头对她说:"没问题。我们可以载你去。"

"稍等一下,"爸爸说,"我们说的是哪个酒店?那个叫尼克的小子又是谁?"

茹菲娜想开口,但被我打断了:"她要去喜来登酒店,很多家长都住在那儿。尼克是我们班上的同学。你不是要跟他住一个房间,是吧,茹菲娜?"

茹菲娜点点头。当然她要跟尼克住一个房间。

我爸妈的目光在我们俩身上来来回回地扫视,我爸爸把他的右手架到了椅背上。玛丽亚已经消失在黑暗中了。

"我应该相信你们吗?"爸爸说。他看起来并不生气但有些觉得好笑。

"那是真的,"茹菲娜说,"我会跟一群我和莉的女朋友们住在一起。"

"你们离开学校需要批准吗?"

"我今天早上已经填了表交到班主任的办公室了。"

"爸爸,"我说,"你又不是她的爸爸。把她送过去就行了。那不关你的事。"

"不关我的事?"

如果我是茹菲娜,我一定已经下车了。要么送要么不送,我才不想看着别人家吵架。但我不是茹菲娜——茹菲娜现在要去喜来登,去开怀畅饮,说不定,去和尼克·恰斐鬼混。而要达到去鬼混的目的,我们的口角只是一点需要克服的小问题而已。我自己从来没有去鬼混过,喝酒或是别的,但即使是我也知道当你真的喜欢上一个男孩子的时候,所有日常的事情都变得微不足道。你每时每刻都期望再次看到他,当你伤心难过的时候就会想起他,好像是甜美的回忆一样。

"我不知道什么时候变成由你来决定什么是我的事了。"爸爸说。

不是现在,我想道——难道他看不出来这不是我们的事情吗? 我们只是运输工具,只需要在夜色中把茹菲娜送到一个等着她的男孩子的怀里就行了。

"泰瑞。"妈妈轻轻摇了摇头。她对着他的耳朵悄声说了几句——我猜她说的是,以后再说。她意识到了我们在这儿所扮演的角色。

"在我的车里,我爱说什么就说什么,"我爸爸说,他嘴上这么说着,却把车子发动了开始前行。我还是不知道他这是顺从了我,茹菲娜,还是我妈。

等我们回到主干道的时候,我说:"它在 90 号公路上。你知道怎么去90 号公路吗?"

爸爸没出声,妈妈说:"爸爸知道,我们就是这么来的。"

要是我们得停在加油站问路的话,也许更糟,我想道。

一路上,大概二十分钟,没有人说话。在黑漆漆的车里,在黑漆漆的高速公路上,我们并没有必要把自己当做在麻省——我们可以是在任何地方。我爸、我妈、我还有这个奇怪的漂亮女孩坐在车里——有那么一瞬间,我几乎想不起来她叫什么名字了。她跟我们在一起干什么? 感觉好像我们在车上的其他人是一起的,但她的在场却奇特而令人费解。

而后这种莫名其妙的感觉过去了。(茹菲娜——当然。)显然她和尼克是一对;我竟然早没看出来,真是可笑。很明显,美丽压倒了种族。或者,我对于奥尔特里种族和恋爱的理解根本就是错误的? 或者,我想的大部分是对的,但是所有的模式并不是作为规则存在的? 当然会有例外。

有时候——时不时地会有这样的事情，直到我长大一些，我才不再为此感到吃惊——事情就像他们表现的这样。一个男孩和一个女孩先是眉目传情，而后就在一起了——只有我才会惊讶于这样的消息。

我们放下茹菲娜，她从大大的自动玻璃门走进去，那一边是玫红色的地毯，一个巨大的花瓶放在桌子上，里面装着一些花，花的上面悬着一个水晶灯。我们掉转车头，回去的路上，没有人说话。

到了校园的车道上，爸爸把车熄了火，但头灯还亮着。将近十一点，差不多是星期六晚课的时候，虽然今天晚上只有零零星星的学生会睡在寝室里。

爸爸把手放在方向盘上。"我不会……"这么长时间没说话，他的声音有些干涩。他清了清嗓子。"我不会参加明天的礼拜和早午餐，"他说，"我们圣诞节再见，莉。"

"你在开玩笑吗？"我说，妈妈叫道："泰瑞！"

"我一点也不开玩笑。"他看也不看我们。

"亲爱的，为什么……"我妈妈一开口，就被他打断了："我不需要委屈自己忍受这样的对待。任何人这样对待我都不行，特别是我十六岁的女儿。"

"我没有……"我说，但他同样打断了我。也许在开回来的一路上，他已经想好他要说什么了。他的声音很沉稳，有些生气，但很安静。

"我不知道在你身上发生了什么，莉，但我能告诉你的是，你很让我失望。你自私、肤浅，你对你妈妈和我都没有尊重，我为你感到羞耻。"你妈妈和我，我想道——即使在这个时候，我想的还是这些。"你刚进奥尔特的时候，"爸爸继续说，"我对我自己说，我打赌在那种地方一定有许多自我感觉很好的孩子。而后我又想，但我很高兴在莉的肩膀上，有一个很好的脑袋。好吧，我错了。现在我要说，我们让你来是一个错误。你妈妈的感觉也许不一样，但这不是我开了十八个小时的车过来的目的。"

大家都不出声，妈妈抽出一张餐巾纸，擤了擤鼻子。有几次，妈妈哭的时候,我帮她擦眼泪。但我现在真的不想看到她的眼泪。

我咽了口唾沫。这个时候我有很多话可以说,但我选择的却是:"我没有叫你来。"

"莉!"妈妈的声音也充满了苦闷。

爸爸一下子解开了他的保险带,打开他的车门,走出车外,将我的门拉开。"下车,"他吼道,"立刻。"

"不。"

"我说从我的车上下去。"

"这也是妈妈的车。"

爸爸低头看着我,摇摇头;显然,我没有什么讨价还价的余地。

"好吧。"我说着,下了车,环抱着我的手,站在他面前。"你可以告诉我我有多可怕。但也许你也该想想你自己干了些什么。你觉得在我的朋友面前说些奇奇怪怪的话,让我尴尬很有趣吗?我感到不安的时候,你却装做你什么也没做过的样子。"

"让你尴尬?带那些女孩子出去吃饭叫让你尴尬吗?"

"噢,是的。我们就出去吃了一顿饭,然后我就能忽略掉你在其他时候的表现了。"

"我不记得我叫你忽略什么了。我三十九岁了,我觉得我自己这样很好,莉。我对你说的已经够多的了。我要告诉你我觉得没有必要去做的一件事就是寻找借口。"

"很好,"我说,"恭喜你了。"

而后——我不记得有任何的预兆,只知道在我的震惊中已经发生了——他举起他的右手,打了我一巴掌。他的手很烫,我的脸也很烫,眼泪从我的脸颊上流下来,我想那只是因为疼痛。而在我迎上我爸爸的眼睛,说任何话之前,在我伸手抚摸自己的下巴和脸颊之前,我所做的第一件事是张望四周。在礼堂的附近,大概三十英尺的地方,在街灯的灯光下，站着我的同学杰弗·奥提斯。我们对视了一眼。他的表情，特别是在这么远的距离下面，有些模糊不清，但是，我想，并非无动于衷。我跟杰弗不熟——我们二年级的时候同在莫瑞小姐的英语课上，但仅此而已——在这之后我们从没有交谈过，我在奥尔特以后的日子里，我只是把他当做一个看到我爸爸扇了我一个耳光的人。如果我今天在旧金山或者纽约的街上碰到他——他也许结婚了，有了孩子，成了一个天体物理学家或者会计师——但他对我而言仅此而已：一个看见我被我爸爸扇了一巴掌的人。当我们在奥尔特的餐厅或体育馆擦肩而过的时候，我们从不交谈或者打招呼，但我能感觉到我们之间的那种意识。他知道。

我转过头，对着我爸爸："你是一个混蛋。"我说，而后开始哭泣。

"你是一个忘恩负义的小婊子。"他踢上了后门，回到前座——他的车门关上前，我听见妈妈的声音，但听不清楚她说的是什么——发动了引擎。他们走了。要回寝室，我得跟着杰弗穿过通向庭院的拱门。但我却走了相反的方向，走出了环岛。站在大草坪上，只有草坪边缘种了些树，我环视周围亮着零星灯光的楼群，头顶上是闪耀的星星。在环岛外面，并不太坏。里面，在灯光下，被家具、杂志、丢弃的枕头和相框包围着——那就糟糕了。

清晨电话铃响的时候，就好像是我在等着它响起似的。我从床上跳起来，急匆匆地冲下楼梯来到公共休息室，猛地拉开电话间的门。"莉，"我妈妈说，但是她哭得太厉害，有些泣不成声了。

"妈，"我说，"妈，对不起。我想你们回来……"

"爸爸正在退房，"她说着深呼吸了几下，"他想早点离开。但，莉，我希望你知道他是那么爱你，那么为你感到骄傲。我希望你知道。"

"妈……"我的下巴开始颤抖，嘴唇也不听话了。

"我们真的很期待这个周末，我很难过最后变成了这样。"

"妈，这不是你的错。妈妈，别这样。别哭。"但我自己也在掉眼泪。我不知道，在她自己哭泣的声音下，她有没有注意到。"你为什么不回来呢?"我说，"即使爸爸不回来。你会喜欢这儿的礼拜的。"

"莉，我不能。他想要上路了。我希望你做的是过几天打个电话给他，说对不起。我知道他也有错，他不该打你，那让我很伤心……"她又抽泣起来。

"那没什么，"我说，"我不疼。真的，妈妈，不疼。"

"我得走了，莉。我爱你。好吗? 我爱你。"她挂上了电话，我把话筒拿在手里，不知道在听什么。回到房间，我看了一眼玛莎的闹钟，还没到六点半。

在那以后，我们再说起这件事的时候——我家里人身上发生的事并没有成为笑话或奇闻——在不知道我爸爸和我的表现是不是糟糕透顶之前，这个周末就像是地狱一样。在我妈的版本里，所有的事情都是源于莉看了一些她喜欢的垃圾杂志，爸爸开始取笑她，而后你知道两个生气的人会怎么样相处了。我妈也总是问起茹菲娜和玛丽亚，在她的信里和她的话语中，她称呼她们为"那些西班牙女孩"，或者"那个跟她的男朋友和另外一个女孩子在一起的女孩"。

这是我爸爸最后一次打我——我长大的时候他打过我，但打屁股多过扇耳光，但那只是我和我的弟弟调皮捣蛋或是不听话的时候——打那以后，在很长的一段时间里，我都没有在我家人面前再流过眼泪。

我在大学的时候，我自己的房间有了电话，我爸爸经常打电话给我——我想奥尔特的付费电话系统就像痔疮一样让他难受——有时候他甚至一个好好的口信也不留下，只是在答录机里留下句搞笑话，或者哪儿听来的笑话。(你要怎么让面巾纸跳舞呢? 或者，在万圣节的时候，莉，为什么巫婆不能有孩子呢?)我的同屋，当然，都认为他非常搞笑。后来，我大学毕业,他买了一个手机,而后他每天打电话给我。我总是跟他说话,即使是工作的时候,就算我很忙,也总是等到他先挂电话。我并不真的认为我能为这个周末,或者去奥尔特做出补偿。(当我在十三岁那年申请入学的时候,我怎么会懂得,你以后的人生都将远离你的家人? 或者也许正是因为进了奥尔特,才让我变成那种总是因为上学,而后是工作的原因,飘泊在外的人。)不,不是我认为我可以补偿我的过错,而是我觉得我亏欠他的,我该让他知道我在努力。至于我的妈妈:她从不惩罚我,她甚至从来没有骂过我。因为这样,因为她从来不像我爸爸那样要求我回报她,使得我欠她的怎么也还不起。那是一片海洋,或者是一整个冷冷的星球。

有一次我去我爸妈家,在我弟弟蒂姆的房间里,我发现在他的报告板上钉着一张名片,一个奶油色的长方形,顶端镶着红色的缎带,左角上印着奥尔特的校徽。**蒂姆西·约翰·斐奥拉**,上面写着,在那后面,**莉的弟弟**,在我的名字后面,是我毕业的年份。写这些字的时候,那个日子差不多是两年以后了;等到我站在我弟弟的房间里看到这些的时候,已经过了十多年了,蒂姆自己也已经高中毕业,上了公立大学了。让我惊讶的是,我弟弟的名字竟然不是我妈的笔迹,而是我爸的。难道他在帮我妈和他自己拿名牌的时候多拿了一张吗,我心里奇怪,写了蒂姆的名字(可能他也给约瑟夫写了一张),而后递给我妈带回印第安纳? 还是在奥尔特的整个星期六,他自己拿着,藏在他卡其布的运动衣里,坐下来的时候小心翼翼不把它们弄折? 而后在开回来的车上,他是不是把它们放在什么安全的地方,也许是仪表盘上,或者是他旁边的座位上? 我后来知道,他们直接开回了家,爸爸开了一路。他们本打算在伊利湖停一下,但是妈妈睡着了,爸爸决定继续走。午夜过后不久,妈妈醒了,吓了一跳。引擎熄了火,爸爸正坐在她旁边,伸着懒腰,凝视着挡风玻璃外面。"我们在哪儿?"妈妈问。

"我们到家了。"爸爸告诉她。

第三学年　冬

　　入夜,一辆救护车把欣君送进了急症室,就在正式晚宴刚刚开始的时候。事实上,当蒂格·奥特曼和黛芬尼·库克发现她的时候——蒂格和黛芬尼是住在欣君寝室里的二年级学生——他们正在去餐厅的路上。她们打开房门的时候,发现欣君蜷缩在对面的门槛上,莫名地喃喃自语,一只手臂压住她的腹部,好像是她折起了她的衬衫装了一把小石子,或者玉米仁,试图不让它们掉出来似的。

　　那是星期三,在正式晚宴后,有一个全校范围的演讲——演讲者是一个黑人女子,是一个舞蹈团的指导老师——玛莎和我正要进入观众席,莫利诺太太,欣君的宿舍主管,拦下了我们。当我想起整个事件的时候,甚至在剩下的整个冬季——那是二月底——这是我印象最深的时刻。玛莎和我正乐呵呵地有一搭没一搭地聊着,我仍注意着克劳斯·苏伽曼的一举一动,他就在我们前面几英尺的地方,看着他和他的朋友们坐在那儿,这样我和玛莎可以坐在靠近的地方,但不会近到让他察觉我们是故意接近。而后,莫利诺太太走近我们,我以为她要跟我们打招呼——为什么我们相距几英尺的时候,她要过来打招呼呢? 她从来没教过玛莎和我的课,我们都不太认识她——当她停在我们面前，伸手来抓我的手的时候，我吓了一跳。

"我有些坏消息。"她说。

我心里扬起了一阵恐惧。我开始回忆自己最近有没有做错什么事，然后我松了口气——很快这种放心让我觉得自己冷血而羞愧——莫利诺太太说："欣君在医院。她吃了些药。医生给她洗了胃。她现在情况稳定了——我刚看过她回来——但她还是非常虚弱。"

"她生病了吗？"我瞥了一眼双重门的入口。克劳斯已经消失在观众席上了，几乎所有人都入座了，灯光开始暗下来。我回头看着莫利诺太太，惊讶她竟然让我们演讲会迟到；我还没有意识到我不能参加演讲会了。

"她吃了药。"莫利诺太太说，我还没有听明白——我想这更多是因为我对欣君的印象而不是我的天真，虽然也许两者都有——随后玛莎，看出来我还没有理解，说："故意的，莉。"

"我想带你去医院，"莫利诺太太说，"她有些精神恍惚，但看到另一个熟悉的面孔对她有好处。"

欣君存心吃药？她想自杀？这不只是让人震惊，这简直不可思议。欣君甚至没有不开心；当然她更不像要自杀的样子。

我咽了一口唾沫："玛莎也去吗？"

"今晚先缓一缓吧，"莫利诺太太说，"我不想给欣君太多压力。你明白的，是吗，玛莎？你可以进去了。"玛莎转向了观众席。"好吧，莉，我们走这边。我的车就在前面。"她走出走廊，我跟在她后面。走出去的时候，我回过头看看身后。玛莎还站在观众席外，脸上满是困惑的表情。我们目光接触的时候，她举手告别，我就像她的镜子一样——挥手，一样的困惑。

在接下来的十年中，那个晚上的演讲者，那个舞蹈老师，受到了全国越来越多的关注——舞蹈团投注了很多精力在政治和种族主义上——我总是在杂志上看到关于她的报道。看到她的名字,我总是会觉得有些不舒服,就像我听到欣君吃了药的时候的感觉一样:明知道发生了不好的事情,但却不知道其中细节,那种烙印在心里茫然无助的感觉。

莫利诺太太开一辆海军蓝的旅行车。仪表盘上贴着很多胶带纸,座位上沾满了狗毛。莫利诺太太教几何,而莫利诺先生教美国历史——我也从没听到过他教过谁——他们有三个孩子,名字我不知道,最大的一个看起来差不多六岁;有时候你可以在餐厅看见孩子们哭闹或者抓着零食或者在地上爬来爬去。莫利诺太太车上的收音机调在古典音乐的频道,声音很轻,只有在我们不说话的时候才能听得见。因为外面都黑漆漆的,除了途经的农田和树木以外,我只能靠感觉了。

"我想问问你,"莫利诺太太说,"你们住在一个房间的时候,欣君有灰心丧气的时候吗?"

"我想没有。"

"她提起过要伤害自己吗?"

"没有。"

"她有为什么事情感到不安吗?"

我试图回忆我有没有看到她哭过,忽然想起有一次,在英语考试以后。我站在她的桌子旁边拍拍她的背,与此同时,我看到了她的分数,在第一页的顶端用蓝笔写着——B⁻,并不比我的英语成绩或其他任何一门的成绩差。我一直知道,虽然我确定不是欣君自己告诉我的,她来奥尔特之前的一年,在韩国的一项全国数理化竞赛中得了第一名,她是第一个赢得这项比赛的女孩子。

"她有点担心她的成绩。"我对莫利诺太太说,"但除此以外就没什么了。"

事实上,即使在我们同住一个房间的时候,欣君和我也从来不会对彼此吐露心事。当你们住在一起的时候，你无法理解一个人：欣君每天早晨醒来的时候，把她的黑头发束在脑后，脸色苍白，有足足十五分钟的时间没法说话；她最喜欢的点心是种用锡箔纸包装的松脆而带点儿辣味的干豆，还有各种牛奶糖；她最害怕的是蛇，即使是图片也怕；她最喜欢的人是她四岁的妹妹恩洁，还跟她的爸爸一起在汉城。但是，我想，也许这只是我所知道的，未必是事实。当然，在我们不住在一起的这两年里，我们的交集越来越少。二年级那年，欣君开始和克拉拉·欧郝拉汉住在一起，而我则和玛莎一起住，我们已经不住在一个宿舍里了。

"欣君最近的生活有什么变化吗？"莫利诺太太问，"她家里或者是这儿？"

"我想没有。"

"跟老师和同学有什么问题吗？"

"克拉拉可能知道得比我多一些吗？"（我是不是在暗示我不是一个好的朋友呢？我是一个坏的朋友吗？）

"理论上，是的。"莫利诺太太说，"但克拉拉有些心烦意乱。她跟着救护车走了，现在和欣君在一起。"

看来没什么别的可说了。我们之间可聊的话题不多，显然我也不能回答她的问题。一路上，我的脑子在搭乘莫利诺太太车的陌生感和欣君的事情间转来转去。看起来莫利诺太太很肯定欣君是故意吃了过多的阿司匹林（她吃的显然是阿司匹林）；就我看来，莫利诺太太显然没有考虑过有别的可能性。想到这个，我不由想起自己正坐在莫利诺太太的身边。她是在哪儿长大的，我不禁有些好奇，她跟莫利诺先生结婚时有多大呢？看她的样子和孩子的岁数，我猜她大概快四十了。算着算着，我的思想又跳回到欣君身上。她有没有说过或者做过什么暗示她会自杀呢？她是不是只想博得身边人的关注呢？看起来又不像，特别是，在过去的日子里。

我试图回忆我上次见到她的情景，那就好像要回忆我前一天穿什么

225

衣服或者晚饭吃了什么东西一样平淡模糊。到了医院,我们走进正门,通道里明亮的灯光下是一扇自动的玻璃门。那是一家小医院,只有三层楼,看起来让人感觉很舒服——当然,如果欣君情况真的很危险,他们一定已经用直升飞机把她送到波士顿去了。

医院里面,灯光是亮白色的,映照在白色的漆布地板上。我们在一楼的一张桌子那边签了名,坐电梯到了三楼,穿过双重门,经过了一个护士站。我们一打开门就听见一阵哭泣声,一种惊天动地的哭泣声,让我几乎怀疑我们是不是在精神病房。然后我意识到,莫利诺太太所说的都是真的。欣君是想要自杀,而她正在医院里。我并不是怀疑莫利诺太太撒谎,而是这已经发生或正在发生的一切实在太匪夷所思了。我对于生活中的那些重大严肃的事情,总是反应迟钝,因为它们从不让人感到重大或严肃。有的时候,你想要小便,或者手臂发痒,或者别人说的话让你觉得伤心或感触,很难不傻笑起来。你知道这种情况下会怎么样——牵一发而动全身——但这个却不是。但当你回头看的时候,事情就是这样;它发生了。

大多数的门都开着,经过一间间房间的时候,我能听到电视机里的笑声和说话声。突然,我想起来了:之前的一个星期五。那是我最后一次跟欣君说话。我们上完化学课以后一起去吃午饭,我们说起了三月份的春假。她说她回去找她在圣迭哥的一个阿姨。这次对话并没有透露出什么端倪,连一小瞥一小点反应也没有。我不知道她是不是在那个时候就有计划着这么做,或者吃药只是她一时冲动的决定。我又一次感到奇怪,为什么?她的生活不是很好吗?她人缘并不很好,但她有朋友——当然,很难想像每个人都不喜欢她。而最重要的是,她的成绩很好。她的英语还是糟糕得让人吃惊,但明显她能听懂其他人的意思。她的爸妈,我在一年级的时候见过,看起来也不错,即使他们不好,他们也离得那么远。是不是因为这样呢,这个距离?或者是她想念她的妹妹?但那也不对啊;你不会因为想家而吞药啊。

我们走进房间的时候，欣君躺在床上，床垫升起来了一些，使得她可以半坐着。她木愣愣地注视着前方，面无表情，穿着浅蓝的病号服，而她嘴边的皮肤，正如莫利诺太太之前警告过我的那样，被医生帮她洗胃用的炭粉沾上了一圈黑色的污渍。但她并没有出声惹人注意，反倒是克拉拉，我先前听到的正是她的哭声。克拉拉正毫无顾忌地大哭大叫，就像一个婴儿一样：她的脸哭成了一块块粉红色，眼泪哗哗地流下来，和鼻涕混在一起，她的嘴半张着，唾液一丝丝地从她的上下嘴唇中间流出来；她嘴里发出呜咽的哭泣声，时而哽咽不变时而高潮迭起，让人觉得怪异之余注意力又不禁被她吸引过去。她坐在欣君床右边的一个椅子上，身体前倾，双手压在床垫的边上，因为床垫至少比椅子要高出一英尺，克拉拉的姿势看起来倒像是在祈求。欣君看来完全没有注意到她的存在。

鉴于这种可观的噪音，莫里诺太太只得大声说："看我带谁来了！"她用一只手环着我的肩膀，微笑着。

"嗨！"我叫了一声。

欣君眼皮也没抬一下。

我似乎应该拥抱她一下，但也许不。我走上前，把手放在她脚边的床垫上，最后她抬起双眼。"嗨，莉。"她听来很累，但全然没有任何感觉——并不尴尬或后悔或抱歉。

"我很高兴看到你。"我说。欣君还是一样轻声细语，我能听得见她的话，但我却忍不住提高了自己的音量。

显然，莫利诺太太跟我的感觉一样。"我现在回学校去，"她大声叫道。这一次她把克拉拉压下去了，"我要回去看着孩子们上床睡觉。但，莉、克拉拉，等莫利诺先生送我回来给欣君陪夜的时候，他会把你们俩送回去。好吗？这样听起来可以吗？"

大家都不出声。

227

"我们会在晚课的时候把你们送回宿舍去，"莫利诺太太说，"欣君，我们希望你好起来。你能为我们做到吗？"

莫利诺太太离开以后，克拉拉停止了哭泣，时不时地吐一口气，像是要找回她的呼吸。我立时松了口气，就好像一个尖声哭喊的婴儿安静了下来，但同样有一种不祥的预感，这不是一场爆发的终结，而只是中场休息而已。

"你们到这儿多久了？"我问。

"我不知道。"克拉拉说，每个字都有些拉长颤抖。

我想问，你哭了多久？如此大悲大泣看来十分耗费体力，克拉拉是一个丰腴的女孩子——她显然无法一直这样费力地哭下去。

我回过头去看了一眼欣君。我们目光相交的时候，我几乎吓了一大跳。她看着我的眼神是那么绝望，那么精疲力竭，看起来那么轻蔑。我那时突然有种隐隐的感觉，可能我低估了她。在过去的日子里，也许我并不认为她有思想或者经历了不愉快——像我一样。当然我不能为她做什么。我还是不相信她真的想死，但，是的，她是故意吞药的；至少，她有着这样的意愿。

"我要在这儿过夜，"克拉拉说，"你不能阻止我。"

欣君转过头，我到这儿以来，第一次正视克拉拉："你不能呆在医院里。"

"你必须让我呆在这儿，我不走。"

"莫里诺太太要来接我们去晚课。"我说。

"晚课？"克拉拉瞪着我，"欣君今天晚上差点儿死了，而你所在意的只是晚课？"

尽管她明明白白地提到了死——我愣了一下，这么做显然是不恰当的——欣君还是毫无反应。

"欣君，你想要我们留下来吗？"我问。

"我想睡觉，"欣君说。她瞥了克拉拉一眼，"回学校去吧。"

"不！不。我不走。我现在就要给莫利诺先生和太太打电话，告诉他们我要留在这儿。我会要一个加床，就像莫利诺太太一样。我要留在这儿。你听见了吗？"她站起来，侧身走到门那边，但她是那么小心翼翼，好像怕欣君会突然从床上跳起来抓住她一样。我站在床尾，还只是在房门口，当克拉拉走近时，我后退了一步。在她这么摇摇晃晃、喋喋不休的时候，我并不想跟她接触。

她走了以后，房间里安静下来。我松了口气的同时，又有些害怕跟欣君独处。我在克拉拉的椅子上坐下来——她回来的时候我会站起来的——欣君和我都没有说话。最后，我说："欣君，你是不是希望你没有进奥尔特？"

她耸耸肩。

"你并不一定要这么做，不是吗？如果你告诉你爸妈你不想来这儿，他们不会强迫你留下的。"

"我什么都不用告诉他们了。莫利诺太太已经给他们打了电话，我爸爸，他明天过来。"

虽然我之前从没想到过这一点，但家长当然会介入到这件事情当中来。事实上，莫利诺太太把我们独自留下来，没有大人在场，即使只是这么短的时间，也让我有些惊讶。我们怎么会知道我们自己该做什么呢？

"克拉拉很担心，啊？"我说着，很快又接道，"我们都很关心你，欣君。"听起来，我像是在朗读一张慰问卡片。但我看见泪水在欣君的眼眶里打转。她眨了眨眼，它们从她的眼中滑落下来。

"呀，"我说，"对不起。"

她摇摇头。

"欣君？"

她张开嘴，但没有说话，我感觉到自己有一种诱她说话的冲动，与此同时，又有另一种冲动不想让她说出来。我总是以为我有探究秘密的欲望，或者说，我想让事情变得明明白白——我想从我的生活开始——但偶尔，当事情看起来可能真的发生了什么变化的时候，我又会充满了恐惧。

"你不需要说什么，"我说，"但让我——至少让我给你倒杯水。"

她用她的手掌擦了擦眼泪。

"你大概渴了吧，"我说着逃离了房间。等我找到一个塑料杯子——在护士站有人给了我一个——在饮水机那边装满，克拉拉已经回到了房间里。我把杯子放在欣君床边的桌子上，看见那儿已经放了一杯水，装了一半，还插了一根麦管。

"莫利诺先生同意你留下吗？"我问克拉拉。

"为什么不？"克拉拉看起来比她之前冷静多了。至少她的脸上不再涕泪横流了，而欣君也没有再哭。

我看看表。八点三十分，晚课是十点钟；莫利诺夫妇可能至少要一个小时以后才会过来。"我得下去了，"我说，"我不想让他们等。"

克拉拉和欣君看起来都浑然不在意我说的话。"我不会让你一个人呆在这儿的。"克拉拉说，可以想见她的哭嗓再开只是时间问题罢了。

"欣君，我希望你好起来，"我说，"好吗？我要……"我走上前，弯下腰拥抱她。她对于我的拥抱没有任何反应，在我的怀里她显得那么脆弱无力。"再见，"我说，"好吗？再见。"

"再见，莉。"她最后说。

我没有跟克拉拉道再见，我走的时候，克拉拉也没有跟我道再见。

我是那么急切地想离开医院，虽然他们还有一段时间才会来接我，我走到外面，环抱着手臂站在进门的通道上，不停扫视着停车场。学校离这儿大概有五英里，要不是这么黑，我已经开始自己走了。

外面又黑又冷。我坚持了大概一分钟，便回到室内，坐在等候区的一台饮料机边上。我真想呆在寝室里，穿着我的睡衣，躺在我自己清清爽爽的床单和毯子里。

我没有带钱包，身上没有一分钱。不然，我会买罐啤酒，我想道，继而又想，即使欣君并不想死，是不是也不难想像在这儿她会想要结束自己的生命？那些药片是一时冲动的决定，一时间觉得**不要这样**；怎么样都比现**在好**。

所以，欣君也是——我从没怀疑过。也许，我有没有怀疑并不会改变这件事情的结果。毕竟，这些不是你可以跟人讨论的话题；你怎么跟另一个人讨论这样的感受呢？你可以计划你想要的东西，但有些特定的时候，突然间，物换星移，时间慢了下来——特别是在星期天，时间过得特别慢，有时候星期六的下午也是，在你没有比赛的时候——你可以看到那其实根本没什么。你得到的，和你没有得到的又有什么区别，时间无穷无尽，那儿有什么？你所住的房间，熟悉而令人作呕的房间，你那不讨人喜欢的面孔和身体，旁人的指责，他们的无忧无虑，在你看来，如果你试图解释，那将是奇怪而无聊的，甚至不是它原来的样子。为什么他们的生活过得那么简单？为什么是你要去迁就他们而不是他们来迁就你，不是互相迁就？不，当然，如果你尝试了你肯定会成功。

晚饭的时候，我们谈了什么？老师、电影还是春假？只要你做了，你参与社交了，你跟人互动了。而你说的话，从礼堂到教学楼的步伐，你的背包，考试，这些都是潺潺流水上的桥梁，而你真实的感受是桥下的流水。最终的目的是：学会忽视下面的东西。要是遇到了跟你一样的人当然很好，但是你得意识到别人无法让你更好过一点。奇怪的是，自杀在我看来——一年级的时候我不会这么想，但现在，两年后，我这么认为——是天真。你什么也得不到，它们造成的情绪波动也不会持久。最终，你还是得回到你的日常生活中去，除了你，没人能解决。

有人走近了饮料机，我立刻盼着他快点离去。他转过身，说："嘿，是你啊。"我点点头，面无表情。

"你没事吧?"他说。那是个年轻人，带了一个小女孩。

"我没事。"

"你看起来有心事。"

我没吭声。

"我没有恶意，"那个人很快说，随后他接道，"你没认出我，是吗? 对不起，我应该——在这儿，你看。"他在一件白色 V 字领的 T 恤外面穿了件长袖法兰绒纽扣上衣，两件衣服的中间挂的一个绳索上面系着一个塑料胸牌。他没有把绳子解下来，只是把胸牌举向我;在他的手上，还抱着那个小女孩，正面无表情地看着我们，还有他没打开的百事可乐罐。

这个人离我大概有六七英尺，我得站起来靠过去才能看到那个胸牌上的字。我闪过一个念头不想站起来，但我还是站了起来，不是出于礼貌，更多是因为好奇，随后我很高兴我站起来了。**奥尔特学校**,胸牌的顶端写着。奥尔特的校徽叠加在整个胸牌上，他的大头照贴在一角，照片上他正咧嘴笑着，下巴微微向前冲，好像正在和摄影师开玩笑;在照片下面，写着:大卫·布拉多，食品服务。

"对不起，"我说，"你看起来很眼熟，但我只是不……"我越说越小声，直到彻底没有声音。

"厨房员工。"

"对啊，没错。"他真是看起来很眼熟，模模糊糊好像你以前从没注意过的什么人。我想起自己之前表现得多么冷淡，有些后悔。是的，我这种人会对一个陌生人没有礼貌，特别是在公共场合跟我搭讪的男性;但我永远不会对奥尔特的员工没有礼貌。不了解寄宿学校的人也许不这么想，以为学生对看门人和秘书们很傲慢，但事实却恰恰相反——过去的五年中，有两次毕业班的学生将毕业纪念册献给了威尔·库伯，他是园艺部的领班，有着一群狂热的追随者。威尔是一个六十多岁的黑人，原籍阿拉巴马,据说大多时间都喝得醉醺醺的,这也是他这么受欢迎的原因。男孩子们特别喜欢他——白天的时候,你可以看到他们站在棚下看着威尔蹲在地上除草,听到他们说:"你的老伴怎么样,威尔?"或者,"你总是要盯着那些调查员,啊?"事实上,这些无意中听到的交谈着实让我紧张了一下——他们开的玩笑是那么肆无忌惮,看起来学生很容易会说些没大没小的话,不管威尔有没有反应——但我也相信威尔和奥尔特的男孩子们还是很喜欢对方的。对此过虑的人是我,不是他们。每次我经过威尔身边,特别是我一个人的时候,他总是会以第三人称的口吻评论几句——"她还真是忙",或者,"她今天穿的衬衫不错"——我会低下头笑笑,想向他表示感谢,感谢他也主动跟我说话,而不仅仅是对那些运动男孩和漂亮的女孩子说。

　　但厨房员工有些不同。大多数学生看来都不认识他们,至少我不认识。每次我去餐厅的时候,我都全神贯注于选择什么食物,坐在什么地方,对于与我无关的事情,我都不太在意。站在大卫·布拉多面前,我试图回忆其他在厨房工作的人,脑子里出现的只是大致有那么几类人:三十几岁的女人,五十几岁的女人(在我的印象中,这两种女人都长着蓝眼睛,整齐的头发束在发网或白色的帽子里,都有些偏胖,有着雪白丰润的小臂)。晚饭后,在厨房隔壁一间潮湿的房间里,几个十几岁的男孩子负责洗碗。他们总是将重金属音乐放得很响,每次我把我的脏碗放在房间前面的运输带上时,我都很惊讶他们竟然被允许放那样的音乐,而且还放得那么响。大多男孩都长得皮包骨头,皮肤很糟糕,有很多伤口,其中有一个很胖,脸上的皮肤被他的肉顶起来,甚至让他长成了斜眼。主厨——你可以根据头上最高的帽子辨认出他来——看起来四十几岁,长着金黄色的胡子;有时候他站在自助餐队伍的末尾,就在玻璃隔断后面那个热气腾腾的入口旁边,记录谁像是一家好饭店里给人帮助的侍应生,而谁的语气总是硬邦邦的:"你今晚真的该吃脚爪。"或者,"要是你不试试烤茄子,就再也没机会了。"(当然没人想吃脚爪或者烤茄子——我们想吃热狗和烤芝士。)

显然,大卫·布拉多是其中一员。他大概二十几岁,不太高——大概五尺九寸——但他很健壮,宽肩厚胸。他黑色的头发剪得很短,健康透红的脸上有一圈黑黑的胡渣。他看起来像是那些在室外一个冰冻的湖面上打冰球的人,或者是一个拥有自己的卡车,在它坏掉的时候知道怎么修的人。

"是啊,我一眼就认出你了,"他说,"就好像,我认识她,她是学校里的。你是,那个,二年级?"

"三年级。"

"是啊,我来的时候你就已经在了,我是去年一月份开始的。你从哪儿来?"

"印第安纳。"

"那很远啊。但还有些孩子是从加利福尼亚过来的呢,是吗?"

"我想是的。"

"我可不在乎离开加利福尼亚。我有一个兄弟从圣克鲁兹出来,现在他说再也不会去了。你去过那儿吗?"

"没有。"不知道为什么,我希望我去过,我希望我能像我想象中那个人所以为的奥尔特学生那样:至少有一样,到处旅行。

"我在想这个夏天离开,也许是七月或者八月。花上几个星期的时间,开辆车沿途旅行。"

虽然我对此没什么可说的,但我还是努力做出一副很感兴趣的样子。

"你试过开车越野吗?"

我摇摇头。

"我试过。"那个小女孩突然说,大卫·布拉多和我都笑起来。那个小女孩看起来两岁左右,长着毛茸茸的金发和心形的耳朵。"你喜欢开车旅行吗?"我问她,"你要跟你爸爸去加利福尼亚吗?"

"不,不,"大卫·布拉多说,"凯莉不是我的女儿。你不是我的女儿,是不是啊,小凯莉?"他低头看着她,用拇指摸摸她的脸蛋,而后转过来对我说,"她是我的外甥女。她的妈妈有哮喘的毛病。"

我的脸上一定露出了奇怪的表情。

"不,她没什么。"他说,"她只是接受了一些呼吸道的治疗,现在在休养。是吧,凯莉? 妈妈在休养? 每年两三次。"

事实上,我的表情不是因为哮喘,而是因为这个小女孩不是他的孩子,我忽然间心想这个男人跟我的年纪是不是比我原先想像的更接近。不知道我是不是看上去好像在跟他打情骂俏呢,想到这点我不禁感觉到一阵兴奋;我得结束这个对话。

"你今晚为什么会在这个医院里?"他说,"要是我可以问的话。"

我想起了在楼上的欣君,穿着她蓝色的睡衣躺在床上。

"你要是不想说,就不要说了。"他又道。

"我来看一个生病的朋友。"

"那真糟糕。"大卫·布拉多抿着嘴笑笑,苦涩地笑,眼角皱了起来,"医院总有人来,不是吗? 嘿,你需要搭车回学校或者别的什么吗?"

"莫利诺先生和太太——会有老师来接我的。谢谢。"我从窗外看出去——可以看到一点灯光下的入口——与此同时,我可以感觉到大卫·布拉多正看着我。我转回头看着他,有那么几秒钟的时间,我们谁都没说话。也许只是为了打破沉默,我说:"我应该,嗯……"我伸手指了指我原先坐的地方——一张空荡荡的椅子,被其他空荡荡的椅子包围着——好像那儿有什么需要我关注的东西似的。

"是啊,"他说,"嗯,很高兴认识你。只是我们还没有正式认识,是吗?我叫大卫。"他伸出了他的手。

十点二十分——晚课时间过了二十分钟后——莫利诺先生和太太还是没有出现。我站起来想找一个投币电话，但当站在电话机面前的时候，我才想起来身上没有钱。我也没有电话卡——当我在宿舍里往家里打电话的时候，要么对方付费，要么一边讲电话一边往里面塞硬币——我当然也不会回到楼上去问克拉拉或者欣君借零钱。我走到登记桌那边问是不是可以用他们的电话，一个金发斑白梳着法式辫子的女人告诉我付费电话就在楼下走廊里。

"我知道，"我说，"但是我没有钱。我保证我不会打很长时间的。"

她摇摇头："这儿不能打外线。"

那个女人又低头去写什么东西，虽然我突然之间有些不知所措，但她的不合作让我感到了一种奇怪的满足。当事情超出了我的控制范围的时候，当所有可能性都破灭的时候，我就没什么可被责备的了。

我回到等候区，还没有走到椅子边上，就看到了大卫·布拉多——大卫——还有他的外甥女和另一个女人，我想那应该是他的姐姐。他的姐姐很瘦，长着棕色的长发，穿着牛仔裤和跟大卫差不多的法兰绒衬衫。看起来那个小女孩已经在大卫的怀里睡着了，脑袋歪到了一边。

我们走近对方，大卫微笑着说："还在这儿？"

我点点头。

他停下来，我也停下，但他的姐姐还在继续走。

"没什么事吧？"他说。

是啊，我该怎么办呢——在医院里过夜？我也许没什么可被责怪的，但那并不会使在等候室睡觉感觉好过一点。"你之前不是说要带我回学校吗？"我说，"嗯，如果可以的话，我是说如果不太麻烦的话……"

他饶有兴趣地看着我，我们第一次说话时的那种感觉又来了，一种不安和自我满足的结合。他在看什么东西，我的脸上是不是沾上了钢笔墨水，还是有人站在我后面做鬼脸？他在注意我啊，我能感觉到，站在他面前，我是一个特别的人，而不只是一个普普通通的女孩子。

"要是你需要搭车的话，那没什么问题。"他说，"嘿，莉恩。"

他姐姐回过头来，她一直走得很慢，所以离我们只有十英尺左右。

"等一下，"他说，"我们还有一个乘客。这是莉。莉，这是我姐姐，莉恩。"

"嗨。"我迟疑着，不知道我们是不是要握手，正在我左右为难的时候，她又转过身，继续往前走了。

在停车场，大卫把那个小女孩放在一个儿童汽车座上，刚把她放下，她就醒了，在睁开眼之前甚至开始呜呜地哭起来。"哦，凯莉，"大卫低声说，"没事的，小凯莉。一切都好。"

凯莉的下嘴唇有点颤抖，但她安静了下来；她再一次闭上眼，把拇指塞到嘴巴里。大卫回过头看了一眼——他站在打开的后车门边上，而我站在他的后面——我们目光相遇的时候，他眨了眨眼，举起他自己的大拇指："比棒棒糖还好。"他又转过身，将凯莉车座的安全带系牢，他背对着我的时候，我感觉自己险些傻笑起来。但我要对谁笑呢，在这个黑漆漆的医院停车场？我要向什么观众表示，在我看来，一个眨眼，无论在什么样的情况下，都是庸俗的？

我回头看到大卫的姐姐站在几英尺外，令我惊讶的是，她正在抽烟。我们对视了一眼。她深吸了一口，把烟头扔在地上，用鞋子踩灭了。然后走到车边，从另一头打开了后座的门。

"等等，"我说，"我坐后面吧，你可以坐在前面。"

"没关系。"她说着爬进车里。

大卫关上了凯莉这边的车门——这是一辆浅棕色的雪佛兰诺瓦，有一个深棕色的软顶，后车轮的罩子都生锈了——而后打开前面的车门。因为车就停在我们旁边，他这样站在我前面，我就没法上车了。我们面对面站着。

"我要动吗?"我问。

"看起来是个好主意。"

"这边?"我指指身后。

"这儿。"他将双手搭在我肩上,推了我一把——不太用力,只有他的手——朝另一辆车那边。他窜了过去,随后停下来回过头:"可以吗?"

我要说的只有可以,或者是的。但我什么也没说,我愣住了。他的手放在我的肩膀上,我们站得那么近,我真想这一刻再来一次。我希望只有我们俩,没有他的姐姐或者外甥女,也许我们站在那儿的时候,他会靠上前,把他的头靠向我的或者干脆将他的整个身体压向我。他一定感觉结实、强壮而温暖,当我抓住他的上臂的时候,我的手指看起来一定又细又小,像是一个有男朋友的女孩子的手。

我咽了一口唾沫。"是的,"我说,"可以。"

在车里,他一边开车,一边点暖气,他的姐姐在后座说:"我告诉过你,它坏了。"

"我只是看看。"

"莱涅说这个周末会修好它,但要是你现在一直这么折腾的话,它只会更糟。"

话音未落,一股热气从前排的排气孔喷了出来。"哈!"大卫叫,"真是奇迹!"

"一个你从来不听的奇迹。"

"我修好了它,不是吗?"他从后视镜看了她一眼,看起来不是自我辩护,只是很愉快。他转向我:"你的老师让你在那儿干等了吗? 那可不好。"

"她有很多孩子。可能是家里的事情耽搁了。"

"那你喜欢在那儿上学吗?"

这大概是我能想到的最复杂的问题了;我感觉除非是把我整个生活

一一道来,不然没法回答这个问题。"当然。"我说。

"那儿的人很酷。"

很难说他这是在提问还是评论。

"其中一些。"我说。

他笑了。"有一个女孩子,"他说,我感觉我的心猛跳了一下;他要说他的爱情故事了,"她长着一头金发,有点卷。但是她……"他摇摇头,"没有人受得了她。她站在那儿抱怨菜有多么多么糟糕。要知道,喂,我们听得见。我们又不是聋子。"

我笑了,为了掩饰我出乎意料的不安。也许不是故意的,但很难说。

"不过,你们大多数人,像你就不错。"大卫继续说,"莉恩以前也在学校工作。"

"真的?"我说,"你是什么时候……"我回过头看她,却发现她和凯莉一样,睡着了。

大卫也回过头。"她太累了,"他说,"她带着凯莉不容易。但,是的,我的工作是莉恩介绍的。为我说了好话。我可能还要继续做个一两年,至少做到我毕业。"

"等等,你是在念高中还是大学?"

"噢,伙计,你真残忍,你这是嘲笑我吗?"

"那么是大学咯?"

"我看起来好像十五岁吗?"

"不是。"下面的话让我有些难以启齿,因为那会让我承认一些我不太愿意承认的东西(我一直看着你,我也注意你了,你对我来说也是一个特别的人);那让我不打自招。"你看起来不像十五岁。"我柔声说。

"我看起来多大?"

我迟疑了一下:"二十?"

"二十一。没错,我在东石州立大学,在大河镇。"

我点点头,好像听说过一样。

"我打算学贸易专业这样选择多一些。之后可能去费尔菲德大学吧。我是这么想的。"

"研究生?"

"学士学位。他们认可东石的学历,我可以把学分转过去。"

"噢,当然。"不是我对公立大学不熟悉——我的表兄弟就是上的公立大学——而是我已经习惯了奥尔特的系统了。

"你准备去哪儿呢?"他说,"哈佛?"

"是的,没错。"

"我想你一定很聪明。全 A。"

"我也许会去……"我停下来。每次我和玛莎觉得自己考试考得很差的时候,我们会说,我现在大概要申请麻省大学了,把麻省大学当成是一个最后的选择,显然,一个坏主意,"一个狗学校。"我高兴地说。

"什么?"大卫从座位那边看着我。

"像是驯养学校。"我说。

"你养狗吗?"

"不,不,我就是那狗。"

他又一次看着我,那种眼神,直到那个晚上过了很久以后,直到我离开奥尔特以后,仍让我记忆犹新。他愣了一下,开始对我有了新的认识:我这个女孩子,会冒出这么一句话:我就是那狗,即使只是开玩笑。对我来说,这是很好的一课。这一刻,我不再妄自菲薄了,虽然我的自卑从未真正离开,但是——那还是很好的一课。

在那个时候,他只说了一句:"你就是那狗,啊?"

我知道我犯了一个错误,我得快点岔开话题:"要是你姐姐醒着,我不会这么说,但是我觉得这风口出来的好像不是热风。"

他伸出一只手:"不热吗?"

"其中一个。"

他左手握着方向盘,人倾过来;当他把手放在我这个角的风口上的时候,他的手臂就横在我的膝盖上,他的头和我的头距离只有几英尺。我一不小心就会碰到他的头发。

他骂了句:"该死。"而后又坐正。(他靠过来的时候,我一点也不担心车子会驾驶不稳;他看起来对此游刃有余,不像那种紧张得要撞车的人。即使出了什么事,他也会保持冷静,不会大发雷霆或者不知所措。)他一边转动旋钮一边说:"至少我知道你是站在哪一边的。帮我不帮莉恩,啊?"

"我想是的。"

"你可能很冷吧。冷吗?"

"我没事。"

"你要不要……"那一瞬间,他迟疑了一下,而后用他的头比了比我们中间的位子,"你可以戴上我的手套,就在那儿。"

"噢……"我像以往一样,礼貌性的拒绝的话差点冲口而出,但他已经拿起一只递给了我。那是一只尼龙手套,又肥又大,就像是在暴风雪中用来砍柴的。我把它戴上。

"瞧,"大卫说,"很暖和,是吧?"

然而,那种戴着他手套的亲密感让我有些无所适从。我甚至不知道该说什么,当然我不能对自己戴着他的手套表示什么意见,但我无法让自己戴上另一个。

"它们是防水的。"他说,我急切地想要避开这个话题,不假思索地说:"你觉得上寄宿学校是一件奇怪的事情吗?"

"我想那要看情况。"他说,"在那么小的时候就离开家——我刚上高中的时候,还不会自己穿衣服呢。"

"我班里有一些男生到现在还不会自己穿衣服呢。"我说,大卫笑了起来——他笑得很大声——我想起我的同学们,他们大多数都自己把衣服穿得很好,事实上,在我的印象中他们多数人的衣橱我都没什么理由去看。在奥尔特,我感觉自己不太认识班里的男生,但当我在大卫·布拉多的车里想起他们的时候,他们就好像是我自己的兄弟一般熟悉。

我们穿过小镇,翻过学校前的小山,沿着山路一路往下开;透过挡风玻璃,我可以看到黑暗中礼堂钟楼的轮廓。看来是时候该讨论一下他要往哪个入口进去,又该在哪儿放我下来了,但我有些不愿意提这个话题,就好像我不愿意提起戴着他的手套一样;那会让人过分在意那时所发生的一切。

他往南门转了进去,右转到了餐厅的停车场。直到他停好了车才想起来:"噢,等等,你的宿舍在哪儿?我送你去宿舍。"

"没关系。"我说,"非常感谢。"我的手已经放到门把手上了。

"你确定?"

"肯定。谢谢。"我走出车外,"再见,谢谢你。"

他笑了:"你可真讲礼貌。"

等到我穿过校园,回头已经来不及的时候,我才想起来还戴着他的手套。这么说,也许有些狡猾,我是装的。

莫利诺太太在点名结束后走到我身边,说:"那个晚上的事情,真对不起。"我已经从埃尔文太太,我自己的宿舍主管,那儿知道,他们把我给忘了——克拉拉给了莫利诺太太一种错觉,以为我也想在那儿过夜,所以她直到十一点才回到医院。

"没关系,"我说,"欣君怎么样了?"

"差不多回到她以前的状态了。其实我希望你今天下午可以过去帮她爸爸一起接她到校医院。"

谁会看着她确保她不会再一次自杀呢?我心想。护士?

“我们不知道她是不是要继续留在奥尔特，”莫利诺太太说，“拜登先生、她的爸妈和我正在和她谈，但这个时候，最好你什么时候能顺便到她的房间帮她收拾个小包袱，让她有些东西可以用。”

“克拉拉知不知道她需要什么呢？”

莫利诺太太叹了口气：“我想你不知道克拉拉和欣君的关系处得不太好。”

听到这个消息我并不特别惊讶。一年级那年，克拉拉也住在布鲁萨德宿舍，我总是一开始就可以跟她保持距离。那倒并不是因为她显然不是那种很受欢迎的对象，或者说这不是惟一的原因；更主要的原因是我对她有些反感。她很白，深金色的头发刚好长到下巴的长度，中分，扎成两个大大的辫子。她个头很大，特别是胸部和大腿，她最喜欢穿小裤管洗得发白的牛仔裤和宽大的长裙。她的言行举止，总是让人觉得荒谬无聊而迟钝，虽然没什么不满意的，但这些都让我觉得很反感。我怀疑大多数人都有同样的感觉；她那种类型，大多数人会说：她不会伤害一只苍蝇。而克拉拉真正让我气结的是，她看来应该是个不自信的人，但事实却并不是这样。

晚课的时候，要是你坐在她旁边，她就会开始滔滔不绝，好像是延续上一次延续下来的话题或者好像你问了她什么问题一样。她对谁都一样——我，阿思派丝，艾米·丹内科，甚至布鲁萨德太太。克拉拉讲故事的时候，往往是前言不搭后语，而你因为不想鼓励她，也不会去问。比方说，她会跟你说些她们班上的事："我都不知道今天有测验。我对雪莉说：‘他告诉我们要测验了吗？’她也说没有。刚开学的时候，我清清楚楚地记得他说过：‘我不会突然测验的……’”她不停地在那儿说的时候，我就想，雪莉？谁是雪莉？奥尔特有人叫雪莉吗？

克拉拉还会不自觉地自顾自唱起歌来；睡觉前，在浴室里，你要是在她隔壁的水斗洗脸，就会听到。我总是觉得，在那种场合下，她这么做是希望周边的人能给她一点反应——也许赞美一下她的声音,或者问问她在唱的是什么歌。又或者,她希望自己看起来无忧无虑,异想天开。她的歌声在某种程度上让人觉得受到了侵犯,我觉得她真的很笨。可以想像她唱歌只是因为她想唱,因为她无忧无虑,异想天开。这也许是我不喜欢她的最大原因。

那个下午,我在克拉拉和欣君的房间外面对面碰上了克拉拉;她正端着一杯茶。

"我来这儿装一袋东西。"我说。

"为什么?欣君要回家吗?"她的声音有些慌乱,我几乎可以想像她会当场哭起来。

"她要住在校医院。莫利诺太太没有告诉你吗?"

"我想她没有。"克拉拉已经开始有些忍不住哭起来,但只有一点点。

"我要帮她拿些衣服,"我说,"我可以进去吗?"

克拉拉没有回答,而是走到我面前,推开了门。我跟在她后面。她们并没有像我和玛莎一样用双层床,而是放了两个单人床,中间有一个小桌子。克拉拉的床罩上都是大朵大朵的红色的玫瑰花,还有桃和橙,欣君的和我们一年级的时候一样,海军蓝的底色上是绿色的风管。我想到她上次在这个房间的时候,就是她吃药的那个晚上。

"她的粗呢包呢?"我问。

克拉拉指了指床底下,让我自己跪在地上伸手去拿。这是一个独自完成的项目,我想。站起来以后,我打开了欣君柜子的一个抽屉,我知道那是欣君的,因为我认出了摆在柜面上的化妆品——瓶子上有着熟睡中的婴儿图案的韩国护手霜,我一直觉得味道闻起来像葡萄的香水。当我拿出她的内裤和贴身内衣放进包里的时候(我忘记了她不穿胸罩),我能感觉到那是她的。克拉拉目不转睛地看着我。我关上抽屉的时候,克拉拉说:"你忘了她的睡衣了。"

"它们在哪儿?"

克拉拉又打开抽屉,拿出一件灰色的圆领背心和一条运动短裤递给我。随后她又退了回去,环起手。

我一个接一个地收拾抽屉,我们俩都没有说话。我在包里放了些化妆品。

"这个香波会溅到她的衣服上,"克拉拉说,"你得装在一个塑料袋里拿着。"

"我们不会走很远。"我说。我环视了一下整个房间,看看还有没有什么别的她会想要,意识到我该给她买一份礼物。"我想差不多了,"我说,"你觉得还要什么吗?"

克拉拉一脸怀疑地看着我:"这整整一年你都没来过我们房间。"

"所以?"

"所以我不知道你为什么要表现得好像你和欣君很要好似的。"

"我没有。"

"她和跟你做同屋的时候已经不一样了。我打赌她有很多事情你都不知道。"

"克拉拉,莫利诺太太叫我过来的。我难道可以说不吗?"

"我只是觉得你很假。"

"噢,我很抱歉让你有这样的感觉。"这是奥尔特的说话方式,礼貌而保持距离。但其实对于克拉拉的同情也让我感到了心痛。假如说,黛德突然跑出来取代了我在玛莎这边的位置,我会有什么反应呢?我并不是要对克拉拉这么做,只是事情就是那样发生了。

"等等,"克拉拉说,"把这个给她。"她扔过来一个白色的小兔玩偶。我没有接住,从地上捡了起来。"告诉她别吃太多桃子泰克利酒。她知道那是什么意思。"奇怪的是,此时的我比以前任何时候都要接纳克拉拉。她的脸显出粉红色,有些不自然,两眼一直盯着我。跟她平时一脸满足的

245

样子完全不一样。

我走到教学楼门口，就看到一辆奶油色的轿车已经停在那儿了，莫利诺太太让我过来见金先生。金先生从车里出来，刚刚接完手机上的一个电话——那是我见到的第一个手机——严肃地跟我握了握手。我之前见过他两次：第一次是和欣君一起在一年级时的家长会上，第二次，是那年晚些时候，金先生到波士顿出差顺路到学校。两次我都跟金家人出去吃晚饭，两次金先生都推荐我点牛排，我想不出什么推辞理由，便照做了。金先生比我矮一二英寸，相当整齐，穿了一件灰色的西装，白衬衫，但没有系领带，还有一件看起来不太保暖的米色风衣；他的皮肤是麦色的，头发有些稀疏，特别是前额，只有稀稀拉拉的几缕，看起来是用发胶从后面梳到前面来的，还能闻到一股发胶的味道。

车里是浅色的皮革座位，已经很暖和了；我总是忘记花得起钱是一件多么美好的事情。我们驶离了学校，几分钟过去了，没有人说话。您一路飞过来怎么样？您是什么时候到的？这些句子出现在我的脑子里，但似乎这些问题只会让我们的话题越跑越远。而提出真正的主题的那个人显然不该是我。

窗外，树都光秃秃的，看起来皮包骨，路上都是上个星期留下来的灰蒙蒙的积雪。我喜欢冬天的荒凉；在这个季节里，不开心是很自然的。如果我要自杀的话，我想，一定是在夏天。

“如果你不喜欢奥尔特这个学校，”金先生开口说（他脑子里想的，多多少少，是同一回事）：“你会告诉你爸妈吧。”

“没有那个必要。我不想他们担心，他们也不能做什么。”

我们沉默了差不多一分钟，而后金先生说：“你可以告诉老师或者校长。”

“我也许会告诉我的同屋。”承认这一点，感觉好像有些背叛欣君。

金先生没有回答，之前的沉默又回来了。

我们到了医院的停车场，他把车停好，我口气轻松地说："韩国的医院和这儿不一样吗？"

"在大城市，是一样的。在乡村，没有这么现代化。"

"那儿现在也是冬天吧？季节和这儿一样？"

"是的，"他说，"季节一样。"

我们走进医院，登了记，乘上电梯。"您最喜欢那个季节？"我问。

他不出声，最后说："在欣君还是一个小女孩的时候，有一点晚上，我们带她去参加一个聚会。我们朋友的家里有很多窗。吃晚饭的时候，我朋友的太太叫我看，欣君站在窗前。因为外面很黑，欣君看见窗玻璃上的自己。但她不知道那是自己的影子。她以为是另一个小女孩。她挥挥手，那个小女孩也挥挥手。她微笑，那个小女孩也微笑。她开始跳舞，那个小女孩也跟着跳舞。欣君开心极了。"金先生听起来既不开心也不难过；听起来他只是想不通。"她充满了，"他说，"快乐。"

电梯到了三楼，停了下来，沉了一下，我能感觉到门快要开了。我们都面向前站着。成年男人，人家的爸爸们，都是那么奇怪——经常，我不完全明白他们白天工作的时候都干些什么，当然我更不明白他们脑子里想的是什么。他们也许会逗逗你或者问你一些问题，在小学里，他们甚至会当你的足球教练，但他们的注意力只是一时的，很快就会转到手头的工作上去了。而你也希望他们的注意力是一时的——不会觉得恼人。现在，不论怎么说，情况恰恰相反，感觉上好像是金先生需要我的帮助。但如果真的是那样，我该怎么帮助他呢？别人的爸爸能帮你烤汉堡包，给你的自行车打气，帮你把箱子从车里拿出来，但你可能为他做些什么呢？猜测他的需要和脆弱，给予帮助，会不会很冒昧呢？

电梯门打开的时候，我说："我真的觉得她一定会好起来的。"

247

事实上,欣君看起来一点也不好。离开医院的时候,她爸爸把自己的外套递给她——我没有想到从她的房间里拿一件过来——欣君火气很大似的用韩语回了一句(这是她吞了阿司匹林以来,我见到她反应最激烈的一次)。她没有把外套穿上,也没有伸手来接,金先生只好披在她的肩上。他转向我,用英语说:"我去拿车,你在这儿陪着欣君。"他走出门前车道之后,欣君也走了出去,我跟在她后面。

"我想你爸爸想我们在里面等他。"

她很不友善地看了我一眼:"我需要新鲜空气。"

很难想像应该怎样对待她。我很想把她当做一个生理上患病的病人——某种程度上,我很惊讶地看到她穿好了衣服在护士站等我们,随后我又很惊讶地看到她轻轻巧巧地站起来走出去,而不是坐在轮椅上让人推着——但另一方面,我又把她当做一个完全没有病的人;我想抓住她的肩膀叫她痛痛快快地发泄出来。她的毫无反应看起来荒谬可笑,像一个情绪化的少年故意把自己伪装起来。我当然不会去抓她的肩膀,但并不是因为那么做不合适,在她的新生活里,我感觉到了欣君身上出来的胁迫感。我可以想像她有些看不起我。她做了些无畏无惧引人注目的事,一些让学校的人谈论的事。学校有心理医生到各个宿舍或在晚课的时候跟女孩子们聊天——欣君有过几次这样的碰面,安静而容易相处的欣君——其他知道我曾和她同住过的学生问起所发生的一切。女孩子们至少还会假装关心(她还好吗? 或者,真惨!)而男孩子们的反应就疏远多了:真该死。她为什么要这么做? 她总是那么神经吗? 但事实上,无论女孩还是男孩看起来全都毫不在意。欣君吃了药,这才是他们感兴趣的。那已经变成了——我可以感觉到——一种现象,另一个故事。那不再是一个绝望之下的举动,至少不是难以解决,万分伤感的绝望。而现在的欣君,要让大多数奥尔特的人另眼相看了(当然,虽然她还没有回到校园,她应该已经感觉到了;当然,当你很酷的时候,你多少会微微感觉到一点自己的酷劲），我担心她；也许她会觉得我很无聊。

"你今晚想玩拉米纸牌吗？"我说。

欣君摇摇头。

"或者明天。"我接道。（我很无聊——她一定越发这么想了。）

她站在我前面一点，望着停车场，我看不到她脸上的表情。

"出院了你开心吗？"我问。

她耸耸肩。

"你知道你之前病得多厉害？你现在还那么虚弱吗，还是你觉得好一点儿了？"正是因为她无视于我的存在我才可以问得出口；在我的世界里，一段时间，只能有一个表达感情的人，要是她呜咽哭泣或是吐露心声，我就只能冷淡地倾听，给予隔靴搔痒的安慰了。

"我没事。"她说。

"我也有灰心丧气的时候。"

欣君毫不掩饰地看着我："你也灰心丧气？"

"当然。"我说，感觉好像是我在撒谎。我的灰心丧气，如果那些是的话，总是来得快去得快；可能是因为跟玛莎在一起才让我从中解脱出来，或者是因为听了一段祷告词，甚至——这说明那并不那么严重——因为看看电视。"总有些事让我不开心。"我说。

"什么事？"

"奥尔特让人紧张，"我说，"压力很大。"学生们有各种各样的抱怨，但都很愚蠢。在这三年里我不止一次地觉得，我承受了很大的压力。

"成绩，"欣君说，"这是你担心的原因？"

"比我想像的要少。"

她目不转睛地看着我，我不知道她是没有意识到我是在开玩笑，还是她觉得一点都不好笑。我忽然想起了我们到奥尔特的第一个星期，一起住在布鲁萨德宿舍的时候。有一个晚上，我们早早地为正式的晚宴做好

249

准备——当你新到一个地方的时候,总是觉得时间过得很慢——我们坐在床上,干等着。在那个时候,即使在欣君面前,我还是害羞;我还没有把她归类到不具威胁性的一群中去。

我想不起来黛德那个时候在哪儿了——也可能是在洗澡——但房间里除了排气扇和外面的大屏幕的声音以外,一切都静悄悄的。我甚至没有放音乐,担心我在录音带上的品位会让我丢脸。我觉得要跟欣君说说话,我喜欢你的裙子。但有时候开口说话真是件困难的事!就好像是让一个立正的人冲刺一样。我在脑子里反反复复地过着这句话,看看她有没有什么毛病。

最后,我说:"你的裙子很漂亮。我喜欢波尔卡点。"

她笑了笑,她笑容中的空洞让我几乎可以肯定她根本不明白我在说什么。

"你知道波尔卡点是什么吗?"我问,"它们是圆形的点。像……嗯,这个。"我站起来指着她的裙子。

"啊,"她说,"波尔卡点。"

"我穿的是波尔卡点的袜子。"我把它们从我的衣橱最上面的抽屉里拿出来,举在面前,"看见吗?"

"很精致,"她说,"我也喜欢。"

我坐回到我的床上,胆子似乎大了些,说:"你的衣服很漂亮。"事实上,我注意到欣君有一条 Levi's 的裤子,不知她是在汉城的时候就有的,还是进奥尔特才买的。

"你愿意的话,也可以问我别的词。"我又说。之后的日子里,有时候她会问我——一般是她听到却不会拼写的词,她没有办法用她的韩英词典来查:蜈蚣,或者耽搁。但更多的时候,我会惊讶于她竟然知道那些词的意思:菠萝,讽刺,蜜月。我总是奇怪,奥尔特对欣君来说比对我还要困难,是因为外语的环境还只是因为不熟悉? 还是正因为这里的一切都不属于她才会更容易些？也许这更能使人冷眼旁观它的一出出剧目，甚至无视它们的存在。

我们站在医院的停车场里，显然她把她在奥尔特的生活看得很重，她并不是把它当做自己在美国的生活或者学校生活，而是当做她生活的全部。

"欣君。"我说。

她转过头。

"我有些话要对你说。那是克拉拉要我告诉你的。她要你别吃太多桃子泰克利酒。"

欣君看着我的目光变得锐利起来，审视着我的脸。

"你知道那是什么意思，对吗？"我说。

"是的。"

"我不是想管闲事，但你和克拉拉之间到底怎么了？"

"没什么。"

"我并不是说她不好，"我说，"只是我猜跟她住在一起可能比较难以相处。"

欣君伸出手来抓紧我的手。金先生的车停在我们面前，我们从前座爬了进去。"我们别说这个了。"欣君说。

我们把欣君的东西在校医院放下之后，金先生宣布他要带我们到红谷酒店去吃晚饭。那是下午四点半。我们开车过去的路上，他点了一支烟——在奥尔特，你从来不会看到一个成年人抽烟——我们在饭店点了牛排，三份。金先生吃了一半，欣君基本没动，而我把我的都吃完了，一口都没拉下，只剩下肥肉和骨头。

而后的一个晚上，餐厅里的人差不多走光了以后，我又回到了厨房。大卫·布拉多的手套正卷成一团塞在我牛仔裤的前袋里。

"请问，"一个女人正在往一个装着切开的梨的银盘上包保鲜膜，"大卫·布拉多不在这儿吗？"

"他出去倒垃圾了。你知道垃圾箱在哪儿吗？"

我打算循着原路出去的时候，她说："那儿就有一个楼梯。"她指着一扇我从没注意过的浅粉红色的门。门的上面有一扇圆窗，窗玻璃上打着细条的十字格。打开门，我发现自己站在一个楼梯前，褐色砖石排列在地上，闪着光；这个楼梯看起来很有些健身房的风格，连味道闻起来也跟健身房差不多。我忽然有一种奇怪的感觉，我好像不是在奥尔特，不是在学校的任何一个地方，包括看起来跟这儿很相像的健身房。

楼梯下面是另一道门，推开这道门，就来到了外面的冬夜，站在几级混凝土台阶的最上面，我看到大卫正穿着 T 恤和围着围裙站在台阶下。我可以看到他上臂肌肉的曲线和小臂上的汗毛——深棕色的，像一个成年男人的那种，但在我眼里一点也不恶心。

"嗨。"我说。

"嘿，是你啊。"

开口说话的时候，甚至可以看见我们嘴里呵出来的热气。

"我在找你。"我说。

"我很难找吗？"他笑了，这个笑容是那么悠然从容，略有些什么期待似的——看到它就好像知道我把什么事记得清清楚楚一样。

当然，这样的肯定并不能使我的慌乱少一些。"给。"我把那只手套从裤袋里拿出来递给他。

他斜睨了一眼。餐厅屋顶的角上装了一盏聚光灯，另外有一盏装在我出来的那扇门上面，但黑夜中大多东西看起来还是模模糊糊的。

"这是你的手套，"我说，"你在我从医院回来的时候我碰巧拿的。"

"那没什么。我知道你会拿回来的。你怎么样？"

"很好。"

"只是很好?"

我不知道该怎么回答。我说:"你知道,今晚的土豆泥可真好吃。"

他笑了:"谢谢。"

"你姐姐好些了吗?"

"是的,她好了。我告诉过她别那么紧张,但你知道对单身妈妈来说那有多不容易。"

"我的朋友也好些了。"我说,"我昨天最后和她爸爸一起把她带——其实,我不知道。那是一个很长的故事。你没有穿外套觉得冷吗?"

"我没事,"他说,"你也没有穿外套。"

"但我有毛衣。"我伸出一只手,用手指拉长了袖口,像是要提供证明似的。

"很不错的毛衣。"他说,"是开司米的吗?"他的发音很标准,但口气却很戏谑,好像他以前从来没用过这个词一样。事实上,这件毛衣是化纤的。但他以为——我之前就感觉到了这一点,现在更肯定了——我是有钱人,我是那种真正的奥尔特学生之一。也许这可以解释他为什么会注意我。

"我不知道这是什么材料。"我说。

"看起来很柔软。"

"我想是的。"我的手还伸着,直到最后几秒钟我才意识到他要伸手来摸我或者我的毛衣,那感觉就像是心底里的太阳升起来了一样,这无疑是一种美好的感觉,很难解释为什么我又把我的手臂挪开了。他的手划过我的手臂原先所在的地方,我的脸像火烧一样;我甚至不敢看他。等我抬起头来时,他正好奇地看着我。

"听说可能会下雪。"我大声说,"你听说了吗? 说是今天晚上晚些时候。"

他仍看着我。

"正好你拿回你的手套了，"我说，"万一你在路上需要铲雪。"我想说，对不起。但一个没有说出口的错误是很难用语言来纠正的；一般情况下，那只会让事情变得更糟。"我该让你进房间去。"我说，但我们谁都没有动。

"让我来告诉你吧，"最终他说，"那些土豆泥不好。你晚饭吃的那些——那些是垃圾。"

"我一点也不觉得它们难吃。"

"你想尝尝真正好吃的土豆泥吗？"

我该回答吗？

"你去过昌西餐厅吗？"他问。

事实上我去过，在我二年级的时候。在我模模糊糊的印象里，那儿比盒饭好吃些，但也并没什么太特别的。但我说："我想我没去过。"

"我们该去一趟。"

"现在？"

"我现在不行。我在工作。"

"是啊。当然。"

"明天怎么样？明天是星期六，不是吗？"

"我想我学校里会有些事情。"我已经想得太多了。我想到星期六跟星期五的意义不同——我们在星期六还有课，所以星期五还是学习日，而星期六就是纯粹的周末了。要是我在星期六的晚上和大卫一起出去，我会很肯定我们是在约会。

"星期天呢？"他说，"星期天我不上班。"

我得保持冷静。我需要好好想想下面该说什么，把所有的精神集中在眼前的这个任务上，眼前的情形犹如一朵锦簇的花团，如同万花筒中所见的绿紫色的立体花朵一般，我可千万不能放任自己沉迷其中。"星期天没问题，"我说，"我到这儿来找你。"

"在停车场?"

"我的宿舍不好找,"我说,"而且他们也不太让男生进去。"

"明白。七点怎么样,好吗?"

我点点头。

"那将是你一生中吃到过的最好的土豆泥。还有人为它写过诗呢。"

是你吗? 我想嘲弄他一下。但我说不出口,我的渴望正在扩张,那个花朵无疑正在越转越大。"我得去看书了,"我说。走下台阶时,我差点就擦到了他。但那个时候,有太多的小把戏我都不知道,太多的动作会被我当做是一种束缚和一种承诺。我转到一边,这样,我们就一点儿也没有碰到对方。

我走到他另一边的时候,他转过来拍拍我的肩膀:"你很好,莉。"

这是我想告诉我十六岁的自己的话。回答:我会努力的。回答:我不会做任何你不喜欢的事。你不能给他任何承诺! 我说的是:"现在你拿回你的手套了。"

当我把所有发生的事情告诉玛莎的时候,她一边大叫着:"你约会了!"一边从椅子上跳起来拥抱我。

"但那是星期天。"

"那又怎么样?"她指着我像小和尚念经一样地说,"你和大卫·布拉多约会,你和大卫·布拉多约会。"

我想让她停下。并不是因为我害怕我们想得太多,给他带来霉运。而是因为那听起来有些不可思议,叫人难以理解。

"我几乎都不认识他。"我说。

"那就是了。你们一起出去吃饭,然后你就开始认识他啦。"

"他为什么要约我出去呢?"

"莉,我又不是他肚子里的蛔虫。说不定他只是觉得你很漂亮。"

我吓了一跳。这种可能性并没有满足我的虚荣心；它把我吓坏了。男生对我可能会有其他的感觉，他可能不全错——善良，或者忠实，或者可能是有趣。并不是说其中任何一项总是能在我身上得到体现，但是在某种情况下，那还是能让人相信的。但被认为是漂亮就肯定是完完全全地误解了。首先，我不漂亮，再说，我也不像一个漂亮的女孩一样那么在乎我自己；我甚至不是一个通过努力和交际从不漂亮变得漂亮的女生。要是哪个男生觉得我的价值在于我的脸上，那就意味着要么他不知怎么被误导了，最终会很失望，要么他的要求很低。对于大卫，我想知道的是，他是在医院那次之前就注意到我了呢，还是我在那次对话中引起了他的兴趣？但他之前又怎么会注意到我呢？我那个时候又怎么会引起了他的兴趣呢？我是他最好的选择吗？

　　"我不知道，"我说。我想像自己在昌西餐厅隔着桌子坐在大卫对面的情景，也许，我伸手拿面包的时候，砸了我的水杯。他安慰我那没什么的时候将是最糟糕的。要是砸杯子的那个人是他，情况也好不了多少。要是他，或者任何男生，温柔而微笑着对我说"你知道，我也很紧张"，或者"我也不知道我在做什么"，并不会让我觉得安慰。（事实上，温柔而微笑着对我将会是最要命的部分。）他只要表现得有涵养而一言不发——那就最理想了。

　　"你到底在担心什么？"玛莎说。

　　"我知道。我很古怪。"

　　"不，真的。回答我的问题。你在担心什么？"

　　我担心大卫选择昌西餐厅是因为他以为那边不错，但其实那儿并不那么好。我担心他表面上跟侍应生说些笑话，其实却是为了取悦我，而我一直在担心它是不是真的好笑，如果它并不好笑，我是不是能够发出适时的笑声呢？而作为补偿，为了不错过其中的关键句子，我会在中途吃吃地笑起来。我甚至担心即使在离开宿舍前抹了润肤霜，我还是会感觉嘴唇周围的皮肤在蜕皮，这种担心将成为我们在说话时我心心念念的一桩心事，我们坐在那儿的时候，这个声音会不停地在那儿叨咕，越来越响。我的心思越来越多地转移到这件事情上，大多数，而后是几乎全部，紧接着我就得去洗手间确认一下才能放心（我从洗手间出来三十秒之后，我就又要开始担心蜕皮的问题了），我得歪着头，扭过我的下巴，以防他直视我。有着这样的顾虑，很难自自然然地跟另一个人相处，谁又能担保那会值得呢？

"约会一开始总是会有些不知所措，"玛莎说，"但你们在一起六个月以后，回头看看，你会觉得你们不认识对方的那段日子是那么滑稽可笑。"

"那我应该去咯？"

"你当然应该去。而且你要穿上你那件高领毛衣，它显得你的胸部很大。"

"呸！"我说。

"要是我穿上那件毛衣时的胸部像你的那么大的话，我会把它从你那儿偷过来。"玛莎好色地摆动起她的眉毛来，我想喜欢一个男孩子的感觉大概就像想要探究一个秘密一样——拒绝会让一切都变得好起来，而好奇或孤单只会给你带来痛苦。但等到事情发生的时候，这些都被丢到脑后了。担心你的脸上有没有蜕皮，听着不好笑的故事假笑，这些都那么让人厌倦。我想，现在的我，真正想要的只是——坐在宿舍里，和玛莎一起游手好闲。

玛莎去了图书馆，我正坐在自己的桌子前面看代数——或者，更确切地说，是有眼无心地看着眼前的课本——阿黛尔·谢帕德，一个四年级学生，把头伸了进来。"电话。"她一说完，就缩了回去，门又关上了。

我觉得自己紧张起来。星期五不是我家里来电话的日子。如果是大卫打过来找我聊天该怎么办？（他会不会用埃尔文宿舍的电话呢？似乎不太可能。)或者,更糟糕,如果是莫利诺太太或者哪个护士因为欣君的事情从校医院打过来的该怎么办?他们让她回到学校是一个错误,她拿到了一个刮胡刀,或者把被单系到了天花板旁边的管子上。我接起电话,竟然是欣君自己:"莉,我想请你帮个忙。我星期天就要和爸爸一起离开了。"

"那样会好一些?"

"可能是吧。"

"喔,我很难过。那是不是……你开心吗?"

"可能回家会好一些吧。我想请你帮忙去拿一下我的护照。在我桌子中间的那个抽屉里。可以吗?"

"可以,没问题。你今晚就要吗?"

"明天也可以。莉,我的胃现在很大。你知道为什么吗?"

"你的胃不大。"

"那里面都是牛奶糖。我吃了一整袋。"

"听起来很好吃的样子。"我说,突然间,我发现自己是那么地想念欣君,直到这一刻,我还是那么想念她。

因为星期六上午的课和下午的比赛之间的时间很紧张,餐厅并不供应正式的午餐,而只是在一个长桌上放上三明治的配菜、水果和饼干,你可以在那儿吃,也可以把它塞进一个棕色的袋子里,带着它上公共汽车。我的比赛是主场,所以我不必匆匆忙忙的。我弄了一个火鸡三明治,跟和我同在一个篮球队里的黛德,还有打壁球的阿思派丝和另外几个男生坐在一个桌上。坐在那儿,我感觉到了周末的松弛感。甚至连我的比赛也不那么叫人紧张了——我们的对手是高登队,我们在十二月的时候赢了他们二十多分。

我刚咬了一口土豆片到嘴里就感觉到背上多了一只手,我转过头——我转过去的时候很平静，甚至不太好奇地以为一定是玛莎或是别的什么无关紧要的人——但当我看到那是大卫·布拉多的时候，那种恐惧感让我全身都僵硬了。他围裙上的脸红红的满是汗，汗水在他的额头汇成了条条小溪。

"莉，"他说，"听着。"

我坐在黛德和德尔文·毕林格的中间；为了要看到大卫，我转向左边，伸长了脖子，而黛德则从右边转过来，也抬头盯着他。说不定桌子上所有的人都在看他——看我们——但我可不想去确认。

"莉恩明天需要用车，"他说，"我们可以延期吗？"

我花了好几秒钟的时间才意识到这是一个需要回答的问题。

我咽了一口唾沫："没关系。"

"下个星期的其他任何一个晚上都可以。我星期二、四休息，但如果这两天不行，桑迪还欠我一天，所以我基本上没什么事情。"

"好。"

"好的意思是指哪个晚上？"

"我不——我不知道。"我听出自己声音里的疏远和冷漠。

"一切都好吧？"他说，"你是不是……"他的声音渐渐低了下来，眼睛在桌上扫视了一圈。

"我没事。"我说。

他的目光又回到我身上，说——他的语气有些嘲讽，这是我惟一一次听到嘲讽的语气从他的嘴里说出来——"好吧。明白了。我并不是存心打扰你们的。再见了，呃，莉！"

看着他从桌边走开，我又转回头。谁也不看一眼，用颤抖的手拿起另一块薯片。

"你的男朋友是什么人？"阿思派丝说。

"他不是我的男朋友。"

"你确定吗？他看上去好像是。"

"噢，是啊。"德尔文说。他是在应和阿思派丝，而不是我，但这种情形真叫人难以忍受。我的脑子里飞快地闪过无数个念头：这件事会传到其他人的耳朵里吗——克劳斯·苏伽曼，他是德尔文的同屋，他会知道吗？——他们会怎么想？他们会用什么样的字眼来描述莉·斐奥拉和一个厨房小子之间的关系？但最大的问题还是，是什么让我以为这一切不会发生？为什么我会以为大卫知道我们之间要小心翼翼的？

"至少告诉我们他的名字。"阿思派丝说，我的脸像火烧一样，完了，我只希望这一刻能快点过去。

坐在我旁边的黛德忽然冒出来一句："这吞拿鱼是臭的。"

"你没看见那个标牌吗？"德尔文说，"上面写着：食物入口，后果自负。"

"勇敢哪，"黛德说，"真好笑。"

过后，在比赛开始之前，黛德在更衣室里走到我身边说："你要跟那个人出去吗？"听到我说不，她又接道："我知道他这个人不错，但你是一个奥尔特的学生。你的生活在这儿，不是在雷蒙德的哪个保龄球馆或是任何一个他要带你去的地方。你可以说我势利，但我只是告诉你一个事实。我不认为你想把自己从我们年级的其他人中间分离出去。"我没出声。"而你会，"黛德继续说，"要是你跟一个杂工约会，人们肯定会说三道四的。"这就是之后黛德在更衣室里对我说的话。但在餐厅里，她是岔开话题的那个人。我知道在那一天这两件事情上——有时候我装做不是那么回事，但黛德的心并不坏——她都是为我好。即使她说得不对，即使她有一部分说错了，她的话都说到了我的心里。

比赛结束后，我又去了欣君的宿舍，很高兴地发现克拉拉并不在房里。我在欣君所说的地方找到了她的护照。走到校医院的一路上，我湿漉漉的头发在冷冷的空气中几乎结成了冰。我试图不去想跟大卫之间的一切，把自己当做天地间的一具空壳，在树木建筑间前行，存于天色渐暗的黄昏天空下。从现在开始，我想道，我的一来二往都要不着痕迹，不要让自己跟任何的人事有什么纠缠。当我离开一个地方的时候，什么都不会留下。

一方面，明天晚上不用跟大卫出去让我松了口气，也许，以后也不会了。另一方面，我也很生气他竟然那么光天化日地跑过来跟我说话，让我表现得那么轻贱。（所以，一直以来，我们之间的默契只是我想像出来的，以为我们都想我们之间的来往发生在角落，在夜晚，在大楼背后？对他而言，这一切只是巧合，并不是故意的——是不是这样？）还有一方面，当然，我感到了羞耻。但我的羞耻是最不值得一提的，那是我的情绪中最多最真的一面；那是我心里的一块大石头，弃之不去。

不，我的第一个反应是松了口气。在我生命中的那个时刻，结束总是好的。一些事情走到了终点，你不再期望，不再担心。回头想想，也许你会觉得自己很愚蠢，但那个盒子已经封起，那扇门已经关上，你不再当局者迷了。

到了校医院，登记的护士还是我和金先生三天前把欣君送进来时的那一个。"你们这些女孩子都跟她很要好。"那个护士说，"这么多人来看她，她不会觉得孤单的。"

我敲了敲欣君的门，转动了门球，接着，眼前的情景让我站在那里，目瞪口呆。她们两个都在床上，纠缠着，蠕动着，气喘吁吁地抓挠着——她们身上的衣服都穿得好好的，如果不是这样，我真觉得我会昏过去——克拉拉在上面。因为克拉拉的个子那么大，也因为我从来没有跟任何人经历过那样的姿势，我的第一反应是，她是不是在殴打欣君？克拉拉正舔吮着欣君的脖子，而欣君紧抓着克拉拉的背，床随着她们之间的碰撞不停晃动。过了一会儿，我才转过另一个念头，性总是这么疯狂。在我以前的想

261

像中,如果说之前我对此认真想过的话,看两个女孩子做爱和一男一女是不一样的,但事实并不是这样。我想说,我们都是窥淫狂,也许我该说得更清楚些,我是窥淫狂。这样的情景叫人兴奋不已。谁会猜得到?即使是克拉拉,你还是会发现,性是性感的。

克拉拉跪坐在她的膝盖上,她的脸顺着欣君的脖子挪到她的胸部,她的肚脐,与此同时,她撩起了欣君的衬衫,露出她赤裸的皮肤,欣君的头转到一边,张开眼,正好迎上了我的目光,尖叫起来。克拉拉直立起来,两个人都瞪着我——欣君的目光受惊而愤怒,而克拉拉则有些不知所措。

"对不起,"我说,"对不起,我只是……"

"滚出去!"欣君哭喊着,"滚出去!"

"对不起。"我又说了一遍,把她的护照丢在地上,跑到走廊里,出了校医院。多奇怪,我想道,一年级的时候,当我被自己对盖茨·迈德考斯基的念念不忘搞得精疲力竭的时候,我完全不知道我自己的同屋不仅想像和女生接吻,而且真真切切地这么做了。那天,我一遍又一遍地想起欣君和克拉拉,感觉就好像是在一部电影中看到似的,那样激情的场面(我还能怎么说呢?)当然永远不可能在奥尔特校园的其他地方上演。

直到欣君和她的爸爸离开奥尔特,我都没有再见到她,我以为也许我再也不会看到她了,但我错了;第二年的秋天,她回来上四年级。在三年级升四年级的暑假里,我收到她的一封信,在一个浅蓝色的国际信封上,以她工整的字迹写着我爸妈在印第安纳的地址。妈妈建议我把那个信封收藏在我的纪念册里,省省吧,我想,我才没有什么纪念册呢。

你知道我和克拉拉之间的爱人关系,但那都结束了,信上写道。明年我不会和克拉拉住一间房。我希望你不会把你所见到的告诉任何人。

她在信上签名你永远的朋友,欣君,并在她的名字旁边画上了一个笑脸。当我们在随后的九月里再次看见对方的时候,令人难以置信的,我们的关系又回到了她吞食阿司匹林之前的样子，团结友爱，但从来不会提到任何本质性的问题。但在那以后——欣君是我离开奥尔特之后仍然保持联系的为数不多的同学之——等到除了她爸妈以外的所有人都清楚她是同性恋之后(她一直留着板寸头，在一个耳朵上戴着银耳环)，我才知道了整个故事的原委。是她去追求克拉拉的。我们坐在西雅图的一块甲板上，远离欣君和她的女朋友茱莉共住的公寓，欣君那时已经是城外某个研究室的神经生物学家。那并不是因为我们的关系有了什么突破让我们可以向对方开诚布公地袒露心声；我觉得更多是因为到了大学以后，我们各自有了不同的生活，都长大了，一些曾经禁忌的话题变得无伤大雅了。

"但为什么是克拉拉?"我问。

"她是我的同屋，"欣君说，"这样很方便。"

我差点笑出来。到了那个时候，克拉拉已经结了婚，还生了一个儿子，她是我们班结婚最早的几个人之一。她和她的丈夫是在维吉尼亚州立大学认识的；显然，他是西维吉尼亚人，他们在结婚后搬到了那里，这样他就可以监管他家族的煤矿了。他们的照片登在奥尔特季刊上，大胸脯的克拉拉穿着长裙，戴着面纱，站在一个身材魁梧，扎着整齐的小辫子的男人旁边。

欣君一直相信，她说，克拉拉不是同性恋。但她也知道克拉拉是很容易被扭转的，她们相处的时间越长——圣诞节刚过不久她们就开始了——欣君就越是内疚。但是当她试图结束这种关系的时候，克拉拉变得歇斯底里了。"她说她有多么多么爱我，"欣君说，"但我觉得她只是喜欢性。"

那个时候，我开始大笑起来——我实在忍不住了——欣君也笑了起来。在某种程度上，我很难不对克拉拉表示钦佩。我不知道她是愚蠢还是好色；我想也许她还有一点勇敢。

那次午饭之后，我再也没有跟大卫·布拉多说过话，在我三年级剩下的日子里，我一直在回避他。我甚至回避跟他的目光接触，那并不是那么困难。春季的学期接近尾声的时候，我忽然感觉一阵后悔，又或许那是我一直以来的后悔膨胀开了。我开始偷看柜台背后。六月上旬，他的手臂被晒黑了——他一定是在室外呆了很久——他看起来总是在跟其他厨房员工开玩笑。他从来都不看我，也许正是这样，在过去的几个月里，我才可以那么容易地忽略他。到了我四年级的时候，他离开了奥尔特，而他的姐姐，莉恩，又回来了。有几次，我都想开口问她他去了哪里——也许他去了加利福尼亚，喜欢上了那里就留下了——但我又害怕让她想起我是谁。

现在我觉得要是大卫知道我是拿助学金的，说不定事情会变得好一些；虽然不见得会同意，但他也许会明白为什么我会有那样的反应。（阿思派丝·门特格玛丽也许会跟他出去约会，而不理别人怎么说。说起来有些讽刺，但即使是我爸妈的车也比他的雪佛兰诺瓦要好一些。）当然，我那时并不以为我能和任何一个男生发生什么真正的关系。我觉得作为自己，我是不合格的。

但这些都无法为我的行为辩护。我错了，我把一切都搞砸了——我还能说什么？但我从大卫身上学到了很多。之后，那一切发生在我和克劳斯·苏伽曼之间，我甚至觉得大卫是苏伽曼之前的演练，是热身。他让我做好了准备，就像康琪塔那个时候让我为我和玛莎的友谊做好准备一样；我们总是会错误地对待一些人，而在那之后，我们才能从中学会怎样正确地对待其他人。也许听上去有些惟利是图，但我很感激这些试验的关系，我想这一切都是平等的——不必怀疑，在不知不觉中，我也为别的人当过试验品。

又或者，我完全想错了，大卫跟克劳斯扯不上什么关系。也许大卫只是他自己，一切不该是那样的。要是他的姐姐那个星期天不需要用车，要是我们像原先计划的那样去约会——也许这才是一切的关键。我想像我们的晚餐可能搞砸的一切可能性,但如果,就像是我想像当中糟糕的约会场景可能会发生一样,我们的约会也可能一切顺利呢?我们在餐厅后面碰头。他穿了一件羊毛衫,轻松自在,我们无拘无束地聊天。他表现得非常体贴,像是走进饭店的时候为我开门,而那些我所担心的事都是杞人忧天:他没有抹太多古龙香水,他没有在停车场的冰面上滑倒,他没有试图用他的叉子来喂我吃甜品。虽然那不是一个很棒的餐厅,但桌上点着蜡烛,烛光摇曳。菜肴可口。我们的话都不多不少,甚至有几次笑了出来,那是发自内心的笑。我想了一整夜,不知道最终我们会不会接吻;我没有意识到,其实最重要的是我进入了这个世界,我将早得多(在我的想像世界中比我的真实世界要早得多)地了解到约会到底是什么——并不一定是非常了不得的大事。无谓纷纷扰扰,无关爱或不爱。总有那么个中庸之道。特别是在冬天,有时候,只是略微打扮一下,约上一个人晚上一起出去,就很好。

※ 第七章　春季大扫除

第三学年　春

三年级那年,五月底的时候,一个在晨间休息时间举行的班会上,玛莎被提名为四年级的班长,但我并不在场,因为那时我被传唤到迪恩·弗莱切的办公室去讨论我数学眼看要不及格的问题。晨间休息的铃声刚刚响起,我就碰上了玛莎——我们在三楼的走廊里,她正要去上她的艺术史,而我要去上西班牙语——她问:"弗莱切怎么说?"

我摇摇头:"我以后再告诉你。"

"是坏消息吗?"

"不。"我说。

玛莎看着我。

"从某种程度上来说,是坏消息。"我说。

"你今天晚上要去找奥布里是吗?"奥布里是我的数学家教,虽然——那真叫人丢脸,鉴于我们都是三年级——他只有一年级。

我点点头。

"让他再跟你说说对等式。他得再说得清楚些。"

"玛莎,我不及格不是奥布里的错。"

第二遍铃声响起，这个铃意味着你现在应该坐在你的位子上，打开笔记本准备好钢笔，安安静静地坐着。玛莎吓了一跳："我回头再跟你说，"她说，"别太担心。"

我点点头。

"我说真的，"她说，"我知道你能及格的。"

我依旧点点头。

"说些什么。"

"说什么？"

她笑了。"好吧，那也算。我要走了"。她匆匆忙忙地跑下走廊去上艺术史。我推开西班牙语教室的门，那扇门就如同我心里的恐惧一般沉重。

但玛莎并没有提到提名的事。事实上，我是从尼克·恰斐那儿听到的，他在午饭的时候说："你觉得你的同屋怎么样？"

"总体感觉？"我问。

尼克用一种惊讶的眼神看着我，好像我说了什么很奇怪的话一样，我被他看得有些莫名其妙。"不，"他说，"关于被提名。"

"提名什么？你不是说玛莎被提名做四年级的班长吧？"

"是的。"

"当真？"

"没错，"他说，"冷静。"这是我讨厌听到的一句话，特别是从男生的嘴里说出来。我的声音可能是高了半个八度，我琢磨着要告诉他，但也不需要那么大惊小怪的——我可不会从椅子上跳起来拥抱你，也不会乐得尖叫起来。再说，即使我开心得想要尖叫，也不会是现在。

因为当上四年级的班长，即使只是被提名，都不是一件小事。每个年级都有两个班长，一男一女。（学校必须得男女兼顾——那是在我入学前

267

的一个春季定下的规矩——因为当一个年级只有一个班长的时候，那一直都是男生。）除了主持早上的点名仪式以外，四年级的班长还领导纪律委员会，在毕业以后，他们的名字会被刻在餐厅的白色大理石墙板上，涂成金色。在我看来，那些墙板是最有吸引力的部分；去年我带我爸妈参观奥尔特餐厅的时候，这也引起他们强烈的兴趣。另一个奖励是，四年级的班长总是进哈佛。两年前，当多瑞斯库·赫普金的第一批申请被延期的时候，大家都震惊不已，但随后她在常规录取中被接受入学。

玛莎被提名应该并不出人意料——大家都觉得她聪明可靠，再加上从三年级开始她就当上了纪律委员会的班代表——但事实上，我却吓了一跳。因为，玛莎并不酷。在奥尔特，她是那种容易被忽视，却不太会得到奖赏的女孩子。而当上班长却是奥尔特最大的奖赏，那被当做是一种对你的肯定，受用终身。（你的名字将被永远刻在餐厅的墙上。金色的。）在一定程度上，四年级的班长如此独具吸引力是因为跟其他低年级的班长相比，它不是选出来的。你不能简简单单地组织一个选举，而是必须先被提名，要是让你亲近的朋友提名你，会被大家心知肚明地看不起，所以一般来说，那就意味着你只能等着那个提名从天上掉下来，再进行第二步。一旦你被提名，你从来不会发表演讲或者上海报。事实上，**参加选举**一词是被当做一种贬义词来使用的，跟拍马屁没什么不同。即使在我离开奥尔特很多年后，我依然痛恨自己表现出对某些事物的渴望或者追求，那更糟。我大学毕业的时候，爸爸告诉我他有些担心我在求职面试的时候表现得热情不够，这个评语让我觉得震惊。热情是你应该表现出来的东西吗？但那是不是有些讨厌呢，那不是会让你看起来贪婪而穷困吗？你当然想要那份工作，我想，而面试官也应该知道这一点，不然你又为什么到他的办公室去呢？

"其他被提名的还有谁？"我问尼克。

"阿思派丝，"他说，"当然还有吉利恩。"

这两个都是可以想见的:阿思派丝是我们班的女皇,而吉利恩·哈萨维是真正被选出来的带头人,二三年级的时候就是班长。可以毫不夸张地说,吉利恩是各方面的全能:她是运动健将,特别擅长冰球和曲棍球;她总是有一种吸引力;她足够聪明;而最主要的是,无论上课、用餐还是比赛,她看起来从不紧张或局促。我在奥尔特的前几年里,这一切都给我留下了深刻的印象,最近,就是上个月,我终于在午饭的时候和吉利恩还有她的男朋友路克·布朗坐在同一桌。那是第七节课左右,午饭时间已经接近尾声,我直到两点钟才到餐厅。他们是那儿仅有的三年级学生,这让我不禁有点担心自己是不是打扰了他们的浪漫约会。但他们的对话却打消了我的顾虑:他们先是说了二十分钟关于金毛猎犬和拉布拉多猎犬的比较——并不是他们从小养的宠物或是特定的哪只狗,而是种类:哪一种更聪明,为什么这两种狗都有臀部发育不良的毛病。(什么叫臀部发育不良我完全没有概念,我也没问。)讨论的话题随后转到了滑雪上,你是不是能够分辨人造雪和真雪的区别,而后又说到虽然路克哥哥吉普车上的雪地轮胎的纹路各不相同,但他开起来从来都没有问题。我对于这些话题都没什么可说的,更何况,我当时的惊讶也让我开不了口。他们总是这么无聊吗? 你怎么能跟一个和你谈了一年多恋爱的人这么说话呢? 他们难道不想议论一下其他人,或者他们担心的事情,或者他们上次见面之后发生的点点滴滴吗? 也许吉利恩之所以看上去总是那么自然,我想道,是因为她对这个世界没什么特别的兴趣,因为她对她在其中的位置没有任何疑问。这种猜测让我对她起了一些反感,这种感觉在几天后的晚餐上又加深了几分。当时大家正在讨论一宗关于麻省的政府官员雇用了一个非法移民做奶妈的丑闻。我听见吉利恩笑着说:"关于这一点,有人能指望自由党不是完完全全的伪君子呢?"她大概忘记了可能不是所有的人都能同意她的观点的,而我心想:你才十六岁。你怎么能已经成了一个共和党呢? 也许我已经变成民主党的惟一原因是,在我最早的记忆中,爸爸就对着电视机质问发表就职演说的里根,但——我还是不喜欢吉利恩·哈萨维。而现在,现在她成了玛莎当班长的竞争对手,也许我会更讨厌她。

"阿思派丝,吉利恩,还有玛莎。"我说,"女生就是这些? 只有三个?"

"会开得有点急,"尼克说,"你想知道男生吗?"

"是的。"

"我。"

"你说真的?"

"谢谢,莉。你可真给面子。"

"不,我只是——我分不清你是不是在开玩笑。"

"嘿,约翰,"尼克说,"我是不是被提名做四年级的班长了?"

约翰·布林德里,坐在桌子的另一边,抬起头来:"恰斐,我是不可能投你的票的。"

他们都笑了起来,尼克说:"我不需要你投票给我,因为我有莉的。她说她还想当我的选举经纪人呢。是吧,莉?"他说着还很大大方方地用手肘推了我一下,约翰也看见了(在奥尔特,当然没有什么选举经纪人这回事)。我们单独相处的时候,尼克从不会用手肘推我,他从来没有碰过我。有时候这样的玩笑让我很受用——不管怎么说,那是一种被人注意的表现——而有时候,我又讨厌男孩子们在他们的交流中拿我当做挡箭牌:像是魔术师的助手,爬进盒子里,被切成两半,还要对观众微笑,而与此同时,她上方的魔术师还要开着玩笑,做出夸张的手势。

"被提名的还有什么其他男生?"我问。

"让我想想。"尼克掰着他右手的手指数道,"匹塔德,克蒂,苏,史密斯,还有蒂夫斯。"

这些名字,好像阿思派丝和吉利恩一样,都在人意料之中。他们都是富家子弟,除了达登·匹塔德,但他是我们三年级时的班长,是吉利恩的男生搭档。他和克劳斯——苏——是最有可能赢的。当然我的票会投给他们当中的一个,要么是达登因为我很尊敬他,要么是克劳斯,因为我对他的暗恋。但可以肯定的是,我不会投给尼克·恰斐。

义务劳动结束后,玛莎去举重,等她下午晚些时候回到宿舍,已经差不多是要去参加正式晚宴的时候了。我坐在地板的垫子上看书,在我看来,玛莎回来就是为了在她的衣橱里找一件衣服换上。"我有没有把我的那件短袖衬衫送去洗啊?"她问。

"哪一件?"

"蓝色的那件。"

"我正穿着呢。"

玛莎回过头。

"我可以脱下来。"我说。

"没关系。"她又转回头到衣橱那边,拉出一件粉红色的 T 恤,领口和袖口都修饰着粉红色的缎带。

我站起来:"真的,玛莎,可以换一件。"真奇怪,虽然我总是穿她的衣服,这样的事情以前从没发生过。我也可以给她一些我的东西,但她不穿我的衣服,关于这一点,我们从没讨论过。

"别傻了。"她把头伸进那件粉红色的 T 恤里,套上,举起一条手臂,嗅了嗅她的胳肢窝。"像山上的空气一样新鲜。"又从衣橱里拿出一条裙子,白底上打着绿色和深粉色的旋,就着衣架,倚在腰间。"这样就行了,是吧? 现在可以告诉我迪恩·弗莱切——哦,哇。莉,这可真可爱!"

她发现了,终于——那个我用她的电脑纸,她的胶带和我的水彩笔做的纸皇冠。我在上面画了巨大的紫色、绿色和红色的宝石,在底部画上了黄色的线条和尖尖的三角,用黑色的笔写上了,**玛莎·波特,四年级班长,世界的女皇**。

她把皇冠戴在头上:"合适吗?"

"太合适了。你应该戴着它去吃晚饭。"事实上，我还真担心她戴着这个去吃晚饭。那正会落了那些人的口实，证明了我们这些小家子气的女孩子因为玛莎侥幸获得的提名而沾沾自喜。"这真叫人兴奋。"我说。

"是啊，被提名当然是件好事，但我不会赢的。"

"你可能会的。"也许我的语气该更肯定一些，但说真的，她大概赢不了，而我不想对着玛莎说假话。对谁说假话都可以，但只有这个你真心相交的朋友不可以。

"我猜会是吉利恩，"她说，"有太多人不喜欢阿思派丝了。"

"要是最终选上的是你和克劳斯呢？你们会有很多晚上的会议，一天到晚地在一起。"

玛莎笑了："我可不是克劳斯的爱慕者之一。但你知道吗，是他提名我的，很奇怪吧？"

不像我和克劳斯，玛莎和克劳斯有好几节课是一起上的，有时候玛莎会告诉我一些关于他的事：今天化学课上德尔文打翻了克劳斯的酒精灯，整个桌子都烧了起来。或者，克劳斯整个周末都要到布多恩去看他的哥哥。但在我的印象中，他们似乎没有太多直接接触。

"而康琪塔是第二个提名我的人。"玛莎补充道。这倒不奇怪——一年级以后，我和康琪塔几乎没说过什么话，但她和玛莎还是朋友。

"说不定克劳斯喜欢你。"我希望我的声音不要暴露我有多恐惧这种事情发生。

"别这样。"玛莎咧嘴一笑，"我们得去吃晚饭了。"她说。她把皇冠拿下来，放回到她的书桌上。"有一天你会遇到一个很爱很爱你的男人，那个时候，你会想，为什么高中的时候我要浪费那么多的时间在那个自我中心的傻瓜身上？"

"好吧，首先，"说着，我感觉自己兴奋了起来。这样的话让我的感觉又活了起来，虽然我们没有说话，但它让我感觉克劳斯存在于我的生活之中，"首先，你怎么知道他自我中心呢，其次，要是我会认为我自己是浪费时间，那是不是意味着他永远不会喜欢我呢？"

外面，其他学生也正走在去餐厅的路上，头发湿湿的，女孩子们穿着浅色的衬衣和碎花的裙子，男孩子穿着白色或浅蓝色的衬衫，领带，休闲上衣和卡其短裤。在奥尔特，夜晚总是最好的时间。

"他只是有些自鸣得意。"玛莎说，"他知道自己长得英俊，是运动健将，他知道女孩子们喜欢他。但那又怎么样？了不起。"

"我不觉得他自鸣得意。"我说，"真不觉得。"

"天，他显然不是那种缺乏自信的人。还有一个问题是什么？哦，对了，我觉得你和紫猴子会不会坠入爱河？"紫猴子是我们在寝室外讨论到克劳斯时对他的称呼。"让我看看我的水晶球。"玛莎把手举在面前好像紧抓着什么圆的东西。"莉，你们都不说话。要是你想要发生些什么，你得试着跟他搭搭讪。"

"但我不觉得他想跟我说话。"我说，"我怀疑他是不是感觉他的生活缺少了一点重要的东西。"对话中那些让人愉悦的东西消失了，感觉到的可能性只是说话的假设。我的心在往下沉。玛莎并没有否认我说的话。

相反，她说："你还没告诉我跟弗莱切见面的事情。这次别岔开话题了。"

现在说到数学上来了，我的心情完完全全跌落到谷底。我们走在去吃晚饭的路上，即使是在一个温暖的五月的晚上，即使夕阳西斜照得运动场一边的天空显出粉红和橙黄的色彩来，等我们到餐厅的时候，会发现晚饭吃的是猪肝，我会和一群二年级男生分到一桌，我的存在完全不会影响他们讨论阿思派丝·门特格玛丽是不是穿了胸罩，玛莎不会成为四年级的班长，克劳斯永远也不会想我成为他的女朋友；诸如天气之类的事情或者某两首特定的歌有时候能让我忘记这些事，但我还是我自己。"弗莱切说普鲁塞克小姐跟他说我现在的平均分是五十八分。"我说，"他问我爸妈拿到期中成绩单以后有没有跟我谈过。我告诉他他们让我好好学习。"

事实上,我爸爸说的是:"那样的成绩,我希望你根本没去上过课。"当我跟他解释说我整整一年都没有缺过一天课的时候,他说:"那怎么会,你之前吸了迷幻药了吗?"随后,妈妈硬把话筒从他手里抢了过去,拿在她自己手里,说:"莉,记得瑞米芮太太曾经对我们说过你是她见过最好的数学学生吗?"我记得,但正如我对我妈说的一样,那已经是小学四年级时候的事情了。

"奇怪的是,弗莱切……"我停了一下。

"什么?"玛莎问。

"他说:'你知道对于奥尔特大家庭来说你是很重要的一分子',还有一些其他诸如此类的废话,而后他说:'但我们很担心。要是你不能提高你的成绩的话,也许是时候好好想想奥尔特是不是最适合你的地方了。'"说着说着,我的声音哽咽了。

"噢,莉。"玛莎说。

我咽了口唾沫。我们正经过礼堂,离餐厅还有四十码。沙拉吧,我想道,餐巾,冰淇淋球。当我咽下第二口唾沫的时候,我知道我不会哭出来了。

"他们没有任何立场把你当做春季大扫除的对象。"玛莎说。

"噢,不,"我说,"弗莱切没有提到过春季大扫除的事。"

玛莎转过头,感觉到她的目光,我也转过头。"想想吧,"她说,"他就是那个意思,即使他没用那个词。"

这一次,我并没有那种想哭的冲动,但我的心却被狠狠地打击了一下。

"虽然我当时不在场,"玛莎说,"但我跟你保证,从没有一个老师会说:'我们考虑要在这个春季大扫除中开除你。'那只是学生的说法。"

我忽然想到自从我进了奥尔特以来所有在春季大扫除中被开除的

人。一年级的时候,被开除的是阿尔法·霍沃兹,一个总是邋里邋遢的小个子新生——后裤袋里露出两张纸片来,衬衫托在裤子外面,留着鼻涕,上哪儿都迟到。早晨,当别的学生都吃完早饭去礼堂的时候,他才刚要去餐厅,跟人流走的是相反的方向。他也许一开始就不应该成为奥尔特的学生——他就不应该离开他的爸妈生活——但是奥尔特是他们家四代以来的传统,单就这一个原因,虽然有着各种各样的理由,他被开除仍让我十分惊讶。一年级那年和阿尔法遭遇同一命运的还有梅茜·韦雷夫,一个芬兰和老挝混血的三年级学生,有传闻说,她的爸妈是间谍。我听说梅茜自此七岁开始就上过一两个寄宿学校;她能说六种语言;她有一次从一个产品目录上订了一个一千美元的按摩器,用了两次以后就把它扔在公共休息室里,直到里面剩下的水起了浮渣之后才想起来,把它整个扔进了垃圾桶。但这并不是她在春季被开除的原因。据说真正的原因是学校知道她吸食可卡因,但却从来没有当场抓到过她,虽然她的宿舍主管,莫利诺太太,经常会时不时地出现在梅茜的房间里,问问她是不是看见了莫利诺家的猫,或是确认梅茜知不知道星期天早上的祈祷被改到了晚上。

那些,就是春季大扫除的事实定义,它与开除学籍的区别在于——不同于它的名字所暗示的,它并不是在春季,而是夏末,整个学年结束的时候。它并不需要一个很大的理由——他们从来没有捉到梅茜吸毒——而是许多小毛病积累的结果。

我二年级以后,又有两个人被春季大扫除了:一个叫雷诺拉·埃克的一年级新生,这个夏威夷来的女生白天总是呼呼大睡而晚上却彻夜不眠地拿着投币电话煲电话粥(有时候别人试图要用,她便跳到电话亭前面声称她正在等电话),要不是就一边看广告片一边在公共休息室的面包烤箱里面烤牛排;还有一个女孩,是我的一个同班同学,虽然我不太认识她,是一个叫卡拉·约翰逊的走读生。卡拉从某个角度看起来很漂亮,即使她有些桀骜不驯,她皮肤很白,身材瘦削,身上还总有一股抽烟的味道,她总是画着黑色的眼线,穿着黑色的牛仔裤,虽然任何颜色的牛仔裤在学校都是被禁止的。(有一次我听见一个老师让她去宿舍换掉,而她说她是走读生。老师让她叫爸妈拿一条别的裤子过来,她说那也不行,因为她的爸妈都要工作。)卡拉和我在同一个西班牙语班里,她从来不预习,也从不做翻译或阅读,但有时候她试图找各种借口来掩饰。(我跟她不一样,总是会把作业做好,即使是数学。只是我经常做错。)有几次,我看见卡拉在晚课前站在图书馆外面,看样子是在等她爸妈来接她,一个三四年级的男生在跟她讲话,仅仅从他们的姿势你就可以看出来,那个男生对于他们之间比卡拉要在乎得多。她看起来像是那种生活很复杂的人,她总是跟一个男生卿卿我我或吵吵闹闹,不然就是她在说谎,主要因为她的性感,这种情景总是蕴含着一种迷人的魅力。但有那么一晚我看见她一个人等在图书馆外面,天很冷,虽然没有下雨,看着她蜷缩成一团,让我想起来我们家的狗阿金被车撞死之前我和我妈帮它洗澡的情景——它是一只苏格兰小猎狗——它的毛湿湿地贴在身上,使得阿金看起来只有平时的一半大,它颤抖着,眼睛里流露出难以承受的悲哀;我帮我妈给它洗澡的惟一原因是我不想她独自面对这样的悲哀。我不认为有人真正在意卡拉被开除。她没有跟任何女生交上朋友,而虽然她在面前的时候有很多男生追求她,但她看起来不像是能让他们在意她的离开的人。

　　每年的校刊都有一页的抬头是"离开不代表遗忘",其中列出了应该当年毕业却没有毕业的学生的照片。阿尔法的照片上——我是在一年级的时候看到的,我的奥尔特校刊在秋天寄到——是十四岁的他,正是他离开奥尔特的年龄;就好像,不同于我们其他人,他永远不会长大。卡拉的照片略有些模糊,像是她正在转头,可以看到她脸上的三个部分——她的杏眼,她尖尖的狐狸似的下巴和不苟言笑的嘴。在这一页上还有另外四个人:小华盛顿,乔治·利马斯,杰克·莫瑞,他们在二年级四月和四年级十一月分别两次被捉到喝酒以后离开(对于与酒精、香烟、锅和药品相关的违纪行为,包括违规探访——也就是说,记小过——你有两次机会;对于吸毒、欺诈、撒谎,这样的大过,你只有一次机会);还有就是爱德尔·史黛尔斯,我们三年级的寒假过后,他就没有回来。像爱德尔这样自己选择离开的人,对我来说都有些难以理解;我甚至有些崇拜他们。无论我在那儿有多不快乐,我都不会主动离开奥尔特。

玛莎和我来到了餐厅,入口处人头攒动。我可能会被春季大扫除出去——我和阿尔法·霍沃兹,梅茜·韦雷夫,或者卡拉·约瑟夫他们一样——这种感觉是那么的陌生。我无法在这儿消化这个念头,在这么多人中间;我要一个人静静地想一想。

"我不是想要吓你,"玛莎说,"但要是弗莱切真是那么想的,你应该知道。"

"是啊,当然。"

"但他们不能把你当成坏学生来对待,"她说,"因为你不是。"

我们穿过餐厅的门口,是要分开找位子的时候了。玛莎看着我。

"分头努力。"我说,因为我们其中总有一个人在正式晚宴前说这句话。它很有用。玛莎笑了,我也笑了,我们的心情看来差不多。但我不认为我糊弄了她。而眼前,这所发生的一切被拉远了,或者是我自己缩小了。所有的一切都变得巨大而遥远,像是一些发生在十万八千里以外的事——朦朦胧胧中,穿戴整齐的学生们正走向铺着白色桌布,摆放着银制盘盖的桌子那边去。也许几个月后,当我去南班德的马尔文·汤普森高中就读的时候,有一天晚上,我会坐在自己的床上,写着我的作业,这将成为我印象中的一个画面,在这一刻,我第一次意识到我失去了我在奥尔特的一席之地。

图书馆,我正要去和奥布里碰头,却隔着玻璃门看见黛德在另一边的期刊室里。她正低着头看一本杂志,我并没有打算停下来,但她却适时地

抬起了头。嗨,她做了个嘴型,我挥了挥手。迎上她的目光真是我的错,
她伸出一根手指,用唇语说,等一等,把杂志放到了桌上,推开门。

"玛莎那件事是不是很疯狂?太出乎我的意料了。"她的声音开朗而
友好得不得了。

"没什么好大惊小怪的,"我说,"玛莎会成为一个很好的班长。"

"是啊,当然,她很'负责'。"黛德做了个引号的手势,暗示我不知
道——玛莎事实上并不负责?还是认真负责并不是一个入选的条件?
"但那并不意味着她就有机会。"黛德继续说。

几个小时之前差不多同样的话从玛莎自己嘴里说出来的时候,看起
来只是无奈的事实;但从黛德嘴里说出来,这样的预言就好像是一种恶意
的诽谤。

"你不知道谁会赢。"我说。

黛德微微地笑了笑,我真想打她一巴掌。我们的敌对里一直含着一
种姐妹般的亲密;又一次,在一年级的时候,我们面对面地站着吵了起来,
黛德伸出手拉着我的头发,而这种生硬的姿势让我忍不住笑了出来。而
她几乎是有些害羞地说:"怎么了?怎么了?"接着也笑了出来,我们的架
也吵不起来了。黛德和我就像是两个对立面,有时我想,因此,虽然这让
我有些不舒服,但还是不得不承认我们很相像——她假装热情洋溢,我假
装漠不关心;她趋附在像阿思派丝·门特格玛丽和克劳斯·苏伽曼这样
的人身上,而我却一个又一个学期地刻意回避跟他们说话。

"我肯定你觉得阿思派丝会掌握大局,"我说,"但是,坦白说,要是她
赢了我才会奇怪呢。"别用婊子这个字眼,我想道——那太过分了。"她只
是……"我顿了一下,"她根本就是一个婊子。"

"你说什么?"黛德说,"我听错了吗?"

"我没说我觉得她是一个婊子。"我说,"我们别再抠字眼了。"在奥尔
特的时候,我觉得咬文嚼字会让人显得很聪明,"黛德,恕我直言,你的阿

思派丝情结变得有些让人受不了了。"

她瞪着我。"你知道你自己像什么吗？"我能感觉到她正搜索枯肠地要找一个尖锐的字眼出来，"你就像我们一年级时候的你一样。"

奥布里正在我们平时碰面的书房里等着；透过窗，我看见他正咬着塑料钢笔，抬头看着天花板。他没干什么奇怪的事情，只是他的姿势很明显以为只有他自己一个人，我为他感到有些尴尬。我进门前先敲了敲窗。

奥布里把笔从嘴里拿了出来，坐直了。"莉！"他说着点了点头。一直以来，奥布里总是表现得一丝不苟。这也许是他从小长大的方式，又或许是他的个头给予的心理暗示，虽然只有十四岁，他已经有五英尺高，差不多九十磅了。他长着蓬松的棕发，一个小小的红鼻头，两颊和鼻梁上长着点点的雀斑。他的手也很小，无名指还留着长长的指甲。每次我看着奥布里写方程式的时候，我都忍不住要想，男孩子们长大的时候，他们身上的所有器官是成相应比例地长大，还是有可能其中的某一部分——比方说手——没有收到长大的信息而保持原状，从而变得比身体的其他部分小呢？我很清楚奥布里比我聪明，不仅仅是数学，在各方面都是，他最后会变成，像是，一个股票经纪人，赚很多很多钱。

我坐在他旁边的椅子上，拿出我的笔记本、数学课本和计算器，说："你好吗，奥布里？"

"我很好，谢谢。我要看看你明天的家庭作业。"

我把笔记本推到他面前——我用铅笔写着，四百零八页，章节复习，全都是问题。

奥布里打开我的课本默读了一遍，若有所思地点点头。

随后他转向我："你明不明白他们第一个是问什么？"

我扫了一眼问题："有点儿明白。"

"你先试试，要是你碰到问题我会帮你。"

我继续低头去看第四百零八页，或者说至少我的脸对着第四百零八页的方向。我数学不好并不是一个秘密——打从我来到奥尔特的那一刻起，我就落后了我的同学一年。大多数一年级学生已经开始上几何了；而我和另外四个学生则要补习代数。到了今年，在微积分初步的班里，我是一班二年级学生中惟一的一个三年级。但还是没有人意识到我在数学上面的进步是多么的微不足道，包括奥布里。微积分初步并不是最糟糕的一年——毫不夸张地说，九月份以来，上课学的所有的东西我一点儿都不明白。第一、二个星期的课上，我就没跟上上课的进度，一直以来就没好过。是的，这主要都是我的错，但问题是，每一件事都有它的诱因；这个学期的两个星期以来，已经太迟了。我的课本就像是俄罗斯地图一样，所有的城镇都用西里尔语标注。并不是我不相信它们传达了某些意思，只是我个人对其无法理解而已。

"莉?"奥布里说。

"嗯，我不确定。我不太肯定我要从哪里开始。"我抬起头，目光飘到了我们面前的窗外。外面一片漆黑，我只能看到我自己的影子；要是有光的话，我会清清楚楚地看到校医院的入口。一个冬天的星期天下午，我看见阿思派丝·门特格玛丽走近校医院，在门前犹豫了一下，又扭头回去了。在接下来和奥布里的补习中，这一幕一直在我脑子里挥之不去。

"这个圆锥体的焦点在原点上，是吗? 而它必须符合这些条件。"奥布里指着课本上所写的，抛物线，准线，$y = 2$，"这样你要做什么呢?"

沉默，还是沉默。

"你要找出 y 是什么，对吗?"奥布里说。

"是的。"

"像这样——你明白吗?"

"是的。"我点点头，"没错。"

"然后你把这个插在这儿。"

"是的。"我说。

"你为什么不试试下一步？"

有那么一小会儿，我的注意力集中在那道题目上，真的。然后我发现自己又想到了吉利恩·哈萨维，不知道她和她的男朋友路克是不是对对方说我爱你。你怎么知道你是不是爱一个人呢？那是不是一种感觉，像是一股好闻的气味一样，让人捉摸不定，还是在某一个时间你们就会找到证明？是不是就像走进一个房间或者穿过一个门洞，有了爱情你们就永远不会回头？也许你们会到其他的房间去，也许会争吵甚至分手，但你们将一直站在爱情的另一端，一旦经历了就再也回不到从前。我感觉自己对于恋爱的兴趣似乎很宏观——即使喜欢克劳斯，即使我希望听到玛莎说她可以想像我和他约会，我自己还是很难想像我们两个在一起。那并不像是每天出现在对方的生活中，两个人说说话，一起出去或者在礼堂里肩并肩坐着。当我想到欣君和克拉拉的时候——那经常出现在我的脑海中——我最难想像的是，她们是怎样住在一个房间里谈恋爱的呢？她们怎么知道什么时候该缠缠绵绵，什么时候又该坐回自己的桌子上去做作业？总是呆在你在意的人身边会不会太紧张，太疲累或者太熟悉？也许在这么接近的情况下，你就不再那么在意他们了，你甚至可以当着他们的面掏耳朵而不在乎自己看起来是不是漂亮。但你是不是也失去了一些什么东西呢？要是那就是人们所说的亲密，那对我并没有什么太大的吸引力——那看起来就像是你们两个人为了氧气而打架一样。

我大声说："你觉得吉利恩漂亮吗？"

"莉，请专心一点。"奥布里说。

"吉利恩·哈萨维，"我说，"不是吉利恩·卡桑。"

"她很好。如果我是你，我会先从这个 x 入手。他们给了你什么关于 x 的信息？"但奥布里脸红了，他的脸颊上升起了两片粉红色的红晕，一直延伸到他的脖子上。

"很漂亮还是一般漂亮?"我说。

他转过头看着我:"我不是在帮你做你的作业。"

"我没有那样要求你。"

"要是你掌握不了这些概念,你是没办法通过期终考试的。"

"事实上,比这更好,"我说,"要是我考试通过不了,我会在春季大扫除当中被开除掉。"

"你在说什么?"

"那是他们把你踢出去的时候,但他们要等到……"

"我知道什么是春季大扫除。"他打断了我,我有一点点感动——直到我二年级开学回来我才知道阿尔法和梅茜走了。"谁告诉你的?"奥布里说。

"弗莱切今天把我叫到了他的办公室。"

"那可真糟糕。"

"那不是你的错。"

"我知道。"奥布里说得那么肯定,让我恨不得把我刚才对他的开释收回去。"你打算怎么办呢?"他问。

我瞟了他一眼。我很清楚他对我没什么尊重可言,但这还是一个讨人厌的问题。"嗯,我爸妈房子旁边的学校叫马尔文·汤普森。"

"不,"他说,"莉。"他把他的小手伸向我的手臂,但到了旁边又停了下来;我想他是害怕碰到我。他收回他的手,说:"我的意思是,你打算怎么通过考试? 怎么做准备?"

"我不知道我怎么准备有没有关系,"我说,"我的意思是,实事求是地说,"这感觉就像是把自己归到上中下等的自白书,"你觉得我能通过吗?"我问。

他沉默了几秒钟,最后说:"要是你愿意非常非常努力学习的话。"

这比他直接说不更糟糕。我可以花时间,我可以坐在我的数学课本前面,但是真的说到要好好学习——我惟一的选择只有从第一页开始。

我一直都喜欢电影中,在表现一件事或者一个人一生的时候,那种蒙太奇的手法,配上激励的音乐,镜头中斗志高昂的不同文化背景的孩子把各自的分歧放在一边,帮一个老人整修房子,平整百叶窗,油漆外墙,割草,浇花;或者是二十来岁的女人最终成功减肥,在有氧操教室里跳操,一边骑健身脚踏车一边用围在脖子上的白毛巾擦汗,最后洗完澡从浴室里走出来,有些害羞但却很漂亮(当然了,她自己不知道有多漂亮),而她最好的朋友在她临走之前给了她一个拥抱,祝福她约会或者派对一切顺利。我想像他们一样,我希望我努力进步的这段时间能够顺利地过渡,伴着它自己欢快的音乐。但事实上学习微积分是那么艰难不幸的一件事。再说,那很有可能仍旧是徒劳无功的。我的平均分能有五十八分那么高的惟一原因是,三月份的时候,普鲁塞克小姐让我做了一份特别作业作为额外学分,我排了一个历史上女数学家的时间表:亚历山大里亚的希帕提亚,生于公元三七〇年,观象仪的发明者,死于基督僧侣暴徒的碎陶片袭击之下;艾米丽·杜夏特莱,生于公元一七〇六年,法国贵族,也是《物理学研究》的作者,曾与伏尔泰有过一段爱情故事。最后一个我写的是普鲁塞克小姐自己,将校刊上一张她的照片贴到了我的展示板上,在旁边写上:维勒莉·普鲁塞克,生于一九六一年,微积分初步教师,到处鼓励年轻的数学爱好者。普鲁塞克小姐将这个时间表挂在她教室的黑板上方,给了我一个 A+。

"要是我想非常非常努力学习的话,"我说,"我该从哪儿开始呢?"

"对你来说,复习一下基本的方程式组不会感觉太难。我能给你出些题目。"奥布里在我的笔记本上写了几行数字,推到我面前。第一行写着:

$$3x - y = 5$$
$$2x + y = 5$$

这应该不难,我知道。他自己说了这是基本的。但我还是不知道该怎么做。但承认我不会做就等于是完完全全地告诉了他我差得有多远。

"事实上,"我说,"我在想——对不起让你写了这么多——但也许我最好先专心把明天的作业完成。因为那个对我来说已经需要很长时间了,你觉得呢?"

奥布里犹豫了一会儿。

"我会把这些题目带回寝室去做的,"我说,"谢谢你。"我回到课本上,大声地念着下一道题:展开下列部分分式……也许这样,如果奥布里听到我的声音,那会显得我是参与其中的。这个办法很有效,我能感觉到他不再坚持了。我们每次见面都是这样——热身,劝说,而后虽然奥布里在声称他不会帮我做作业,但他还是不得不投降。但即使那样,我们的速度还是那么慢,他叙述他解题的一个个步骤,一个个问题地问我,等着我做出种种猜测,其中很多甚至牛头不对马嘴——奥布里要的答案是一个既约两次系数而我却说是 7。

虽然有的时候我会刺激到他,或者表现懒惰,但我之前就知道奥布里最喜欢我的是什么:尝试虽然并不是都对。或者说:虽然不是都对但仍然努力尝试。不管怎么说,另一个人的反应是我惟一在意的——数字一个个大头钉似的没什么不同,但人是温暖而有呼吸的,是可以动摇的。没错,我总是跟人相处不好,但那很少是因为我看错了他们;那是因为我太紧张,或者是因为我看得太清楚,而那是他们不想要的。事实上,我真正表现优秀的时间越来越少。我也许不是对方寻找的那个人,但即便如此,我还是能完全适应他们——我可以卑躬屈膝或是尖酸刻薄,悲伤或热诚或一言不发。要是让我猜,我猜克劳斯知道我喜欢他,不会试图跟他说话,只是经常注视着他,直到跟他四目相对才把目光移开,我的所作所为,完全就像是他想像中喜欢他但他绝不会喜欢的女孩子那样。我也许会在春季大扫除中被开除,我可以跟站在我这边的任何一个人出去——奥布里,玛莎,普鲁塞克小姐,甚至迪恩·弗莱切,所有怜悯同情我的人。

住宿大会，我原以为它会在我们班提名四年级班长的时候一并完成，却被放在了第二天。晨会的时候，所有的三年级学生集中在观众席的前几排，迪恩·弗莱切坐在舞台的边缘上，两条腿晃来晃去。就像我们前两年所听到的，他又做了同样的讲话——我们不可能满足每个人的要求，诸如此类，他又补充，作为四年级学生，我们将成为宿舍里的榜样。会议结束后，玛莎离开观众席去查看她的信，我开始填写我们两个人的申请表；我们已经决定继续留在埃尔文宿舍，跟今年一样。我把纸放在大腿上，写上玛莎的名字，然后是我自己的，忽然，脑子里闪过一个念头，也许这一切都是白费——要是我不回奥尔特，这个住宿申请当然就没有任何意义了。但我怎么能不回来呢？要是不当奥尔特的学生，我会怎么想？在马尔文·汤普森高中，咖啡厅的地板是黄绿色的漆布，满是黑灰色的斑点；运动队的队名叫北欧海盗和北欧女海盗；那儿正在争论的话题是，是不是应该让已经显出肚子的怀孕的女生进课堂。

"我一直觉得埃尔文的房间闻起来有一股猫尿的味道，但我想那对你和玛莎来说不是一个问题。"

我抬起头，阿思派丝·门特格尔玛丽正坐在我的右边，事实上，她坐得那么近，让我觉得有些不舒服，一般只有男生才会这样——在她眼里我的毛孔是不是很粗大，我心想，我嘴唇边的皮肤有没有蜕皮，我把我的面霜忘在寝室里了，我会不会舔嘴唇太多次了？当我的眼睛对上阿思派丝的时候，出于紧张，我又舔了舔嘴唇。

"我从来没注意到。"我说。

"噢，在布鲁萨德，你也跟乌贼住过一个房间了，在你把小华盛顿踢出去之前。你一定习惯了那些怪味道。"

我没说话。

僵持了一会儿，阿思派丝说："我听说你认为我不会成为一个很好的四年级班长。"

285

我意识到黛德也许一五一十地把我的评论都告诉了阿思派丝，那倒是可以想像得到——孩子气而又锱铢必报，这就是我认识的黛德——因此我以为她不会；人们很少会做些如你所料的事。

"你没有否认。"阿思派丝说，"天，莉，你真不知羞耻。"她往后靠了靠，左手挂到了椅背上，她看起来并不是生气，反而有些兴致勃勃；她在晨会结束前没什么事可干，所以过来揶揄我一番。

"黛德告诉你的可能不是全部。"我说。

"你觉得？"

"你想怎么样，阿思派丝？"我问，"为什么你要在乎我对黛德说了什么呢？"

阿思派丝似乎在重新考虑我的话。她把她的手从椅背上挪下来，坐正，一条腿跷到了另一条腿上。"玛莎真的以为她会被选上吗？"她问，声音里原本的懒散和嘲弄都不见了。

"你这是在干什么？"我说，"准备竞选吗？"

她脸上闪过一个古怪的表情——她的五官又重新组合成了它们之前的表情——这让我明白了，竞选的的确确是阿思派丝的目的。

"玛莎不会赢的，"她说，"我告诉你会怎么样。班级里大概一半的人会投票给吉利恩，也许稍微不到一点儿。而一半以上会投票给我，除了，我们假设大概十分之一的人会投给玛莎。你知道我在说什么吗？她会拿走我的选票。这就意味着吉利恩会赢。"

我忍不住轻笑起来："你自己刚刚说了，那些不是你的选票，那是玛莎的。"

"你没意识到其中的重点。你想吉利恩成为四年级的班长吗？"

我耸了耸肩。

"你当然不想。吉利恩什么都算不上。而我们班的那些傻瓜还是会给她投票，仅仅因为她是二三年级的班长，这群只会随大流的旅鼠。"

"你为什么不喜欢吉利恩?"我问。吉利恩和阿思派丝多多少少处于同一个交际圈里,我从没听说她们之间有过什么摩擦。

"谁喜欢她?"阿思派丝说,"吉利恩是个讨厌鬼。"我们说到现在,阿思派丝的音量从没有放低过,现在也没有,虽然我们有很多同学仍然在观众席前挪动;她这种大无畏的泼辣劲,倒让我涌起钦佩之情来。"惟一一个比吉利恩更无趣的人就是路克,"阿思派丝继续说,"他在那儿傻话连篇的时候,她说不定打瞌睡呢。"

我有些希望阿思派丝问我对吉利恩怎么看,那样我就可以表示同意,但她没有。

"玛莎要退出选举。"阿思派丝说,"她没什么本钱。要是她有机会赢,那又是另一说,但我想我们都得承认她没有。"

再一次,我忍不住被阿思派丝那种居高临下的优越感折服了,她完全没有甜言蜜语或利诱贿赂的兴趣,玛莎应该退出比赛,只因为阿思派丝是阿思派丝;同样的原因,阿思派丝应该当选。

"也许你应该自己跟玛莎说。"我说。

"为什么? 我只是跟你说。"阿思派丝放下二郎腿——她的腿比我们班任何一个女孩子都长,难以置信的美腿,她穿了一条卡其布的裙子,离膝盖足有六英寸——站起来;显然,她和我之间的对话已经结束了。她看来是准备离开了,但随后她走上前一步,向我靠过来。她那带着蜜糖般甜味的金发落在我的面前,当她伸出一根手指指着仍在我膝盖上放着的住宿表的时候,我能感觉到她的指尖隔着那张纸抵在我的大腿上。"我会好好考虑一下猫尿的问题。"她说。她转过头看着我,我们的脸靠得那么近,我怎么可能没有想要亲吻她的念头? 她的手指轻叩了几下,若有所悟地笑笑,说:"只是一些友善的建议。"随后便转身离开了,洗发水的香味在空气中弥漫开来。我知道阿思派丝用的是什么洗发水,因为黛德也有那一种,虽然闻起来黛德的头发不如阿思派丝的头发一般有这样的香气。我在奥尔特的日子里,这种洗发水的味道非常流行;我毕业以后,那就成了奥尔特自己的味道。二十岁出头的时候,某天下午下班以后,我在超市里拿起一瓶到一个朋友面前,说:"我想这是世界上最好闻的香波。"她心不在焉地看了我一眼,说:"那就买一些吧。"我此时才意识到我已经不再是奥尔特时的我了,但这个建议还是揭露了些什么;在收银台,就像第一次在满了二十一岁以后去买酒时一样,我感觉到了那种残留的欺骗感。

吃完午饭,玛莎和我离开餐厅的时候,我看见普鲁塞克小姐一个人走在我们前面大概三十码的地方。我抓住玛莎的手肘,停下脚步。"慢点,"我说,"让她再走远点。"

与此同时,普鲁塞克小姐回头看了一眼。看见我们,她对我打了个手势走了过来。

"她听见我说话了吗?"我问。

"不可能。"

"真是奇怪。"

"过去吧。她在等你呢。"玛莎把我向前推了一点,"没事的。"我走了几步,她又说,"深呼吸。"

"我正想找你呢,"我走到她旁边的时候普鲁塞克小姐说,"事情怎么样?"

"还好。"我们并肩走着,我偷偷瞄了她一眼。

"我知道你昨天跟迪恩·弗莱切谈过了。"她说,"要是你担心的是这个。我倒是想知道你是怎么想的。"

我没出声——老实说,我不知道该说些什么——但这种沉默的尴尬比我不知道该如何回答的困惑更叫人难受,我只好说:"没什么。"

这下变成普鲁塞克小姐不出声了。

问题是,普鲁塞克小姐不仅仅是一门我不受欢迎的课程的老师,她给我的不及格很可能会让我被开除——她还是我的辅导员，直到最近，即使是我的数学成绩开始跳水的最初几个月里，我们的关系只能用亲密来形容。我一年级的时候就认识了普鲁塞克小姐，因为她是篮球队的第三教练员。我们输球的时候，不同于其他的一些教练，她个人看起来并不很生气，而我们不知怎么让她答应要是我们赢了球，她要当场做三个后手翻——她以前是大学的体操选手——而她也真的这么做了；这是在我们对欧佛费尔特的那一天。而后，她有些踉跄地站在那儿，头发有些凌乱，其他的队伍都目瞪口呆地看着我们，普鲁塞克小姐说："我真应该戴一个别的胸罩。"我们不和初级代表队或者大学代表队比赛的时候，我们没有坐学校的大巴而是坐在普鲁塞克小姐开的一辆面包车上，返校的路上，她带我们去了麦当劳。

普鲁塞克小姐有两点让我很佩服，两者有一些共同之处。一是她不拘小节——虽然我当时并不十分了解这个词的意思，她是一个女权主义者——她表达观点的时候总是不卑不亢。有一次她开了一面包车的学生去波士顿参加一个竞选前的集会（我没有去是因为我当时只有一年级，我觉得自己也许不应该去）。她没有化妆，而在星期天，她总是用一块蓝色的大手帕把她的鬈发都包在脑后。普鲁塞克小姐给我留下的第二个深刻印象是，她有一个帅得不得了的丈夫。他的名字叫汤姆·威廉姆森，他在华盛顿特区工作，是一个民主党议员的演讲撰稿人，除了周末，他很少出现，但有时候他会突然穿着大衣戴着领带活生生地出现在正式晚宴上，或是你可以看到他们两个走在一起，这时女孩子们就会互相挤眉弄眼：普鲁塞克小姐的帅哥老公在那儿。普鲁塞克小姐本身颇有魅力但并不漂亮，也许甚至谈不上人们平时所说的眉清目秀，这也是让我奇怪的地方——她不漂亮，但他却爱她，她聪明而固执己见，他也爱她，你可以从他们自然而并不特别浪漫的言行举止中看出来（他会把手臂架在她的椅背上，手指轻轻擦过她的肩膀；吃晚饭，走下餐厅外拥挤的台阶时，他侧着头听她说话),就像是他深爱着她,而她也同样深爱着他。

"我不会撒谎,"普鲁塞克小姐说,"我很担心你。你和奥布里有什么学习计划吗?"

"可以说是吧。但我想要是考试只剩下一个星期,我不明白为什么弗莱切直到昨天才用春季大扫除来威胁我?"

我希望她能够否认迪恩·弗莱切做了这样的威胁。但她却没有,反而说道:"你是不是要告诉我如果你早知道结果是这样,你会做些不一样的事?"

"不会。"我说,我听得出自己在赌气。

"莉。"普鲁塞克小姐把手放在我的肩膀上。我的身体僵硬了一下,她又把手收了回去。我们已经走到了教学楼的门口,停了下来,像是之前就约定好不把这个话题带进去似的。

我以自觉瞪大崇敬的双眼看着她;我的僵硬并不是故意的。

"把你的精力集中在数学上吧。我希望你能熟悉指数和对数的公式。好吗? 碰上桥的时候,我们就过去。"

你说起来倒容易,我心想,反对普鲁塞克小姐的感觉可不太好。从秋天到三月份,我星期天下午都去她家,她丈夫去了华盛顿特区之后(有一次他还没走,虽然我们从没见过面,他出来应门的时候还是跟我打招呼说:"嗨,莉。"让我兴奋得似乎要飞起来了。)普鲁塞克小姐会和我一起复习,她做了汤或者蔬菜辣酱就会分我一些。我们讨论数学的时候,出于尊敬,我试着集中精神,但我总是忍不住要开小差,就像跟奥布里在一起的时候一样。但当话题转到一个最近的章节,《奥尔特之声》里的一篇文章,或者是对其他师生的猜测的时候,我总是会完全被吸引过去。我批评别人的时候,普鲁塞克小姐从来不说什么,她总是摇摇头,但她这么做的时候一直带着微笑,我知道她觉得我很有趣。也许,说到底,我对她的喜欢并不是因为她英俊的丈夫,她的政治观点或者她的运动细胞——也许只是因为她觉得我有趣，而她的一举一动，甚至比玛莎更让我觉得有趣。而后，在春假过后不久的一个下午，她看起来有些心事重重，在我跑题的时候，她把我拉回到数学题当中。我刚到的时候，她对我说她有些头疼，我以为是因为这个，但大概一个半小时以后——我正想着为什么科宁先生会喜欢我们旧宿舍的主管布鲁萨德的时候——普鲁塞克小姐说："莉，我有些事情要告诉你。我得给你的爸妈写一封信。上个学期我没写是因为你期中得了一个 C，看起来有所进步。但现在我真的很担心。"

我想告诉她我爸妈不会对这样一封信有什么强烈的反应，但我不知道那是不是重点。而且，那个时候，我并不是十分担心我的成绩。我只是觉得自己总是东家长西家短的很不好意思，还是在她的家，在她的餐桌边。我以为她很感兴趣，而最后发现我只是一个浪费她空闲时间的坏学生，对她的同事们做些乱七八糟的评论。

"你上个学期的成绩是 D，"普鲁塞克小姐说，"你没有任何转圜的余地了。要是你这个学期不及格，你这整个学年就要不及格了。而你现在的成绩没有及格。是四十九分。"

我知道我的成绩不好，但四十九比我想像的更糟糕。

"我再给你一个机会，"她说，"我对每一个学生都是一样的，但……"后面的话她没有说下去，也没有这个必要——我这么做是因为你。这个机会就是为了额外学分所做的一份作业，这就是我做那份时间表的原因。普鲁塞克小姐看见我把她也写进去的时候笑了，但我们之间的关系也不一样了。在她的公寓里，她告诉我我得了四十九分的那个下午，她没有像以前一样，在我离开的时候跟我确认下个星期天的约会。我可以在那个星期的课间问她，但是我没有——我不想给她造成负担——因为没有问，接下来的星期天我也没有去。之后的那个星期一的课上，我坐下去的时候我们对视了一眼，她抿了抿嘴唇好像要说什么，但还是没出声；不管怎么说，周围还有其他的学生。当然我还是每天都可以看到她，但除了上课以外,只是在路上擦肩而过,或者是很多人一起——等到了四月天气暖和些的时候,她叫了她所有辅导的学生一起出去野餐了一趟。

站在教学楼前,我说:"但是,我是说,我不是一个坏学生,是吗?"

"你当然不是。"

"我知道我的体育不好,我也不是那种对奥尔特有用的人。但我没有违反纪律。总该有什么道理啊。我想不出为什么要由这次考试来决定我的去留。"

她叹了口气:"我不知道为什么你会觉得自己对奥尔特没用。你和其他任何人一样有很多支持者。除此之外,我希望你明白没有人想要惩罚你。但,莉,你的数学已经比你的同学要落后差不多一年。学校有学校的要求,为了一年以后拿到学历,你得达到那些要求。我们又怎么保证同样的情况在微积分当中不会发生呢?从某种角度来说,我不认为把你放在一个你力所不能及的环境中是对你的公平。"

"这不会发生在微积分上的。"我说。

"不会?"

"要是我从头学起,那会不一样。"我说,"我知道那会的。"

她又沉默了一会儿,说:"我也觉得会。我想我们别去想这些了。但你要知道,我们的担心只是就成绩而言,并不是对你个人。"她面对着阳光,因此很难看到她的表情,"我真的不认为他们会在春季大扫除中开除你。"

我的第一个念头是:他们?也许事到临头,她也救不了我,但这是不是一个谎话,显得好像她无能为力的样子?当然,如果她想的话,她可以给我一个 D;她也可以不跟任何人商量地捏造一个,甚至是我。

所有的课程都在那个星期五结束了,在那之前的一个星期里,我们几乎没干什么太多的事情;拉丁语课上,帕夫太太带来了她十岁的女儿做的米糕,在西班牙语课上,我们看了墨西哥的肥皂剧。在宿舍,有些人已经开始打包了,这是我所痛恨的事情——那些光秃秃的墙和收拾干净的地方在我看来,都像是在无情地提醒我们是一切都过得那么快,以为这儿有什么属于我们的东西只是我们的幻觉而已。

下课后,我每天晚上都要跟奥布里碰面,即使是星期六,我发现自己特别期待我们的碰面。不上课了,日子似乎变长了,让人不知该干什么,就像是用旧了的橡皮筋;有几个小时可做固定的事情也不错。再说,那时的天气很好,那让我更疯了。我听说其他学生有去河里游泳的,一起慢跑的,骑着自行车到镇上去买冰淇淋的。参加这些活动像是在炫耀什么似的;即使我并不真的在用功学习,但只要一想到我以后会不及格,就觉得还是呆在宿舍里看起来好一些。

星期三晚上,也就是我数学考试的前一晚,我们在餐厅外面的平台上,为四年级的班长投票。在场的没有教职员工,只有吉利恩和达登,他们自己来分发选票。之后,也是他们来统计票数。

"我可以想像吉利恩正在选票里做手脚。"回宿舍的路上,我对玛莎说。

"她会被取消资格的,"玛莎说,"不值得冒这么大的险。"

"你投给了谁?"我问。

"阿思派丝,当然,她是一个天生的领袖。"

"哈,哈,"我说,"但我问的是男生里面你选了谁?"

"噢。达登。你投给了你的爱人克劳斯吗?"

"玛莎。"我嘘道。杰妮·卡特和萨莉·毕谢普正走在我们后面。

"对不起,我是说紫猴子。来吧,为了弥补我的过错。上来。"她走到我面前,半蹲下来,背对着我,"爬上来。"她从肩上扭过头来说。

"爬到你背上?"我不敢肯定地说。

"我要带你逛逛麻省。"

"你是喝醉了还是怎么了?"

"除非是有人在晚饭的果汁里面偷偷加了酒精。上来。"

我回头看了一眼杰妮和萨莉,等她们走过去。"嗨,"我说,她们都笑了笑,"我想我太重了。"我对玛莎说。

"你没看见这个吗?"玛莎弯起一条手臂——她穿了一件红色棉质的吊带背心,戴着一根贝壳项链——她的二头肌鼓了起来。她比我矮一英寸,也比我瘦,但绝对比我强壮。

"好吧,"我说,"准备好了。"我上前一步,把我的手臂架在她的肩膀上。她站起身,双手环过来转我的脚,我的腿窝正好卡在她的臂窝里。她微微晃了一下,我不禁叫了一声,但她很快就站稳了。

"你想去哪儿?"她说,"说吧。"

"波士顿?"

玛莎用鼻子哼了一声。

"好吧,好吧。孟买怎么样?"我试图用印度口音说。

"好多了。"

"俄罗斯妈妈怎么样?"我用差不多的俄罗斯口音说,玛莎笑了。"去我的岱洽①!"我大喊道,用我的膝盖在玛莎的两边顶了顶,"伐蒙诺②!"

她试着快跑,但她笑得太厉害了。她停下来直起腰,我还趴在她的背上,也站着,扶着她抖动的肩膀。感觉到她在笑,我也笑了起来。

"到巴黎的尽头。"我大叫,玛莎喘着气说:"我想你的唾沫刚才溅到我的头发了。"

这绝对是我在奥尔特大庭广众之下举动最怪异的一次了;灯还没暗,还有人在图书馆外的台阶上站着,在环岛上投着橄榄球。让我惊讶的是,似乎没有人注意我们。玛莎又摆好了姿势,我说:"我勒着你了吗?"

---

① 俄语意为乡间别墅。

② 俄语意为出发。

"是的,但还好。"

在埃尔文宿舍门前的院子里,我跳了下来。"谢谢搭我这一程,"我说,"顺便说一句,你可真厉害。"

"我知道,这要怪我爸妈。"

"我不是开玩笑,"我说,"你可真疯狂。"

"莉,每个人都是疯狂的。我发誓。"

"我不相信,"我说,她接道:"但我是对的。"

我们走上埃尔文的台阶的时候,谁会知道竞选和数学考试会发生什么呢? 结果可能不是我们想要的;在结果出来之前我们都呆在这个狭小的空间里兜兜转转,而最后拿到的牌仍有可能不是我们想要的。一般,我都很想知道最后的结果。但此时此刻,我倒反而并不太担心。这是一个温暖的春夜;也许不知道事情的发展反而更好,至少再过一会儿。

在礼堂,人流正涌向教学楼去参加点名仪式,奥布里突然出现在我和玛莎旁边,说:"我有些东西给你。"他看了玛莎一眼,后者立刻接道:"你们俩慢慢说吧。我在里面,莉。"

奥布里递给我一个马尼拉纸制的信封,上面用大写字母写着我的名字。

"是考试答案吗?"我问。

他看起来吓了一大跳。

"我开玩笑的。"我说。我从里面拉出一张卡片,是手工做的,正面用细长的男孩子的笔迹写着"祝你好运"! 打开卡片,内页写着"我希望你能考出好成绩,莉! 奥布里"。他没有像女孩子那样,画上星星、花朵或者气球作为装饰。

"我没花太多时间。"他脸红了,"你还有什么最后的问题吗?"

"我想没有。但谢谢你——这张卡我很喜欢,奥布里。"我的确很喜欢,而且还有些迷惑。这像是我会为别人做的事,我会花上一个晚上的时间而把我的数学作业放在一边;但从来没有人为我做过一张这样的卡片。

"当你碰上烦心事,记得一桩一桩地解决。要是你试图同时做两件事的话,那只会让事情变得更复杂。"

我们就在教学大厅里,因为是一年级新生,奥布里在点名的时候有固定的座位;我的同学和四年级的学生都站在后排或是坐在沿墙的暖气管外面罩着的木盒上。

"谢谢你的帮忙,奥布里。"我说。

他一时没有动。

"我想没什么别的了,啊?"我说。

他还是没动,我不知道该干什么,只好伸出了我的手。点名已经开始了。我们握了握手。

我站在门边听着里面的发言——少数民族学生协会星期天晚上将在活动中心举行一场年终晚宴,还有,莫利诺太太要我们大家恭喜阿黛尔·谢帕德从雷蒙德长期关怀中心获得好公民奖,她自从二年级开始就每个星期在那儿做义工。当拜登先生走上前的时候,我感到自己的心跳加快了,他在点名的时候站在主持班长的身后,一般他的发言,总是排在最后一个。他要宣布竞选结果了,我敢肯定。上一年,他是在一个正式晚宴上宣布的,但我想选举一定是更早的时候进行的,因为现在这一年的正式晚宴已经全部结束了。

他清了清喉咙:"正如你们所知,所有年级的班长选举都在昨天结束了。我很高兴向大家宣布结果。"在他宣布低年级结果的时候,我扫视一下房间,看见玛莎靠在另一端的墙上。我试着跟她打个眼色,但她一直看着拜登先生。我又看了看其他的候选人,发现达登站在附近。他的脸上带着温和、快乐的笑意,一种全然讨人喜欢的表情,我知道他已经知道了赢的人不是他,我为他感到有些心疼,他必须在这儿,在所有人的面前表现出他的体育精神。"最终,"拜登先生说,"将要升四年级的同学……"他还没往下说,我周围已经有几个人发出了嘘声。拜登先生的微笑很干涩:"将要升四年级的同学……"他重复道,"请恭喜你们新任的班长,克劳斯·苏伽曼和玛莎·波特。"

整个房间炸翻了锅。我周围所有的人都大叫着互相击掌——为什么,我心想,一旦做了决定,人们就可以接受你所表现出的关心,而在这之前这么做却是错的——我也在拍手,但我却不感觉狂喜。事实上,我甚至感觉不到开心。我感觉到的是震惊。玛莎赢了?玛莎?要鼓励她很容易,因为她是我的同屋,因为即使没有人意识到玛莎还是很棒——因为我们是不惹人注意的小萝卜头,我们俩都是。除此之外,显然,我们不是。

我又转过头去看达登,他还在衷心地为他们鼓掌,依然带着微笑,虽然他耳朵下边一点的下巴上有一块肌肉在抽动。

"达登。"他没有听见,我又叫了一声,"达登。"

他转过头。

"我很遗憾你没选上。"我说。既然投票给了克劳斯,我这么问是不是有些做作?

他摇了摇头:"没什么大不了的。嘿,你的同屋可真酷,嗯?"

我挤出一个笑容:"真是疯狂。"达登和我在那儿站了几秒钟,两个人都带着虚伪的笑容,随后,我们俩同时向后转,走到房间的后排。克劳斯很好找,因为他的身高,但玛莎周围围了太多的人,我几乎看都看不见她。在讲台上,拜登先生又开始了讲话,但我想没有任何一个四年级学生会有心思去听了。

作为一个好朋友,一个好人,我应该从我的同学中间挤出一条路来伸出双手去拥抱玛莎。这个恭喜她的瞬间是完全可以实现的。我担心的是随后发生的事——她恍恍惚惚地不可置信,毫无保留地把她的感受表露在所有人的面前。还有,我该怎么让她相信这是她应得的。或者更糟——说不定她只是高兴。说不定她只是想尽情享受这一刻,猜猜谁投了她的票而谁没有,猜测着班长的角色到底是怎么样的。这些都是合情合理的——当你自鸣得意,精神抖擞的时候,除了你的同屋,你还能跟谁在一起?——但我不觉得自己有能力去消化这些。我走出房间;我没有留意四周,不知道有没有人看见我。

在数学楼的楼下,我找了一个空教室走进去——不是普鲁塞克小姐的教室,而是在她的对面——却没有开灯。我开始一页页地翻看我的课本。现在一切都太迟了,但多少做些什么会让我感觉好一些。

八点四十五分。九点钟,我们要到普鲁塞克小姐的教室那边去拿考卷,然后带到教学大厅或者房间里,在中午之前交卷;再过三个小时多一点,一切都会过去了,我的命运也会就此决定。之后,我会为玛莎做些什么——做一张卡片或者进城给她买束花。这样她会更容易定下心来。她自己接下来有一场历史考试,在此时此刻,相形之下当然就显得无足轻重了,在那之后也许她会跟别人说说她当选的事,可能是跟她一起走回宿舍的人。等到我们再见的时候,我就可以看到她的反应了,也许是一整套清洁服务:盖上的平头锅里剩下两根意大利宽面,厨房里一塌糊涂,台面上满是飞溅的番茄汁。她收拾这一切的时候,我不一定要在场。

玛莎被拜登先生选为纪律委员会的一员时,我很为她高兴——那不是什么大事,虽然从某种意义上来说,那只是一种假道学的名头而已,但那还是一种荣誉,我是真心恭喜她的。至于其他一些事——我们升三年级之前的暑假里,她开始和她哥哥的朋友寇蒂约会,他们之间一来二往的相互吸引让我也为之神往;几个星期之后,我在晚上和玛莎打电话时,分析寇蒂的一举一动,给她各种意见,好像我对男孩子的想法了如指掌似的。她告诉我他们接了吻的那几天里,我总是时不时地感觉到心里涌起快乐的甜蜜,总要过一会儿,我才会想起有喜事的人不是我,而是玛莎。玛莎每次得到好成绩的时候我总是很高兴——玛莎学习很用功,那是她应得的。

但当选为班长——这看起来有些武断了。在克劳斯提名她之前，这件事从没有在我们之间提起过，就我看来，甚至她自己也从来没有想过。而它就这样发生了，甚至说不上为之努力过。话说回来——要是我被提名为四年级的班长呢？要是那天我没去教导主任的办公室，而是参加了那个班会呢？也许我的在场，会让某些人，说不定甚至是克劳斯，想到，为什么不选莉呢？要是被大家选出来的不是玛莎而是我呢？说不定大家也都喜欢我，或者尊敬我，或者把我看做是吉利恩或阿思派丝以外的另一个选择。这并不是不可能的。因为，说真的，玛莎的成功不就是她们两个人的失败吗？要是选上的人是我，我就成了克劳斯的搭档，我们就会每天都跟对方说话，在全校人面前肩并肩地站在桌子后面。有了大家的信任，我将会变得不同，变得自信；总有一天，我将能轻松自如地面对一切。当然，我也不会在春季大扫除中被开除掉——奥尔特怎么能开除一个四年级的班长呢？

这一切都只是南柯一梦；只是自己想想都让我觉得尴尬。现在我知道了，只有对于我自己不想要的东西，或是认为别人铁定得不到的东西，我才会给予宽容大度的鼓励。但对于我自己渴望的东西则恰恰相反——说实话，我渴望自己成为一个忠诚、直率、可靠、谦逊、值得信赖的人。但是，事实上，我只是一个贪婪而善妒的小人而已。

点名仪式结束了。我可以听到人流涌到了数学楼的走廊里。我突然意识到，比起眼看着玛莎成为班长，不得不说，也许在春季大扫除里被开除掉会更容易些。

玛莎回到房间的时候，已经十一点半了，我趴在垫子上，吃着有些变质的薯片。我的头垂在床垫的一端下面，有些碎屑会落到地板上，这个动作让我的脸有些充血。而且，由于我在十五分钟左右的时候就放弃了我的考试,又哭了一个多小时,我感觉自己有些脱水和轻微的沙哑。"嗨,"我说,"恭喜你成为班长了。"这不是我打算说的话——我打算大叫:"我到处在找你呢!"为之前做出补偿——但就这样了;我说了我说的话。

玛莎看了一眼我的书桌,上面放着我的考卷正打开到第二页,又看看我:"你在干什么?"

这个问题似乎有些宽泛:"我正在吃点心,"最后我说,举起手里的薯片袋,"来两片吗?"

她拿起考卷,从头翻到底。在第一页奥尔特干篇一律的誓词旁边我签下了我的名字:我在此签名,就此保证我在此次考试中没有接受或者给予任何帮助……在接下来的一页上,我完成了第一个问题,普鲁塞克小姐很明显找了个简单的题目开头让我们可以不要太紧张。接下来的一题,我写了几个数字,虽然这跟题目所要求的答案毫不相干,我写了一个二次方程式,以防晚些时候我需要用到它。在那之后,从第二页到第七页,我什么也没写。越翻到后面,玛莎脸上的表情就越是在疑惑和沮丧中阴阳不定。

"好吧。"她抬手看了看手表,把考卷放回到桌上,"你不能就这样把卷子交上去。"

"我不能?"

"天啊,莉,你怎么了?你明白这其中的利害关系吗?首先,坐起来。"我照做了。

"擦擦你的嘴。"她说。我伸手去擦,手里的碎屑掉了一地。

她又拿起考卷。"过来。"她说,我站到她面前,她指了指书桌前的椅子。我坐下去,她把考卷放在我面前,打开到第二页。"有一些你会做的,是吗?这儿,这儿要求你写方程式——你会的,不是吗?"

我眨眨眼。

"就像,你知道这个准线 y 等于 2——莉?"

我抬头看着她。

"怎么了?"她说。

"我做不到。"我的声音有些平淡无力,但却没有发抖,一点儿也没有要哭的意思。

"但你答出了第一题。"

"看看吧,玛莎。那不是微积分。那是代数。"

"这么说你放弃了? 你要交白卷吗?"

"再做也没意思。"

"那它所占的学分呢?"

"我想你不明白,"我说,"我不知道该怎么回答这些问题。我可以把它填满,但那只是胡写一通罢了。"

"我不相信。"

从她的语气里,我不确定她是真的不相信,或者只是表示她发火了。

"坐过去。"她说,我从没听过她这么生气。

我转了个向,只坐了椅子半边,她坐了另一半。她拿起一张放在我字典上的活页纸,看见一面已经写了字,就翻到另一面。(上面写的是一列西班牙语单词,那是我上课要用的笔记,但我却不敢提出什么异议。)

"把你的计算器给我。"她说。

她从第二题开始,在那张活页纸上用铅笔写下方程式。她看起来好像是在……但一时间,我却不敢相信。但她真的是。很快就清楚了——她一定是。

"我不知道这是不是一个好……"我一开口,她就说:"别跟我说话。我们只剩下不到半小时了。"

她做到第三题的时候,说:"开始抄吧。多给我一些纸。"

我拉开书桌抽屉——因为我们的坐姿,我们两个都得往后靠——拿出一本螺旋线圈的笔记本。我递给她,说:"答对太多的话,看起来会不会

301

很可疑呢?"

"你会得一个 C 或者 C$^-$。我不可能全部做完,而且,我也做错了一些。"

之后我们再没说话。只有铅笔的沙沙声,她写错了什么的时候,玛莎骂了一次"该死的",而后开始擦橡皮。她一直不停地看表,十二点不到五分钟,她说:"你得拿走了。"她做到了第六页的头上。

我站起来,把考卷抓在手里,走到门边,我又忍不住回头看了一眼:"玛莎……"

"快去,"她说,她的目光一直没有离开过我的书桌面前的墙,"交上去吧。"

我回到宿舍的时候,玛莎已经去吃午饭了,整个下午,她都没有回房间,直到晚饭以后。等她最终还是回来了,我站了起来,说:"玛莎,真是太感谢你了。"

她举起手,摇了摇头:"我做不到,莉。对不起,但我真的做不到。"

我没有出声。"好吧,那么,"我说,"嗯,你是四年级的班长了,那真是太棒了。我真自豪有个这么了不起的室友。"最奇怪的是,在那一天,这变成了现实。这个早上,我从点名仪式上逃离的那一刻,似乎已经是几个月前的事了;到了下午,我已经对玛莎成为四年级班长这件事习以为常了。

"谢谢。"玛莎看起来累极了。她不在的这几个小时,我想像她庆祝她的胜利,说不定和克劳斯一起——放放花炮,彩纸撒得满身都是。现在看来,这些设想似乎都不太可能。

"你看起来好像不是很兴奋。"我说。

"这一天可真漫长。"

我们看着对方。我没办法再开口谢她一次,或者是跟她道歉。

"我想你会成为一个很好的班长。"我说,"你会很公正的。"

玛莎的五官皱到了一起，她开始哭泣。她举起一只手到眉毛旁边，好像要遮太阳似的，只是她的手是向下弯的。

"玛莎？"

她摇了摇头。

我穿过房间，把手放在她的背上。我能说什么，我还能做什么？我们只能等它过去，等玛莎为我的考卷答题的那一刻渐行渐远。因为，我可以看得出来，这一天对她意味着什么——不是成为四年级班长的一天，而是作弊的一天。甚至，她失去的，不仅仅是这些：要是我们被发现，她当然不能再当四年级的班长，因为她会被开除；我们两个都会。多可笑啊，玛莎还是纪律委员会的一员。但我很清楚，她哭并不是因为害怕这些后果。

据他们所说，玛莎是以压倒性的优势获选的。男生候选人的选票很接近，但女生不是。我不知道这意味着什么——玛莎原来很酷，还是酷不酷这回事并不像我想像的那么重要？我们毕业以后，组成她名字的字母被刻到了餐厅的大理石墙上，而后涂成了金色。

对于奥尔特，我并不感到内疚，对其他任何一个人也没有。我同样不知道这意味着什么——对普鲁塞克小姐没有，当然对迪恩·弗莱切就更没有——除了对玛莎她自己以外。第二天，走出礼堂的时候，有人拍了拍我的肩膀。我回过头，普鲁塞克小姐脸上满是笑意："七十二。"我只是点了点头，没有惊讶也没有喜悦。那一刻，我能感觉到她会原谅我，我及格了，我们之间又能回到从前的样子了。然而这也让我看到了我们之间的关系是那么的脆弱。不认识的人跟我保持距离是一回事，但认识了我却又后退的人就完完全全是另一回事了。我都不知道我是不是还尊敬她。感觉上，她能给我更有力的支持，或者更直接地跟我说，但她却表现得完全奥尔特化，彬彬有礼却保持距离。也许我根本就不应该感到惊讶——毕竟，那些在她公寓里度过的下午，那个滔滔不绝的人是我，而不是普鲁塞克小姐。下一个秋天，一个六十二岁的物理老师，蒂斯诺先生在我的要求下,成了我的辅导员。

奥布里——可怜的奥布里,他的骄傲,还有他无穷无尽的耐心——继续在微积分的课程上辅导我,整个四年级我的数学分数从没低于 C 过。同样在那一年,奥布里没有长高。之后很久他才长高了——等到我进了大学以后,我大二,奥布里升到奥尔特毕业班的那一年,我收到一份相册季刊,其中有一张他和其他曲棍球队员一起的照片,他看起来至少有六英尺。他很英俊,虽然他的五官中已经找不出早年的细致了;就好像一个男人从他的孩子气中破壳而出了。

在我看来,因为一些别的事情,使他的英俊带了些讽刺的意味,那是发生在我从奥尔特毕业的那一天。毕业典礼之后,所有的教职员工,在环岛上站成一排,所有的四年级学生站在他们旁边。其他年级排成一排站在对面,像两个队在比赛后互相握手一样,只是多了差不多二十倍的人。这样,每一个四年级学生都会跟每一个非四年级的学生道别,无论你有多熟悉或不熟悉对方;三年级跟四年级道别之后,就是教职员工。整个过程花了好几个小时,太多的拥抱和眼泪。当奥布里走到我面前的时候,我伸出双手抱着他——我还是比他大不少——拼了命地感谢他;终于毕了业的古怪感觉让我的胃酸分泌尤其旺盛。他严肃地点了点头,说:"我会想念见到你的日子的,莉。"他塞给我一个封了口的信封,说道,"等一下再看。"因为我对上面写的东西并不好奇,也因为我没在意,过了好几天我才想起来看。那是一张卡片——另一张卡片——封面上有一顶黑色的帽子和一套学士服,写着:恭喜你,毕业了!内页。在下面,奥布里写上了:我想告诉你我感到了对你强烈的爱。我并不期望发生什么,你也不用给我回信,但我还是想把它说出来。祝你一生好运。你非常非常地吸引人。这是我收到过的最好的卡片,我没有回信。有那么一会儿,我想要回,只是我不知道一个女孩在给一个不计回报喜欢自己的男孩回信的时候该写什么。但我一直保留着那张卡;直到现在。

至于玛莎——在奥尔特的日子里,我一直不明白为什么她像我喜欢她那样喜欢我。即使是现在,我还是无法确定。她给我的,我连一半都回报不了,这一点应该会破坏我们之间的平衡,但事实上却没有,我不知道为什么会这样。之后,离开了奥尔特,我变得更成熟了——并非一夜之间,而是一点一点地积累。奥尔特教会了我如何吸引和疏远别人的所有一切,自信、自卑、幽默、公开秘密和刨根问底的尺度;甚至还有热情的尺度。奥尔特是我所遇到的最发人深思的观众,有时回过头想想,我发现胜过别人竟然是那么容易让人失望。要是玛莎和我是在,比方说,我们二十二岁的时候认识对方,相信她喜欢我不会这么难。但她在我变得讨人喜欢之前就喜欢我了;这才是让人想不通的地方。

　　升入四年级后的第一个月——我们分到了埃尔文宿舍最大最好的房间,有三扇窗正对着环岛——玛莎和我在一个星期里面打破了两面全身镜。在窗户下面有一排暖气管,我们把第一面镜子放在上面,在两扇窗中间,风吹过来把镜子砸到了地上。我们之后进城,买了另一面镜子,把它放在同样的位置,但它同样被吹下来砸碎了。玛莎把第三面镜子钉在了门背后,我们从奥尔特毕业的时候就把它留在了那儿。

　　但我记得第二面玻璃摔破的那一天,我们在体育课后约好一起走回宿舍,我们打开寝室大门的时候,同时看到了这个情景。"该死,"我说,玛莎接道:"我们多傻啊?"

　　她把镜子扶起来,靠在暖气管旁边,而不是放在上面。镜子上敲破了几十处,有几片整块地掉了下来,背面朝天地躺在地毯上,不规则的碎片,看起来就像是田纳西州或者北卡罗莱纳州的形状。我站在玛莎的背后,我们的影子在剩下的镜子里,被折射再折射;她的眼睛、鼻子、嘴对我来说就像是我自己的那么熟悉。

　　"十四年的霉运。"我说,听起来像是一段无穷无尽的时间——不仅仅是长,更是因为我们的生活在这段时间中将发生多大的变化。十四年后,我们都三十一岁了。我们将会有工作,也许结了婚或者有了孩子,可能住在任何地方。无论怎样定义,那个时候的我们,都将是成年的女人了。

　　玛莎是我最要好的一个朋友;像往常一样,在那一刻,我又走神了(我希望借她的黄色筒裙参加正式晚宴);那个时候的我还太年轻,不明白时间和地点会疏远两个人这么简单的道理。看着碎片中的影子,我心想,也许这个问题根本就不用问——有没有什么事情,即使是坏运气,会在将来的日子里把我们两个联系在一起。

四年级

克劳斯·苏伽曼是在我们四年级的第十五周里,回到我身边的。那是一个星期六,玛莎去了达特默思的一个表姐那边住,提早看看她是不是要申请那边的大学。将近三点,我们寝室的门打开了;我几个小时前就上了床。我想克劳斯一定已经在那儿站了一会儿了,从明亮的走廊到昏暗的房间,他的眼睛需要一点时间适应。我刚醒来。看见一个高大的男人站在门口,让我的心跳不禁加快了起来——这是当然的——但到了那个时候,我已经知道所有寄宿学校的古怪事都发生在晚上。另外,因为没有一间宿舍门是上锁的,我已经习惯有人突然推门了。

我一定动了一下,因为克劳斯说:"嘿。"他的口气有些挑逗,带着一半沙沙的耳语,跟平时说话不一样,语义比音量更暧昧。

"嘿。"我应了一句。我还是不知道他是谁。

他走上前一步,门在他身后关上了。我在下铺的床上坐起来,试图看清楚他的脸。"我可以躺下来吗?"他说,"就一会儿。"

我这时才认出他是谁,但我还是睡得有些迷迷糊糊。"你病了吗?"我问。

他笑了。与此同时,他脱掉了鞋子,躺到我的床上,在被子里,我发现自己匆匆忙忙地往墙边靠过去。有那么一瞬间,我可以闻到他的味道——那一股混合了啤酒、除臭剂和汗水的味道,对我而言,相当好闻的味道——*哦,我的天,真的是克劳斯。我想道。*这看起来像是世界上最不可能发生的事情了。

我仰面朝天地躺在床上,看着玛莎的床垫子,而他则侧躺着,看着我。他呼吸里的酒精气味会让人想起公共汽车站或是衣衫褴褛、双眼充血的老头子,但对我这个只有十七岁,一年里有九个月的时间住在校园里,与砖楼木房和草坪修剪整齐的运动场相伴的小处女来说,这股气味让我想起了在乡村俱乐部的夏季舞会,蕴含着精彩秘密的生活。

“我喜欢你的床。”他说。

怎么会这样? 他为什么会在这儿? 要是我做错了什么让他离开了怎么办?

“除了,”他继续道,“有点热。等等。”他推开被子,坐起身来,两手交叉,把毛衣和 T 恤从头上脱出来,扔到一边。“没错。这样好多了。”他重新躺下来,拉上被子,我大大地松了口气——我真担心他就这么走了,但现在(他脱掉了衬衣!)看起来他是准备呆在这儿了。“所以,”他说,“这就是当莉·斐奥拉的感觉。”

打从一年级那次以后,我们几乎没怎么说过话,我想像了千万次我们之间可能的对话。现在我才知道,我才一点点明白,它们全都沾不上边。“是的,”我说,“可能不像你那么精彩。”话一出口,我就开始担心这是不是听上去有些挑逗或者自卑。

“噢,我可以肯定你的生活要精彩多了。”(所以:我是在挑逗他。)“一直以来,”克劳斯继续说道,“我对自己说,瞧瞧那个叫莉的女孩子,为什么我的日子还不及她一半酷呢?”

“很多人都这么问自己。”我说。克劳斯大笑起来,再没有比这感觉更美好的事情了。我惊奇地发现原来事情并不那么难以把握，也许因为它的怪异：因为我们单独在一起，因为这是在午夜时分，因为我从来没有想过或计划过这些。他又接道："嘿，莉。"

"什么？"

大概过了差不多四秒钟我才意识到他并不需要我回答任何的话；我要做的，只是转过我的头，要是我这么做了，他就会吻上我的嘴唇。这有些难以置信，但却又那么显而易见；我有些庆幸自己没有转过头去，但与此同时，却又有些担心我惟一的机会就这么错过了。

他叹了口气，空气中飘过一阵啤酒味。（我喜欢他的啤酒味——长大以后，我还是喜欢成年男人身上的这股味道，因为克劳斯。）"玛莎去了达特默思，嗯？"

"你怎么知道？"

"让我们来猜猜看。也许因为我每天要跟她说上万句话？"

这倒是真的，因为他们是班长。整个暑假，我都在想，当我们都回到学校的时候，他们之间这种新的联系会不会影响到我自己跟克劳斯的关系，但看起来并没有。他们一起主持点名仪式，当然，有很多次我跟玛莎一起在餐厅吃饭或者走出礼堂的时候，克劳斯会走过来，但他们的交流要么就是匆匆几句话，要么就是长得两个人一起到别处讨论去了。这些时候，我都会妒嫉得发狂，我讨厌这个对最好的朋友充满妒嫉心的自己，她本身却完全没有妒嫉心。

而跟克劳斯躺在一个床上，很难不去想也许是他跟玛莎的关系影响到了他跟我——也许，虽然每一次他跟她说话的时候，瞥都不瞥我一眼，但这些却让他想起了我的存在。

"你知道我在想什么？"克劳斯说，"我猜玛莎把所有班长的秘密都告诉了你。我敢打赌你对班会上的每一件事都了如指掌。"

"当然不是，"我说，"这是违反纪律的。"

"是啊,随你怎么说。"

"你会把每件事都告诉德尔文吗?"

"德尔文不在乎这些。但你也许有兴趣。"

"要是德尔文不在乎的话,为什么我会感兴趣?"

"你就是,"克劳斯说,"我看得出来。你以为我不了解你吗?"

"你怎么可能,你都没怎么跟我说过话,差不多这四年里。"

"三年吧。事实上,不到三年,那个惊喜假日是春天的事情。"

我想我的心跳大概停顿了,就在那几秒钟的时间里。他记得——他对此甚至毫不讳言,他记得——而他知道,我也记得。

我还没来得及对此顾左右而言他,他就接着说道:"比方说,我肯定玛莎把赞恩的事情都告诉你了。"

亚瑟·赞恩,一个三年级学生,在几个星期前,也就是开学的第一个月,就被警告处分,不是因为酗酒或者吸毒,而是因为他在某一个下午,其他人都在参加体育锻炼的时候,闯进了校长的家,还试穿了拜登太太的衣服。这个故事中非法闯入的部分是在点名仪式的时候宣告的;而衣服的那部分他们却试图保密。

"亚瑟的事情,我想我知道得并不比任何人多。"我说。(他甚至穿上了拜登太太的束身内衣裤,涂了她的唇膏。虽然他离开了学校,但理论上,他并没有真的被开除——这是他的第一次违纪警告,更何况,亚瑟是他们家第三代的奥尔特人了——也没有被鼓励去找一个他觉得更适合他的地方。"那是什么意思?"我问过,玛莎回答:"就是说拜登先生担心亚瑟会是奥尔特历史上第一个从衣柜里跑出来的学生。"玛莎和我都觉得穿异性的衣服跟同性恋没什么区别,亚瑟也是我们惟一认识的同性恋——那个时候我还没有意识到欣君是一个不折不扣的同性恋。)

"你真不会撒谎,"克劳斯说,"有没有人这么告诉过你?"

我感觉自己的嘴角翘起来了。

"问题是，"他继续说，"他被抓的时候，穿的是黑色的无带裙，还是红色的珠片裙呢？"

"拜登太太从不穿红色的珠片裙。"我说。这是真的——她几乎总是穿打褶的长裙和长长短短的羊毛夹克。

"所以你选择黑色的无带裙咯？你确定不改了？"

"他不是就穿了一条棕色的灯芯绒裙子和一件衬衫吗？"

"你可真狡猾，"克劳斯说，"玛莎全都告诉你了。我知道。"

"她什么都没告诉我。"

"她什么都告诉你了。"

"好吧，好吧。"我说，"但要是拜登太太真有一条红色的珠片裙和一条黑色的无带裙的话，任何有自尊心的异性服装癖者都会选珠片的。"这么说，我有些犯罪的愧疚感——把亚瑟叫做异性服装癖者并不是我能给他的最残忍的称呼，但那也不怎么好。但让我心悸的是我根本不知道在这些打情骂俏中我到底吐露了多少心底的秘密。这才只是开始而已！年复一年，为了一个男人，我做了那么多自己平时不会去做的事情——说平时不会说的笑话，去平时不会去的地方，穿平时不会穿的衣服，喝平时不会喝的饮料，吃平时不会吃的食物或者在他面前不吃我平时吃的食物。假使我二十四岁，和我喜欢的男子还有一大帮子人在一起，开车的人喝醉了，安全带被塞在座位里，我还是会上车，因为，显然，我想从那个男子那儿得到的比任何其他我想要或者相信的东西更值得。一定是这样的，不是吗？

克劳斯没有说话。我不知道，说到底，他是不是根本就不觉得我那个异性服装癖者的玩笑可笑。还是，我随后又想，他是不是睡着了。

不知什么时候开始，就像三年前的那个雨夜在出租车里的时候一样，他开始抚摸我的头发。他用他的手指抵着我的额头往后撸，将我的头发平摊在枕头上，然后又回到我的额头。一遍又一遍，穿过我的头发的他的指尖——我想在我的生命里再没有什么感觉如此全然单纯的美好。我一句话也说不出来，因为我担心我一开口，说不定就会忍不住哭出来，或者，说不定，他会停下来。我闭上眼睛。

过了很久，他说："你有一头秀发。很柔软。"他的指关节勾勒着我下巴的弧线，我的嘴唇，"你还醒着吗？"

"差不多。"我喃喃道。说话有些费劲。

"我可以吻你吗？"

我猛地睁开眼。

当然，接吻，那一直都在我的脑海中萦绕；我想着接吻，忘了西班牙语单词，忘了看报纸，忘了给我的爸妈写信，或是忘了在橄榄球赛的时候冲刺。但想像接吻和有克劳斯在身边要吻我根本不是一回事。我不知道该怎么接吻。那让我害怕，作为一件你得跟别人一起完成的事情，一个差劲的吻，在克劳斯面前会比在别人面前更丢人。

他用一只手臂支起身子。"别紧张，"他低下头，在我的脸颊上亲啄了一下，"是吧？"

当他的嘴唇最终落到我的脸颊上的时候，让我想起了葡萄干的表皮。

"你可以回吻我。"他说。

我对他噘起嘴；我们在接吻。这比我想像的更困难些，但一时半刻间却没有想像中那么多快感。事实上，与其说是享受不如说是好奇——分开，重合，干的，湿的，我们的脸，我们的嘴唇，他嘴里淡淡的酸味(品尝克劳斯的嘴，似乎是那么私人的一件事)，此时此刻，在这样的情形下，很难木知木觉，很难想要暂停或者承认它，即使只是笑笑。并不是我发觉接吻可笑，但看起来它并不那么严肃，至少，不像我们所表现的那么严肃。

他直起身绕过我，这样他的腿就跨在了我臀部的两边，靠他的膝盖和手掌支撑着体重。他的下身有了变化，我意识到，不由愣了一下。我听说，那是肯定的，男生脑子里所想的只是性，他们总是没完没了地手淫，每个男生都一样,他们可以跟任何一个女孩子上床,即使她很丑。但那个世界却不属于我;从没有人试图要跟我做什么。

除了现在,克劳斯正在尝试。他的变化是因为我,还只是因为这种情景?要是因为我——我要跟他做爱吗?看起来似乎并不是个太好的主意。

隔着我的睡袍,他的手掌抚上我的乳房,紧捏着其中一个,而后又压上他的脸,透过棉质的布料吮吸着乳头。那时我真的笑了出来——那感觉太可笑了,好像是我在给他喂奶——但克劳斯看起来并没有把这个声音当做是笑声,这样也许最好。“你喜欢吗?”他问。

要是我真的喜欢,或许我还开不了口承认这一点。但因为我只是觉得还行——比起来我更喜欢他抚摸我的头发——我静静地说:“是的。”

他的手往下探到我睡袍的下摆——那是一件白色,长及小腿的睡袍,就是奥尔特女孩常穿的那种——他开始往上撩,(他打算把它从我身上脱掉吗?)我的身子完全僵硬了。

“没事的,”他说,“我想让你觉得舒服。”

“为什么?”

“为什么?”他重复道,“这算是什么问题?”

我说错话了;真的,这只是时间问题而已。“没什么。”我说。

我以为他要压着我,他会说,不,什么?我完全不知道这要怎么做。他的手在我的下腹徘徊,我的左胯骨,滑下我的大腿,而后又回到下腹。我的睡袍全都皱褶在我的腰际,露出我的内裤,我知道接下来将要发生什么——这只是一种悬念和非悬念的组合罢了。

他用了两根手指,我迎向他的手,好像要帮助他寻找什么似的。一切都那么潮湿,那么火热。突然间,我完全处于他的掌握之中,我能感觉到一切都不一样了,我想要得更多,但那感觉是那么美好,我几乎都不在乎了。不知道过了多久,我只知道那种欲望让我感到疯狂,贪婪,灵魂出窍一般。然后,我们又吻在一起,这一次就容易多了,就像是余音缭绕。渐渐地,我们安静下来,我这才明白他并不是要跟我做爱,(我怎么还会为此感到失望呢,我不是已经打定主意不想要了吗?)他的头枕在我的胸膛,在我的心口上;他的腿一定已经垂下床边去了。他的身体沉沉地压在我身上,似乎很重,却又不是。我满可以适应。这也是我之后才知道的,有些男人永远不会把他们的分量全压在你身上,而对于克劳斯来说,看来他确定——确定我足够强壮,确定我想要,而我也的确如此。我的手掌攀上他的肩膀,我的手抚摸着他后背发出沙沙的声音。

过了很久,外面传来汽车开过的声音。也许是守夜人,正在校园里巡逻——已经过了四点了——或者是哪个老师很晚回家或很早离开。无论那是谁,他都将我们拉回到了现实中;这一刻结束了。"我要走了。"克劳斯说。我们都没有说话,他也没有立刻起身。我垂下眼看着他的头。微微地,非常轻微地,它抬起来,感觉就像是我吹了口气。

第二天早上我醒过来的时候,睁开眼前有那么几秒钟,我想起了昨夜似乎发生了什么美好的事情,但我又想不起来是什么了。随后我想到了,克劳斯。我睁开双眼。房间全亮了——快九点,星期天的礼拜,将在十一点开始,那是一定要参加的——一切看起来都跟平时没什么两样:书桌,海报,地板上的垫子和被当做桌子用的皮箱,上面堆满了杂志、钢笔、录音带,还有一包开了口的薯片和一只正在腐烂的橘子。哪儿都找不到克劳斯曾经来过的影子——我想过要是他忘了他的衬衫或者毛衣,我是不会出声的,但他两样都记得穿上了——而我又开始滑落到那个熟悉的缺乏信任和方向感的状态中了。就像是我要跟人在图书馆碰面,但我到达的时候却没见到人,或者我来到他们的宿舍门前,但在敲门前,我却转念想道:我们的约会是不是我自己已想像出来的? 有时候我甚至不能给人回电,因为我总是得说服自己才能相信我打一开始的确跟人通过电话。

但克劳斯的确来过。我知道他来过。我翻了个身，感觉有些酸痛，这就是证明。看来我应该为这所发生的一切感到高兴——我终于吻了一个男孩，那个男孩还是克劳斯——但那一觉，那一夜，离我越远，这个意外就似乎越怪异。那个让克劳斯伸进手指去的女孩子是谁，是谁在他身下扭动呜咽？那绝对不可能是我。我想找玛莎聊聊，但是她要到晚上才会回来。

星期天很多人都不吃早饭，但我和玛莎总是会去。我们总是九点左右过去，吃得很慢也很多，和其他几个在那儿出现的同学一起看看报纸。几个常客中有一位叫乔纳森·特雷戈，总爱就《纽约时报》中的严肃新闻发表意见——他的父母都是在华盛顿特区工作的律师，无论世界上发生什么事，哪个说不上名字的国家在打仗，什么药物、能源或市场危机爆发，乔纳森不仅消息灵通，而且在应对的方法措施方面有着他强烈的见解。有一次我问："你是民主党还是共和党？"乔纳森说："我是社交上的激进派，但是财政上的保守派。"而道格·米尔斯，抬起头说："是不是就像双性恋一样？"他是一个足球队员，星期天也来吃早饭，但每次都只看体育版，从不跟人说话。即使我很清楚道格是个头脑简单的傻瓜，我还是觉得这句话很好笑。

还有就是乔纳森的室友，拉塞尔·吴，他的话也很少，但比多格看起来要好亲近多了。说不上什么原因——也许只是因为眼神——我总觉得拉塞尔喜欢玛莎，我几乎每个星期走出餐厅的时候都会跟她提到这一点，但她总是否认。我对拉塞尔所知不多，只知道他是从佛罗里达州的清水区来的，有时候我希望他喜欢的人是我，这样我就可以在春假的时候去那儿看他了。

另外一些经常出现的四年级学生有杰米·拉瑞森，那个一年级的时候在范太太的课上在我之前做了他关于罗马建筑群的演讲的男孩；杰妮·卡特和她的室友萨莉·毕谢普；还有黛德，在那些她早起学习的日子

315

里。这样的日子里,她总是戴着眼镜、穿着她海军蓝的长运动裤,这让我有些好奇,鉴于她在其他的时候总是那么爱打扮,虽然星期天的早上没什么人看到你,但也不至于一个人也没有啊。

我吃早饭从不精心打扮,但我平时也不打扮。那天早上,洗过脸刷过牙——星期天,我很少洗澡——我套上牛仔裤和一件长袖 T 恤,外加一件羊毛外套。我穿戴整齐地站在房间里,立时感到了玛莎不在的空虚。我得一个人去吃早饭,昨天晚上发生的事情不能想太多。但我现在是不是该像往常一样去吃早饭呢?一切都跟往常一样吗?也许,说到底,就是一样的。

我走出屋外,离宿舍越远,心头的感觉就越强烈:一切跟往常并不一样。我的心神不安就像烟雾一样在我身边蔓延开来。当我走到餐厅门口时,我感觉几乎要窒息了;我无法提步走进去。要是碰巧今天是克劳斯来吃早饭的其中一个星期天怎么办?要是他看到我这样出现在光天化日的灯光下怎么办?(为什么我不洗澡就离开寝室,为什么我要生成这样一个懒人?)要是他惊讶地发现我并没有变得漂亮一些怎么办?要是他认为自己犯了一个错误又怎么办?或者,说不定发生的这一切对他来说并没有大到足以称为错误的地步。这是我最想知道的,这一切是不是意味着什么,或者,什么都不是。我转过身,开始向宿舍走去,越走越快,一路匆匆忙忙的——突然间,重要的似乎不仅仅是不要碰上克劳斯,而是不要碰上任何人,甚至是老师——我开始想念以前的我自己,那个直到昨夜之前的自己。星期天我会和玛莎一起去吃早饭,跟其他学生有一搭没一搭地说说话,我可以狼吞虎咽地吃我的馅饼,一点儿也不用担心形象。今年,也就是我四年级的头几个星期里,我感觉到了在奥尔特前所未有的安宁。没有压力,我不用应承任何人,迎合任何人。或许也不是——毕竟,我显然迎合了克劳斯——但那些我需要思考的时刻他不可能察觉到,我可以做到。我的脑袋完全精于此道。而现在有些事情不一样了,有些东西要毁在我手里了。

在宿舍里，我爬回到床上，钻进被窝，闭上双眼，这总能给人一份安全感。把身体放平，裹得像个蚕宝宝，我才放松下来，脑子里依稀闪过昨夜的点点滴滴，心头又涌起一丝甜意——他的声音，他的手抚过我的头发，他是怎样毫不犹豫，除了(想到这儿，我的心惴地缩了一下)当我说"为什么？为什么你想要让我觉得舒服"的时候。我意识到，最主要的是，我们需要再回到黑夜，这明亮无情的白天一定要过去：你咀嚼食物的每一餐，电脑屏幕、鞋带，还有那每一小段可怕的对话，即使你自己不参与只是呆在一旁聆听的那些，等着它们一一过去。但在夜晚，你可以把所有的离经叛道都托盘而出。只是你和他，你们温暖的皮肤，你们怎样令对方得到快感。(克劳斯从我身上得到快感了吗？说不定，我可以更努力一些，只是我不确定应该怎么做。)

十点的钟声敲响，我躺在床上，还想着要去参加礼拜，或者，至少还没打主意不去，但当十一点的钟声敲响时，我就没法装傻了。我缺席了礼拜——第一次。

我一直睡到下午两点才起床，主要是因为我要小便了。我拿出一卷苏打饼干来吃，把它们从密封包装里面一块块拉出来，打开我的历史书，坐在地板的垫子上，眼睛在房间里转来转去，满脑子都是克劳斯。五点钟，玛莎还没有回来，也就是说，我还不能去吃晚饭。在公共休息室，我正站在炉子边上烧开水的时候，阿思派丝·门特格尔玛丽走了过来。她并不住在埃尔文，而是住在隔壁的燕西宿舍，有时候她会过来找另一个四年级学生菲比·奥德维。

"苏昨天晚上到你的房间去了吗？"她说。就算是她开口问我借胸罩，我也不会更惊讶。

"什么？"

"他说他要去的时候，已经差不多凌晨三点钟了。我说，首先，礼貌一

317

点吧。我敢肯定她们已经睡着了。另外,要是你突然跑过去玛莎会晕的。我是说,好主意——说不定你们俩都会被停职,而拜登先生就要尿裤子了。你在做拉面吗?"

"克劳斯来找玛莎?"我不确定地说。

"噢,那他没去? 太好了。"她又继续往前走,"那没事了。"

一般来说,话说到这个份上,我就会闭上嘴了,特别是跟阿思派丝,面对她,我总是在张嘴之前就感到尴尬了。但这次我实在无法按捺自己:"我真不明白你们凌晨三点还能在哪儿?"我说。

"我们在打牌。他们来了一帮子人,德尔文和苏当然输得一塌糊涂,苏号称他要去找玛莎。天,你不觉得你太把班长这玩意儿当回事了吗?"

但克劳斯早就知道玛莎去了达特默思,这是他提起来的。也有可能他忘记了,到了门口看到她的床空着才想起来。但我几乎可以确认他一直都知道。(这事我从没问过他。我有大把的机会,当然我也想要知道,但我不能开口问,因为我真正要问的不只是这些,我总是害怕那个答案是我早就知道的。只因为他们不属于你,只因为你做不到,你才会试图看透一个人。)

"你的水开了。"阿思派丝说,我伸手去拿开水壶,她已经上楼到房间去了。"味精吃多了头疼。"她说。

阿思派丝当然知道怎么打扑克牌——学校里大概有五个女孩子会打牌,她是其中一个,没什么好奇怪的。可能她还打得不错,说不定总能打败那些男孩子,赢走他们的钱,发出她阿思派丝式的笑声。最糟糕的是,要是我是一个男生,我也会喜欢阿思派丝那种漂亮,好看却遥不可及的女孩;当然我不会找一个马马虎虎的女孩子然后拼命找她的内在美。

发生在克劳斯和我之间的是个错误——我现在能感觉到。并不是精神上的,而是一团乱麻,一件需要解释的事情:在杂货店的一只小鸟,一个不停抽水的马桶,到了你的朋友来接你的时间,你打开门却发现那根本不是你朋友的车;开车的是个陌生人,现在你必须得道歉了。

当天我的最后一件事是跟斯坦恰克太太碰面。我之前就见过她——在奥尔特,大学的咨询是从三年级的春天开始的——但这一次是决定性的一次会面,我交给了她一张我所申请大学的名单。

我坐在她书桌旁的椅子上,她打开一个马尼拉纸的文件夹,把眼镜推到鼻梁上——镜片是长方形的,蓝色的塑料镜架,用一根眼镜绳挂在她的脖子上——仔细念着最上面的一张纸。她一边看一边问:"今年怎么样,莉? 开头还不错吧?"

"很好。"

"数学怎么样?"

"我现在是 B$^-$。"

"不开玩笑?"她抬起头微笑着,"那太棒了。你还跟奥布里碰头吗?"

我点点头。

斯坦恰克太太六十刚出头,她的丈夫斯坦恰克博士是我们古典教研室的主任。等我到了她的年纪,我也希望我的头发能像她那样——差不多三英尺长,几乎全白了,像扇子一样竖在头上好像她坐着敞篷车一样,虽然看起来她没有用发胶。她微微有点发胖,脸上满是皱纹,即使是冬天也是黑黑的。放假的时候,她和斯坦恰克先生总是去中国和加拉帕哥斯群岛之类的地方度假。他们有三个儿子都是从奥尔特毕业的——最小的那个毕业也有十多年了——在照片中,我可以看到,她的儿子们都梳着整齐的头发,英俊得不得了。我喜欢斯坦恰克太太,事实上她有些事情引起了我相当的好感,但每次在她办公室的时候,即使是在我自己说话的时候,有个念头却一直在我的脑子里盘旋:据说要是奥尔特不打算支持你的大学申请,你就会被分配到她这边。其他的咨询顾问,哈桑先生,四十多岁,是一个高高个子,有些刻薄的英语老师——斯坦恰克太太并不教任何课,只是担任兼职的咨询顾问——他自己上的是哈佛,而斯坦恰克太太上的是南卡罗莱纳州的查尔斯顿大学,奥尔特从来没有送过任何学生去那里。(所有教职员工是从哪里毕业的,他们拿到的是什么学位,你都能知道,因为那都列在学校的校刊上。)显然,关于哈桑先生和斯坦恰克太太的话题每个春季都在流传,就在三年级学生知道自己被分派给了那个咨询顾问之前,同样每个春季,其他的老师都会试图镇压这些流言;在历史课上,迪恩·弗莱切听到大家在讨论这个的时候,他说:"别再说那些臭狗屎了。"阿思派丝当时也在场,说:"弗莱切,你用的词可真吓人。"

随后,当分派结果出来以后,玛莎被分给了哈桑先生,克劳斯也是,乔纳森·特雷戈也是,还有我们班其他相当一部分看起来聪明或讨人喜欢的孩子们也是。惟一一个称得上聪明却被分配给斯坦卡克太太的人是欣君,但我想奥尔特并不在乎欣君上什么大学,只要她毕业前不再试图自杀就好。古怪的是,当我知道自己没有被分给哈桑先生的时候,我完全愣住了。没错,我是很自卑,但——那并不是发自内心的。我一直盼望着能被证明我是错的。

斯坦恰克太太很快地写了两笔,转向我:"让我们来看看你的名单。"

我递了过去,她扫了一眼,看的时候,没有发出任何表示赞同的声音。

最后,她说:"我担心的主要是你没有给自己太多的余地。像汉密尔顿,我会说那儿对你来说差不多。但如果说到米德博里或者鲍登大学,就危险一点了。"

"那布朗大学呢?"

"莉。"她靠过来一些,拍拍我的小臂,又靠回去,把眼镜推到头上,让它们埋在她松软的头发里。"你会爱上大学生活的。你知道吗?那是因为外面有很多很好的学校,比我们所知道的多得多。但要是你听这里的有些人说的话,你会以为好学校只有八个。我说得对吗?"

她说得一点儿没错。说是八个因为宾夕法尼亚和康奈尔大学勉强挤进了常青藤联盟①，但斯坦福和杜克大学也许也不错。

"那很愚蠢，"斯坦恰克太太说，"我知道你也明白那很愚蠢。"

"所以，您认为我进不了布朗大学？"

"你知道我要说什么吗？我会说去申请布朗吧。去吧。为什么不呢？但我也想你考虑一下别的地方。你有没有像我们所说的问格林内尔要一本校刊呢？格林内尔是一所很棒的学校。还有毕洛伊特也是。"

"能再告诉我一遍它们是在哪个州吗？"

"格林内尔在爱荷华，毕洛伊特在威斯康星。"

"我不想去中西部的学校，"我说，"我更喜欢这儿。"

"莉，我希望我们能做出让你满意的决定。但我需要你跟我合作，那也许就意味着花些时间多看些地方。"

"要是我写一篇非常非常好的文章给布朗呢？"

她叹了口气。"莉，"她说——我的名字从来没有被人用这么同情的口吻叫出来过——我能感觉到自己的喉咙有些哽咽，眼睛有些酸酸的。"你的微积分初步差点就不及格，"她说，"你的竞争对手有这里的孩子们，你自己的同学，他们拿的都是 A，统考的成绩有 1 600 分。除此之外，还有全国所有学校最好的学生。更何况我们还没有说到经济资助的话题。我并不是要泄你的气。莉？"

我没说话。

"无论你去哪里，那个学校都很幸运能拥有你。"她说着，我的眼泪滑落下来。我想到了克劳斯——他离开我的房间以后到现在三十六小时不到一点儿的时间里，我没有一刻不想着他——似乎我此时的哭泣，也是因为我再没有听到过他的消息，因为也许我们之间的一切只是他一时的心

---

① 常青藤联盟是美国东部有学术水平和社会声誉的名牌大学的一个联盟，成员有八个：布朗大学、哥伦比亚大学、康奈尔大学、达特默思大学、哈佛大学、宾夕法尼亚大学、普林斯顿大学、耶鲁大学。

血来潮,他再也不会抚摸我的头发或者躺在我的身上了,因为当这一切发生的时候,我甚至并没有真正地满心欢喜,而最后,也因为克劳斯,作为一个班长,很可能会进哈佛,而斯坦恰克太太正试图将我送到遥远的威斯康星,把我们两个分开。绝望之余,我只是想要克劳斯再多给我一次机会,我就会做好心理准备。我会迎合他,而藏起所有令人厌恶的情绪。

斯坦恰克太太地给我一盒纸巾,说:"随便拿。"我的眼泪似乎一点也没有让她手忙脚乱。(后来,当我向玛莎提到在斯坦恰克太太的办公室里哭的时候,她说:"噢,我已经在哈桑先生面前哭过两次了。那就像是必经之路。")"这是段艰难的日子,"斯坦恰克太太说,"我知道。"

至少有一分钟,我们坐在那儿一声不吭,只有我的抽泣声。这段时间里,我想像着斯坦恰克太太会问我真正担心的是什么,当我告诉她时,她会说些关于克劳斯和那件事的话,一些真心而智慧的话。我想大人们大概忘记了十几岁的少年有多信任他们,有多愿意相信成年人,以一个成年人的智慧,知道怎么处理事情,或者对事情更有判断力。那个时候,在斯坦恰克太太的窗外,我看见蒂格·奥特曼和黛安娜·区布勒德拿着她们的冰球棍走向体育馆,这让我猛然间想起在奥尔特人面前吐露心声是多么的不明智,除了玛莎以外。并不是蒂格和黛安娜有什么特别的事情让我想起了这个事实,并不是她们有什么让我不信任的地方,只是——她们正好这个时候出现罢了。她们不可能一字一句听得很清楚,但是,在奥尔特,只要你有什么可攻击的弱点,总会有人发现。一不小心,你的隐私就完全暴露人前了。

我又看了斯坦恰克太太一眼,她正耐心地等着,突然间我开始怀疑她能告诉我什么。"对不起,"我说。

"不用对不起,"她说,"你不用顾及我。我只想要你想想你自己。"

我想告诉她其他的我什么也没做。

她递给我一张大学的名录。"我想你再仔细看看,"她说,"花几天时间想一想。跟你爸妈商量一下。不用太着急。我们不要停留在表面。你愿意为我试试看吗?"

"我想去布朗并不仅仅是因为它的名声。"我说。

她脸上的表情告诉我她不相信我,但同时她也并没有责怪我说谎。但我并没有完全说谎。"我想去布朗是因为那儿吸引了很多有意思的人,"我说,"因为它在东北部,并且没有什么分配的要求。"我想去布朗是因为要是我进了布朗,那就意味着我的的确确是够资格去那里的。更因为要是我的确够资格去那儿,要是这一切成为现实,那就意味着接下来的一切都会一帆风顺了。

"那些都是很好的理由,"斯坦恰克太太说,"你知道我想要你做什么,对我自己来说也一样。我希望你再找五个同样符合那些描述的学校出来。好了,现在别忘了联邦助学金表格会在十一月份发放,你爸妈得在一月份把它们交上来。你知道你不会早申请任何地方——我们都清楚了吗?"

我点点头。这么正大光明地讨论金钱让我感觉有些超现实,特别是我已经习惯了把它当做一个可能想到的最糟糕的话题。那就像去看妇科医生,那是我从大学开始做的事——那种把我的阴道放在医生面前的尴尬和狼狈,而另一方面,我又古怪地说服自己,还有什么好扭捏的呢? 给人看我的阴道本来就是我去那儿的目的。

"你要是想冷静一下,可以在这儿坐一会儿。"斯坦恰克太太说。

"没关系。"我站了起来。一方面,我很懊悔自己掉了眼泪,另一方面,我又想带着眼泪走出她的办公室,也许克劳斯会看见我,以为我是为了什么重要的事情哭出来的,这样,我就会激起他的好奇心。"谢谢你,斯坦恰克太太。"我说。

"谢谢你,莉。你知道我为什么谢你吗?"

我摇摇头。

"因为你是要靠你自己进大学的人。"

那个早上,我在信箱里收到迪恩·弗莱切发来的一张小纸条,斥责我缺席星期天的礼拜之余,还要我下午五点到餐厅报到,擦桌子,基本上也就是做晚饭前的清洁工作。练习完足球之后,我带着湿漉漉的头发从体育馆走到餐厅。我以前从没被罚过擦桌子,我可能是包括玛莎在内的所有四年级学生中惟一一个可以这么说的人。绕过环岛的时候,我闻到空气中焦黄的叶子的气味,校园里星星点点的满是你只有在秋天才能看到的琥珀色的灯光,就像一直以来在奥尔特的感觉一样,我不配,我周围的美丽不属于我。

刚从外厅走进餐厅,我就听见了克劳斯的声音,我怔了一下,想着是不是要扭头出去。其实我不应该感到惊讶——除了四年级的班长以外,克劳斯还是三个餐厅的负责人之一,显然,今天是他当值。

我走进餐厅,大概有二十个学生在那儿擦桌子和铺桌布。克劳斯手里拿着纸笔正在和另两个二年级的男生说笑。我走到他们面前三四英尺,他都没注意到我。"对不起,克劳斯。"我说。

他回过头,另两个二年级学生也是。"我能为你做什么?"克劳斯问,他的声音一点儿也不友好。

"我被派来擦桌子。"我指指他手里的纸条,"至少我这么以为。我从弗莱切那边得到的通知。"

克劳斯看了看那张纸条。"没想到你也会违反纪律。"他说,语气放松了很多,"你们该去工作了,"他对那两个男孩说,"别偷懒。"他们其中一个走开的时候做了个手淫的手势。"嘿!"克劳斯说,"庄重一点,大卫。"但他跟他们一起笑了起来。

等他们走开以后,他说:"你是想要找借口跟我说话吗?"

"不!我没去参加礼拜。"

"我只是开玩笑。"他低头看了看表。他的头发也湿漉漉的,面对面站在那儿,我忽然闪过一个古怪的念头,好像我们刚一起洗了澡一样。我的脸立刻就红了。"听着,"他说,"晚饭还有四十分钟才开始,这儿的人已经够了。你不用呆在这儿。"

"你确定?"

"我会把你的名字从名单上勾掉的,不用担心这个。"

"那我可以走了?"

"除非你不想。"

"不,我想。我是说,我不是不想。谢谢。"我转过身,就在这个时候,他很轻地在我屁股和背部之间的地方拍了一下,我知道,我们之间还会有更多的事情发生。并不只是我想,而是那一定会发生。因为他的手放得那么低。要是它高一些,可能意味着,没什么吧? 或者只是,再见。但像那样,在我的尾椎附近,连我都感觉到其中有些不一般的意味。我回过头,但他已经在跟别人说话了。

"他让你走并不是件坏事。"玛莎站在全身镜前,梳着头发,而我则坐在垫子上。"你不明白是因为你从来没有被罚过擦桌子,那个感觉很丢人。特别是对四年级学生来说。所以,他并不是不想在你身边才叫你走的。那更像是他为了你好。"

"那天晚上的事他提也没提,"我说,"一个字也没有。"

"他该说什么呢? 那儿还有其他人呢?"

"也许他喝醉了,不记得了。"

"他记得。"玛莎放下梳子,拿起她的香水瓶。对着面前的空气喷了喷,从一团雨雾中穿了过去——这是一年级的时候我从黛德那儿学来的小把戏,又传给了玛莎。"听起来他并不那么醉。你知道,很多男人喝多了的时候,都没有那个能力了。"

"真的?"

"酒精会抑制你的中枢神经系统。"

"科比发生过这种情况吗?"玛莎和科比在一起已经一年多了。他在薇蒙大学念大三,他们每个星期一通一次电话,给对方写信,放假的时候总是在一起,他们在一起六个月以后她跟他发生了性关系(她的第一次),因为他跟之前的两个女朋友也发生过性关系,在那之前,他们去诊所给他做了艾滋病检查。他身材高大,人也很好,而且喜欢玛莎,但他的皮肤有些苍白,长着一个鹰钩鼻,至少在我看来,不太有幽默感。玛莎在家的时候,他们会一起骑上十五英里的自行车或者转来转去地念着他们最喜欢的《奥德赛》选段。我一点儿也不羡慕。

"科比他们从来不喝那么多。"玛莎说,她看着我,"你真的不用那么紧张。"

"我没有。"我把腿架在箱子上,看着自己包裹在黑色不透明的紧身衣里的小腿和穿着礼服鞋的脚。不知道我的鞋是不是过时了。之后,很多女孩子都穿上了更厚的鞋跟。

"你想要怎么样呢?"玛莎问,"说真的。"

我想成为克劳斯说话的那个人。我想让他觉得我漂亮,我想他看到我喜欢的东西就会想起我——开心果树,戴帽的汗衫还有戴兰唱的《北国来的女孩》——我想他在我们分开的时候想念我。我想他感觉,当我们一起躺在床上的时候,再也想不到更好的地方了。

"你能想像他当我的男朋友吗?"我问。

玛莎穿上她的夹克衫,背对着我,当她说"不能"的时候,她看不见我的脸,我想她想像不到那对我来说是怎样的当头一棒。她转过来的时候,我强迫自己收起惊讶或受伤的表情。"我敢肯定,要是你想再跟他发生些什么,你可以做到,"她说,"但我感觉,从他零星的几句评论看来,他很享受现在这种四年级的生活。我怀疑他是不是想安定下来。而且,就是,你和克劳斯?"她做了一个像是闻到了什么臭味似的鬼脸,"你觉得会吗?"

"要是你无法想像我跟克劳斯出去约会,你又为什么要叫我去想我要什么?"我试着用一种平常而好奇的口吻去说。这些,无疑是玛莎对我说过的最残忍的话,但要是她知道我这么想,她会吓得不敢说实话的。

"我并不是叫你消极被动。这就是我担心你的地方,看起来你把一切都交到他的手里。你应该告诉他你想要什么,要是他做不到,那是他的问题。"

"但我为什么要去争取一些你认为我肯定得不到的东西?"

"我什么也不肯定。我怎么能肯定?但是自从你到这儿以来就一直那么喜欢克劳斯。他一走过来,你们就傻乎乎地围着他,现在有机会了,这是你欠你自己的,去看看接下来会发生什么。我不相信并不是因为我认为你配不上他。要是有的话,也是你太好了。我只是不确定他是不是意识到了。"

"那我该对他说什么? 什么时候?"

"他并不难找。探访时间里去他的房间就行了。"

"我才不会去克劳斯的房间。"

"那就等你在校园里碰上他,告诉他你有话跟他说。"

"说什么呢?"

"莉,世界上没有什么有魔力的词。"玛莎伸出脚套进鞋里,跟我的动作一模一样,我有些厌恶她的光芒。大多数时间我都很喜欢她作我的同屋,我喜欢有这样一个亲近明晰的最好的朋友。但偶尔,完全是因为同样的原因,我感觉自己对她的依赖就像一个陷阱,让我屈服于她的实际和坦率之下。要是我跟黛德成了最好的朋友,要是我把这话跟她说(当然,要是黛德自己这几年没有喜欢克劳斯),此时此刻,黛德一定会帮我出主意打气。她不会像玛莎这样打击我。

但为什么这一切都是应该的,为什么这一切都那么该死的合情合理,玛莎有男朋友而我没有,她是四年级的班长而我什么也不是？毫不夸张地说,我什么也不是,不是礼拜的负责人,不是年刊的编辑,也不是运动队队长(玛莎同样也是一个运动队的队长)。我们三年级过后的暑假里,我在一张班级名单上反反复复地试图找两个同样不出挑的人出来,却只找到两个人:妮可·奥夫文斯韦德和丹·蓬斯。她们都不讨厌——只是不显眼而已。

在餐厅,在我们分头去找位子之前,玛莎说:"分头努力。"我讨厌她既平凡又幸运,而大多数在奥尔特的人要么就是幸运而幸运,要么就是平凡而平凡。

克劳斯第二次来到我房间,我相信那是我身上散发出的一波又一波的渴望穿过了我们宿舍之间的庭院把他带来的。那是一个星期六的凌晨——大概一点钟,我想,因为玛莎已经上床了。她总是要看书,睡得比我晚,她在关灯的时候叫醒我,这样我们就可以说说话。克劳斯出现的时候,这些都已经发生了,我们两个都睡着了。

这一次我醒过来的时候,他已经来到我的面前了,他的手扶在我的手臂上,跪坐在我的床沿。"莉,"他悄声叫道,"莉,是我。"我睁开双眼,露出一个微笑,一个不由自主的微笑。他俯下身,甚至还没爬上床就吻上了我的唇,我们的嘴唇交缠在一起,我意识到,这才是真正的吻,这才是人们热衷于此的原因——舌与舌之间完美的滑腻感。不知什么时候,他把身体压了下来。

我感觉到他下身的反应,蠕动着被压在他下面的身子,让他置于我两腿之间。他猛力的拉扯让我几乎以为他要把我的内衣撕裂了(虽然,说真的,谁还在乎我的内衣呢？)。他脱掉自己的衬衫,他的皮肤温暖、柔软而光滑。

我想大概是他先听到玛莎的声音,那是我们头顶上她床垫的弹簧发出来的。她什么也没说,但克劳斯和我都僵住了,接着,她爬下上下铺的栏杆,走出了房间。

"她生气了吗?"看着门关上,克劳斯问。这个时候,显然,她不再是他的班长搭档了;她是我的同屋。

即使她生气了,我也不在乎。我满脑子想的只是像现在这样和克劳斯在一起。那句话是怎么说的? 总有些时候,你是自私的;就这么简单。

过了一会儿,我说:"星期一在餐厅你为什么不跟我说话?"他回答:"我跟你说话了。"我接道:"那不算。"他说:"你的脸都红了。"我没有再追问下去。又过了很久,天还没亮但已经不那么黑了,可以看出一点清晨蒙蒙的雾光,我知道他要走了,说:"你不会把这告诉任何人,是吗?"

他沉默了几秒钟:"好的。"

"我们要是在校园里碰到了,就像平常一样。"我说。

"什么叫就像平常一样?"他听起来有些觉得好笑,或者是有些吃不准。

"我不会在早饭的时候走过去给你一个早安吻,"我说,"要是你担心的是这些的话。"

他又一次沉默了,而后他说:"好吧。"

"换句话说,我也不会指望你送花给我。"我想举个荒唐可笑的例子出来——克劳斯当然不会送我花——但这个听起来还不够荒唐。要是我说的是"我不会指望你给我买一根珍珠项链。"

"还有什么?"他说。

"我并不想表现得奇奇怪怪的。"

他的声音最终不再有任何玩笑的口吻:"我知道。"

清晨,我们穿衣服的时候,玛莎说:"我觉得他这么过来不是一个好主意。"

"对不起,你是不是气坏了?"

"我可不喜欢被你和苏发出的那种声音吵醒,然后到公共休息室去睡觉,不。"(对她而言这似乎不那么重要,我心想,她完全没有认识到这个男人是我的初吻。难道就不能多给我一些宽容,或者只是一些时间让我来学习该怎么做? 不管怎么说,这不是寄宿学校的一部分吗? 听着你的室友和男孩子一起气喘呻吟?)"但真正的问题是,"玛莎继续道,"要是他在这儿被抓的话,我也会被牵连的。我不能告诉他该怎么做,但我得对我自己负责。"

我一声不吭。

"他还要再回来吗?"她问。

"我不知道,"我说,"可能吧。"这么说的感觉真好,几乎都让我忘记了跟玛莎的不愉快;我没有笑出来,只因为我努力控制着自己。

"你明白吗,这让我处在一个很尴尬的境地?"她说。

"是的。"

"理论上说,单单是知道你违反了探访纪律我就应该告发你,没有人要求我这么做,但我每天都要和拜登先生或者弗莱切讲话。他们认为我是诚实的。你不会理解,你不用一天到晚跟他们开会,看着他们的眼睛,和他们讨论校园诚信的问题。"

"玛莎,我已经说了'是的',我明白这让你的处境很尴尬。"

玛莎叹了口气:"我知道你很喜欢他。"

我们两个都不做声了。

"你的意思是,他不能来了?"最终我问道。

"别说得好像我是你妈一样。那不公平。"

"但你就是这个意思,是吗? 你希望他的脚再也不要踏进这儿半步?"玛莎一直都是这么固执吗?

"等一等,"她说,"我有一个主意。你可以用日租的学生房间啊。"

我立刻本能地有些抗拒，虽然说不出原因。每个宿舍都有一个日租的学生房间，一般来说比其他的房间要小，只有一张床和一两张桌子。我们宿舍的日租房间在我们楼下隔壁三个门，惟一一个入住埃尔文的日租学生是希拉里·汤姆金斯，一个不大出现的三年级学生。

　　"我要跟希拉里说吗？"我说，玛莎当场笑了出来。

　　"也许你还可以问问弗莱切。"她说。（在今年以前，我记得，她总是叫他迪恩·弗莱切，叫克劳斯紫猴子，而不是苏。现在她听起来就像是阿思派丝。）

　　"我猜那就是说不用。"我说。

　　"我想希拉里不会介意的。"玛莎说，"反正也不会很经常，不是吗？"

　　她为什么觉得不会很经常？

　　"我们是在吵架吗？"玛莎问。

　　"不，"我立刻反应，"不可能。玛莎和莉永远不会吵架。"我不确定别人怎么看，但至少我是这么想的；在四年级学生中，我和玛莎是仅剩的四对三年以来一直选择对方作为同屋住在一起的女孩中的一对。男孩子们总是在一起住下去，但女孩一般来说不是。

　　"但我听说玛莎有点叫人讨厌。"玛莎说。

　　"事实上，莉才是叫人讨厌的那一个。"我说，"她完全没有自信，一天到晚地抱怨。她是那么消极。我可受不了消极的人。"

　　"要学会苦中作乐。"玛莎说。

　　"消极的人会把这话倒过来说的。"我说，"嘿，玛莎。"

　　她看着我。

　　换作别人会说什么？你的友谊对我来说太重要了。我爱你。玛莎和我从来不对对方说我爱你；我觉得这么说的女孩子，尤其是经常这么说的，虚伪而做作，"我很高兴你没被我弄疯了。"我说。

我就好像走在附近郊区的人行道上,当我踏上某一块方形路板的时候,它却飞到一边去了,我就此跌进了无穷无尽的黑暗中,满眼金星。我盼望着自己能够回到原先所在的人行道上,蓝鸦伫立在电话柱上,喷水车在街对面的空地上跑着,而我,也许会在膝盖上发现一个伤口或者在小臂上发现一块乌青——证明有些事的确发生了,但并不像我想像的那么多。但什么都没有发生。我还是在往下掉。

某种程度上,克劳斯过来的那几个晚上,我都没怎么睡觉。那个时候的一切总是那么奇怪。我吃得也少了。我并不是什么也不吃,也不是厌食,只是食物,和差不多所有其他的东西一样,现在看来都不重要了。有些食物还是会让我很馋,像是牛油果,我甚至骑着玛莎的自行车到城里去买了四个,放在窗台上等它们熟了以后,用玛莎的小刀削了皮,像苹果一样吃。香草冰淇淋也是——这些东西看起来很纯,能够直接滑下喉咙而不用牙齿咬。另一方面,蒸锅就让我倒胃口了。

我的成绩却进步了。因为我做了作业,我可以集中精神了,作业不再是我生活的全部,事实上,它变得无关紧要,只是一些日常生活中我必须要做的事情。我坐下来,打开书,把那些方程式看在眼里,记在心里——无论那是什么——不像以前我坐下来就看着天花板,开始想些奇奇怪怪的事情,像是上大学的时候我是不是该给自己起个中间名,或者,要是我有了狐臭,会不会有人告诉我?

第三次克劳斯过来找我,他半躺在我的身上,我们的手臂交叠在一起,(我惊讶地发现原来身体的接触是那么容易让人动感情,这是它吸引人的部分之一:你们的身体可能并不像游泳比赛时那么一致协调,但它还是你的身体——要是另一个人的姿势摆得不好,你的手臂还是会因为吃力而感到疼痛,你的鼻子说不定会撞上他的锁骨,这些笨手笨脚的反应让我感觉自己好像是在家一样,而克劳斯和我是朋友。)当我对他说:"我们不能呆在这儿。我们不能……"他用吻打断了我,我说道,

"不，克劳斯，真的……"接着是更多的吻，而后我听见玛莎翻了个身，我说，"跟我走。起来跟我走。"

走进光亮的走廊真是件可怕的事。我把他从床上拉起来，拖着他穿过房间，但当我打开门的时候，我们就松了手，等走到光亮里，我们完全没有了接触，这太可怕了；我想念他，也因为他跟在我后面而感觉有些不自然。我脑后的头发有没有翘起来，克劳斯是不是真的知道我在灯光下的样子？我当然不会转过身，跟他面对面，让我自己在他面前一览无余。

"等等，"他跟在我后面喃喃道，我打开了日租学生房的门。房间里有一扇窗，窗帘没有拉上，外面的一盏街灯的灯光透进来，让室内不至于一片漆黑。在床上，有一个睡袋，我躺在上面，坐起来，伸手拉了拉克劳斯，他再次压在了我上面，他的卡其裤和皮带扣，他衬衫上的一排钮扣，我的脸贴在他脖子的一侧，就在他左耳下方，他的胡茬、他好闻的味道还有他总是暖洋洋的身体，我多么喜欢跟他在一起啊。即使在那个时候，我也已经意识到另一个人躺在你身上的悲哀。他们总有一天要离开，(有人会躺一辈子吗？)这是悲哀的地方。你总能感觉到那即将来临的失落感。

在我看来，一直到很久以后还是如此，这就是所谓的爱上了一个男孩——感觉魂牵梦萦。*清晨醒来，他不在身边，我会想，我是那么爱你啊，克劳斯。*知道别人不会把我们之间的关系看做是爱情——他们当然不会——只会让我更坚信。当他晚上来的时候，在黑暗中敲敲我的肩膀，而后我们两个穿过走廊到日租学生房，最终又躺到床上，我们的身体交叠在一起，我的手臂环着他的后背——在这样的时候，需要极大的意志力才能忍住不告诉他我爱他。他要离开的时候也一样。我是那么爱他！*以后的日子里，面对其他的男人，我总是想：我爱他吗？应该是这样的感觉吗？对不同人的爱，是不是感觉也不一样呢？*但对克劳斯，他浑身上下没有什么是我不喜欢的。其他的人，我在未来的日子里遇到的男人，也许同样很高但却像女孩子一样纤瘦，他们听古典音乐，喝酒，喜欢现代艺术，他们在我眼里就像是娘娘腔。又或是我们可以跟对方聊上一个晚上,我们可以一起去看棒球比赛,但我始终有些不情愿。又或是,他们的手指——虽说并不粗短,但肯定也称不上修长。要是我跟这些人接吻,我不知道这会不会感觉像是完成任务,我是不是在给自己设套。并不是说他们没有吸引力,他们也并不那么让人感觉无聊。但我从没想过克劳斯有什么缺点,对于他,我也从来不需要对自己解释或者辩解什么,我甚至不在乎我们说些什么。从头到底都没有半分的不情愿。

也许他有。但对我来说从来没有。

要是有人问起,当然不会有很多人这么做,我就说我这个周末长假要呆在学校里研究大学的申请表。但我呆在学校里的真正原因是这儿有克劳斯。他也要走了,当然——我知道,并不是他告诉了我,而是因为我在餐厅里听到他们说他和其他几个男生要去纽波特和德尔文的妈妈还有继父一起住——但至少学校是他呆过和会回来的地方,而玛莎家的房子在伯灵顿,一年级以后我每个周末长假都会去,两个地方完全不搭界;我只会巴望着早点离开而已。

玛莎要搭长途车,那辆车我跟她一起乘过很多次,在这之前会有一辆车把她和其他学生从奥尔特送到波士顿,停在南站让他们下车,在房间里,她站在我的面前。"你确定你不想去吗?"她说,"我保证不烦你。"

"我还是留在这儿好,"我说,"帮我向你的爸妈问好。"

玛莎看着我:"你没事,对吧? 没什么问题?"

"走吧,"我说着拥抱了她一下,"你要错过班车了。"

看着班车离开,我似乎松了口气。一个人呆在房间里,我躺在垫子上,不看书,不睡觉,眼睛睁得大大的,满心满脑想的都是克劳斯。当然我总是想着他,但一般总是在我做什么事情的时候,而晚上每当我想起他,我总是会不知不觉地睡着;但一个人躺在垫子上这更像是沉思。我们之间发生的每一件事,他说的每一句评语,他抚摸我的每一种方式,我现在可以有更多的时间去回味。

有那么一段时间,我很高兴天渐渐暗了,很高兴校园里几乎都走空了——留在校园里过长假的人几乎只有没有受到邀请,或者太穷没有钱旅行,或者两者都是。每个学期都有周末长假,一年级的时候,三个长假我都呆在校园里,虽然我不太记得我是怎么过的了——可能看看杂志,等着吃饭,感受孤独。但或许这是我幸运的开始,或许从现在开始,我会得到我最想要的,虽然我不确定除了克劳斯,我还有过什么更想要的东西。

他上次过来已经是三个星期前的事了,我们差点就发生了性关系。前几个晚上,我们彼此都脱光了衣服,他的身体抵着我,不很疼,感觉就像是我想要的。我向他张开腿,我们谁都没有说话,因为任何的只字片语都会让我们清醒地意识到正在发生什么。

最后,我说:"你是不是……"

他亲吻着我的肩膀。虽然他什么也没说,但我能感觉到他正在倾听。

这一秒似乎被无限延长了。他支起身子看着我。我的手放在他的肋骨两边,但我觉得有些不自然,又收回了手环在胸前,像是要阻止一个球打在胸口一样。他挪开了我的手,一个,然后是另一个,把它们放在我的两边。我喜欢他这样,不让我逃避。要是说我们每一次都似乎是从头开始,那并不是我在考验他。而更像是需要证明:你想呆在这儿;你想抱着我。在这些时候,当我硬邦邦或害羞的时候,他会说:"不要难为情。"钻到我的体内,看起来难为情这个词对此而言太慷慨了。

"我该怎么做?"他说,脸上带着笑。

我还能说什么才能与克劳斯在我上方的脸,克劳斯的微笑相称?在他的身下,现在刺痛的感觉温和多了,但我们两个还在动。

他趴在我的背上,说:"你拥有世界上最柔软的头发。"这是我喜欢的赞美。因为这是我无法控制的,是天生的,不像是我喷了香水而他说我的味道很好闻。

他轻轻地把我的腿更推开些,开始挺进,我最先感到的并不是真切的疼痛,而是一种臆想的疼痛。但我并不知道我在抗拒,直到他说:"怎么了?"又接道,"那很酷。"有那么一秒钟的时间,我以为这是他安慰我即使我不想也没关系。但这并不是他的意思——他还在用他的身体让我的腿放松打开。

"我只是不想……"我说,他停了下来。他的停顿让我松了口气,但也有些失落。我想说对不起,但我知道我不该那么说。"我不是不想。"我说。

"那是不是说你想?"

"是的。"我用细不可闻的声音说。

"那有什么不对吗?"他很温柔,没有责问的意思。

我没出声。

"你是不是担心会疼?"

有时候我怀疑克劳斯是不是知道我的经验有多贫乏;这个问题证明了他的确如此,或者至少他知道我是一个处女。

"我会慢慢来。"他说。

"我们甚至没有避孕套。"

"我知道你听说过那些性用品,但我会小心的。"

事实上,没有避孕套并不是真正的原因。很难说是为什么。很难相信这样的时刻真的来临了——克劳斯正在试图说服我跟他做爱而我却在抗拒。这感觉并不像我想像的那么叫人满意;相反,古怪而靠不住。

"我们可以做些别的。"我说。

他没有回答。但气氛变得不一样了,就因为那一句话。前一秒,我乘着跷跷板飞到了空中,而现在,却跌落到了地上;我蹲坐在地上,仰起头呼唤克劳斯。

"我想让你觉得舒服。"我说,我甚至直到说出口才意识到这正是他第一次到我的房间来的时候所说的话。要是他说:"为什么?"——他一定会是故意这么说的,进一步重复我们以前的对话——我会觉得他棒极了。我会希望我们一起去看糟糕的电影,一起去打保龄球,一起去吃饭,讲着彼此的尴尬事。我曾觉得我们有着同样的幽默感,但这一次我们没有。克劳斯给我的已经足够了,甚至更多;这并不是抱怨。

我不出声。我们的每一次缠绵——他大概每三天左右来找我一次,到现在一共五次,每次他走后我都告诉自己这是最后一次了,他不会再来了。虽然看了很多年的女性杂志,我还是想不起那些基本原理,常常会不知所措。我侧躺着,他开始抚摸我这似乎有些混乱(这个想法对别人来说或许很可笑),甚至有些无序,两个动作接着发生。我不知道他是不是要让我知道我的手对他来说已经够了。我放开它,又将我的身体贴近他一些,他说:"你喜欢贴在一起,是吗?"我总是会在睡袋夹在我们中间的时候把它丢开,或是在我们调情的时候把全身都密密地贴合在一起。看起来,这些也是他想要的,但事实上,关于克劳斯或者克劳斯和我之间的一切我都无法确定。我想过问问玛莎为什么克劳斯从来不射,但我害怕她的解释会让我无地自容,所以这件事,即使是她,也还是不要分享的好。另外,我怀疑玛莎和克劳斯都是那种不赞成透露性生活细节的人。要只是他们其中的一个,我可能还会告诉玛莎,但想到来自他们双方的责难,让我彻底打消了这个念头。

他把手扶在我的肩膀上,轻轻的,时不时地探手到我胸前抚摸我——虽然以前我也从没觉得他拒人三尺,但现在绝对是我所见到的最不设防的他——他的呼吸越来越急促,让我吓了一跳。要是换作其他不那么酷不那么有经验的男孩子,我可能就把他的这种反应当做是他不够酷或者缺乏经验的表现了。

他爱抚着我的背,捏捏我的屁股和手臂,吻了吻我的前额,说:"你真

337

棒。"让我感觉比在数学测验中得了 A 更骄傲。会不会是我特别有天分呢？要是有，那就像剪头发一样(如果说不上更好的话)而我并不觉得这门手艺特别享受则又是另一回事。当你真正擅长什么事的时候，你就得去做，不然就浪费了。下一秒，当然，我不知道克劳斯是否只是想让我觉得舒服，但下下一秒钟，我想道要是这样，克劳斯想让我觉得舒服本身就是一个值得高兴的理由。

那是这个星期早些时候的事了。周末长假的第一个晚上，我躺在垫子上，这些回忆依然清晰而浓重；在接下来的几天内我一遍又一遍从头到尾地回味着，直到它变稀变淡，我仍然没想明白为什么跟另一个人之间精神交流要甚于身体的接触。

天全黑了——四点半天就开始黑了——我很想就直接睡了，但那样的话，我可能会在十一点醒过来，饥肠辘辘却毫无方向。我站起来，开了灯，放下窗帘，第一次感到了孤独的心痛，第一次隐隐地觉得留在校园里也许是个错误。我打开了玛莎的电脑，点击我大学文章的文件夹，目录下的文件名为《布朗大学附录》。我坐在椅子上看着我自己上个星期写的这惟一一段未完成的文字：我最特别的一点是，虽然我来自中西部，但最近的三年却是在新英格兰度过的……那个时候我希望，我不是面对着电脑屏幕，而是在跟克劳斯约会，他的手伸进我的睡袍里，甚至，我的内衣里。

我的背不知怎么有些生疼，还有些渴；我绝对不在写文章的状态。我关上文件和文件夹，将屏幕设置为睡眠模式；吃完饭，说不定我会更有精神些。

餐厅里其他的四年级学生只剩下爱德孟都·萨尔达纳和欣君，他们正和一些三年级学生坐在一个桌上——三个黑人男孩(整个三年级共有四个黑人男孩)还有尼克·盖瑞，一个皮肤雪白，长着一头甜美金发的女孩，据说是一个再生的基督徒，但最奇怪的是她的爸妈甚至都不是再生的；只是她自己。男孩子是尼诺·威廉姆斯，德瑞克·迈尔斯和派瑞克·沙雷。在其他桌上，坐着略多一些的一二年级学生，第四桌上，是几个周末留在学校里的老师。

我环视四周的时候惊讶地发现，在周末长假里奥尔特不再是真正的奥尔特了，一年级过后，我似乎已经把这忘了——它不再是人头攒动忙忙碌碌的了，不再有我为之吸引，在它面前感觉不自然的人物了。相反，它只剩下空荡荡的大楼。在接下来的几天里，不再有什么会让你感觉惊喜了。（我以前很害怕这就是外面的世界，我并不完全是错的。你开车去杂货店前梳不梳头都没关系，你在办公室工作，很少会在乎除了身边的两三个人以外别人对你怎么想。在奥尔特，无论你在乎什么都是白费劲，但那还是叫人高兴的。）

我坐下来，尼诺和派瑞克正热火朝天地讨论着一个电子游戏，其他人都不做声。欣君和我聊了两句——她也正在准备申请材料，刚决定提前申请斯坦福——但我们很快就没话说了，几分钟后，我还没吃完，她就站起来走了。跟爱德孟都、尼克还有三年级的男孩子们坐在一起，我觉得自己绝对应该跟玛莎去伯灵顿。以前那种令人不快的感觉又回来了，倒并不是因为在座的什么人，似乎很难相信这种感觉会来得那么突然，虽然我说不出它到底是从哪儿来的。而后我才意识到我对自己的想法改变了那么多。那也许是日积月累中慢慢改变的，从一年级的春天玛莎成为我的朋友开始，一直以来也许都没有发生过什么大的改变，直到五月份她被选为班长，而我则成为了班长的室友。而在过去的几个星期里，在我第一次吻了克劳斯之后，一切又不同了。我觉得——不是酷，很难想像有朝一日我会觉得自己酷，但我感觉自己像是一个一二年级的时候所向往的那种人了。这就意味着，我可能也会成为现在的一二年级学生所崇拜的对象。虽然我从来没发现过任何的征兆，况且，被崇拜的那些人周末长假的时候从来不会留在学校里；至少，他们会去波士顿。

那时没有人知道我和克劳斯的关系。至少没有公开，但此时此刻，我也开始意识到自己有多期望这个秘密会被泄漏出来，因为在奥尔特，秘密总是守不住的。克劳斯的室友德尔文应该会知道,又或者我宿舍里的哪个女生碰巧那个时候到楼下走廊的浴室去,在五点一刻左右,克劳斯离开的时候。(克劳斯必须得是那个泄漏消息的人,不能是我。)我叫克劳斯不要跟人说什么的时候,并不是不真诚,只是我觉得即使不明说他们也会知道个大概。

当然也有可能是尼诺、派瑞克和爱德孟他们不在乎,但看起来更像是他们根本不知道。他们要是知道,无论如何都会有所表示,我坐下来的时候他们肯定会盯着我多看一会儿。克劳斯第一次过来以后,我的心里忐忑了很久,要是他们听到了什么风声,他们只会想:她?但事情却并没有到此结束,这已经变成了克劳斯的选择而不仅仅是一时的心血来潮。这一认识并没有改变我的行为方式,但它当然影响了我对自己的社会定位;现在我的一举一动变得殷勤而有魅力。我可以让克劳斯对我的内在感兴趣,但瞧瞧——我还是和以前一样的谦虚谨慎。我不会突然间在礼堂里坐在阿思派丝·门特格尔玛丽的旁边,或者是希望跟她一起被邀请去格林威治。

"你可以把番茄酱递给我吗?"德瑞克·迈尔斯问。

我看了他一眼。

"就在那儿。"他说。

我把瓶子递给他。他不知道。这个消息肯定还没有传遍全校,那么,到底有多少人知道呢——四年级学生,还是克劳斯周围的朋友。阿思派丝·门特格尔玛丽知道吗?要是她都不知道,那就没有人知道了。不,我想道,她不知道。如果她知道,她会告诉黛德,要是黛德知道,她一定会来找我挑衅;她忍不住的。

走回宿舍的时候,只有我临走时留的那盏灯还亮着。那一夜我睡了十二个小时,接下来的两个晚上也是,等着克劳斯回来。星期天,我们搭帕纳斯特太太面包车去维斯特姆购物中心,在那儿呆了一个下午。欣君和我去看了一场电影,说的是一家郊区的人家死了年轻的儿子,电影里的每一个情节都让我想到克劳斯,或者,更确切地说,让我想起了他,然后便心心念念地想着些关于他的事,跟电影一点关系也没有。星期天的晚饭是切片冷盘;那一个晚上的温度是冬季以来第一次跌到了零下。接着就又是星期一了;克劳斯,还有所有其他人,又回到了学校。

几天后,我们顺其自然地有了真正的性关系,因为现在他回到学校来了,关于他所有的一切我都想要,因为我爱他,因为我怕失去他,因为那感觉很好,至少因为那之前的一切都感觉很好,而那就是顺理成章的下一步……

那时我们两个都浑身湿透了,我们湿乎乎地躺在那儿;希拉里的睡袋是格子棉的,不是那种吸潮的尼龙布。但我们却不觉得那湿湿粘粘的身体有多大关系,我的小腹贴着他的臀部——一些从前或许会让我觉得不好意思的事情如今已经不会了。至少在黑暗中,我感觉似乎已经没有什么要向他隐藏的了。我自从到奥尔特以来,曾经愤怒过,担心过,而如今一切都结束了,我所感到的只是一种深深的平静;很难相信这种感觉不会长久。真正的性跟我平时胡思乱想的并没有多大区别,却也不完全相同——在那之后,你感觉好像什么事情结束了而不是渐渐减弱。现在对于杂志、电影或者对话中提到的东西,我可以点头,或者至少,当听到别人发言的时候,我不用特地别眼,以免他们看出来我其实听不懂。我也可以反对,即使我从没反对得这么大声过。

他抚摸着我的头发,我什么话也不想说,同样也不想要他说什么;我想要的只是现在这样。身上的酸痛让我不知道自己要过多久才能再做爱,但这样的酸痛并不坏。就像是远足之后,因为这是你乐意去做的事情。两天后,我在校医院领了我第一包避孕药,这让我觉得自己都不像自己了,要是我照镜子看见一个四十岁的离婚妈妈,一面是牧羊女,一面是

341

在加勒比海游船上的有氧健身教练,我也不会惊讶。真实的部分是和克劳斯躺在床上。

在我和克劳斯·苏伽曼扯上关系之前,我成千上万次地听人说过,一个男孩或者一个男人不能让你开心,在任何人让你开心之前,你首先得自己让自己开心。我只能说,希望如此。

十一月份,我开始去看他的篮球比赛;比赛前的晚上他从不过来。我坐在高高的露天座位上,经常是在茹菲娜的旁边,尼克·恰非也在队里,她是因为他去的。星期六晚上的赛场上总是人头攒动——那些时候我会叫上玛莎跟我一起去——但下午的那些,因为其他的学生也有自己的比赛,所以观众大多都是住在附近的家长,有时也有一些老师,或者初级的学球者。我有空过去的原因是所有的四年级学生都可以少修一门体育运动,而我的是在冬天。最奇怪的是,过去三年我自己也打篮球,但当我看着克劳斯的时候,那就像是一个全新的运动;对我来说就像其他新的运动一样,有生以来我第一次理解到为什么人们会这么喜欢它们。

主场比赛,他们穿白底棕色条纹的队服;克劳斯打中卫,是六号。他穿着黑色的高帮鞋,白色的长筒袜,显得腿特别长,他运动衫里的手臂又白又壮。

我意识到自己打篮球的时候,总是半梦半醒的,比起对手来,我更在乎我的袜子是不是拉好了,或者中午吃的鸡块有没有咯着我的胃。但在克劳斯比赛时,我留心的是比赛本身:队员们的鞋子发出的吱吱声,裁判的哨声,队员和教练对裁判不服时的动作。星期六晚上比赛时,坐在我周围的观众会大叫:"加油,奥尔特!"或者,如果碰上克劳斯运球切入篮下,他们会叫:"苏!苏!苏!"我从来没有出声欢呼过——在明晃晃的灯光下,在兴奋的人群中,我总是感觉紧张和轻微的反胃——开始我很惊讶每个人看起来都那么投入。或者说,他们几乎毫不隐藏他们的激动。

而后我意识到,在这儿,在运动场上,你可以大惊小怪。也许正因为那其实并没有多大关系,你才可以毫无顾忌地全情投入——全情投入有点讽刺——等到你真的全情投入,你真在乎的时候也就没关系了。他们会生气——有一次我看见尼诺·威廉姆斯因为把球扔在地上走开没有递给裁判而被判技术犯规——失望也没关系,尝试也没关系。你可以咕哝或者跌倒,你可以扭动身体或者做出凶恶的表情去抢别人手里的球,这所有的一切——都没关系。当他们跟奥尔特的对手哈特威尔打比赛的时候,整个比赛的比分都咬得很紧,而后哈特威尔在最后的一分半钟内得了八分。当终场哨响起的时候,我惊讶地看到克劳斯竟然在哭。我本能地转开眼,又回过头去看他,他的五官都糅在一起,脸红红的,一边胡乱地擦着眼泪,一边摇着头,但他没有马上冲进更衣室或者找个地方躲起来。达登·匹塔德站在他的前面,而后尼诺走了过去,达登对他说了些什么——看起来应该是些宽慰的话——他的手抓着克劳斯的上臂。

Prep
奥尔特校园手记

运动包含了真实,我肯定,那种不言而喻的真实(我们总是刚开始说话就那么快地互相指责,听起来总是那么渺小而可耻),很难相信我以前从来没有理解这一点。它们鼓励不劳而获,崇尚自然;它们确认技术和价值的等级,每个人都知道自己的级别(看到那些在每节结束前两秒钟换下的男孩子,我真觉得女孩子的教练并不真那么冷酷);它们告诉你世界上最好的就是年轻、强壮、快速。在高中打一场精彩的篮球赛——我自己从没打过,但我可以看得出来——让你知道什么是活生生的感觉。一个成年人的生活中有什么可以跟这个比较的? 当然,他们有马加利塔酒,他们没有回家作业,但他们也有会议室霓虹灯下又肥又大白白的面包圈,他们也需要等着水管工,跟无聊的邻居闲聊。

有一次,也是在一场比赛快要结束时,克劳斯投进了一个三分球,球进篮的那一瞬间,他的队友们都围在他身边,拍着他的屁股,举手跟他击掌。观众席上没有人看着我,不像尼克得分的时候他们看着茹菲娜那样

(连老师都看着她;我不知道他们是不是意识到了自己在做什么)。克劳斯不属于我,看着他站在球场上,我明白即使他成了我的男朋友,他还是不会属于我。

我不知道克劳斯自己是不是注意到了我去看他的比赛。我没有提起是因为我担心那看起来会像是违反了我们的约定,太亲近或是太大庭广众。他也从来不说比赛的事,虽然要是他们赢了而他又过来了(他们输球的时候他从不过来,只有在赢球的时候,才有时过来),他会比平时更激烈,就像你十一岁的时候被灌输的男人的样子——他们会拉起你的衣服,爱抚你的身体,挑逗你。但事实上,我总是喜欢被爱抚被挑逗。过后,当我苦苦思索分手的原因的时候,就会想起这个来——我很少拒绝,对他来说没有什么难度可言。也许他失望了。也许那就像是你集中力气撞向一扇你以为上了锁的门,却发现那扇门很容易就打开了——它根本就没锁——你站在房间里,环视着,努力想回忆起你到底以为自己想要什么。

一年级,我是回家过感恩节的,但在那以后就再没有了——感恩节假期和圣诞节假期之间只有三个星期,况且飞机票也很贵。("我们爱你,"有一次我爸爸说,"但没到那个程度。")剩下的几年,我都是在玛莎家过的感恩节,我们看电影到很晚才上床,十一点才醒,吃着南瓜饼作早餐。她房间的双人床上铺的是二百多元的精纺棉白色床单和白色羽绒被,我总是担心会弄上钢笔印,在壁橱和衣柜里更是应有尽有——毛巾,厕纸,一盒一盒的谷物;甚至在地下室还有多一台的冰箱。去波特家的时候,我总是奇怪,对我来说这样的生活只是南柯一梦还是有朝一日我自己会住进一栋跟这一样好的房子里,我会不会也对别人向他们对我一样大方。看起来对波特太太来说,因为我而多烧一碗龙虾汤或者多买一张他们教堂唱诗班的票子并没多大关系(似乎没有人想过要我自己买门票或者龙虾汤)。在奥尔特,还有一些孩子让我颇有感触,他们的家庭比我的更穷,也许他们长大以后赚钱会比我多——他们会成为外科医生,或者投资银行家。但赚大钱并不是我能控制的;我已经走到奥尔特这一步了,但我不知道自己还能走多远。我并不聪明,也不像别的孩子那么乖,没有人鼓励我这么做。也许,这样的生活是我可望而不可即的;熟悉不等于拥有。

感恩节当天,玛莎的表兄妹会过来,还有埃丽,只有七岁,不知为什么特别喜欢我,蹲在我后面的沙发上帮我编辫子。玩得没劲了,她便跑去拿了几个芝士蛋糕上的葡萄,尝试说服我张开嘴,那样她就可以把它们扔进我的嘴里,我配合了她几次,当大人们、玛莎还有玛莎的兄弟不注意的时候;我喜欢埃丽,她让我想起了我自己的弟弟。波特先生切开了围着写有"亲吻大厨"围裙的火鸡,虽然就我所知,波特太太和她的姐姐才是做菜的人。我们都吃撑了;甜点过后,我又开始吃土豆泥,玛莎也是。

那是一个美好的感恩节;我感到自己很幸运认识了玛莎一家,成为了玛莎的室友。但在心底里,我时时刻刻都惦记着克劳斯。

十二月十四日,玛莎收到了达特默思大学的录取通知书,我给她做了个标志牌,当大家过来恭喜她的时候,就像上次当选班长时一样:她略微有些不好意思,就好像别人不是在恭喜她,而是在说看见她早上穿着浴衣出去倒垃圾一样。第二天,克劳斯进了哈佛,两天后的晚上,他过来找我,对于他的录取,他的反应相当客套。我恭喜他的时候,他说"谢谢"——仅此而已——我感觉到自己显然不是那个跟他讨论类似进大学那么日常而私人的问题的人。他会遇上什么样的同屋,他要学什么专业,他在那儿的篮球比赛会不会进球——这些话题似乎他跟玛莎说都不一定会跟我说。他告诉我的都是些杂七杂八的事情:三岁的时候,他参加一家私立学校的入学考试,因为说了大象有五条腿而没有及格(他以为象鼻子也算);他十一岁的时候,在纽约他们家所住的大楼里玩"不给糖就捣蛋"①的游戏,四

---

① trick-or-treat,西方万圣节期间盛行一种游戏。孩子们穿上万圣节服装,拎着南瓜灯挨家挨户地讨糖,敲开门后就大喊"trick or treat",意为不给糖就捣蛋。

楼的一个女人穿着黑色的内衣和高跟鞋来应门（她甚至什么糖果也没有，就给了他和他的朋友一袋巧克力奶油馅烙饼）。这些故事让我有安全感和爱慕之余，又感觉跟他距离很遥远。

奥尔特的联欢会在圣诞节假期前的晚上举行，克劳斯和玛莎占了三个圣人当中的两席。四年级的班长总是会扮演圣人，第三个会在四年级学生中选出，加入他们；正如大家所料，这一届是达登·匹塔德。当大家站起来唱《我们三个国王》的时候，他们三个走下礼堂的走廊，穿着长袍，戴着王冠，带着他们的礼物（玛莎被指定带乳香）。当夜晚些时候，克劳斯和我躺在希拉里·汤姆金斯的床上，我对他说："你戴着王冠很英俊。"这不像我说的话，但我们已经有两个星期不见了，我很清楚我可能就这么离开了。那个晚上，我们已经做了两回爱，空气中弥漫着分手前特有的暧昧。"我猜你不知道我也是一个演员。"我说，"四年级的时候，我们班排演了克里斯多夫·哥伦布发现美洲的剧目，我那时可是大明星。"

"你是伊莎贝拉女皇?"

"不!"我敲了他的肩膀一拳，"我是哥伦布。"

"真的?"

"干吗那么难以置信的? 我演得很好。穿着灯笼裤。"

"我肯定你演得很好。"克劳斯说，"我只是以为扮演哥伦布的会是个男孩子。"他的嘴唇压上我的耳朵，"但你的灯笼裤听起来很性感。"

之后，这一夜成了我记忆中我们最美妙的一个晚上。并不是因为它有什么特别，而是因为它的平淡无奇——因为它的无拘无束，因为虽然我们做爱了，但，从某种意义上来说，我们也是朋友。

第二天，所有的课程在中午都结束了，我在拜登先生的门前乘上了去洛根的车。车缓缓起步的时候，我看着窗外，满脑子想着：不，不，不。

在机场，排队做行李安检的时候，我前所未有地强烈意识到自己是奥尔特的学生。我的年纪,我的衣着,我背包里的书,可能甚至是我的姿势——这些都是我属于某一个亚文化群的记号和标志,只有当我远离它的时候我才意识到这种归属感。通过了安检,我来到厕所,走过候机厅长长的玻璃幕墙的时候,里面映出一个穿着我的衣服的三维巨人来。

接下来我习惯买一个冰激凌,站在杂志架前边吃边看,然后在登机前,我会买一本杂志——一本特别厚而我在店里的时候特意不去看的杂志。候机厅里当然还有其他奥尔特的学生,擦肩而过的时候,我们能认出对方,但一般不会说话,我也没有跟他们走在一起。一年级的时候,我胆子很小——一群学生总是坐在卖蛤蜊汤和油炸圈饼的饭店后面的座位上,抽着烟,大声喧哗——现在我长大了,还是很胆小,至少跟那些抽烟的人比起来,但我也没多大兴趣;我喜欢自顾自吃冰激凌看杂志。

但我还没有走到冰激凌店门口就感觉我的肩膀被人拍了一下。我回过头。

"你的飞机是几点?"那是霍顿·金纳利,阿思派丝的同屋,从碧罗克斯来。"你该跟我们一起。"她朝那个卖蛤蜊汤和油炸圈饼的饭店点头示意了一下。我第一次注意到在店门口橙黄色的霓虹灯写着"热辣小吃"。

"没关系。"我脱口而出——霍顿看着我,但我们都装做我并没有试图拒绝这个邀请——又接道:"没关系,当然。你们就在那儿?"

她点点头:"我,凯特琳,皮蒂·博内还有些其他人。你认识皮蒂·博内吗?他让我彻底神经衰弱了。"

"我一会儿就过来。"

跟她分手后,我立刻走进了冰激凌店,我意识到自己什么也不会买。买了又怎么样呢——坐在他们面前吃呢,还是在过去之前把它囫囵吞了?但霍顿叫我过去到底想怎么样呢? 这些年,虽然我跟阿思派丝打过很多次交道,但却从来没有跟霍顿扯上过关系。

我走进热辣小吃馆看见他们坐在那儿,我就知道他们会坐在后面的座位上——除了霍顿,凯特琳·费恩和皮蒂·博内,还有两三个奥尔特的学生,在一团烟雾中嬉笑着。他们围坐在两个拼在一起的小桌子旁,我走过去。与此同时,每个人都抬起头来看着我。"嘿,莉。"霍顿说,我以为她会给我找把椅子——因为她是这次聚会的主持人——但她又回过头去跟皮蒂说话了。我从另一张桌子那儿拉了一把椅子,放在苏珊娜·布瑞格雷和斐迪·乔汀中间,他们两个都是三年级,苏珊娜长着一头黑色的直发,而斐迪,虽然还带着背带,但已经进入全国的网球排名了。他们都似乎比点头更友好些,却也没有对我微笑。大家都在讨论电影中一个浑身上下只穿了牛仔靴和戴着牛仔帽的女人。(听着他们的对话,我心想,这是克劳斯想要的吗,一个穿着牛仔靴戴着牛仔帽的女孩? 她的皮肤紧致黝黑,对于口交的技巧她从不会感到困惑。我脑子里的弦忽然绷紧了:他来找我做什么,他来找我做什么,我们为什么会在一起?)

那个时候,我用一种敬畏的眼光看着我的同学们,他们的行为举止怎么能有这么多戏码。在学校,他们参加礼拜,交作业;在这儿,他们却点燃了香烟,放浪形骸。他们并不都是那么酷的,不完全像霍顿那样。我知道凯特琳计划在结婚前不跟任何人发生性关系,但她却在这儿,这么堂而皇之地违反校规,表现出她的另一面,而我还是我。我并不会因为可以逃脱惩罚而受到鼓舞在机场表现得和我在奥尔特的时候有什么不同。我惟一一次抽烟是二年级的时候在玛莎家,我们决定每人抽一根烟,但玛莎只抽了两口就把烟灭了,宣布那很恶心;我一直把它抽完了,但也仅此一次。现在我看出来了,那个时候我就跟他们现在一样。但那是很久之前的事情了,而且还是虎头蛇尾的,要是现在他们递给我一根烟我可不会抽,光天化日地在几乎不太认识的同学面前抽烟就好像当众接吻一样糟糕。

"她的毛发不是深色的,"霍顿说,"是那种漂过的金黄色。"他们还在说那个牛仔靴牛仔帽的女人。

"不全部。"斐迪慢吞吞地说,咧嘴笑笑。

"霍顿,"皮蒂说——皮蒂三年级的时候,也就是去年,赢了杀人游戏——霍顿看着他,皮蒂敲了敲他太阳穴,"我们说的不是这儿。"

霍顿盯着皮蒂看了一秒钟,然后做了一个厌恶的表情。"你真粗鲁,博内先生。"她说,男生都笑了起来。

"我们只是开开玩笑,"皮蒂说,"别发火。你生气了吗?"

霍顿瞟了他一眼,不吭声,最后,她轻声说:"可能。"

"可能!"皮蒂惊呼,我几乎要以为他喜欢上霍顿了,但这可能只是他的另一个戏码罢了——他们在一起的时候,他可以殷勤地跟她打情骂俏,但他也可以跟另一个漂亮女孩做同样的事情。他们开始自顾自说话,我真希望我正一个人吃着冰激凌,要是我坐在那儿足够久,不知道我是不是可以在不引起任何人注意的情况下离开。

那个时候,霍顿从桌子那边伸出手,递过来一包香烟:"抽一根吗?"

我摇摇头:"不用了,谢谢。"

"因为你爸妈?"霍顿说。她塞了根烟到自己的嘴巴里,拿起一只粉红色的打火机点燃了。那个打火机看起来很便宜,但便宜里又透出酷酷的味道。但霍顿怎么知道? 是什么让它不显俗气呢? "我总是跟我爸妈说,饭店里人太多了,我只好坐在吸烟区。"她说。

"或者,"苏珊娜又来劲了,"你可以说是你的朋友抽烟,你没有抽。告发你的朋友,这样你就会显得很老实了。"

我笑得很勉强。

"霍顿,"皮蒂说,"把你刚点的那根给我,我再给你点一根。"

"行,那可真有意思。"

"不,说真的。让我告诉你为什么……"

我没有再听下去。他想要让他的嘴唇碰到她的嘴唇碰过的地方。他想要它们之间有间接的接触,指尖厮磨,互相倚靠。从某种角度来说,男孩子比其他女孩子要来得容易理解——对于男孩子来说,是追求和渴望,那是一种努力。而对于很多女孩子来说，看起来似乎只是接受，或者不接受，而不是努力尝试。你可以说"是"或者"不"，但不是"请"，不是"来吧"，不是"就这一次"。

那个时候我坐下来还不到十分钟，又呆了十五分钟之后我站起来离开——赶飞机，我说。每个人都祝我圣诞快乐，我等着看看霍顿有什么要说的，但她没有；看来我似乎是被她叫过来，认可了，没什么特别的原因。或者我被叫过来是因为一个没有人会清清楚楚说出口的特别原因，因为我现在跟克劳斯扯上了关系。很多次，一些情景都让我觉得没有人知道我们之间的关系；只有偶尔几次我觉得说不定大家都知道，那天下午在机场，霍顿邀请我加入他们一桌，就是其中之一。

从机场到家，坐在密闭的车厢里，我心想妈妈一定能感觉到我的变化——不一定知道我已经有了性关系，但一些跟那方面相关的事情。但要是她问我，我什么也不会告诉她。我从来不是那种对妈妈一五一十的女孩子，主要是因为，对于我告诉她的事情，我妈妈似乎从来没有肯定地告诉过我该怎么做。"玛丽·麦克西今年夏天的时候在甲地亲了一个十四岁的男孩。"六年级的第一天我告诉妈妈。

"是吗?"她不紧不慢地说，"十四岁听起来有点儿老了。"仅此而已——她并不想知道更多关于那个男孩子怎么样，或者这是个什么样的吻(那的的确确是包含了舌头在里面的)，或者我自己是不是打算去亲一个十四岁的男孩。我认为那一方面是因为我妈的害羞，一方面则是她分心在做别的事情，虽然让她分心的总是些"妈妈"的事情，像是要把意大利面拿出烤箱什么的；就好像是除了我们家里的事情，她的脑子里就没什么别的了。基本上，我并不把我妈当作是一种资源，不像凯莉·若巴德的妈妈，她跟我们听一样的电台，知道衣服的牌子还有六年级英俊男生的名字。我妈虽然和蔼但却未开化。四年级的时候，我问她那一大块是什么，她很严肃地告诉我："那是一大块奶酪。"

但时不时地,我会惊讶于她其实知道一些事情,或者至少凭她的直觉感觉到,但除非是被逼,否则她是不会发表任何评论的。在很多方面,我妈都是我渴望成为的榜样——她不声不响的,并不是因为她成功地压抑了自己的想法,而是她根本就没有想法。

在车里,她说:"我真高兴你安全到家了。爸爸打电话过来说东海岸的天气不好,你的飞机没有晚点我太开心了。"这里的公路,我爸妈的达特森,还有我妈她自己都和九月初我走的时候看起来一模一样。这真让人既安心又迷惑——这种一成不变有很多次让人几乎忽略了奥尔特,或者让它看起来像是我的梦境。"数学考试后来怎么样了?"我妈妈问。

"期末考试我什么也不懂,但这个学期我或许能拿个 B⁻。"

"宝贝,那太棒了。"

"也说不定是个 C⁺。"

"我知道你很用功。"

这似乎不是真的,但我没有纠正她。

"昨天晚上我给蒂姆和约瑟夫做了曲奇饼给他们的老师,我做了三个人的分量。我想着,嗯,这一份是莉的。不把你算在里面可不公平,我可不会。"

"我猜我们会去普莱克孜家过圣诞节吧。"

"莉,是的,我知道你不喜欢,但是……"

"不,没关系。"

"噢,宝贝,普莱克孜先生是爸爸重要的客户,我只是觉得……"

"妈,我说了没关系。"普莱克孜夫妇六十多岁,普莱克孜先生在南班德到盖瑞一带拥有一系列的汽车旅馆,总是从我爸爸那儿买床垫。这些年来,我们都到他们家午夜聚餐,吃甜点和热饮料,但约瑟夫和我自从我高中二年级那年以后就什么都不吃了,当时我在一片巧克力樱桃蛋糕里找出了一根灰毛来。(约瑟夫那时十四岁,只比我小三岁,但蒂姆仍然吃普莱克孜家的东西,他才七岁,还不太懂。)在那以后,连普莱克孜家的气味都会让我觉得作呕。普莱克孜太太总是问我奥尔特是不是天主教学校,当我告诉她不是的时候,她会说:"是国教吗?"而后转过头对我妈说,"莉的学校是国教的,琳达?"她的语气似乎在暗示我一直对我爸妈隐藏着这肮脏的秘密,直到她杰妮丝·普莱克孜来揭露真相。我妈妈则用她一贯温和,带笑的语气说些"在那儿他们每个星期有六天要莉去教堂。你没什么办法做得更好了"之类的话。

但今年——真的,谁在乎杰妮丝·普莱克孜怎么想呢? 在他们的客厅里坐几个小时又怎么样? 如今我已经在别处得到了快乐。在夜里,克劳斯亲了我,这使得我对于生活中其他跟他无关的一切都变得宽容起来了。这让我觉得在克劳斯之前,我可能非常任性,总是愤愤不平。要是你知道你的快乐来自哪里,它会让你更有耐性。你意识到很多时候,你都只是在等待某个情景,那会减轻压力;你不再对身边跟你有关的每一件事都上心了。要的越少,你就越宽容——这个圣诞节,无疑地,我打算对每一个在南班德遇见的人都更宽容,特别是对我的家人。

我们经过家门口的克罗格超市①,干衣店和电影租赁店。同样的一如既往——这里朴实得让我惊讶,我原来已经那么熟悉于奥尔特的一砖一瓦,还有它那哥特式的高塔,它那大理石的壁炉,还有金发女孩。在奥尔特之外,人们或是肥胖,或是戴着棕色的领带,或是看起来心情很糟。

开上车道,从车里,我看见妈妈在防风门上贴了一个标牌,遮掉了一部分大门上的圆拱:欢迎回家过圣诞,莉! 在标志牌的一角,她还画了些冬青树的枝条。"那真可爱。"我说。

"你知道我不太会画画儿。我叫约瑟夫给你做一个,但他去了丹尼家,所以最后就变成这个了。"

---

① 美国著名的连锁超市 Kroger。

"你就仅次于雷奥纳多·达·芬奇而已了。"

"还不如说是雷奥纳多·达·簸箕。"

在我们平淡无奇的对话中,我却感觉到了———一种上升的压力,要是我们不打开车门,它最终肯定会爆发出来。她知道我已经跟人有了性关系。她也知道:他并不爱我。我妈妈并不是生气,只是她认为我应该得到更好的。哦,当然,奥尔特是一个花花世界,让我目眩神迷,但我是不是意识到我也同样与众不同呢?*我并没有那么特别,妈妈。我说,她接道,不,莉,你是的。你可能没有意识到。但我却看到了。*这些话我们并没有真正说出来,爬出车子,从后座接过我的行李箱的时候,我们甚至没有看着对方,随后我们说了些话,但只是争论我是不是需要她帮我把箱子搬进屋去,这些争论的时间都足够从车上走到门口了。"我不想你弄伤自己。"她说,我回答:"我很强壮。"

我几乎要以为那个晚上我们不会再谈论那个了,我跟她道了晚安以后——我的弟弟们和我每天晚上上床前都会亲吻爸妈的脸颊道晚安——她又回到我的房间。她在她的长睡衣外披了件红色毛巾布的睡袍。(在我的记忆中,她穿过一件灰色的圣母队到小腿的长睡衣;跟我爸爸不一样,她对运动没什么特别的嗜好,所以,这件衣服要么是他给她的,要么就是她在商场大减价的时候买的。)她手里还拿着一卷卫生纸,我想她是要拿到楼下的厕所去。她站在我房间门口说:"你把你漂亮的鞋子都带回来了吗?"

"是的,当然。"

她仍旧站在那儿:"你知道橡皮套怎么用,是吗,莉?"

"你在说什么?"

"避孕套——我想现在大家都是这么叫的。"

"我的天,妈妈。"

"我只是想问他们教没教过你。"

"是的。"我说。她说的他们指的是奥尔特,奥尔特教避孕吗?是的,二年级的冬天他们要上一系列四个晚上的课。他们把那个叫做人体健康,或者 H. H.,大多数人念的时候都得大喘两口。我自己从来不去念它,免得因为在别人面前喘气或者扫兴地不喘气而尴尬。话说回来,我的爸妈从来没有给过我任何真正意义上的性教育,除了有一次,我十岁的时候,他们有朋友过来吃晚饭——可能是那些朋友提到了很快我将会有很多男孩子跟在后面——爸爸大笑起来:"她到了三十岁还是个处女!在这一点上,没有如果,还有或者但是。而且,莉,别相信他们说的口交不是性。"

"泰瑞!"妈妈叫起来,但我想她更多是为了客人的面子,而不是为了我。我的爸妈看起来都不认为我知道什么是处女以及其他更多的。

站在我的房门口,拿着卫生纸,妈妈说道:"你知道我并不是为了什么事情而责怪你。"

我只希望她离开。她穿着她的破袍子说这些——这让性爱显得,坦白说,恶心。甚至并不是那种引人好奇的恶心,而是那种日常生活的、家庭式的恶心。就像是你在刷牙的时候,却闻到了别人留下的粪便的气味。

"我相信你,莉。"妈妈说。

"妈,我明白你要说什么。"

"但我不傻。我知道现在跟我像你那么大的时候不一样了。"

要是我开口,我会说诸如"这样很好"之类的话。

"但小心些,"她顿了顿,说,"要是你决定把你自己给出去的话。"(我妈可真傻!我怎么会现在才意识到她有多傻!)"我要说的就是这些,宝贝。"

"我知道了,妈妈。"

"让我再跟你说声晚安吧。"妈妈说着,走进房里亲吻了我一下。

她离开后,我终于可以呼吸了,我可以找一个理由不把她从中孤立出来,但我也知道,像她所说的,我的表现那样奇怪而漫无目的,是不公平的。但她没有对我直话直说,而是拐这样任谁都可以一眼识穿的弯子——这让我更不知所措了。又或者说不定她也想伪装。说不定她不想知道,要是我突然开始描述克劳斯,她会变得跟我一样恐怖。真的,我们从没有说过任何关于这个话题的字眼;无论要告诉她什么,都已经太晚了。

二十四日的早晨,当我到楼下厨房倒麦片的时候,约瑟夫说:"今晚记得给毛毛团留个位置。"妈妈说道:"那是很多年前的事情了。"

"嘿,琳达。"爸爸说。

她看着他:"什么?"

"祝你有一个毛茸茸的圣诞节。"爸爸说。

午夜聚会,因为是深夜,教堂中香料的气味和赞美诗让我想起了早几年的时候,外面又黑又冷,我真希望克劳斯就坐在我身边,这样我们就可以手牵着手,我可以靠着他。我不会大张旗鼓地抓着他,让别人看到;我只是希望他在那儿,这样我可以真真切切地感觉到他的存在。我想像克劳斯和他的爸妈还有兄弟姐妹在麻省——他们家的圣诞树上说不定只有白色的灯和一些玻璃饰品——他们或许一起喝着苏格兰威士忌,而他们送给彼此的,也许就不是筒袜和塑料钥匙圈了,而是皮夹子和真丝领带。

圣诞节过去了,新年过去了。我在南班德已经不剩下什么朋友了,只好呆在家和蒂姆一起吃披萨,看他选的电影。约瑟夫和他的朋友一起出去了,而我爸妈每年都会去参加对街的一个派对。他们离开之前,妈妈乐呵呵地叫道:"放些意大利香肠在上面!"这是她的幽默,却让我的鼻子有些酸酸的——妈妈对于浪费和庆贺的概念,她在意我是否在庆祝,她对我的好。最后,终于到了我要回奥尔特的前夜;对我来说,这是真正的倒计时了。

那是星期六,约瑟夫班里有个女孩子在一个滚轴溜冰场办了一个生日派对。十点钟我和爸爸一起去接约瑟夫，爸爸之前问我想不想去，虽然一般来说我会回答不，但毕竟还有不到二十四小时我就要走了。而且，我不是已经打算在这个假期里要宽容了吗？

溜冰场离我家有二十分钟的车程。爸爸的车停在一栋矮平房门口。停车场很大，只停了一半的车，有几个男孩子在玻璃门前晃来晃去，戴着帽子，却没有穿外套。

"你看见他了吗？"爸爸问。我还没来得及回答，他又接道："该死。"就直接把车停在了进口处，熄灭了引擎，"我叫他等着。"

"我会找到他的。"我说。要是让我们的爸爸去找约瑟夫，他的语气会比他的话和他的坏脾气更能气死人，而其他的孩子也会同情你有这么一个坏脾气的爸爸；他们又怎么会明白，其实他是一个，一个不在乎别人怎样说的爸爸？虽说这也算是一种坏脾气的表现，但绝对说不上很糟。

房间内很暗，溜冰场上空挂着一个闪着光的迪斯科舞厅似的球灯。我站在场边，看着人们一个个穿行而过，一开始我并没有看见约瑟夫。而后我转过身，看见他坐在长凳上，正要把他自己的鞋换上，旁边还坐了另一个男孩。我走过去。"快。爸爸在等着呢。"

"他说十点十五分。"

"十点十五分了。十点十五分已经过了。"

"没看见我正在穿么？别像个老太婆一样。"

"去你的。"我说道，看到旁边的那个男孩瞪大了眼，我开始怀疑自己看上去是不是像我们的爸爸一样了。但约瑟夫和我是同辈的，我并不像是在欺负他——这只是标准的争吵而已。

约瑟夫转过头对他的朋友说："你要搭车吗？"

"不用了，我要去马特家。"

"好吧。回头见，哥们。"

等我们走远了，我说："要是你知道爸爸现在有多生气，你绝对不会提出要送他一程。他住在哪儿？”

“拉克霍德。”

“那离我们家有二十分钟呢。”

“首先，是十分钟，你不知道我并不惊讶，因为你根本就不住在这儿。其次，佩特拉斯一家经常载我去这儿那儿。我们欠他们很多人情了。”

“我们欠他们很多人情？”我重复道，“你不是看过马菲亚的电影吗？”

我们走到了室外，我落后他一大步，所以他先到车子那儿，抢先打开了前座的门。

“不许你坐那儿。”我说。

“噢，是吗？”他钻了进去，“嗨，爸爸。”我听见他说，“对不起我赶来晚了。”

我敲敲他的窗，他瞪着我，用嘴唇作势说：“坐到后面去。”

我摇摇头。

他摇下车窗：“爸爸说坐到后面去，”他说，“你就像个白痴。”

有那么一会儿，我真想就这么走开，叫辆出租车，让司机直接开去机场。但这些一点儿都不现实。我的钱包没带在身上，机票和回奥尔特要用的衣服和书也没有。我打开后门坐了进去，脸都气僵了。

“后门的锁不好吗？”爸爸说。他的语气很是挪揄嘲讽，坏心情显然已经不在了。

“约瑟夫不应该坐在前面。”我说。

“这样很公平，”约瑟夫头也不回地说，“出来的时候是你坐在前面。”

“是啊，没错。出来接你的路上，你这个猪头。”

“哦，爸爸需要导航员吗？我猜你是帮了他很大的忙咯。我可听说你是个好得不得了的司机啊。”他笑了起来——虽然我在过去的六月份就已经满了十七岁，但我还没有拿到驾照——爸爸也笑了起来。

“听我说，小跳蚤，”爸爸说，“等我们到家，我把车停下，约瑟夫和我会

357

进屋去,你爱在前面坐多久就坐多久。"

他们俩捧腹大笑起来,我恨他们。我恨他们因为他们把我当成了嘲弄和取笑的对象,因为他们让我的阴暗面无所遁形,这种感觉是那么的熟悉,那么的真实——它让我在奥尔特的生活看起来就像是在演戏。归根结底,这才是我——一个毫不起眼,愤愤不平的小人物。我为什么要在乎是谁坐在前面呢?

接下来一路上我都没有再说话,他们聊着生日派对的话题——约瑟夫告诉爸妈的事情远比我说的要多——而后话题又转到了约瑟夫他们对手学校的篮球队上。他们所提到的孩子们的名字我一个都不记得了,又或者我根本就没听说过。差不多开了一半,爸爸看了看后视镜,跟我对了一眼——我立刻别开目光——说:"我不得不说,约瑟夫,我从没见过你姐姐对哪次谈话这么有建设性。"他们都笑起来,特别是约瑟夫。

一到家,我没等熄掉引擎就下了车,甩上门,走进屋里。到了我自己的房间,我脱掉外套,没刷牙洗脸就穿着衣服爬到床上,委屈的眼泪流了下来,并不是放声大哭,却是不断地隐隐啜泣。大概过了十五分钟左右,妈妈过来敲了敲我的门,喃喃叫着我的名字,我装做睡着了,她打开门却没有进来,而是说了声:"晚安,宝贝。"也许她知道我是装的。

当然,我还是得回到现实中来——作为这个家的一分子,你总是会有被嘲笑的时候,有些人的脾气(我爸爸的脾气)总是那么善变,无论何时你都无法确信或者安定下来。他们的嘲弄似乎有意无意却有那么刺耳,什么事情都可以拿来说。所以难怪——难怪我从不想让克劳斯看见我毫无防备的一面。

可能早在几个月前我就开始认真考虑情人节送花的问题了——从二三年级开始,每一年我都心想不知道会不会有机会,哪怕是极其微小的可能,克劳斯会送花给我,但显然从来没有——但当我们放完寒假回来以后,我却开始全心期盼了。

每一年,我都会从欣君那儿收到一朵粉红色的康乃馨(友谊),从玛莎那儿收到一朵白色的康乃馨(秘密的仰慕者),上面还附着用她磊落的字迹写的便条,像是"火热神秘男士上"。二年级的时候,黛德也送了我一朵粉色的康乃馨,那让我立刻后悔自己没有送她一朵,我的辅导员普鲁塞克小姐也送了我一朵粉色的,她是教职员工中为数不多的参与送花的人;他们有很多人都公开表示反对。我从来没有收到过玫瑰花,它当然代表了爱情,比起五十美分的康乃馨,玫瑰花要三美元一朵。这个活动是由ASC,也就是奥尔特社团,组织的一次募捐活动,这个俱乐部每年由漂亮的三年级女生监管,策划各种舞会和春季嘉年华。而这就是送花过程中可以想见的最大漏洞,同时也是最愉快的部分了:无论你送花给谁,无论你写什么样的纸条,ASC 的女生们都会知道。她们处理所有的表格,自然送花收花的人越接近她们的社交核心,她们就对这朵花越感兴趣。所以,所谓的秘密仰慕者的康乃馨,其实并没有什么秘密可言。

二月十三日到二月十四日的午夜时分,ASC 的成员(她们被特别允许在晚课后外出,因为她们有工作要做)会把花装在大大的棕色桶里送到各个宿舍,那些花儿就像杂货店里冷藏区的食物一样,散发着丝丝冷气。随花所附的便条纸被订在茎叶上,但她们订的时候总是很小心,除了收花的人,旁人无法打开看到里面所写的内容。这个主意在于让你早上起来的时候就看到花在等着你了;但事实上,在大多数的宿舍里,十二点十五分的时候,那些花就被人偷偷地翻看过了。一般来说,这么干的总是黛德之类的人,不确定自己到底收到了多少花,又按捺不住焦急的心情。而另一方面,像阿思派丝那样的人,总是要等到第二天早上的礼拜前才笃笃定定地踱进公共休息室领取她的战利品,很难说她是故意等到那个时候让每个人都看到她收到了那么多的花还是她根本就不在乎。我一年级的时候,阿思派丝收到了——我恐怕即使忘了滑铁卢战役的日期或者水银的沸点,也依然记得这个数字——六朵粉红色的康乃馨,十一朵白色的,还有十六朵红玫瑰,其中十二朵是二年级的安迪·克里格送的,在此之前,他甚至从没跟阿思派丝说过话。

四年级那年的二月初,我心心念念惦记的都是送花的事情,而当那张表格真的出现在我的信箱里的时候,我却惊讶于在它出现在这一时刻,我才发现它并不是我脑子里的第一要务。拿到表格的那一刻,我忽然感觉那是一种负累,这不像是张发给所有人的普通表格,而是一张我早早就填好的表格。我当下把它塞进了我的背包里。

当晚,在房间里,玛莎说:"说真的,感觉上我才刚填过去年的。不是吗?"

"我想是吧。"我说,顿了顿,"你觉得我应该送一朵给克劳斯吗?"

"想送就送呗。"

我努力整理自己的思绪——在这个问题上,我总是吞吞吐吐,害怕受伤——玛莎又接道:"我也许会。"

"会什么?你是说你会给克劳斯送朵花?"

她点点头。

"什么颜色的?"

她笑起来:"红色,当然。莉,你觉得呢?"

这对我来说不好笑。让我惊讶的是她竟然看不出来这一点。

"就是说你要送他一朵粉色的?"

"你不想我这么吗?如果你不喜欢,我就不送了。"

这是她一贯让我撤军的方法,她的磊落和她的让步。她把选择权交给了我,我成了那个做选择的人。

"不,你当然应该送,"我说,"你们总是在一起工作,而且你们也是朋友。"我怎么会宽慰她关于克劳斯的事情?我们怎么会说到这个上面来的?突然间,我再也不想谈论这样的话题了。

那一晚，火警警报响起的时候——那同样是在二月初的时候——克劳斯和我都已经睡着了，我听见恐怖尖锐的警报声，惊慌地睁开眼，一开始是因为不知道发生了什么事，而后则是因为知道了。克劳斯已经一翻身从床上跳了起来，去拿他的衣服。在并不漆黑的夜里，我可以看到他雪白的大腿和胸膛。事实上我并没有真正见过他的裸体，即使有这样的机会，我也不会睁开眼，要不是这会儿黑暗的房间加上萦绕耳边的警报声，我也不会去看。这些让人心慌意乱的特殊情况，他的手忙脚乱，给了我这样的机会。我们对了一眼，他说："起来。"——我本以为他会大喊，但他的声音在警报下几乎轻不可闻。我站了起来，身上穿着我的睡袍；有时候，虽然他不喜欢，但我会在做爱之后穿上它。他系好裤子，套上衬衫和毛衣，伸手去拉门球，随后回头看了我一眼，叫道："快来。"走到门口，他犹豫了一下，伸出头去左右张望走廊。右边是我和玛莎的房间，还有另外两个房间、浴室和我不知道通向哪里的应急门；左边是更多的房间和通向公共休息室的楼梯。从克劳斯的身后，我向走廊张望，奇怪的是，里面还是什么人都没有。克劳斯马上做了决定。他向右径直穿过了走廊从应急门冲了出去，我心道："噢，我的天！"而后意识到火警已经响了，他没法把它关掉，他身后的应急门还没来得及关上，黛安娜·区布勒德和艾比·希尔夫从她们的屋里走了出来，两个人都在睡袍外套着羊毛衫。

站在那儿，我感觉自己像是被遗弃了。克劳斯就这么不顾一切地溜走了，没有说再见，没有匆忙地给我一个吻，甚至没有拍拍我的肩膀或脸颊。

走廊变得拥挤起来，穿过黛安娜和艾比的脸庞，我看见了玛莎的眼——她从房里走了出来，看见我，转了个身又出来，这次拿着我的外套和跑鞋。她递给我的时候，抬了抬眉毛：*克劳斯呢？* 我摇摇头：*我们没被抓到。*

屋外，警报声立刻轻了下来，就像是被一条毛毯包裹起来了似的。空气是冰冷的。我们在埃尔文宿舍的门前站成一堆，呼出的热气在空气中凝成一团白雾，有些女孩还光着脚，而后有人把毛衣铺在地上，所有光脚的女孩子们都站了上去，挤在一起。埃尔文太太一个个点着名，女孩子们用嘶哑的声音抱怨和咒骂着，但也有些惟恐天下不乱的兴奋——火警演练总是让人有些兴奋的。

我们一群群人站在各个宿舍门口。环岛靠我们这边的宿舍都空了，人都挤在了院子里，你可以看见灯还亮着的房间里挂着的海报，开放式衣柜橱顶的毛衣。在巴诺宿舍门口的男生里，我找到了克劳斯，穿着他宽大的黑色外套——他利用这些时间回到了他的宿舍。他正和德尔文还有其他的男生说话，我不由疑惑起来。我们是不是刚才还躺在一张床上？我们到底认不认识对方？他距离我只有四十英尺，但也许我们之间的是一片深不可测的湖。

他反应敏捷地逃离宿舍，让人甚至感觉有些讨厌。就差那么几秒钟的时间，他差点就被人看见了，但那还是意味着他没有被人看见；这跟他整晚都睡在自己的床上并没有什么区别。我真希望他可以跟我一样不知所措，没有想到利用那扇应急门（只有我才会想不到利用那扇应急门）而是跟我一起从主楼梯下来，当别的女孩子们看着我们的时候都有些难为情地故意回避，而后他逃回自己的宿舍去，也许他不会被老师抓到，或许我并不想他被抓到，而是我们两个被抓到——违反探访时间只是小罪，我们不会被开除，但就此大家都会知道了。后悔的心情如同巨浪一般袭来；一切都发生得太快，造成一个完全不同结果的机会似乎触手可及。过后，等到我们被允许进屋，等到我和玛莎一起回房睡觉直到清晨醒来以后，我想到即使是分开站在各自宿舍门前的时候，其实也还不晚。我可以走过去，我可以找个理由出来或者只是那么走过去；我可以泪流满面。那就像是醉酒，你很少借酒壮胆做你想做的事情，你总还是被自己的理性束缚着，让你循规蹈矩，但第二天，酒意过后，你意识到自己喝得有多醉。你有一大堆的机会。要是你抓住了它们，也许会让你自己觉得尴尬，但要是白白放过了它们，你便错过了一些不可挽回的东西。

警报响起的时候，外面很冷，很多人都没有穿外套。我身边有些女孩甚至开始像狼一样仰天大叫。"让我们进去。"伊索德·哈布尼漫无目的地叫道，珍·考赫普说——她并没有大吼，而是平静地说："我只希望这一切快点儿结束。"

珍，珍！你的愿望实现了。我心想。火警演习结束了，其他的一切也结束了。我们是不是相信自己可以抓住或者选择那些一晃而过的东西呢？今天，即使是那些无聊的部分，即使是冰冷的屋外，一半光着脚的女孩子们——一切都成了过去的过去。

两天后的晚课上，看见希拉里·汤姆金斯的时候，我并没有太在意，希拉里，我几乎把她的睡袋当成了我自己的，上面满是克劳斯干了的精液。希拉里很少在宿舍过夜，但我知道第二天一早有一个重要的化学考试，要是让我猜的话，我想希拉里是留下来复习的。

她在发言时举起手，当埃尔文太太叫她的时候，她说道："昨天在我的房间里，我找到一些内衣，它们并不是干净的。"

其他女孩子都笑了起来，希拉里几乎也笑了，但她看起来还是真的很恼火。"我把它们扔了，"她继续道，"它们如果是你的，我想你就少了一套内衣。我不知道它们怎么会出现在那里，但请你多为别人想想，别把你硬邦邦的内衣扔在别人的房间里。"

吉娜·马克兹，一个爱闹的三年级学生，叫道："听啊，听啊！"说着开始鼓起掌来，接着差不多所有人都鼓起掌来。我的脸像火烧一样，胸口就像是被猛击了一下。我瞥了玛莎一眼，她没有鼓掌也没有笑。但她也没有看我，她的眼里并没有同情。玛莎是那种从不会把她的内衣乱扔的人，而我，虽然我以为我不会，但事实上，却不尽然。玛莎的姿势似乎在说，火警演习并不是借口。

"那是丁字裤吗?"吉娜叫着,埃尔文太太说:"安静,女士们。"

那不是丁字裤。那是条白底有着月亮星星图案的内裤;蓝色的新月和黄色的小星星。

我早就决定了情人节那天的晚上我不会熬到很晚不睡去查看桶里的花。我要像平常一样去睡觉,而到了早上,放在那里的东西,总会在那儿的。毕竟,作为一个四年级学生,那么急吼吼的就更不体面了。

我给玛莎和欣君送了粉色的康乃馨,最终,还有克劳斯。我无法冒这个险送白色康乃馨或者红玫瑰给他,但我忍不住什么都不送给他。在卡上,我写道,克劳斯,情人节快乐! 爱你的,莉。不用说,这能释放一些我的渴望所带来的压力。

凌晨三点,我从反反复复的关于花的梦中第四次醒过来——他什么都没有送给我;他给我送了些花,但我却找不到水来插它们;他给阿思派丝送了一打红玫瑰,每一朵都大得不得了,一束整有八英尺。我来到浴室,洗了洗手,看着水斗上镜子里自己的样子,我知道自己要做什么,一直以来我都是这么打算的。

公共休息室里亮堂堂的——那儿的灯像走廊一样,总是彻夜亮着——却无声无息。房间里有两个塑料桶,我的心猛跳了一下;困惑了我这么久的问题总算要有答案了,这多么让人忐忑啊。我走过去,手指在颤抖,我环视了一下公共休息室,确定没有人在一旁偷看。我站在花桶面前,伸手拿过一朵花,而后是另一朵,再一朵。一开始我还是轻拿轻放的,惟恐留下什么痕迹,但很快我就顾不得这些了,将在卡片抬头上写着别人名字的花推到一边。目前为止,是所有的。当我第一次找到我的名字时,我的搜索终于有了收获。但那只是玛莎送的——附在一朵玫瑰花上——但我认出了她的字迹并没有打开。在第一桶剩下的那些花里,并没有我的。

我接着去看第二桶，大约有第一桶的一半；这一次，我先查看了玫瑰花。而后我找到了一支写着我的名字，用蓝墨水的大写字母写的，我感觉到一阵狂喜，一气球的兴奋升起来。我撕开它，那实在太费时间了——一定花了不到一秒钟——感激的心让我全身火热地颤抖着，心想：终于，终于，终于，但这一切在我发现花不是来自克劳斯而是来自奥布里的时候，全都化成了泡影——奥布里？奥布里？——与此同时，之前的快乐让我不禁心想，也许克劳斯现在是我的男朋友，也许我在过去的几个月里让他对此深信不疑，虽然花了不少时间但他还是看到了我的内在美，因为我认识到了事实——就像是篮球比赛里的最后冲刺，最后一球的时候，你快速地冲下场，即使比赛结束了你也无法马上停下来——我又想道，奥布里他妈的怎么会给我送玫瑰花呢？但他只是一个二年级学生，一个男孩子，也许不明白送花的意义。卡上写道：你的数学进步很大。干得好！奥布里上。

我的欢喜，来去都悄无声息，让我觉得丢脸；丢脸的是，我竟然对这么小的事情这么在意。这次失望让我停了好一会儿，但我还是在看完了所有剩下的花以后，再一次地失望于克劳斯什么也没有送给我。除了玛莎和奥布里，没有人再给我送花——甚至连欣君也没有。我真希望刚才的一切都没有发生过。即使是同样的结果，我还是只收到两朵花，但为什么我不能像一个正常人一样早上起床，在去吃早饭的路上经过公共休息室才想起来是今天情人节，平静地抽出我的花，把它们放回到我房间的花瓶里，把这一切都忘掉？

事情的结果比我想像的更糟。那天早上我发现玛莎收到了七朵花——在过去她没有当上班长之前，她从来没有收到过四朵以上——其中一朵来自克劳斯。她把我们俩所有的花都插在一个瓶子里，我们没有讨论过这些，她只说了一句："你的纸条真有趣。"但她没有问克劳斯是不是送了花给我，也没有告诉我他送了一朵给她。我之所以发现这些是因为我趁她不在的时候，自己翻看了她的纸条。他送给她的是一朵粉色的康乃馨，和其他她所拿到的一样。但这并没有多大区别。克劳斯并不是没有送花；他只是没有送花给我而已。

接下来发生的事情是——差不多是二月底的时候——克劳斯弄伤了他的脚踝。情人节就那么静悄悄地过去了，他只有接下来的一次，八天以后，过来的时候说了一句："谢谢你的花。"第八天的晚上，当我在餐厅看到他的时候，我跟他在不到三英尺的距离内擦肩而过，双眼却平视前方。我不知道这是要告诉他我在乎还是不在乎，但无论如何，那还是有效的；他晚上叫醒了我，我们又去了希拉里的房间，但谁都没提他这些日子的冷落。我不觉得这跟我送的康乃馨有关系；那朵康乃馨无论从哪个角度看起来都没有这么大的影响力。

我怀疑我们之间的天平正在倾斜。其实本来也说不上什么真正的平衡——我爱着他，但却看不透他的心——但这种不平衡却有着它自己清晰的模式。

最近我感觉自己应该矜持一点。接连三场他的篮球比赛我都没有去，因此他拉伤脚踝韧带的时候我也不在场。他们那场的对手是艾默尼队，他们场上六个人都有六英尺。克劳斯跳起来上篮，却犯了规——艾默尼的人盖了他的帽——摔下来的时候扭伤了他的脚踝。他最后被送到了医院，他们帮他包扎好，给了他一副拐杖；离春假只剩不到三个星期，显然，这一季的比赛都与他无缘了。

几个小时后，从晚饭时的谈话和玛莎那里，我理清了先后次序，终于了解到发生了什么事。玛莎是从拜登先生那边得知的，因为他们决定把当晚纪律委员会议延期。晚饭时听我的同学们议论时，我猛地吓了一跳，担心他伤得很严重。当我发现他并没有什么大碍的时候，一种跟他紧紧相连的感觉却油然而生——这不也是我的不幸吗？"他从医院回来了吗?"我问。这是我说的第一句话,只有坐得最近的两个人回过头来。一个是黛德,还有一个是约翰·布林德里,一年级的那次他也在出租车里。

"我敢肯定他现在已经回到宿舍了,"约翰说,"你要过去吗?"

一开始我不确定他是不是在对我说话。以我和克劳斯的关系,这绝对是一个合情合理的问题。但既然这个关系并不为人所知,这个问题就问得很奇怪了。我为什么要去克劳斯·苏伽曼的房间呢?我们甚至不太认识对方。

"莉为什么要去看苏呢?"黛德问,约翰看着我们俩。你听说了什么?我想问。要是他是个八卦的人,喜欢到处乱说的话,他肯定会透露更多。但约翰是个好人,也有可能这个问题他只是随口问问而已。

"没什么原因。"他说。我努力用低调的声音说:"我也许会过去。"我感觉到黛德瞪着我,但我却没有去看她。

我打算晚饭后找一个时间过去。约翰的问题给了我这样的许可——毕竟,是他提出来叫我过去的。八点五十五分,因为探访时间是九点开始的,我刷了牙,喷了香水,坐在书桌前端详着镜子里的自己。我怎么能去克劳斯的宿舍呢?谁知道那儿会有谁——可能德尔文会在——要是克劳斯泡在公共休息室呢,说不定他叫了披萨和一群男生一起坐在那儿看电视,他们一定会奇怪我为什么会到那儿去,很有可能连克劳斯都会觉得奇怪。他要么冷冷淡淡,要么客客气气,他会尽量让我感觉愉快,但他的尽量只会让我更难受。有没有可能,他有些虚弱但明显很高兴见到我,立刻迎上来,当我挨着他坐在沙发上的时候,他把手环在我的肩膀上,我们都不用解释什么,除了我会问问他的脚踝怎么样?这种机会简直微乎其微。我坐在椅子上弯下腰来,将我的额头靠在掌腕上。这离他太遥远了——我感觉到了一种钻心的痛。痛是因为他总是这么近。整整一年,都是如此,我们紧挨着的宿舍,我甚至不用一分钟的时间就可以站起来,走出房间,找到他,摸到他,但我却不能这么做——这让我快要疯了。再没有什么样的爱情比寄宿学校萌动的爱情更折磨人了；大学更大也就不会那么浓烈，而办公室里，至少你们在晚上可以分开，喘一口气。

多做只有多错，我的冲动并不值得信任，这让我有些绝望了。我只想快点到午夜，他可以过来（当然，拄着拐杖，他肯定有一段时间不会过来了）躺在我身上，他在身边，我就可以什么都不想了。当我现在想起克劳斯的时候，记忆中很大一部分都是等待，等待机会。我不能去他的房间——我决定了。那意味着要想让他知道我对他受伤的关心，我就得在大堂里没有什么其他学生的时候碰上他，而且在那个时候很快地了解他的心情，看看是不是需要做些什么调整好让我们可以继续看见对方。

我现在知道了：我把所有的决定权都给了他。但感觉上却并不是这样！这一次，再清楚不过了，他才是做决定的人。规则已经确定了；它们没有命名，却难以驾驭。

我和玛莎一起去看戏，克劳斯出现在舞台上时，大家都笑了。演出的剧目是《哈姆雷特》，自从他不得不退出篮球之后，他被派去演福丁布拉，之前，这个角色被话剧老师考玛茹夫太太删掉了。他看起来实在不像是福丁布拉；主要是克劳斯拄着拐杖，穿着一件古代的貂皮外套。那时，克劳斯已经九天没有到我的房间来了。

哈姆雷特和奥菲利亚是由杰斯·米德斯达特和麦勒迪·瑞恩演的。杰斯是一个从剑桥来的四年级学生，人很瘦，脸红红的，有些神经质。他是那种讨女孩子喜欢却不会爱上他的男孩——在餐厅里跟他坐一桌的时候，我总是很开心，因为他的话很多而且很搞笑——让我惊讶的是男孩子们看起来也挺喜欢他。麦勒迪是一个三年级学生，长长金色的鬈发，大大的蓝眼睛。我知道大家都觉得她很吸引人。

在奥菲利亚自杀的一幕之前，麦勒迪和杰斯接吻了，我有些嫉妒他们，因为他们所扮演的角色，他们可以在大庭广众之下这么自然地接吻，在预演的这几周里,他们有这个吻可以指望。每一天,他们都知道他们会碰到对方,不受任何外界因素的影响;他们做什么或者不做什么都没关系。

我应该报名参加戏剧课,我想道,但那已经太晚了。

被布朗大学拒之门外的同一天,我收到了蒙特霍里约克大学和密歇根大学的录取通知(那个时候,我已经收到了毕洛伊特大学的录取通知和图斐斯大学的拒绝信,而卫斯理大学的拒收信也在路上了),我在迪恩·弗莱切的教室外面遇见了克劳斯。那一天的最后一节课也已经结束了,我们俩都是一个人。

"嘿,"他说,"恭喜你进了密歇根大学。"

我想像不出他是怎么知道的。

"你觉得你会去吗?"

"可能吧。"我一定会去,至于原因,除了斯坦恰克太太和我父母以外,我没有跟任何人说过,那儿的学费比私立学校要便宜得多,另外他们还提供部分助学金。蒙特霍里约克大学离波士顿更近一些,但也不是那么近,至此为止不用再跟自己或者别人说什么了,我知道———一切都结束了。奥尔特一切与克劳斯无关的部分已经结束了,而那些有关的部分,如果我不是那个他会在人前说话的女孩子,那我就更不会是那个他会大老远跑到另一个州去约会,或者在他哈佛的宿舍里招待的女孩子了。这一切,都使我们两个之间关于大学的话题,显得牛头不对马嘴。几个小时之前,当我打开那三封信的时候,我还很介意——我哭了,因为布朗大学,在我还没有对自己的眼泪厌烦之前——但当克劳斯站在我面前的时候,那些却感觉好遥远。那是三月份,我们在奥尔特,在那以后,我们的生活就像是摩洛哥的集市一样遥远。

我指着他的拐杖:"还疼吗?"

他说:"不太疼了。"不知怎么,这反而让我觉得他说是反话。他的语气是乐观开朗的,我很难想像克劳斯会痛苦地抱怨什么让他烦恼的事,老实说,我也想像不出什么事会让他烦恼,虽然他当然也会有烦心事。第一次,我意识到那可能有些无礼,可能他受伤之后我没有立刻去看他有些忽略他了。我的脑子里闪过过去的记忆,一年级的时候,当我昏倒在购物中心的时候,他对我那么好,为什么之前我没想起这些呢?

"我很难过。"我说。

"我没有怪你。"

"不,我是说……"

"我知道你要说什么,我开玩笑的。"

抬头看着他,又一次,我想对他说,我有多么爱他。我怎么能在大白天就这么想呢?外面,传来一个男孩的喊声,接着,另一个男孩又喊着回答。那是下午三点,文化课已经结束了,体育锻炼还没开始。他侧了下头向迪恩·弗莱切的教室示意的时候,我并不很惊讶:"你想要进去吗?"

我的脉搏猛地加快了,感觉到小腹沉甸甸的,是兴奋,是渴望。很轻很轻地,我说:"当然。"

教室的门并没有完全关上,他用右手的拐杖推开了门,而后再关上,还是用的拐杖,只不过从另一边。天灰蒙蒙的,灰蒙蒙的光从窗口透进来;克劳斯没有打开天花板上的灯。教室里是一张长桌,他从桌子旁拉出两把椅子来,面对面摆好,他坐上其中一个,我以为另一个是给我的;而后我发现他是要用另一个来放他的脚。我绕到另一边,希望他能给我一个明确的指示,我恨自己唯唯诺诺的被动。他接下来说的话,是因为他知道我希望他告诉我该怎么做,还是他早在我们进教室之前就想好了?

不管怎么样,我说:"我要坐在你的膝盖上吗?"他回答:"如果你想的话。"(当然,我问道:"我弄疼你了吗?"他回答:"不,一点儿也不。"),我想一切都没问题了,他想要抱着我,就像是我想要抱着他一样,我们接吻了。

我非常不希望他看见我的身体,有时候我以为他也是一样;很明显,他不是。在别人面前脱衣服怎么会不尴尬呢？他脱下灯芯绒的裤子和短裤，看起来一点儿也说不上性感；它们让我想到他上厕所的样子。哪些学生明天会坐在这个椅子上，完全不知道克劳斯曾经把他光溜溜的屁股放在上面？他的手掌传到我背上的压力——这是我在过去的几个星期日思夜想的，这是我曾经拒绝的？

一声呻吟之后，一切都结束了。我站起来，走开两步，准备离开——在我的宿舍里，他总是那个离开的人，而我是那个期望可能永远把他留下的人——这一刻的难过感觉像是些要坚持的东西；要是我能坚持住，我就不再是接受他的恩赐了。

他已经拉上了他的裤子，但还没有扣上皮带。坐在椅子上，他说："过来。"我有些疑迟地上前两步，他把手臂环上我的腰，将他的脸压在我的胸口上，紧紧地抱着我，眼泪盈满了我的眼眶。我所能做的，只是将我的手抚上他肩膀，用我的手指轻触他的发丝；他总是说我的头发如何柔软，但事实上，虽然我从没跟他说过，他的也是。

春假和圣诞节假期没什么不同，除了房子一直空空的，因为我的弟弟们的假已经放完了。安静冷清中，我总是坐着看电视，不洗澡，有几次，特别是动情的时刻，打来我爸妈的奥尔特指南，我肯定他们从没有用到过它，看着克劳斯的信息。当然，同样的事情我在学校的时候就做过太多次，只是看着他打印出来的名字，而那上面的家庭地址早就过时了。

虽然尽量避免，但我总是要见到家里的朋友们，每次大家都恭喜我进了密歇根大学，在接受他们祝贺的同时，我也真真切切地意识到我将在那里度过接下来的四年。回奥尔特之前的星期六，妈妈和我开车到安·亚博①，那儿大概有三十华氏度，但街道的两边还是结着冰。我们走在冰

---

① 密歇根州的一个城市，也是密歇根大学的所在地。

冷的校园里,她给我买了件连帽的运动衫,虽然我告诉她我不需要。我们在晚上把车开回了南班德,因为我爸爸说我们在酒店过夜也没关系但他不付钱。

他送我去了飞机场,我再一次因为要离开而大大地松了口气。他在车里拥抱了我,给了我五块钱买中饭吃,而后就开车离开了。行李安检完后,我流着泪穿过候机室。上寄宿学校,你总是要离开你的家,不是一次,而是一次又一次,那并不像是在大学里那样,那个时候你已经长大了,你已经,可以说,应该要离开他们了。我哭是因为我感到很内疚,因为我放纵的内疚。站在卖瓶装水、生日卡片和印着"印第安纳"花体字的 T 恤衫的店门口,离开家还不到二十分钟,我已经那么想念他们了,我甚至想打电话给正在上班的妈妈,让她过来跟我一起等飞机;她会吓一大跳,可能觉得奇怪,但她一定会来。但这样的话,那些她现在可能仅仅是怀疑的东西就会得到确认——我其实是多么没用,过去的四年里,我瞒着他们多少事啊。

一旦我上了飞机就会好一些了,回到学校会更好。但当我身处他们所在的城市的时候,离开家似乎是一个如此错误的决定,我们大家都错了。

春假结束一个多月以后,我收到了一张校长办公室发过来的通知。那是用拜登先生的正式信纸写的,顶端还有奥尔特的校徽,虽然这张通知本身并看不出有多正式,上面只有两行字:我有些事情想跟你谈。请找德斯里太太为我们安排一个时间见面。我浑身冒起一阵寒意。这一天终于来了——到最后,我还是被抓了。这感觉一点也不浪漫或刺激。在下午十二点五十分,在我一个人的时候,我总是幻想我会和克劳斯一起被抓。也许我被揭发了,而克劳斯没有——也许有另一个女孩(希拉里·汤姆金斯是我第一个怀疑的对象)说她看见了我和另一个身份不明的男孩子在一起。

我从收发室直接上楼到了拜登先生的办公室；伸头一刀，缩头也是一刀。说不定我并不会被开除，这是我首先要确认的事情。

　　德斯里太太一看到我就说："是那篇文章的事情，对吧？稍等一下。"她站起来，敲敲拜登先生办公室的房门。从窗口看出去，外面是一片芳草茵茵的环岛。环岛的一边是教学楼，另一边正对的就是餐厅，我可以看见人们吃完饭走出来。这时的感觉就像是三年级的时候我可能被春季大扫除开除出去一样（突然间，你的生活可能完全脱轨，而此时的感觉又是那么叫人讨厌的熟悉），我看见玛莎和欣君走在一起；虽然我看不清她们的脸，但我认得欣君的黑头发和玛莎的衬衫，那是一件粉红色的开衫。

　　"莉，"德斯里太太说，"他现在可以见你了。"

　　拜登先生坐在他的办公桌后面。"进来，进来，"他说，"不用难为情。麻烦你在那儿先坐一会儿等我把手头的这点事情做完。"

　　拜登先生努力使自己跟学生走得更近些——我二年级那年，他在圣诞节前最后一次点名仪式上穿成了圣诞老人的样子，他每年春天都会教一门思想道德的选修课——但我仍然有些怕他，过去我从没跟他有过什么真正的对话。他知道我的名字是因为他规定自己要在第一个星期的课上记住所有新生的名字。打从一年级起，我每次遇到他，他都会说："你好，莉。"或者，"晚上好，莉。"我曾经想告诉他，他可以忘记我，他完全可以利用这个空间去记住，比方说，某个有钱的校友的电话号码。

　　我挑了把面对着他的办公桌，红蓝条纹缎子木制扶手的椅子坐下。旁边几英尺就有另一把一模一样的，在我身后——拜登先生写字的时候我四处张望了一下——有一个长沙发，一张樱桃木的茶几和另外几把扶手椅。那儿还有一个壁炉，和一个白色大理石的壁炉架，上面挂着琼纳斯·奥尔特的肖像，大约一八七〇年。我以前从没到过拜登先生的办公室，但我在校刊上看到过这幅肖像。琼纳斯，如我们在每年创立者纪念日的礼拜上听到的那样，曾经是一条捕鲸船的船长，也是波士顿一个富裕家庭叛逆的小儿子。有一天晚上在他出发航海之前,他的小女儿埃尔莎请求他留在家里,但奥尔特拒绝了。然而在海上,他们遇到了猛烈的暴风雨,船触了礁,浪头一个接一个打上船舷,奥尔特发誓,要是他能活着回到岸上,他就放弃捕鲸行业。他和所有其他的船员都活了下来,但当他们回到港口的时候,他得知三天前埃尔莎死于猩红热。为了纪念她,他创立了奥尔特学校。(不是奥尔特学院——有时候我爸妈会这么叫,但正确的叫法是奥尔特学校。)这个故事有一种悲剧的浪漫吸引了我,我总觉得奇怪的是,为什么奥尔特要创立一所男子学校来纪念他的女儿呢?即使她活着,她也要等到一百零四岁的时候才能被允许入学。

"好了,"拜登先生说,"我很感谢你能这么快做出回应。要是你允许,我想问你几个问题,而后我会更详细地向你解释我为什么要叫你过来。这听起来可以接受吗?"

"是的,"我说,而后又接道,"先生。"我本想更尊敬些,但这个字说出口,听来却有些讽刺。我知道南方的学生可以毫不费力地发先生和太太的拖音。

"你是一年级入学的,是吗?"

我没料到会是这个问题。我点点头。

"你会怎么样描述你在奥尔特的经历呢?就概括地说几句好了,记住这个问题没有什么正确答案。"

这话,我知道,从来都不是真的。

"我喜欢这儿。"我说。也就是说,*别开除我。最好也别处分我。*

"告诉我让你印象最深刻的部分。"

也许我并不是因为克劳斯到他的办公室来的。因为这实在像是处分的开场白。而且,在我看来,如果我要被处分,那个来找我的人可能不是拜登先生,而是埃尔文太太,或者可能是迪恩·弗莱切。

"告诉我你的第一感觉。"他说。

我往窗外瞟了一眼，看见几个四年级学生，包括玛莎和欣君，躺在环岛上。春假以后，甚至在那之前天就变暖了，总是有些四年级的学生成群地或坐或躺在环岛上；就像是他们在轮流进行一项志愿活动。我从没去那儿闲逛过，因为我知道那会让我感觉很显眼，而且好像是在浪费时间。坐在宿舍里，听听音乐，东张西望，我从不觉得有什么问题，但一个人浪费时间总比让大家都看到我的失落要好些。

我看着拜登先生。我奥尔特经历中印象最深刻的部分，在我此时看来，就是克劳斯。"我奥尔特经历中印象最深刻的是我的朋友们。"我说。

"那是宿舍故事，是吗？"拜登先生说，"在那儿发展的亲密无间的情谊。"

"玛莎和我一起住了三年了，那很好。"

"相信我，我知道所有你和玛莎的事。我听说了关于你们俩的很多很棒的事。"

从谁哪儿？我心想。

"学习方面怎么样？"拜登先生说，"微积分初步有些小问题，不是吗？"

我心里又是一惊——也许这才是我们碰面的原因，我想道，也许这几个月里，他们终于发现我作了弊——但拜登先生还在微笑。他的表情似乎在说：数学——多麻烦不是吗？

"今年好一些。"我说，"我已经可以跟上了。"

"要是我没有弄错的话，你是进了密歇根大学，是吗？"

我点点头。

"那是个好地方，"他说，"是几所相当不错的州立大学之一。"

我没吭声，对他笑了笑。对着奥尔特以外的人，你还可以假装自己很幸运进了密歇根大学，真是那样也说不定，看你跟谁比；但拜登先生和我都知道在奥尔特，那一点儿都不幸运。

"你准备好进大学了吗？"拜登先生问。

"是的。那是肯定的。我在这儿受到了良好的教育。"这话,事实上,是真的。

"有什么特别喜欢的课吗?"

"迪恩·弗莱切教的三年级历史很棒。还有库宁先生教的二年级数学也是。我也很喜欢环境科学。我是麦克奈里先生教的。真的,我在这儿所有的老师都很不错。只是我自己有些课总学不好。"

拜登先生笑了:"没有人是完美的,对吧?但我知道你也为这个地方做了很多事,莉,以你自己的方式。"

他到底想要我做什么,我心想,就在那个时候,他说:"言归正传吧。《纽约时报》想要对学校做一个专访。"

"喔。"

"没错,这当然是一个机会,但媒体的注意总是一把双刃剑。遇到这样的情况总是小心为妙,特别是在这种日子这种年代,公众并不都那么喜欢预备学校。《纽约时报》当然是一份一流的报纸,但有时候媒体更倾向于简单地重复那些固有的陈词滥调,而不是花时间来讲真实的故事。你明白我在说什么吗?"

"我想是的。"

"我们在奥尔特的所有人都非常为这个学校感到骄傲,当《纽约时报》到这儿来采访的时候,我们希望跟他们说话的孩子能够传达这种骄傲。我不是说,我们想要事先串通什么,我这么说你别见怪。我们要找的学生,必须对学校有一个平衡而值得信任的看法。我想问你的是,我能说服你成为其中的一个吗?"

"噢,"我说,"当然。"

"太好了。现在,据我所知,他们要报道的角度是美国寄宿学校的变化,奥尔特将和欧佛菲尔德、哈特威尔学院、圣弗朗西斯等等学校放在一起。他们说的是,这些学校已经不再是有钱人家儿子的专有地了。我们有女孩子,有黑人,有拉丁裔。且不论他们的名声如何,寄宿学校是美国社会的一面镜子。"

"所以,我是要作为一个女孩子来接受采访吗?"

"作为一个女孩子,或者代表任何你所属的阵营。"

我不知道他是不是觉得在我的表面之下还有什么别的——说不定我是阿帕拉契亚人。"有什么特别的话需要我对他们说的吗?"

拜登先生笑了笑。有时候我还会想起那个笑容。"就是事实而已。"他说。

春假后克劳斯只来过一次,大概是我跟拜登先生那次谈话的前两星期。回到学校的第一个晚上,我就期盼着他的到来,因为那是我所渴望的;一次又一次,我总是记不住,只是"我想要"这三个字,并不足以让一切发生。一天一天过去,我盼望的心少了,但对他的思念却有增无减——每天清晨醒过来,脑子里第一个念头便是又一夜孤单。白天的时候,我的目光总是尽量留意着他。他的拐杖已经扔掉了,吃早饭的时候;或者做礼拜的时候,如果他没来吃早饭;或者点名的时候,如果他没来做礼拜——他一定会在点名仪式上出现,因为是他和玛莎主持的——我会记住他穿什么,接下来的一天,我会一直搜寻着那件红白条纹的开衫,或者那件黑色的西装背心;就像是他的衣服给了那一天一种性格。虽然我一句话也没能跟他说,但是看见他我就安心了;要是他在我旁边两个桌子吃午饭,那至少说明他没有在下面的船库跟阿思派丝做爱。

一开始,我担心的是克劳斯把春假当成了一个分界线,从此之后他都不再过来了。因此,他要是过来,那就不仅仅是一次,我也就能放下心来。但等到他真的来了,一切却又不尽如人意。我可以立刻感觉到我们之间的隔阂,我的僵硬,我的过于殷勤,和他的疏远。我们做爱了,他过了很久才射出来——似乎,比以前还长一些——过后,我能感觉到他想离开了。

虽然他最后没有，而后我们都睡着了，不知过了多久，他拍醒我说再见。他已经从床上爬了起来，穿好了衣服，而那时才三点刚过。我不该让自己睡着，我心想，至少我应该在那个时候醒过来，这样我可以在他起床的时候阻止他。不是用语言，而是用动作——给他一个留下来的理由。

他一手搭在我肩上，靠过来。我弯起手臂去抓他的手，他任我握着，捏了一下我的手，又松开，"还早呢，"我说。我并没有压低声音，由于刚睡醒，听起来有些生涩沙哑。

"我得走了。"就这么一句话，连个理由也没有。

我的心中开始鸣起不平来。*你去了哪里？我做了什么？你还会回来吗？你一定要回来，要不然我肯定会撑不住的。*这次他过来是不是试探，我心想，我是不是让他失望了。

"还好吧？"他说着，把睡袋拉到我的肩上掩好，又拍了拍我的手臂。我当然不好。但他还是离开了，剩下我一个人，我想起有多少次我都怀疑我们之间的关系是不是变了，我是不是让他厌烦了，他是不是已经对我失去了兴趣。每一次，我都压抑着自己提问的冲动，我很高兴我这么做了，因为问出口，可能只会加速这段关系的灭亡。因为——我现在理解了——*你真的不需要问。到了结束的时候，你就会知道。*

《纽约时报》的记者名叫安吉拉·瓦瑞兹。听到记者这个词，我以为会是一个五十多岁的男人，灰色的头发，有些秃顶，穿着黑色的三件式西服，但当我走进迪恩·弗莱切的教室，也就是她采访学生的地方时，我才发现她看来还不到三十岁。她坐在桌子的前面，当她站起来跟我握手的时候，我看见她穿着牛仔裤——这是在奥尔特的教学楼里不允许穿的——还有牛仔靴和一件白色的衬衫。她的直发向后梳成一个马尾辫，门牙之间有一道缝。她绝对说不上漂亮，但她的脸上有一种自信和张扬——她看起来一点也不为自己的不漂亮而抱歉。当她跟我握手时，她握得很紧。

为了采访，我错过了我的第二节课。我从拜登先生给出的备忘录上知道，安吉拉·瓦瑞兹在我之前已经见过了玛利奥·贝尔马萨达，一个三年级学生，而在我之后，就是达登·匹塔德。

"请坐。"安吉拉·瓦瑞兹说。

我的脑中突然闪过在这同一间教室里和克劳斯口交的画面来，不由打了个激灵，虽然我说不出那是恶心还是渴望。我坐在我们那天所在的另一边。

"这儿还会有人过来吗？"我问，"不是其他的学生，但是不是会有老师在场确认我不会说什么坏话？"

安吉拉·瓦瑞兹笑了："你总是说坏话吗？"

"有时候。"

"我开始喜欢你了，"她说，"回答是不。要么就是行政部门完全相信你们，要么他们已经审查过你们了，所以我也接触不到任何不满的人。现在，让我们先从严肃的话题开始吧。你是四年级的学生吧，是吗，你整整四年都在这儿吗？"

"是的。"

"提醒我一下你是从哪儿来的？"

"南班德，印第安纳。"

"想起来了。我见了你们太多人，几乎要把你们的资料弄混了，但我现在想起你来了。"

谁把我的资料提供给安吉拉·瓦瑞兹了，我奇怪，那上面到底是怎么说的？

"你是要去密歇根大学的那个，是吗？恭喜你。"

"嗯，我申请了布朗，但我去年的微积分初步险些不及格，所以我并不指望他们会要我。"

她点点头,在她的笔记本上写些什么。

"你要把这些都记下来?采访已经开始了吗?"

"莉,不管你什么时候跟记者说话,你都是在被采访。"

"我以为记者都用录音机。"

"有一些是,但我们很多做报纸的都选择不用。我们经常赶稿,没有时间誊写录音带。"

"对不起我的问题太多了。"我说。

"你随时可以问。顺便说一下,你可以叫我安吉。现在,告诉我,你父母对你进密歇根大学感觉如何?"

"他们很高兴。我离家要近多了。"

"他们是密歇根的校友吗?"

"不。我爸爸是西印第安纳大学的,而我妈妈进了大学却没有读完,因为他们结婚了。"

"你爸妈是做什么的?"

我顿了顿:"对不起我总是这样,但我不太明白我爸妈做什么跟这篇文章有什么关系?"

"这么说吧。你和我就这样聊啊聊,文章写出来,我会引用一两段你的话。你会想,为什么安吉没有把我其他才华横溢的见解写进去呢?但我问的很多问题只是过渡——它们不会出现在文章里,但是会贯穿在文章当中,要是这听起来不是太自大的话。"

"我妈妈是一家保险公司的出纳。我爸爸是销售。"

"他卖什么?"安吉的头低着,她又在写了。她的声音不温不火的;看起来好像无论我说什么她都会是同样的反应。

"床垫。"我说,"他卖床垫。"

她没有喘气,或是紧抱着她的胸口。而是说:"那么他的公司是——连锁店还是独立企业?"

"是一家特许经营店，是他自己开的。"

"明白了。你的兄弟姐妹呢？"

"我弟弟约瑟夫十四岁，蒂姆七岁。"

"他们也会上寄宿学校吗？"

"我想不会。约瑟夫已经跟我到这儿的时候一样大了。但我们那儿的人一般不太会。"

"那你为什么来呢？"

我为这个问题准备了两个标准答案，根据听众来选择；而我决定把两个都告诉安吉。"这个学校比我在南班德上的公立高中要好得多。"我说，"这里的资源让人难以置信——教职员工的才华，小班教学，你会得到更多的关注，而你的同学也都非常积极主动。"我这么说的时候，想像着这会是安吉引用的评论——这绝对是我目前为止最滔滔不绝的部分了。"另一个原因是十三岁的时候我对寄宿学校并不十分了解，"我继续道，"我只是从电视节目和《十七岁》杂志上看到，我觉得那听起来很有魔力。所以我做了调查，发了申请。我爸妈觉得有些奇怪，但当我被录取的时候，他们让我来了。"

"就这样？他们不需要更多的理由？"

"不，他们需要。但我们隔壁的邻居，也是我妈妈最好的朋友，格鲁卜太太是一个中学老师，她觉得这是一个很好的机会，就为我争取了。最后，我爸妈说我可以自己决定。"

"那个时候你十三岁？"

我点点头。

"不错。你一定比我那个时候成熟得多。现在让我来问问你这个。寄宿学校昂贵的费用并不是一个秘密。"

我可以感觉到自己的脸红了，心跳也加快了。她看起来要问的问题似乎是一个不可能会问的问题。那实在太——明显了。

"奥尔特是多少,两万两千美元一年?"安吉继续道,"我想知道的是,在你的爸妈决定让你来之前,他们准备花多少钱?"

我的脸颊像火烧一样。

"这个问题是不是让你觉得很为难?"安吉问。

"这儿的人并不真的——"我顿了顿,"讨论钱的问题。"

"就像谈论起居室里的大象!"

"就是这样,"我说,"这儿的人都太有钱了,所以好像没有人需要提起这个。"

"你有没有发现有钱的人和没钱的人有什么不同呢?"

"没什么不同。我们从不用现金买东西。你要买课本,或者坐车去波士顿,只要用你的学生证填一张卡就行了。"

"而后你的爸妈会买单?"

"是的。"

我们对视了一眼。她要我说些她心知肚明的事情。那个时候我还不明白,就因为你知道别人想要什么,就因为那个人比你年长比你更强势,所以你不需要把那些给他们。"对我来说有些不一样,"我说,"事实上我——我是拿助学金的。"四年来,我只有跟巴林斯基太太,她是经济资助办公室的员工,和斯坦恰克太太谈过这个话题。我甚至从来没有跟玛莎说过。我猜,玛莎知道,但并不是我说的。"我爸妈负担我的费用,"我继续说,"但他们只付,我想今年是四千美元的学费。"

"明白了。"安吉点了好几次头,我又一次被搞糊涂了,我几乎可以肯定她早就知道,"那对你来说真是帮了很大的忙。"

"就我所知,学校一开始就后悔让我进来了。我小学和初中的确成绩很好,但我到这儿之后,成绩就出了问题。"

"你是准备得不充分吗?"

"不完全是。那更像是我不再相信自己的能力了。在这儿我是那么——那么的不出挑。没有人期待我会成为一个明星。"

"我想我们还是回到经济资助这个话题上来吧。我能感觉到你不太想谈论这个,但跟我说说吧。我不知道你是否觉得老师们会偏爱那些有钱的学生。"

"不,不太觉得。"

"不太觉得?"

"有一个年轻的老师跟我年级里的那些男孩子很要好,他们在这儿之前,上的是纽约的同一所学校。我们叫他们银行小开,他们都很,你知道——有钱。那个老师开车带他们去麦当劳,还有一次带他们去看爱国者队的比赛,大家都觉得有些奇怪,因为班里的大多人在那之前都完全不知道。但我不认为那个老师对那些银行小开好是因为他们有钱。他是他们大多数人的足球教练,他们是那样认识的。"

"为什么叫他们银行小开?"

"因为他们的爸爸都在银行工作。我是说,并不是他们每一个,但看起来像是那样。"

"那这个银行小开是专指的还是泛指的?"

我瞪着她:"你要把这个写到文章里面去?请你不要。"

"让我们继续聊吧,看看还会有些什么。我来告诉你一个故事吧。我的本科是在哈佛念的。"

我想到我告诉她布朗大学拒绝了我的申请,感到有些尴尬。

"你说有钱和没钱的学生之间没有什么区别,但我自己的经历却并非如此,"她说,"我家是新泽西州的工薪阶层,在大学里我必须贷无数的款。在哈佛的孩子们,特别是寄宿学校出来的孩子,对于钱的观念是我前所未见的。一年级的时候,我的同屋买了一件黑色的羊毛大衣,还有一个黑色的天鹅绒领子。很漂亮。我对衣服不是很讲究,但我真的很羡慕她的这件衣服。一个星期以后,她把它弄丢了,忘在了衣架上。你知道她怎么做?"

我摇摇头。

"她回到店里,又买了一件。就那样。但真正耐人寻味的是,我随口说了一句向你爸爸要钱,只是想逗逗她,而她却生气了。我花了很长时间才明白,是啊,她做的只是把她自己的不痛快加诸我身上而已。"

我看着窗外。阳光穿透了附近的一棵榉树的树枝。

再次开口时,安吉的声音柔和了许多:"这个故事让你联想起一些什么事情吗?"

"有一次,在我二年级的时候……"我说着又停了下来。

"继续。这也许感觉有些奇怪,莉,但那很重要。"

"二年级那年,我有一个英语老师,大家都不太喜欢她。有一天下课以后,我跟几个其他的学生走在一起,其中一个女孩子,说了些关于那个老师是 LMC 什么的。她说的是那个老师的衣着。"

"LMC 是什么意思?"

"我也想知道。所以之后我问了我的同屋,她从来不说这样的话,我问她的时候,她有些尴尬。她说她不确定,但她觉得那是中低层的意思。"玛莎知道那是什么意思;我可以看得出来她只是觉得要解释给我听有些为难。当我告诉她我这么问的原因时,她说:"阿思派丝真愚蠢。"

"难以置信。"安吉说。

"这儿的人并不势利在脸上,但他们以为很平常的东西——嗯,另一件事让我印象比较深,星期六如果你没有比赛是可以坐车去波士顿的。教导主任会在你们离开前上车告诉你们所有校规都必须遵守,晚上车回来的时候,他也会过来,抽查大家的包。去年有一次,车快要到波士顿来接我们的时候,我和几个女孩子在法纽尔大厦遇到了。她们是跟我一个宿舍的。我们都在一家服装店里,其中一个女孩从架上拿下衣服就直接去收银台结账了,甚至都没有试穿。我对另一个说:'难道不用看看那些是不是合适吗？'那个女孩子说：'她只是买来包酒的。'她没有说酒这个字，但就是那个意思。那些衣服可能要上百元呢。"

安吉摇了摇头："她买的是什么酒？"

"可能是伏特加。那种你凭呼吸闻不出来，对吗？"

"我想你自己不喝酒吧？"

"不。"

"你是不是觉得拿助学金减少了你违反校规的可能性？"

我想起了克劳斯，感觉有些心痛——安吉到底为什么认为我不太可能违反校规呢？但我只说了一句："可能。"

"其他拿助学金的孩子呢？他们抽烟或者喝酒吗？"

"我并不把人分为拿助学金的，和不拿助学金的。"

"你不知道谁拿助学金，谁不拿？"

"你知道，但没有人会去议论这些。"

"那你是怎么知道的？"

"你可以从他们的房间看出来——他们有没有音响，女孩子的话，有没有印花的床罩，或者银相框。他们那些东西的质量。还有他们的衣服——每一个人都从同一本产品目录上订衣服，所以你会看到很多人穿同样的毛衣，你对那个价格知道得清清楚楚。还有像是，你可以用宿舍的机器自己洗衣服也可以叫洗衣服务。或者甚至是运动，那些设备花多少钱。冰球很费钱，但像是篮球什么的就还好。"

"我猜你没有印花的床罩或者银相框吧？"

"我有一个印花的床罩。"一年级那年，我要了一个作为我的生日礼物。至于银相框，还有所有其他的东西——玛莎是我的面包。

"还有一点，"我说，"可能关于谁拿了助学金谁没有拿，最大的线索是人种。从没有人这么说过，但大家都知道某些少数民族的人几乎都是拿助学金的。"

"哪些少数民族?"

我迟疑了一下:"你可以猜得到。"

"我不会介意的,莉。"

"好吧,黑人和拉丁裔。基本上都是。其他少数民族,像是亚裔或者印度裔,一般都不拿助学金,但黑人和拉丁裔一般都是。"

"那你怎么分辨一个白人学生是不是拿助学金呢?"

"我想这样的人不多,"我说,"我们这样的。"一时间,我想不出四年级班上除了我还有谁,而后我想到了斯考特·拉若萨,他来自波特兰市,是男子冰球队的队长。他长着一张白白胖胖的脸,一口缅因州口音,但他同样高大自信。在我们班,谁都比我强。

"为什么你觉得接受助学金的白人学生这么少呢?"

"我们并没把这个学校里的人分成很多种。有很多白人孩子的父母都支付得起。"

"看起来,在这儿很多时候你都觉得自己是被孤立的。"

曾经,这样的洞察力会让我泪盈眼眶——她明白——但现在这似乎只是谈话的一部分。除此之外,虽然我希望博得安吉·瓦瑞兹的好感,但我却不能完全肯定我是不是喜欢她。

"当然有时候我会感觉被孤立。但这也是在意料之中的,不是吗?"我笑了笑,"我就像是印第安纳州来的无名小卒。"

"你回家的时候感觉自己跟你的家人有什么不一样吗?"

窗外,起了一阵风,我可以听见桦树上的树叶沙沙作响的声音。"要是我说是的话,不会让人郁闷吧?"我说。我静了一会儿,说:"你记得刚才我们说起为什么我要来奥尔特吗? 我说有两个原因? 嗯,还有一个我没有说。那个很难解释,但可能那个才是主要原因。"我深深吸了口气,"十岁的时候,我们家去佛罗里达度假。那是件大事,我爸妈以前都从没去过。那是一个夏天,我们是开车过去的。我们住在坦帕湾,有一天,我们开车到附近去观光,可能是迷路了,最后我们到了附近的一群巨大的房子前面。那并不是什么新的建筑——那些房子看起来都是旧式的。很多都是用白色的小石子砌成的,凸窗,门廊上摆放着摇椅,还有大片的绿草地和棕榈树。在一栋房子前面,一对看起来似乎是姐弟的男孩女孩正在踢足球。我对我爸爸说——我那个年纪还不太明白一千元的东西和一百万元的东西之间的区别——我说:'我们应该买一栋这样的房子。'我觉得它们很漂亮,我想我家里人一定会很高兴住在那个里面。我爸爸笑起来。他说:'不,不。'"我记得,我那个时候坐在爸爸旁边的前座上;我妈妈坐在后座带着我的弟弟们,因为蒂姆还是个婴儿。那一刻,我觉得离爸爸很近,相信自己想到的是一个好主意。"我爸爸说:'莉,像我们这样的人,不住在这种房子里。这些人把他们的钱存在瑞士银行的户头里。晚餐吃鱼子酱。送他们的儿子去寄宿学校。'随后我对他说"——这是不是真的有关系,这是不是我变成现在这个样子的真正原因,我申请奥尔特的原因?从某种角度来说,这是不可能的,因为这件事太微小了。但也许就是这些小事,集腋成裘,随口的一句话,或者是随耳听到的寥寥数语——"我对我爸爸说:'他们也送他们的女孩去寄宿学校吗?'"

"噢。"安吉说。

"到了我申请了奥尔特和别的一些地方的时候,我怀疑我爸妈是不是还记得那次的对话。而我自然也不会去提醒他们。"

"你已经准备要做更大的挑战了。"安吉说。

"我不确定我是不是那么想的。我的意思是,我那个时候只有十岁。"我可以看出来我们的采访已经快要结束了。在采访进行的过程中,我的心跳加快过,我的脸红过——跟她谈话会让人兴奋,就好像这些话我已经憋了很久一样。但想起我们一家四口挤在车里的那个时候,没有人会知道四年以后我会离开家,这让我感到有些伤感和空虚。

"听着,莉,"安吉说,"你给了我很多有用的信息。我很感谢你的坦诚。"她递给我一张名片，上面写着和报纸上一样花体的"纽约时报"字样，"有任何问题，打电话给我。"

我走出房间，在走廊遇上了达登·匹塔德。"我进去要干什么？"他问。

"有些不可思议。"我说。

"好的不可思议，还是坏的？"

五分钟前，我会告诉他是好的，但一种怪异的感觉在我身上蔓延开来。我对安吉·瓦瑞兹说了很多自己的事情，很难说为什么，只是她这么问了。"我不知道，"我说，"只是不可思议。"

三四节课间休息的时候，我在老地方找到了玛莎，在收发室里的社区服务公告牌前。周围一片嘈杂的人声。

"怎么样？"她说，"那个人还好吗？"她撕开一根麦片棍的包装，一掰二，递给我一半。我摇摇头。

"那是个女的，"我说，"我想她人还不错，但我感觉自己好像说太多了。她问了很多学费之类的问题。"奇怪的是，我越想越不记得自己说了些什么。

"真的？"玛莎的嘴已经塞满了，让人听不清她说的话，但我可以从她挑起的眉毛看出来她很惊讶。她咽下嘴里的东西："她为什么想知道那些？"

"我不知道。"

我们俩面面相觑。玛莎和我当然可以在路上谈些我们之间的不同，但事实上我们却没有，到了现在开始已经太晚了。

当一切结束的时候，你不必问，就会知道，甚至——会在你毫无防备的时候；事情的发展可能会跟你原先所期望的不尽相同。星期六晚上，当我穿着 T 恤短裤坐在浴缸边上刮我的腿毛的时候,玛莎走进了浴室。"我想你可能在这儿。"她说。

"嘿,舞会结束了,是吗?"

"不,但那儿太热了,而且又无聊。你知道阿思派丝?"

"你是说那个跟我们一起上了四年课的阿思派丝吗?"

玛莎咬了一下她的下嘴唇:"她和苏是好朋友,是吗?"

"玛莎,你想要说什么?"

"他们在一起跳舞。跳了很多支。"

我感觉一种神经过敏的紧张情绪从腹部上升到胸口:"他们以前不一起跳舞吗?"

"我猜我从没有真正注意过。只是今晚特别明显。他们谁都没有跟别人跳。而后他们到小吃吧那边,他靠在围栏上"——我知道那个小吃吧,我也知道那个围栏;我去过活动中心很多次,但只有在白天,那儿冷冷清清乱哄哄的时候——"而她则靠在他身上。"

"面对面?"我问。

"不,不。他们是背对背的。我想他的手一定环在她的腰上。"玛莎一直都靠墙站着,直到这时,她走过来,靠在我旁边的一个浴缸上。"对不起,我以为你会想知道。"

我看着自己剃了一半毛的腿。

玛莎说:"阿思派丝是个笨蛋。"有很多词可以用来形容阿思派丝·门特格尔玛丽,但笨蛋从来不是其中之一。

之后,我站在阳台上。克劳斯和阿思派丝的确经常在一起,但他们一向如此。五月下旬了,随着天气渐渐暖和起来,你经常可以看到四年级的学生在环岛上,人数也更多了——午饭后、课间还有周末——不止一次,当我从旁边走过假装打量他们的时候,我可以听到阿思派丝的声音叫道:"我不要!"还有一次"真讨厌"! 我为什么不加入他们? 我也想,但当我走过去,站在他们面前的时候,他们会瞪大了眼睛奇怪我为什么会在那里,这样的情景让我觉得难以忍受。我得说些什么,我得坐在草坪上的某一个地方,以某种姿势。对于其他人来说,这都是毫不费力的,根本说不上费心;但对我而言,却总是那么劳心。

虽然我无法确定任何事情,但我以为只要保持警觉我就能保护自己。然而,在今年最后一期的《奥尔特之声》上,社论旁的标题写着:"教学楼应许可穿着格子短裤",小道消息包括"克苏和麦瑞:酥爸爸开始唱新乐了"。《奥尔特之声》的新刊每个月一次在点名仪式上分发,而那些点名仪式通常特别安静,大多数学生会在上面发言时看;有些老师总是叫我们把报纸放下,但没人听他们的。我也是,在点名的时候看,但我通常不在大庭广众下看小道消息,因为我总是害怕——又或者我是希望——上面会提到克劳斯和我,会有人发现我正在看。也就是说我直到晚上才看到这一条,在我还没完全理解之前,那种震惊和恍然交织下叫人作呕的温热已经让我泪流满面了。我完全愣住了,但与此同时,我却并不真的十分惊讶。玛莎,和平常一样,不在我身边——她正在开会——她要到晚课以后才回宿舍。晚课结束的时候,我悄悄对她说:"我有话跟你说。"

回到房间,我拿起我的那份报纸递给她:"看看这个。"

她顺着我指的地方看过去。她花了很长的时间才看完。最后,她说:"麦瑞是谁?"

"麦勒迪·瑞恩。克劳斯在《哈姆雷特》里跟她在一起。我从没听说过这件事,但他们一定是——我不知道。他已经有一个多月没来过这儿了,玛莎。"我说着眼泪又流了下来。

她拍拍我的背。

"一定是那样,不是吗? 也许不是呢,麦勒迪的勒不是音乐的乐啊,不是吗?"

玛莎看起来很痛苦:"我不知道。"

"他对你说过什么吗？是不是大家都知道他跟麦勒迪在谈恋爱，只有我不知道？他还跟阿思派丝在一起吗？"

"即使克劳斯找了一个新女朋友，我也不知道。但，莉，在你哭得稀里哗啦之前，别忘了小道消息有多愚蠢。"

"但它们一般都是真的。"我用手背擦了擦鼻子，"记得那条说凯瑟琳·邦德和亚历山大·黑弗德的小道消息吗？一开始没人相信，但那是真的。"

"但那只能说明麦勒迪和克劳斯在一起，"玛莎说，"并不是说他们一定在谈恋爱。"

我哭得更厉害了——对我来说，在一起就是谈恋爱了。显然，我说服了玛莎那小道消息是真的，那并不困难。

"你得跟克劳斯谈谈。"玛莎说，"你有权过问他的事情，莉。而且，到了这时候，你还有什么可顾虑的？"

但第二天就是星期五，对我来说，在周末的时候逼问克劳斯似乎有些不合适。因为（没错，我是胆小鬼，再说我也觉得以后还会有这样的机会）要是我打扰了他和麦勒迪早就订下的计划怎么办？或者，只是在一个浪漫的夜晚前，扫了他的雅兴？我讨厌做一个可怜虫，那种总是喋喋不休的女生。当然，我很想跟他说话，但不是以那种质问的方式，不是冗长乏味的那种。

最主要的是，那不仅仅是一个普通的周末——那个周末安吉·瓦瑞兹的文章应该会在《纽约时报》上发表了。她跟我招呼过那也许会在最后一秒钟被拉下来，取决于有没有爆炸性的新闻，但要是一切正常的话，星期天大家就会看到了。

回想那一次的采访，我还有些后怕，像那个时候一样，我的自我保护意识又回来了，因为克劳斯我那么心烦意乱，因为要从奥尔特毕业我那么悲伤。那感觉就好像是看到电影里面一个小女孩晚上一个人在家,外面下着暴风雨,电也没了,或者是一对小情侣一起吃了一顿浪漫的晚餐后,从饭店里走出来,在他们看来美丽的暴风雪中,坐进他们的汽车,沿着弯弯曲曲的路开回家。你同样想要大喊:别待在房子里! 停车! 而我想对更年轻的自己说的是:去吧。要是你现在离开,你记忆中的奥尔特还是完整的。你会觉得你对学校的感觉复杂难辨,但你还是拥有那甜蜜的信念,让你受委屈的是这个地方,而不是周围其他的东西。

整个周末,我时不时地想起那篇文章。星期天,玛莎和我醒来的时候,才八点左右,稍早了点,但并不是因为那个。走在去餐厅的路上,我们讨论着毕业典礼应该穿什么鞋,那是一个星期以后的事情。在奥尔特,你不是穿长袍戴学帽,而是穿白裙,男孩子穿的是卡其裤、海军领的上衣,戴着草帽。而后我们开始讨论过去一年的种种,安尼斯·茹尔上台去领毕业证书的时候被台阶绊了一下。

像往常一样,餐厅里只有少数的学生,但奇怪的是,他们都坐在同一张桌子上。一二三年级的学生都跟我和玛莎平时一起坐的四年级学生坐在一起——乔纳森·特雷戈和鲁塞尔·吴,道格·麦尔斯,杰米·劳瑞森,杰妮和萨莉。更奇怪的是,没有人说话。他们的头都低着,我意识到他们在看报纸。

"他们是不是在看我的文章?"我问玛莎,接着,走到十英尺开外,我可以看到他们的确是——他们每两三个人围着一份报纸。"该死。"我听见三年级的吉姆·宾旦说道。我们走到桌边,其中一些抬起头来,而后,所有的人都抬起头来。有很长一段时间,谁都没有说话。

最后,一个冷冰冰的声音说道:"这就是那个声名狼藉的莉·斐奥拉。"那是道格·麦尔斯。

桌子上的每一个人依旧盯着我。

"我必须承认,"乔纳森说,"我以前不知道你这么有想法。"他的语气有些难以分辨——既没有敌意，却也不友好。

"上面写了什么？"我小心翼翼地问，没有人回答，玛莎说："简直莫名其妙。"她抓过一叠报纸，"过来。"她说。

我跟着她走向另一张桌子，道格叫道："嘿，莉。"

我回过头。

"有没有人告诉过你不要搬起石头砸自己的脚？"

我们在另一张桌子坐下，肩并肩，没有去拿吃的。我的心七上八下的，手指不停地抖。玛莎拿来的那叠报纸正翻到那篇文章的第二页，不是开头的那一页。玛莎翻了回去。那篇文章是从第一版开始的，我看见——第一版的第一面。标题是"寄宿学校声称改变，学生感受反响不同"，在那下面，比较小的字体写着"白人，中产阶级——还是无名小卒"。旁边放着一张大大的照片，奇怪的是，那是并非白人的匹塔德兄弟坐在宿舍公共休息室的沙发上。达登正用手比划着什么，而他一年级的弟弟艾里一脸笑容。但第一段写的并不是匹塔德兄弟；那写的是我：

> 在麻省雷蒙德市奥尔特学校莉·斐奥拉的四年级班上，有一群男孩被称为是"银行小开"——这个别号，据斐奥拉小姐解释："因为他们的爸爸都在银行工作。并不是他们每一个，但看起来像是那样。"

> 作为奥尔特的学生，钱很重要，这一派系的别称是证明之一，无论多么间接。总的来说，在这个学校里，小班教学，全新的场地，艺术性的设施，都带着两万两千美金的标价，在东北部其他重点学校里，这个话题是禁忌的。这样就造成了一个，据斐奥拉小姐说，嫌贫爱富的环境——包括斐奥拉小姐自己。"我当然会感觉被孤立，"斐奥拉小姐拿到的助学金几乎支付了她四分之三的学费，最近她这样对一个奥尔特的访问者说："我是来自印第安纳的无名小卒。"斐奥拉小姐是白人；对于非白色人种的学生来说，特别是非洲裔和拉丁裔，她觉

得在奥尔特的生活只有更艰难。

安吉·瓦瑞兹把所有的事情都写出来了，种族歧视(可以想像因为没有别的人，没有非白色人种的人，愿意这么做)，怀疑奥尔特后悔给了我助学金，还有女孩子们买衣服藏酒的轶闻趣事。她让我概括了怎么从他们的物品和行为上分辨拿助学金的学生。当然，还有那个在佛罗里达州的房子的故事。整篇文章，我的评论和拜登先生，迪恩·弗莱切，一个名叫吉尼·楚的二年级学生，达登·匹塔德和一些近年的毕业生对学校真切的赞誉并列在一起。另一个没有注名的学生对我的评价是："她不是我们年级最受欢迎的人。不是每一个人都能赢得这样一个位置。"

我一口气读完了整篇文章，就这一次，在餐厅里。有几次，读着读着，我会喃喃道："噢，我的天。"玛莎会拍拍我。到了文章结尾，她的手就扶我的手臂上。

我闯的祸太大了，(这祸是不是我闯的?)大得无法衡量，更不可能一笔勾销。此时此刻的我，这篇文章中的我，跟我这四年来所努力想成为的是截然相反的两个人。这是我能犯下的最大的错误了。

"好吧，"玛莎说，"只剩下一个星期了，而后我们就会永远离开这儿。所以你只要像平时一样生活就好。随别人去添油加醋好了，是，他们一定会的。但那不是你的问题。"

"我要回房间。"

"听我说，"她说道，"我们要吃早饭。"

到了厨房，我们拿起食盘，在杯子里倒上牛奶和果汁，拿了两盘蒸烙饼。懊悔的情绪让我有些晕晕乎乎的。我是一个白痴，我想道。我为什么鬼迷心窍地把我的秘密都告诉安吉·瓦瑞兹，我想要从中得到什么好的结果？这就是我一直以来的毛病——当一切发生的时候，我却浑然不觉(所以我就正中安吉的下怀，自掘坟墓)。这篇文章的每一个字都让我无地自容。拿助学金很糟糕，郁郁寡欢就更惨，而对这两者任何之一的承认是最叫人懊悔不迭的。我太不知轻重了，所以才会这样。要是我闯的只是普通的祸该有多好——在毕业前一星期被捉到吸烟，或者是在游泳池里裸泳。而在一个《纽约时报》的记者面前大放厥词，只是俗不可耐而已。

当我们端着盘子回到餐厅的时候，经过三个一年级女生，我甚至不知道她们的名字，一般我只是一眼带过，但这次我却忍不住要去看她们的眼睛。我想要从她们的表情上看出来她们是不是看了那篇文章，但她们的脸上一片空白。看着她们的脸，这一刻，我的感觉，正如一直延续到毕业那一天的一样——怀疑，却不能确定，其他人正在嘲笑我，感觉他们的嘲笑来得合情合理，又或者他们想的根本就不是我。

我已经意识到，在奥尔特，这将成为一个特大新闻。而与此同时，对于大多数学生来说，这是别人的大事。只有对我，才是自己的事。也许当孩子们夏天回到家的时候，人们会问：你们学校真的那么势利吗？那个女孩是不是像文章写的那么不高兴呢？但那只是一个茶余饭后的话题而已；而不是他们的生活。

星期天晚上，还没吃晚饭我就上床了——我只是不想再保持清醒了——一点十五分，当我第八还是第九次醒过来的时候，我没法再睡下去了，从床上爬起来，我换了一件T恤和一条运动裤走出房间，玛莎仍然睡着，发出微微的鼾声。那天下过雨了，院子里黑糊糊的，泛着光。我可以像克劳斯往常一样从地下室穿过去，但我却一点也不怕被抓；我总是相信债多不愁这句话，虽然我知道这并没有什么逻辑，但还没有什么证明过我是错的。

一开始，克劳斯宿舍的公共休息室看来是空的。但当门在我背后关上的时候，电视机前的沙发上，伸出一个头来。那是蒙迪·哈尔，一个一年级学生。电视机被调成了静音，蒙迪的脸看起来灰蒙蒙的。

"克劳斯的房间在哪儿？"我问。

他向我眨眨眼。

"克劳斯·苏伽曼，"我说，"哪个房间是他的？"

"走廊靠左最后一间。"蒙迪最后说。他揉揉眼看着我走开。

门上贴着一张篮球队员的海报，一个穿着绿色队服的人正跃在空中，身后是模糊的一群人。我敲了敲门，看到没有回音，我便转动门球打开了门。里面的灯亮着，有一张桌子前坐了一个人。一开始，因为在找克劳斯，我还以为那是他，但当那人抬起头，我才看见那是克劳斯的同屋，德尔文。过去的四年以来，精瘦的德尔文已经变得有些微微发福了，他长着金发，黑眉毛，还有一个狮子鼻。

我虚张声势的勇气，或者无论是什么驱使我穿过院子的什么东西，又畏缩了。"嗨。"我轻声说。我扫视了一下房间；两张床都没铺，只有书桌灯和安在窗台上岩灯还亮着。除了德尔文，没有别人。

他的脸上漾起笑意来："是钟点女郎啊。"

"德尔文，别这样。"我试图回忆自从一年级我在游戏中杀了他之后我们还有没有说过话。不太多，但还是——我们不都是人吗？就这一次，我那显而易见的绝望会不会勾起他的同情心呢？

"别怎样？"他说，"我不知道他在哪儿，要是你想问这个的话。再说，一个年轻女孩现在一个人出门不觉得太晚了么？"

"我知道现在是什么时候。"

"今天的文章过后，要是我就会小心，不要给拜登抓到把柄赶出去。"

"第一次违反探访规定是不会被开除的。"我说。

"噢，对不起，"德尔文假笑了一下，"我都不知道你以前从来没有违反过探访规定呢。"

"操你的。"我骂道，也许我的错误在于成了那个将事情彻底搞砸的人。

"我也想说操你的，但我想那也许是我的同屋费心的事了。"

我转身准备离开，德尔文说："一个小问题。"

我在门口站住了。（我当然会。）

"你是鱼还是奶酪？"

我完全不明白他在说什么。

"你得选一个，"他说，"哪一个？"

我还是愣愣地看着他。

"为了统计名单。你知道，我们留着一个名单，我们正在做第二次核对。"他居然哼起歌来了，我第一次想到他说不定是喝醉了。他一边打开书桌的抽屉一边说："你是我们漏掉的四年级学生之一。事实上，还有你的同屋，所以今晚能够一石二鸟是最好。"他从抽屉里拿出一本皱巴巴的校刊来，打开，翻到后面，递给我。这是印着班级名单的地方，在名字和籍贯——中间的地方，比方说：狄德莉·丹尼尔·施瓦兹和斯卡斯代尔，纽约州——用红色的记号笔以大写字母写着：鱼。并不是所有的人都是鱼；有一些是奶酪。也不是都用红色记号笔写的——有些是黑色或者蓝色的圆珠笔写的。而且，也并不是所有人的名字旁边都有；只有一些女孩子，而男生却没有。我来回打量着这本校刊和德尔文；我不知道那到底是什么，但我却并非全无兴趣。阿思派丝，我看见，是奶酪；霍顿·金奈莉也是奶酪；希拉里·汤姆金斯是鱼。

最后——并不是因为他好心地想给我解释，我想，只是因为他厌烦了我的木知木觉——德尔文说："这是说你的味道像什么。所有的女生不是这个就是那个。明白了吗？"

我内心升起了一个问题，但还没等我问出口，答案也已经有了：不，不是你亲吻他们的时候。不是那个。知道了这个名单代表的意思，我似乎应该把那本校刊扔到房间那头去。但问题是，我仍无法按捺我的好奇。这个名单那么——那么古怪得引人注意。我自己可能也会保留这样的东西，在与之平行的另一个世界里。"你弄了多久了？"我问。

"不,我不是惟一的一个。天,不。个人来说,我赞同这个想法,收进来总比给出去要好,要是你明白我的意思的话。但这是一代一代传下来的一份统计资料。当然,每年都更新。"

"真是一个优雅的传统啊。"

"听着,"他眯起眼,"在你对此不屑一顾之前,也许会想知道今年的保管人是谁。"

我没有做声。

"你不相信我吗?"他问,正是他说着话的口吻,他那么希望我对他提出质疑,让我感觉到他说的是真话。

"正因为他是保管人,"德尔文继续道,"我才说他吝啬,不把那几格填上。自相矛盾。"

"也许他是尊重别人的隐私。"我说,德尔文忍不住大笑起来,我确信他并不是想要让我难堪。

"大侠苏——你是这么看他的,是吗?太好了。真是经典。"

我要离开这里——这次是真的,因为留下来什么好处也没有。

"这么说吧,"——这边,德尔文听起来像是百分之百地崇拜——"没有人比克劳斯·苏伽曼在奥尔特混得更好了。这才叫人恶心呢。"

走吧,莉,我心想,但却听见自己问:"那是什么意思?"

"就是说你得把什么都给他。他成绩好,他是班干部,他讨女孩子喜欢,但最重要的是,他受到大家的尊重。我猜你根本就不了解这个人。"

也许这就是我所等的——一个攻击,一个不可否认的事实。"你是个混蛋。"我说道。回到走廊,我身后的门"嘭"地关上了。

我爸妈最后还是在第二天的早上找到了我;他们星期天的时候就不断地打电话过来,每次宿舍里其他女孩子来敲门,我都让她们说我不在。宿舍的电话就是这么麻烦,得到楼下公共休息室跑一个来回,但没有人说不——我可以看得出来其他人都相信了《纽约时报》带给我那不知是褒是贬的名声。星期天的礼拜之后,每个人都知道了,那是我第二次逃课。那天回来以后我再没有离开过宿舍,但我可以从女生们的脸上看出来。"大家在午饭的时候讨论这件事了吗?"我问玛莎,她说的是:"可以这么说。"这比说是要体贴一些。

星期一早上六点五十五分,爸妈的电话又打过来,这次终于找到了我。艾比·希尔夫敲响了我们的门,把我们叫醒,从她睡眼朦胧的脸看来,她也是刚睡醒,可想而知,是因为那电话铃。"是你爸爸,莉。"她说,这个时间,我显然不可能让她帮我记个口信或者是让我爸爸相信我在忙什么别的事情。

不只是他。他拿着一个电话,妈妈拿着另一个。他嚷嚷着"这到底是在胡说八道什么"的同时,妈妈说:"莉,要是你觉得自己什么都不是,我希望你不要那么想,因为你是那么特别。"

"妈,我不是——不是那样——请你们,你们不要反应过度好不好?"

"我只有一个问题要问你,"爸爸说,"就是为什么过去四年你要对我们撒谎?"

"慢慢说,泰瑞。"妈妈说。

"只要她回答了我,我就跟她慢慢说。"

"我没有撒谎。"我说。

"你要我们花大钱让你上学,我们照做了。我们给你买了书,买了机票,你认为我们为什么要这么做?因为你告诉我们那值得。你说你喜欢在那儿住宿舍,上你那些不得了的课。但现在你说,不,我在这儿受苦受难,学校是这样对待我的,他们给了我所有的有利条件但那不是我想要的。好吧,我不知道你到底要什么,莉。"

听着他的话,我发现很难弄明白他到底在生什么气。奥尔特的人生我的气是因为我在一个公共平台上做了负面的评论,但我爸爸的不开心,显然是个人的。

"爸爸和我知道你有很多朋友，"妈妈说，"看在老天爷的分上，玛莎是你们的班长，而她喜欢你喜欢得不得了。还有欣君，还有那些西班牙女孩……"

"妈，你不用一一列举我的朋友。"

"但是，莉，那个女人写你的事情不是真的。我是这么跟你爸爸说的。要是你听从校长的话相信媒体，那不是你的错。"

"而我们下个星期要过来看你毕业？"爸爸说，"你妈妈和我要请假，把你的弟弟们从学校拉出来，而他们会说：'我们从没拖过你女儿的后腿，但谢谢你写的那些支票。'我知道我要怎么回答？谢了但不用谢。"爸爸永远不会理解，我也从没真正跟他解释过，他写的那些支票根本就微不足道。我猜他肯定对自己说要是他把我拖出奥尔特，拜登先生就要，比方说，卖了他的奔驰车了。

"这么说你们不来参加我的毕业典礼了？"我问。

"我们当然要来。"妈妈说。

"你很幸运一切都要结束了。"爸爸说，"因为即使没有，你也不能再呆在这儿了。我们不可能把你送过去再读一年。"

"莉，想想到家里附近的地方上大学该有多好啊。你的高中冒了很大险，现在你知道，好啊，说不定你出来的地方并不是那么糟糕的。"

"我从来不觉得我出来的地方糟糕。"

第一次，电话两边都沉默了。

"是不是有很多人跟你说了那篇文章的事情？"我问。我们家有谁会去看《纽约时报》？

"帕崔希太太告诉我们她妈妈昨天第一时间打电话给他们，"妈妈说，"我们这才知道。你知道那个女人已经八十岁了，眼睛还像钉子那么尖。泰瑞，谁留了口信？"

"我没听到什么口信。再说,琳达,我对埃迪斯·帕崔希现在的视力没什么兴趣。"

"你想要我怎么样,爸爸?"我不是跟他作对,也没有这个意思。主要是,我觉得很丢脸。我明白——这也是为什么前一天我不接他们电话的原因——我忽略了他们。爸爸说我撒谎是对的。但撒谎并不是什么大的过错;错在于,我没有本事去圆谎。我们之间有约定,我们三个——要是你让我去,我会假装过去是一个好主意——而我违背了我们之间的协议。最终,背叛爸妈比背叛奥尔特的负疚感更深更久。

"我想要你别去在意那些臭狗屎。"我爸爸说。

"爸爸的意思是,有钱并不会让你变得更好。"

"要她相信你可得足够幸运才行,琳达。"爸爸说,"你真以为莉会听她爸妈这种蠢人的话吗?"随后,他用我最讨厌的声音说:"对不起我们不能给你买有棕榈树的大房子,莉。对不起你有个这样的家。"

点名仪式上,克劳斯穿着一件海军蓝的马球 T 恤,白天的亮光,那种叫人难以忍受的能量,总叫我寸步难行。我决定在晚饭后去找他,但他不在那儿。三年级的餐厅值日班长在上个星期就选出来了(多快啊,在你毕业之前,你就已经过时了——有那么一段时间,因为你是四年级学生,这个学校曾经是你的,但随后你便不再拥有它了),克劳斯一定是连饭也没来吃,现在他可以这么做了。顺着离开的人流,我走到德尔文身边拍拍他的肩膀。他转过头。"他在哪儿?"我问。

德尔文轻蔑地看着我:"我之前听到他去投篮了。"

去体育馆的路上,西斜的阳光泛着晕黄色,空气中弥漫着新割的青草味道。虽然我感觉德尔文可能是误导我,体育馆说不定晚上已经关门了,但门却一推就开了。走上通向篮球场的楼梯,我可以听见球撞击地板的"嘭嘭"声。

就他一个人。有那么几秒钟，我伫立在门口，就像他曾经不被发觉地伫立在我的房门口一样。他运球到前场，三分投篮。命中，我鼓起掌来。

他从球那边转过头来："嗨。"

他走向我，脸红红的，额头上满是汗珠，顺着他的发线流到他的脖子里、手臂上和腿上。我穿着亚麻的衬衫和棉质的裙子，但我脑子里所想的只是要他抱抱我。他当然不会——灯还亮着，我们就站在那儿，他的手里抱着球。而且，他已经有六个多星期的时间都没有碰过我了。

"昨天晚上我过去找你。"我说。

"是啊，德尔文告诉我了。对不起，我不在。"我们面对面看着对方，他似乎意识到我等着他更多的解释，"我在走廊那边萨德和罗伯的房间。"他补充说。我从没想过他会说谎，但现在看起来却似乎很有可能，那是多么顺理成章，多么让人心碎，他其实是跟麦勒迪·瑞恩在一起。

我忍不住了——我本想慢慢地把话题引过去，而不是这么突兀地——问道："你看了那个小道消息了吗？"

我有时觉得自己没头没脑的话会让其他人感到困惑，但克劳斯说："是的，我看到了。"

"所以？"

"《奥尔特之声》是一帮傻子写的。"

我低头看着地板，泛着光的地板上画着线框。"是真的吗？"我的声音哽咽了。我从没想在克劳斯面前哭，因为流眼泪的女孩子——特别是说着话会哭出来的女孩子——是那么平凡。"她是你的女朋友吗？"我问。

"我没有女朋友。"克劳斯说。

我眨了眨眼——没有眼泪落下来——说："没错。是我太蠢了。"

他没吭声，我明白无论我要说什么，都要坦白明确地说出来；他不会因此嘲弄我。

但不幸的是，这并没让我好过多少——想说的话，我还是说不出口，像是在肠中辗转似的,只是结结巴巴地吐着热气。"我想最大的问题是,"我说道,"我是鱼,还是奶酪?"

"噢,上帝。"

"不,我真的很好奇。"我努力让自己的声音听起来真诚些。

"德尔文是个混蛋,"克劳斯说,"别为他伤脑筋,那是浪费时间。"

"如果他是个混蛋,你为什么要跟他一起住?"

"他并不总是那样。他最近心情不好,因为他要去三圣大学了。"

所以克劳斯今年跟同屋的关系也很紧张;终于,我们有些同病相怜的地方了。当然也会有别的,我们可以聊一切只有我们知道的日常生活的小事——比方说,每天早上排队洗澡有多让人讨厌。

"不管怎样,"克劳斯说,"那都是废话。那是男孩子们洗完澡之后在宿舍里说的话题。"

"但你是那张名单的保管人。"

"什么?"

"德尔文说的……"

"莉,德尔文是在放屁。我不知道要我怎么说你才能明白。"连说这话,克劳斯都没发火;他压根儿没投入到要发火的分上,我明确地感觉到他想回去投球了。"坦白说,"他说道,"我看不出来你到底要说什么。"

那时我意识到也许这对我来说是一个更难开口的机会,而不是更容易。"我只是不明白你跟我到底算什么,"我说,"我是说一直以来。有时候我试图站在你的立场上来看这一切,但还是什么都看不懂。你醉醺醺地跑到我们的房间来,也许你知道我很喜欢你,或者你只是胡乱地闯了进来。而我就那么傻乎乎地跟着你转。哪怕只是轻轻地一碰,我就融化了。所以我们就搭上了,不管怎么说。但而后你又回来了。这是我不明白的地方。天知道你在晚饭的时候从来没跟我说过话,但整整一年你却一直一直过来。"确切地说,并不是整整一年——春假过了以后就不太有了。

403

是不是正因为他不再过来了，这些话我才能说出口呢？我感觉自己像是努力要挽回些什么，但一切不是都已经结束了吗？

克劳斯把球挪到了他的右边："说我晚饭的时候从不跟你说话——你说得好像我要隐瞒什么似的。"

"不是吗？"

"你是说真的吗？莉，大家都知道——知道。"——我猜他是犹豫着要说"我们"——"知道发生了什么。"他最终说，"要是你觉得没人知道，那你一定是疯了。且不说这些，你是那个跟我约法三章的人啊。这你不能否认。"

"你在说什么？"

"你说我们不要把这事告诉别人，不要在早餐的时候亲我。看起来你从来就不需要一个男朋友。"

"这就是为什么情人节的时候你没有送我花？因为我告诉你不要送花给我，是吗？"

"你就是这么对我说的。"

"你从来就不会是我的男朋友。"我说。

他的下巴抽紧了，至少，说明他被我说中了。

"你从来不会是，"我说，"我肯定。"

"能肯定什么事的感觉一定很好。"

我突然有一种不想去反驳他的冲动——就让他说去，而后我还可以自欺欺人——但与此同时，面对这样的谎言，我又按捺不住要揭穿它。

"不是所有的事情我都能肯定，"我说，"但这一点，我很确信。你从来不会是我的男朋友。"

很长一段时间，我们就这么面面相对。最终——虽然没有轻蔑的意思——他说："好吧，也许你是对的。"我的眼泪落了下来。（当我一遍又一遍回忆这段对话的时候，每每想到这里，我总会流眼泪。是我逼他承认的,这一点并不能让我感觉好过一些。)

"莉,"他叫道,声音里带着恳求,"莉,那是——那有很多美好的东西。你很有趣。这是其中之一。"

我瞪大了眼睛。

"你——这听起来有些不可思议。但你很有条理。就好像是你知道我会再回来,而试图为此做好打算似的。"

我有条理?

"你在大学里会更开心的。"他说。

我对他眨眨眼。

"我只是觉得你是那种人。"

"是因为《纽约时报》的文章吗?"

"不。嗯,不完全。其实我并不惊讶看到你在文章里所说的那些。"

说些与我们俩无关的话或者是他会不会再碰我,似乎是浪费时间。但还是引起了我的兴趣。

"你的错并不在于表达你的意见,"他说,"而是对《纽约时报》说,你可以给《奥尔特之声》写段评论或者是在礼拜的时候做个发言。就《纽约时报》而言,你只是给了那些预备学校的反对者一个口实而已,而学校不会因此发生任何变化。"

"这么说你觉得事情应该改变?"

"一些事,当然。总的来说,奥尔特做得不错,但总有需要改进的地方。"他当然这么想——多么左右逢源的说法啊!

"我把这一切告诉一个记者,你是不是吓了一大跳?"我问。

"你满可以选择另一个平台。这是我惟一要说的。这也是为什么我觉得对你来说,去一个大学校比较好,一个不像奥尔特有那么多遵奉者的地方。这并不是说你像你自己想像的那么怪异。"(这次谈话变得多古怪,从克劳斯的嘴里竟然冒出来这些叫人惊讶的评论来。)"你觉得自己怪异,总是一个人，"他继续说道，"但每一个对某些事情感兴趣的人都会有一个人的时候。像是我打篮球——看看我现在。或者是诺里·克里翰做陶器，或者霍顿跳芭蕾。我可以举出二十个其他的例子。要是你想把什么事情做好，你就得练习，而一般你都是自己一个人练。你一个人打发时间——这一点你不应该觉得奇怪。"

但我没有练习任何东西，我想道。或者，要是我有，那是什么呢？

"还有，"他说，"这又说回到那篇文章了，要是你觉得你和其他人之间有什么不同，要跟他们走得多近完全取决于你自己。当然不是每一次都这样，但大多如此。连德尔文都会说*犹太佬*或者*去你的犹太人*或者别的什么。我也不会说什么，有什么可争的呢？他只是说说罢了。"

"等一等，"我说，"你是犹太人？"

"我爸爸那边。应该说一半不是，但既然姓苏伽曼……"

"苏伽曼是一个犹太名字？"

"这是祖克曼的英语版本。"

克劳斯是犹太人？我从来没想到过这一点。但他那么受欢迎，是四年级的班长。（其他人知道吗？这是一直以来黛德喜欢他的原因之一吗？）

"我只是说……"他的语气软化下来，"我猜要是你意识到自己并不怪异或者意识到特立独行并不是件坏事的话，事情会变得容易一些。"

体育馆里静悄悄的。我无法去看他的眼睛，我那么自以为是，那么尴尬。

我听见他咽了一口唾沫，而后——他一直都抱着球——他弯下身，把球放在地上。再站起来的时候，他说："莉——"我鼓起勇气看着他，发现他看着我的眼神带着掠夺的意味，却又是那么温柔，（毫不夸张地说，从那一刻起，我的一生都在寻找那样的眼神，而至今我却再没有找到过那样的平衡；也许，离开了高中之后，便再没有那样的平衡了，）那是因为无论他要做什么都切切实实是我所要的，但我却又怕得要死，抱起手臂说："我得把这些都好好想想。"话一出口，我就意识到这听起来有些讽刺了，但我却没有更正它。我想这也许是我的本意，因为这是世界上最可怕的事：他了解我——他终究是了解我的——这样了解对方，我们要接吻了。

（我所知道的都只是话语，话语，话语——根本就没有区别。我从来不会是你的男朋友，他说，我们之间结束是因为这个，而我说，不，那个，好一点的结果，他还是会给我一个吻。我们之间的关系，如果一切都好，那个时候，它们又变好了，与话语无关。你感受着你的感受，做着你要做的事情；历史上，有什么人曾经被一场有充分理由的争论说服过吗？）

在我抱起了手臂，在我用了那可怕的语气之后，他那微微前倾的站姿变了。他的鼻子重重地出了口气，而后环起了他自己的手臂。"好吧，"他说，"你想吧。"

还来得及。（当然还来得及！但很难相信只因为他三十秒之前差点儿吻了我，他现在还这么想。看我多容易就打消了他的念头，又或者我误解了他最初的用意。）不，还来得及，但，想到那次火警演习，似乎一切都太晚了。正是念及那一刻已经过去了——就是那样，我无法左右它的潮涨潮落——我才让那些冷嘲热讽喷涌而出。

"我已经够了，"我说，"麦勒迪呢——鱼还是奶酪？"

"上帝啊，莉。"

"我们不是朋友吗？我不是说我和麦勒迪，我是说我和你。朋友不是应该亲密无间分享秘密的吗？但你从来没有告诉过我任何秘密。我有些被欺骗的感觉。"

"别这样。"

"什么样？"我笑了，浅浅地苦笑，"我自己这样？我以为我们已经说好了我多有趣多有条理。"

"你爱怎样都行，但别把麦勒迪扯进去。"

他在乎她比在乎我要多，这让我有些受伤。

"那你是承认了——好,即使你不是真的和她谈恋爱,我不确定该怎么定义。操她?不然我猜,既然是麦勒迪,我应该说操她的屁股。"

"莫名其妙。"他撩起篮球走向篮筐那边。他背对着我,扭过头说:"我怀疑你有没有跟她说过话,但她其实是一个很好的人。"

"你说得对,"我说,"我没跟她说过话。"他从我身边走远不是这次对话中最糟糕的部分。我提高了音量:"我无法评论她好不好,但我可以肯定她很吸引人。甚至有足够的吸引力让你跟她公开关系。"

他背对着我,已经开始在篮下运球;听到这话,他停了下来,转到一边——我可以看到他的上牙咬着自己的下嘴唇——把球扔了出去,撞在我进来的那扇门上,瞪着我。"你想知道?"他叫道,"你真的想知道? 鱼!这就是你尝起来的味道!"

球撞上的那扇门犹自在嗡嗡作响;除此之外,整个体育馆都静悄悄的。

"我不敢相信你竟然这么说。"

"你问我的!"

"没错,我想是我。"我说,从自己的声音里可以听出我的震惊来。

"莉,"他说,"我不是想……"

我摇摇头,打断了他。我几乎又要哭出来,但还是忍住了,我希望好好利用我剩下的时间。一开口,却是紧绷的声音:"三年级的时候,我曾经想过我会长成一个假小子,男孩子们会说:'哦,你可真棒,'但他们不会跟我谈恋爱。我知道自己不够漂亮。而后我进了奥尔特,一开始,我没有任何男性朋友。而后,今年我以为会是你,如果克劳斯会继续跟我在一起,也许我还行。但时间一天天过去,我却始终无法成为你的女朋友。所以我想,我不但是错了,而且是大错特错。也就是说,不是我的外表——我糟糕的不是外表,而是我的性格。但我怎么知道是哪一部分呢? 我不知道。我曾经努力想过到底是某一点还是每一件加在一起,也许是因为我的外表,也许我以前是对的。但我却从来没有得到过答案。明显没有。但这一年,我花了很多时间去尝试。我把这些都告诉你,是因为我希望你知道在我的生命里,除了你,从没有人让我觉得自己那么糟糕过。"

这是向他乞怜吗?这都是真的吗?都没有关系了。话已经说出口了。"我想我该走了。"说完,我走出了体育馆。

"莉!"他大喊。

很难说我是不是该回头。事实上,我没有,而他也没有来追我,我的名字,他只叫了一声。

在埃尔文宿舍的电话亭里,我拿起了听筒。我的大腿上放着安吉·瓦瑞兹的名片,我拨了上面的电话号码,在另一条大腿上,放着我准备用来打电话的一卷硬币。第二声铃声响过,一个熟悉的声音说:"我是《纽约时报》的安吉·瓦瑞兹。"

"我是莉·斐奥拉。"我说。

她犹豫了一下。

"从奥尔特打过来的。"我补充说。

"噢,当然。很高兴听到你的声音,莉。对不起我刚才可能有些反应不过来,但我今天有一万零一样事情要做。"

我张开嘴,突然间,似乎不知道该说什么了。

"你要多一些那篇文章的拷贝吗?"她问。

"不。那没关系。"

"那我能为你做什么呢?"

"那篇文章——"我顿了顿,"为什么你早不告诉我会是这样?我以为我告诉你的那些只是串连话题而已。"

"莉,除非你特别要求你的话不被记录,否则,你在接受采访时说的每一个话都是一个公平的游戏。"而后她说,"不,你可以放在这儿。"又对我说,"是不是周围的人给你压力了?"

我没出声。

"那是你的问题呢,还是他们的?"

"还有一个星期不到我就毕业了,"我说,"而我却是那个自报家丑的人。"(我不但自报家丑,还留下了证据。而那个证据将一直留在那儿——到图书馆,找到我毕业那年那月的微缩片就行了。)

"你是在一个与外界隔绝的环境里,"她说,"但我却收到了成千上万关于那篇文章的反响,包括其他寄宿学校毕业生的。你现在一定很难过,但我可以向你保证,将来等你回头看的时候,你会觉得自己做的是对的。这将是件让你自豪的事情。"

听着她的话,我意识到自己打这通电话是多么愚蠢——我还以为她会说些什么,改善些许眼下的状况。

"你的同学只是有些抵触情绪。"她说,"这对谁都不容易,特别是那些有优越感的人,来客观地看待他们自己。让我来告诉你一个故事。我的本科是在哈佛念的。一年级的时候,我的同屋买了一件黑色的羊毛大衣,还有一个黑色的天鹅绒领子。很漂亮。而后还不到一个星期……"

电话公司的自动提示音响了起来,要我投入另一个九十美分的硬币。安吉还在那儿滔滔不绝;也许在她那头,听不见那个声音。我膝盖上的那卷硬币还剩下三分之二,但我只是呆呆地坐在那儿听着,面无表情,直到电话被掐断。

星期三有一场招待教职员工和四年级学生的特别晚宴,欢迎我们加入校友会。出发前,在房间里,我坐在垫子上,穿好了衣服却无精打采的,玛莎说:"我们不会谈论那个的。只要跟着我就好。"来到餐厅外的平台上,我抑制着自己想抓紧玛莎手臂的冲动。一开始,那并不太坏,我几乎可以装做这只是一次寻常的活动,我只要像往常一样胆小地躲在一边就行了，但当我走到自助餐队伍那边的时候，我听见排在我前面的亨特·杰根森说："……那她早就可以离开了。没人扣着她，那不是……"而萨莉·毕谢普在亨特的背上戳了一下。"干吗?"亨特叫着转过头，对上了我的眼。文章刊登已经三天了，但不知怎么，人们似乎越来越多谈论这件事。我听说拜登先生被校友的电话搞得应接不暇，招生办公室也收到了下一年登记入学的学生的通知，说他们要重新考虑，星期一，库宁先生也取消了他们的第二节复习课专门讨论这篇文章引起的风波。

等我们拿好了吃的，玛莎和我坐在一面矮石墙上。吃完以后，我们扔掉了纸盘子，从垃圾箱那边走回来的时候，我们遇上了霍顿·金奈莉，她说："你要去密歇根大学，是吗，莉?"

我点点头。

"我想也是。"她说着继续往前走。

我看着玛莎："那是什么意思? 她是不是觉得我贬低奥尔特是因为我没有进一所更好的大学?"

"你，不值得为那些伤脑筋。"

"我要回房间去。"

"但那些三年级学生就要过来为我们唱歌了。"玛莎在我脸上扫视着，"你要我跟你一起吗?"

我当然想她跟我一起走。我还想，就像一直以来在奥尔特所期盼的一样，变成另一个人——这一次，变成一个可以坦然地站在那儿听三年级学生唱歌的人。"你得留下。"我说。

在平台边上，斯坦恰克太太，我大学申请的咨询顾问，拦下了我。"我觉得你很勇敢。"斯坦恰克太太说，我的眼眶湿润了。我可以听见身边同学们熙熙攘攘的说笑声。那是六月初一个温暖的夜晚。斯坦恰克太太把我搂在怀里，我靠在她的身上，抽泣着。

在奥尔特，我哭过很多次，但从没这么正大光明过；我的双眼紧闭着，我甚至担心我再也不能睁开它们了。而后我感觉到背上又多了一双手，一个熟悉的声音说道："我们带你离开这儿吧。"

就在我们走下台阶来到通向我宿舍的小路上的时候，我意识到那个扶着我的背跟我在一起的人是达登·匹塔德。我已经没有余力去考虑这件事情的古怪和别人的看法了。我就这么简简单单地接受了他的出现，那个时候，我之后想道，也许我知道当另一个人的感觉是怎样的，一个不用深思熟虑简单生活的人。

走到通向庭院的拱门下，我还在流着眼泪，肩膀一起一伏的。"你想继续走吗?"达登说。"我们继续走吧。"他带着我走过宿舍，肩并肩坐在教学楼入口的台阶上。在环岛另一边，我们的同学们正在平台上吃着甜点。"你只是需要一点时间，"达登说，"但你会好的。你会没事的。"

终于，我停止了抽泣。我想道——我从没对一个同龄男生有过这样的感觉——达登会是一个好爸爸。我们看着那些三年级的学生从宿舍和图书馆出来，往平台那边走去。

"她是个厉害的角色。"达登说。

一开始，我没反应过来他指的是谁，但随后我明白了。

"我不能全怪她。"这是至少十五分钟以来我开口说的第一句话，我的声音有些干涩。"除非你特别要求你的话不被记录，否则，你对他们说的每一句话都是一个公平的游戏。"

"怎么说都好。她是早有计划的。她想我成为一个愤愤不平的黑人。在我们踏进弗莱切的教室之前，就成了她的瓮中之鳖了。"

"但你却没有愤愤不平，"我看着他，"是吗?"

"跟其他人差不多。"

"那为什么——为什么我掉入了安吉的圈套，而你却没有呢?"

"因为你是白人。"

我看着他，试图发现他是在开玩笑;但却一点蛛丝马迹也没有。

"在白人的世界中生活的黑人学会了谨慎。"他说,"你学会了不去惹是生非。"我惟一一次听到有人,包括达登自己,谈论他的种族,是二年级的时候在莫瑞小姐的课上,他和黛德还有阿思派丝遇上汤姆大叔的麻烦的那次。"或者,这么说吧。你不会毫无缘由地去惹是生非,最好是风平浪静。因为一旦你做了什么,那就是你的错。你是一个麻烦精,他们永远不会换个角度来看待你。"

"那么反过来肯定也一样。"我说,"拜登先生现在一定很爱你。他说不定想让你成为理事会成员呢。"

达登笑了。

"他对你说了什么吗?他什么也没有对我说过。"

"目前为止,"达登说,"没什么要紧的。"

"他说不定被我气疯了。"事实上,我有些惊讶拜登先生竟然什么也没说;昨天早上点名仪式结束的时候,我跟他对视了一眼,他只是淡淡地转向别处去。

"要是你担心这个,到夏天的时候给他写封信吧,"达登说,"但现在,让它过去吧。"

三年级的学生们在平台上列好了队。"我不想让你错过听他们唱歌。"我说。

"不碍事。"达登说。

我们的确可以听见——不是每一个词,但可以听见钢琴和歌声。听起来似乎是从更远的地方传来的。

"难以相信我们竟然毕业了。"我说。

"我已经准备好了。"他露出了微笑,在我眼里,那是一个苦涩的微笑。我太不了解达登了。

我们都没有再说话,而是静静地听着音乐,虽然歌词我们听不清。一首歌毕,每一个四年级的学生都拿到了一个白色的气球,他们走上环岛,

413

在同一时间,将所有的气球一齐放飞。天色正渐渐暗下来,那些飞向空中的气球就像是一个个闪着光的小月亮一样;大家仰着脖子站在草地上,注视着那些气球,直到它们消失。这不是奥尔特放气球的最后一年,而是倒数第二年。习惯中止是因为这会污染环境,这是一个你无法争辩的理由,至少不太有说服力。只是——那些气球多漂亮啊。似乎很多其他的事情也都在那个时候中止了,好像我的同学和我是某些事情的尾巴似的。我们仍然听着六七十年代的音乐,但比我们更年轻几年的孩子,包括我的弟弟们,就有了他们自己的音乐。衣服也是。四年级整整一年,我都穿到小腿的花裙子,有时候系一根腰带,有时候是泡泡袖,方领,花边领,或者是彼得·潘式的灯芯绒领子。每一个人都这么穿,连最漂亮的女生也是——我这么穿就是因为最漂亮的女生也这么穿。大学毕业后几年,我把这些裙子都送了人,虽然难以想象谁还会要它们——也许什么奶奶级的人物。那个时候十几岁的女孩子都穿短裙,贴身上衣和毛衣了,再过了几年,她们开始穿超短裙和紧身胸衣了。至于那些现代化的技术——我想我在奥尔特的时候就有电子邮件了,虽然我从没听说过。没人会有电话留言,因为我们房间里并没有电话,当然也不会有学生拥有手机。我想起当初整个宿舍是如何合用一部电话,我们爸妈打过来的时候,电话响,不是没人接就是忙音,感觉就好像那是五十年代的事情。原来世界一直都在改变;只是对我们来说,它变得有些快而已。

"达登,"我叫了一声。气球都已经消失了很久,同学们都解散了。跟他一起坐在台阶上,我感觉在他的保护之下,其他人的看法,甚至时间本身都不再困扰我了——既然达登在我身边,我们仍然在奥尔特,我们的未来还没有发生——但我知道我得让他走了。一部分是因为我想找出答案,一部分只是因为想让他留在那儿,我问:"你有没有听说过,关于克劳斯·苏伽曼和我——我们——"

"我听说过一些,"达登说,"但没什么要紧的。"

"你听到的,是说,说我们——你听到的是什么?"(达登是那么高尚,而我却那么得寸进尺。)

"说你们有一段时间在一起。诸如此类。我不会介意这些。"

我没法纠正他什么。告诉他那些话并不能给我安慰,我想要听的恰恰相反——在这之前,他很明白我需要什么,但现在却笼上了一层阴影。

"不管怎么说,"达登说,"这都是几个月前的事了。除了傻瓜,没有人会相信他们在这儿听到的每一件事。"

他的意思是不是说他宁可认为这不是真的? 或者只是他准备结束这次谈话了? 也许,是后者。

我们站了起来。"你没事吧?"他说。

看到我点头,他给了我一个拥抱。这也许是那种他和阿思派丝会在从图书馆走回到宿舍上晚课时互相道别的拥抱,那种真心诚意却轻轻带过的拥抱。至少,可以假设,是一个轻轻带过的拥抱;对我来说,这是第一次在奥尔特,被除了克劳斯以外的另一个男孩子拥抱。

"我很抱歉把事情弄糟了。"我冲口而出。

他摇摇头。他并没有说我没把事情弄糟(也许他认为我的确是——当然,也有可能他就是那个,实事求是地对安吉·瓦瑞兹说我不受欢迎的人)。相反,达登说:"我知道。"

玛莎在图书馆找到了我。因为其他人都成天在外面,图书馆就成了我房间以外的另一个藏身之处。四年级学生是不用考试的,所以也没有了功课。剩下的只有毕业,以及之后的毕业生周,在那一周里,我们会在达德翰姆、利姆和娄克斯特谷举行一个接一个的派对。因为这是在奥尔特的最后一项活动了,因为它不容错过,事实上,我打算参加整个活动。

过去的几天都是阳光普照,时间过得很慢,我害怕见到任何人,更对克劳斯感到绝望。我的大多数时间都花在打包上。之前的每一个六月,我们都要撕下我们的海报,拆掉玛莎的垫子,把书装进我们藏在地下室的一个个盒子里,我被这些苦差弄得筋疲力尽——房间里变得空空如也,家徒四壁。这也提醒了我,我们在奥尔特的生活是那么稍纵即逝。这一次,我要把三件毛衣叠好,塞进盒子里,而后我会走出房间,往窗外张望一下,如果路上没人,我就会跑出去,冲过礼堂和餐厅直到图书馆,走进黑漆漆,空荡荡,冷冰冰的期刊室,翻翻杂志,有时候看到一半,我会开小差,心想:我把所有的事情都搞砸了。在奥尔特的日子里,我总是觉得我有些东西需要隐藏,有些事情需要道歉。但我没有,我现在明白了。很奇怪,似乎所有预期中《纽约时报》事件会引发的麻烦,我已经可以预见到它们的结果了。

她走进期刊室的时候,有些气喘吁吁,好像是跑过来的。"过去一点。"她说。

我正坐在地上,背靠着墙。我挪了一下,她坐在我旁边。

她说:"你知道明天的礼拜是今年最后一个吗?"

我点点头。

"显然,有些四年级学生正想找一个人出面反驳你在那篇文章当中说的话。我猜他们已经找到了什么人。"

"谁?"

"这我还不知道。据说他们是想找一个少数民族或者是拿助学金的学生。"

"祝他们好运。是哪些人?"

"这个我也不知道。"

我看着她。

"你觉得会是谁?"她说,"霍顿·金奈莉,道格·迈尔斯?"

"就因为这你告诉我我应该去?"我说,"塑造我的形象什么的?"

"不是塑造你的形象。但我觉得你应该去,因为这是最后一场礼拜了。"

"玛莎,说不定四年级班上半数以上的人会缺席。"

"我觉得不会。"她摇摇头,"大家现在都开始多愁善感了。"

我想到了达登,说:"不是每个人。你就不是。"

"等着瞧吧。毕业典礼上我会大叫的。"

我们都安静下来,我可以听到外面电锯的声音;在礼堂的旁边,工人们正在搭建一个毕业典礼的舞台。因为按照计划仪式会在室外举行,所有的四年级学生都在担心晴好的天气会不会延续到那一天。说实话,我倒并不在意——事实上,要是下雨,我说不定还挺高兴,这样我们就可以挪到体育馆里去了。

同样,在某些方面,知道了我会在大庭广众下直接或间接被斥责,我反而松了口气,这看起来是奥尔特的风格,必须要对自己所做的事情负责。这么些年来,我已经逃避了太多。

"我肯定是弄僵了,嗯?"

玛莎没出声,过了一会儿,她说:"好吧,那并不像是一场意外。"

我愣住了。你不要也这样,玛莎,我心想。我承受不了这么多,虽然此时此刻我意识到她从没对我说过像,你没错,或者,这不是你的错。她所说的却是,类似于,你不能让它困扰你。别以为那就意味着我站在你这边。

"你并不笨,"她继续。她看来并不是要向我问罪,而像是在沉思:"事实上,你也许是我见过最小心说话的人了。"

"你是说我故意把事情搞成这样?"

"我并不认为这件事是那么黑白分明的。"

坐在那儿,靠得这么近,我有点儿恨她。但这并不意味着我觉得她都是错的。也许我之所以会预见到事情在奥尔特会导致怎么样的结果是因为这原本就是我的本意。因为怎么可能我在过去的四年中从没有表露过自己的真实想法,却在最后一个星期说了出来? 会不会我一直渴望有一个机会对奥尔特的每个人说,你以为我什么都不知道,虽然我不说,但我却一直在思考。我对这个地方,对你们所有人,都有自己的看法。说不定,说不定这就是我想要的,但即使我想这样,我也想用自己的话说。我本以为安吉·瓦瑞兹会让我显得有理有据,具有说服力,而不是忧愁,孤独而脆弱。

"你生我的气吗?我让你在拜登先生面前难堪了?"我问,与此同时,我忽然想到一个可能,"是你建议他让《纽约时报》来采访我的吗?"

玛莎沉默了一会儿,说:"我不认为需要怪什么人。事情就是这样。我找了个机会推荐你,他找了个机会让你去做,而你找了个机会告诉那个女人那些话。"

这太可怕了,我几乎无法思考——玛莎以为她给了我一个表现的机会。她想要为我好,给我一个机会站出来,这是我自己从来无法给予自己的。我感觉有些伴随着厌恶的内疚,而与此同时,我也感觉到自己的怒火,比以前更大的怒火。一是因为,她应该早告诉我——也许我还是会那么说,但我会明白我本应该赞美学校的。二是因为,我生玛莎的气,还有别的事,在过去的几天,甚至几个月,这种恨意慢慢滋生蔓延,此时此刻,在图书馆里,我才清楚地意识到这种对她模糊不清的恨意是什么,我也知道我永远不会有机会把它说出来。我恨她是因为她说过,早在十月份的时候,她不认为克劳斯会成为我的男朋友。她说对了!即使她说她可以想像,也并不意味着就一定会发生。但她难道不明白我是多么听她的话,多么信任她的建议吗?她给我浇了一头冷水,你又怎么能原谅这样的一个人呢?那太丑陋了。对我来说,搞砸一切,做了些需要请求她原谅的事,固然有些反常。但对她来说,去扮演过错的一方就更会让我们的友谊失去平衡。我不会试图去解释什么,天知道我还能解释什么?我犯的这个错众人皆知,毫无争议,而她的错却那么私人而主观;我是惟一的见证人。不,我什么也不会对她说;我还会是那个过去无能的老好人莉,可爱而不完美的莉，一个充满希望的回归者，一个没有溪流就住不下去，一定要回到有着潮湿、气味和皮毛的房子里的人。

"所以，你觉得我背叛了学校?"我说，我听得出自己声音里的暴躁，但暴躁并不打紧(玛莎永远不会知道)——我的真实感觉远不止这些。

"我不是这么说的。"

"你也可能说过。"(我怀疑，最后会不会什么可怀念的东西都剩不下了? 跟奥尔特一刀两断，跟克劳斯一刀两断，跟玛莎一刀两断。)

"我认为你告诉了那个记者你想要说的话。"玛莎说。

"玛莎，你是不是当上班长就被洗了脑? 你什么时候认定批评奥尔特就是违法的了?"

"没错。这就是我的看法。你想批评，而你也表达出来了。"

"所以现在我要承担后果?"

她沉默了很久。最后，她说："是的，可以这么说。"

"那你在这儿干什么呢? 这一切都是我应得的，那你又为什么要警告我那个在礼拜上的发言呢?"

"你是我最好的朋友，莉。我可以不同意你的做法，但我还是关心你的。"

哦，你不复杂吗? 我心想。我没有把这话说出来；而是将膝盖蜷缩到胸口，伸手将它们环抱起来，把脸埋在里面。

"你哭了?"她问。

"没有。"

玛莎扶着我的肩膀："忘了我说的话。我只是——我不知道我在说什么。"

"那是你心里所想的。"我说。

"没错，但谁在乎我怎么想?"

我抬起头看着她。

"我不想为了这个耿耿于怀，"她说，"就因为这是最后发生的事情，我是说——最后的并不一定是最重要的。"

我没吭声。

"你该记得的是——好吧，这个怎么样？那个春天的星期六早晨，我们起得很早那次，骑着自行车到城里，在加油站旁边的餐车那儿吃的早餐。那儿的鸡蛋有些半生不熟的，但味道真的不错。"

"那是你的生日，"我说，"我们是因为那个才去的。"

"没错。我差点忘了。"

"你十六岁。"我说。有一次，在沉默中，我们听见了电锯声。

"那个早晨，"玛莎说，"那才是我们在奥尔特的生活。"

丢人的是，我又第二次去找他。或者说，是第三次，如果你把午夜去他宿舍却只找到德尔文的那趟也算上的话。在那个星期之前，我从没去过他的房间，但在那四天里，我却去了两次。那是天刚黑的时候，还没吃晚饭，我穿过公共休息室，到楼下的走廊。我差点撞上玛利奥·巴尔马瑟达，他刚从浴室出来，一脸疑惑地看着我，但我却没有停下来道歉或者为自己解释。在走廊的尽头，我敲了敲门——那张篮球队员的海报还贴在上面——却没等有人回应就推开了门。房间里没人。外面还有些亮光，在房里投下阴影，我可以听见其中一个床边的白色塑料箱上放着的闹钟的滴答声。

我本想着他会在床上看书，看见我走进去，他会坐起身来，我会爬到他的膝上，用我的手脚把他包住。开始我会啜泣，而他会摩挲我的头发，对我喃喃低语，但很快那就会变成了性。如暴风骤雨般——我们会紧抓噬咬着对方，彼此要得一样多。

但他却不在那儿，环视着他的房间，那些不熟悉的桩桩件件——我甚至不知道哪一张床是他的——我意识到自己以为，或者只是希望，他跟我怀着同样的心情等着我是多么可笑的想法。很快，找不到他的失望被对于他突然出现的担心取代了。我看起来会像是一个——他，或者别的人会这么说——精神病。那会是，像一个哭泣的女孩子一样烦人，更有所企图。

他并没有等着我，他并不想见到我。要说我去找他只是为了抚平早先的丑陋，那是说谎，但这确是原因之一，但一厢情愿地认为他也这么想不是有些牵强吗？现在我知道那是一厢情愿了，我的冲动是女性的想法，而男性方面的回答(也许我的意思是说更中立的回答)则是意识到我们之间最后的交集已经一去不复返了，虽说遗憾，但我们彼此都心知肚明对方的立场。再说也只是老调重弹，并不会弄得更清楚。

我关上门，急匆匆地跑下走廊。回到埃尔文宿舍，我的心跳过了好几分钟才平静下来。一切都过去了，我突然意识到本来就没有什么事发生过。我似乎是平复了，但为了什么？我还是自己一个人，窗口的排风扇犹自转着，地板上仍旧堆着半满的盒子。"完了，"我说，"跟克劳斯所有的事情都完了。"要是我能大声说出来，或许我最终会停止有所期望。

一般在礼拜上发言的人都会坐在牧师的左边，第二天的早晨，坐在那个位子上的，是康琪塔·麦克斯韦尔。我不能说是很惊讶。当她踏上讲坛的台阶时，我看到她穿着一条黑色的亚麻裙子和白色的衬衫；她很早之前就不再穿那些奇装异服了，还留了长发。她清了清嗓子，对着话筒说道："上星期天《纽约时报》上的那篇文章，让很多奥尔特人都觉得气愤、受伤和子虚乌有。我是其中之一。作为一个墨西哥裔的美国人，我就是那篇文章的一个反例。我在这儿度过的四年，全然不像其中所描述的那样，这儿，应该称为是我的家。"听着她的话，一开始，我还感觉有些敌意，但最终，我却感觉有些伤感，甚至说不上是伤感——更多只是距离感。她的发言，只是煽情修饰，却写得并不特别好，让我想起了阅读其他人那些我并不感兴趣的历史论文，我发现自己有些不由自主地神游物外。我想起了康琪塔和我一年级的时候,我在校医院后面教她骑自行车。那似乎是很久之前的事了,而我现在跟她感觉却那么遥远。而毕业之后,我们之间就再也没有任何联系了——我们之间的距离是那么明摆着的,也许我们再也不会说话了。这看起来是那么不可思议——我们曾经一起度过了很多在奥尔特的日子,而我也开始相信生活中不但有失去,还有希望——而那个时候我也意识到,随着时间一年一年地过去,我和康琪塔相识的那个瞬间,我和其他同学相识的瞬间,都将变得越来越无足轻重;最终,都将变成我们现实生活的一个背景。在未来某一年的某个鸡尾酒会上,在我无法预知的某个时刻,当我试图要说一些轶事趣闻的时候,就会想起有一个在寄宿学校认识的女孩子,有一天,她的妈妈带我们去吃午餐,而他们家的保镖就坐在隔壁桌。说故事的时候,我不会再为渴望或悔恨而心痛;我不会再有什么感觉,事实上,除了希望我的同伴们觉得我很幽默以外。

康琪塔的发言结束,像往常一样,是一片沉默——礼拜发言过后,大家从不鼓掌——而后,我们都站起来唱赞美诗。这是那年最后一次全校的礼拜了;毕业典礼那天早晨还有一次礼拜,但只是针对四年级学生和家长们。在放假之前,包括暑假,我们唱的赞美诗都是《上帝与你同在,直到我们再会》,这也是那一天我们所唱的。我们唱了所有的四段歌词——在奥尔特,我们总是唱完所有的赞美诗的所有段落——唱到第三段时,唱到"当你陷入生活的困境/他真诚的手臂永远环绕在你的周围"时,我的眼睛湿润了。不要再哭了,我心想,而片刻之后,当我偶然抬起头环视周围,发现康琪塔的发言并没有影响到大多数人此刻的心情,至少在这一点上,我并不是孤独的;礼堂里满是泪眼婆娑的四年级学生。

接着就是毕业典礼了,和任何典礼一样的虎头蛇尾。我的家人都住在雷蒙德旅店,也就是三年级的秋天我爸妈住的地方,星期六的晚上,当我在学校停车场碰见他们,还没来得及去拜登先生家吃晚饭的时候,他们告诉我的第一件事就是他们刚登记入住,蒂姆就拉了一团很大的粪便,堵住了厕所,以至于他们不得不因为漫溢的厕所而换房间。"他才七岁!"约瑟夫大叫。"一个七岁的人怎么能拉出那么大一团!"与此同时,蒂姆红着脸微微笑着,就好像是他刚完成了件什么大事,而谦虚地不好立刻承认一样。一开始,爸爸没有理我,但接下来那些乱七八糟的事情使得他不得不压下他的火气跟我说话。星期天,在毕业典礼上,拜登先生完全没事人似的跟我握了手(约瑟夫告诉我爸爸曾威胁说要去找拜登先生,但我知道他只是说说)。我爸妈和弟弟在典礼上和玛莎的爸妈还有兄弟坐在一起——终于,我妈妈想要见见波特先生太太的愿望还是实现了——我的家人在当天下午离开了,后车厢里满载着我过去四年以来积累的所有一切。

为了我的毕业典礼,蒂姆送了我一双有着西瓜图案的短袜("他自己选的。"妈妈悄声告诉我),约瑟夫送了我一盘合集录音带,而我爸妈送了我一百美元现金,那些被我用来帮那些在毕业生周里让我搭过车的人买汽油了——黛德搭过我几次,还有诺丽·克里翰和玛莎的男朋友科比。最后的一个派对是在新汉普郡的金恩,科比从柏林顿开车过来接我们,然后一路向南开,把我带到洛根机场,而后他们一起回到了佛蒙特。拥抱了他们两个——我之前从没拥抱过科比,那以后我也再没见过他——从后备箱里拉出我的箱子,确认我没有把飞机票拉在后座上,我忽然很希望他们快点离开,希望一切快点结束;我只想一个人。而后他们开走了,剩下我一个。我穿着短裤T恤,候机楼和飞机上的空调都开得冷飕飕的。飞去南班德的一路上,我浑身发冷,过去一个星期的胡喝猛灌不眠不休,跟那么多人道别,还有那些友好,让我觉得筋疲力尽——最终,只有几个同学在那个星期里对我明显不友善。飞机着陆后,我穿过候机楼,拿好我的行李,走到妈妈和蒂姆等着我的围栏边,闷热的空气,把奥尔特所有的一切都隔绝在我的身后。我没有理由回去了,没有什么真正的理由——从现在开始,不必要了。

423

当然，我还是回去过，在我们五周年和十周年的聚会时。你想知道大家后来都怎么样了吗？黛德在纽约当了律师，虽然她随着年龄的增长多了几分谦逊，但我能感觉到，她很成功。在我们大学二年级过后的暑假里，我收到了一张卡片，写着斯克斯代尔的回邮地址。卡的正面是一张黛德的照片，她穿着一所一流大学的校服——一条百褶裙，一件菱形花纹的羊毛背心套在衬衫外面，线框的眼镜，手里捧着一叠书——在照片的下面写着：一个无所不知的人的问题……当你打开卡片，内页上写着……是她以为她闻得出所有的事情。在下面，写着：是的，我终于做到了！我的鼻子在六月十九日的四点三十七分完工了。少了几磅几盎司。这是我生命中最值得期待的一刻！从那以后，我开始喜欢黛德了，对她这种明确的喜欢，在奥尔特时从未有过。现在我去纽约的时候，还会去找她，我们会一起吃晚饭，谈论谈论男人的话题。她总能逗我发笑，我不知道是她变得有趣了，还只是，在奥尔特的时候，我不愿看到她有多有趣。

　　和黛德一样，阿思派丝·门特格尔玛丽也住在纽约，拥有一家室内装饰精品店，这令我想起来不由有些失望——这太不起眼了。关于达登，我没说错（他也成了一个律师），他在二十八岁的时候成了奥尔特的校董。欣君，当然，跟她的女朋友一起住在西雅图，成了一个神经生物学家。艾米·丹内科，一年级搬离布鲁萨德宿舍之后就再也没有跟她一起住过，成了一个保守党的学者；我一般不看星期天早上的那些政治节目，但有时候，要是住酒店的话，我会看到她穿着职业装在那儿辩论，她看起来总是很享受自己的生活。我听说普鲁塞克小姐和她那迷人的丈夫在我毕业后几年离了婚。我希望提出离开的人是她，或者至少是互相的；这主要是因为我只是不想是他离开她。她不再在奥尔特教书了，我不知道她去了哪儿。与此同时，茹菲娜·桑切和尼克·恰斐结婚了；她从达特默思大学毕业，他从杜克大学毕业两年后，他们结了婚。无论从哪个角度，这消息都让我窒息——高中的亲密爱人终成眷属——这让我妒嫉；我总觉得和一个从十几岁开始就认识你的人在一起一定是件很美好的事。

毕业后我就没见过克劳斯，我们五周年聚会的时候，他住在香港，为一个美国的经纪人公司工作，他原本计划来参加我们十周年的聚会——他现在住在波士顿——但他的太太在前一天晚上分娩。最近，玛莎和她的丈夫，跟克劳斯和他太太一起吃了顿晚饭，他们也住在波士顿，之后，玛莎打电话给我，留言说："他在后备厢留着高尔夫球具。我不知道我为什么要告诉你这些，但你应该会感兴趣。"我知道克劳斯现在的样子，在奥尔特的季刊上，登着一张他的结婚照。他有些秃头，但脸庞依然英俊，但却跟以前的英俊不一样了。因为知道这是他的照片，我才可以从中分辨出他以前的样子，但要是我们在街上擦肩而过，我不确定我是不是还能认出他。他的太太名叫伊丽莎白·法尔菲德·苏伽曼。

玛莎成了古典学的助理教授，处于试用期。我是她婚礼的伴娘，但事实上，我们一年才通两次话，见面就更少了。

至于我：克劳斯错了，我并不十分喜欢大学生活，至少是开始几年——它太大，每一样都只能走马观花。在三年级的时候，我和另一个女孩、两个男孩合租了一套公寓，虽然在那之前我也只是刚刚认识那个女孩而已。其中一个男生并不常过来住，但另一个——四年级的马克——和女孩凯琳和我大部分晚上都会一起做晚饭，看电视。刚跟他们一起住的时候，我觉得他们都是 LMC 之流，但不知怎么，后来我却把这给忘了。我从马克那儿学会了烧饭，那个夏天，他搬出去几个星期之后，他跟我开始谈起了恋爱；他后来成了我第二个吻过的人，第二个跟我做爱的人。（我曾经以为第一个跟你谈恋爱的男生会是你的启蒙，在他之后，闸门一旦打开，你就会不断地约会，但至少对我自己而言，我错了。）马克跟我第一次接吻过后，我跟凯琳谈论过——我不确定自己是不是喜欢马克——我提到了克劳斯。我原打算说他是个我可以肯定的人，但我还没来得及说，凯琳就打断了我："等等。你高中时约会的那个人叫克劳斯·苏伽曼?"她笑了起来,"什么样的人会叫克劳斯·苏伽曼啊?"

　　事实上,我并不——我不——特别喜欢谈论奥尔特。我甚至不太喜欢看季刊,虽然我总是至少会浏览一遍。但要是我认真去看,我的心就会下沉;想起我在那儿的生活,所有的人还有我的感觉。在大学,或者以后的日子里,人们或许会在谈话中提起:"噢,你上过寄宿学校?"我会感觉到自己的心情因为要解释这对方并不真正关心的问题而变得沉重起来。我在密歇根大学二年级的时候,每每提起这个话题,我只会用简单的话轻轻带过。很好。很不容易。我很幸运。对于这些对话我总是蜻蜓点水一般,只要我们不停留在这个话题上,或者只要我不认为这个人会明白,即使我尝试去解释,我也只是停留在表面。但有些时候,要是我说多了,我便会被拉下去,沉入冰冷潮湿的河水里。在那下面,我看不见,也无法呼吸;我往回拉,但潜水并不是最坏的部分,而是我必须要再回到上面。我的现实生活总是在其温吞的表面下带着些失望。离开奥尔特以后,我再也没有到过一个地方,所有的人都期望着同样的东西;除了一种宇宙通行的货币之外,我甚至不清楚自己到底要什么。无论如何,没有人在一边看着你是不是得到了,而你之后又怎么样——如果说我在奥尔特感觉最多的是不被人注意,在某些时候,我也同样感觉被仔细观察着。

　　但我也应该承认我也不像以前那样观察其他人了。当我离开奥尔特的时候,我并没有随身带着我的警惕心;我不再像那个时候一样对我自己和别人的生活投以那样的注意了。我怎么能那么注意呢? 我印象中奥尔特的生活总是那么不开心,而我的不开心又是那么机警那么在意料之中;真的,说起来那跟快乐并没有太大的区别。

　　所有的事情最终都会有一个结果,其他的事情也会在我身上发生——一份工作,研究生,另一份工作——你的生活总会有些词来描述,任何的事情也总会有一个结果。虽然它的发生并不一定会跟你的感觉有关,而其明晰的脉络中总有让人满意的地方。也会有些焦虑,但总有些让人满意的地方。

在我从奥尔特毕业的那个晚上，在拜克湾的酒吧里举行了一个派对，那是菲比·奥德维爸妈的地方——派对就是他们组织的。我自己的爸妈已经启程回南班德了，但其他的家长一开始都聚在那儿吃晚饭，等到他们离开，我的同学们，很多都已经在家长面前喝了酒，留下来一边跳舞一边抱头痛哭。我对着那些绿瓶子喝啤酒，生平第一次喝醉了，那种感觉危险而又刺激。就好像是我自己穿了一件隐身衣，这样我就可以观察着其他每一个人而不被别人察觉——有段时间，玛莎在跟鲁塞尔·吴跳舞（我当然不会跳舞），而我一个人坐在一个八人的圆桌旁，完全地自由自在。感觉危险是因为，克劳斯正和一群人一起在酒吧那边，是什么阻止我走上前去找他，做我要做的事情？什么让我没有围上他的脖子，将我的脸埋入他的胸膛，站在那里永永远远？我喝了四瓶啤酒；无疑我并没有自己想像中的那么醉，正是这个阻止了我。

午夜不到，玛莎说她不行了，想要离开。我正和黛德聊到一半，她喝醉了，说话有些好得叫人奇怪："你总是那么哀伤又气愤。在我们还是一年级新生的时候，你就是如此。你为什么哀伤又气愤呢？但要是我早知道你那助学金的话，我可以借钱给你。你去年在跟一个厨房员工谈恋爱吧，是吗？我知道你是。"我并没有全神贯注于她说的话——我的眼睛跟随着克劳斯在房间里晃来晃去，跳舞，离开，又回来，跟赛德·麦龙尼和达登说上一会儿话。我留在派对里，这样我就可以继续看着他。玛莎和我本来都打算到她萨莫维尔的叔叔阿姨家过夜，但玛莎离开的时候，我却留了下来。我想那是因为我喝醉了，也许一切都会不同，随着夜色渐深，克劳斯最终会来到我身边。但当 DJ 放起当晚最后一首《天堂的阶梯》时，克劳斯和霍顿·金奈莉跳起了慢舞，一曲终了，他们肩并肩站在那儿，紧挨着对方，克劳斯的手摩挲着霍顿的后背。似是有意无意的——在这最后的四分钟里，他们似乎变成了一对。虽然他们整个晚上都没有什么接触，但我却猛然明白,过去的几个小时里,就在我一直注意着克劳斯的时候,他的目光却一直留意着霍顿,或许更久。他也为最后这一刻留了一手,与我不同的是,他做了选择,他掌握了主动,他的计划实现了。而我却没有。我等着他,他却没有看我。整个毕业生周剩下的日子也是如此,只是它带给我的惊讶一次比一次少,每一个派对,到了一周末了,克劳斯和霍顿甚至不等到后来就醉了——你可以看见他们两个下午在约翰·布林德里家的吊床上缠绵,或是在艾米利·菲利普家的厨房里,克劳斯坐在吧凳上,而霍顿坐在他的膝上。

那是在艾米利家——这是在金恩的最后一个派对——我打开了奥布里给我的字条,他在里面表白了他对我的爱。那是凌晨三点半,我正站在诺丽的车所停的空地上,在我的背包里找牙刷,而我却找到了那张卡。我很感动,不仅仅是因为他写下的甜言蜜语,而且因为——即使那是奥布里,微小古板的奥布里——那意味着《纽约时报》上的文章并没有让我变得污秽不堪;克劳斯·苏伽曼并不是奥尔特里惟一一个曾经注意到我的闪光点的男孩。

但那已经是毕业生周的最后一个晚上了,而在第一个晚上——在拜克湾酒吧的那个晚上:当玛莎告诉我她要离开的时候,我还没有发现克劳斯和霍顿已经在一起了,我想要留下来。

“但我只有一把阿姨家的钥匙,”玛莎说,“你要怎么进去呢?”

“我会有办法的。”我说。

“我在希尔顿订了一个房间,你可以去那儿过夜。”黛德说。

“谢谢,”我说,玛莎难以置信地看着我。“我早上再打电话给你。”我告诉她。

最后我穿着裙子和衬衫,和丹·庞斯还有杰妮·卡特挤在一张床上过了一夜;杰妮睡在我和丹的中间,黛德和索悉尼·库拉那睡在另一张床上。我们在三点三刻熄了灯,七点半的时候,我醒过来,立刻就离开了。

我并不像想像中的那么不舒服，像是站不起来或者走不了路什么的，我想也许酒精本来就没对我起什么作用。

我到考普雷的换乘站坐车到帕克街，我知道我得在那儿换红色线才能到玛莎的阿姨家。但帕克街却让我没了方向——在奥尔特的这几年，我坐车的次数掰着手指头也能数出来——我走下台阶，又走上去。上层人头攒动，一眼看过去一片绿色，我周围的每个人都行色匆匆。不是绿色线——这是我刚下的车。我又走到楼下，到了红色的站厅，那儿不那么嘈杂，却也说不上安静。我穿着昨晚的衣服站在那儿，凉鞋、长裙和一件短袖衬衫，我低头看到车轨里似乎动了一下，而后又挪到了别的地方。老鼠，我意识到，或者是小耗子——它们在车轨里到处都是，几乎都和那些厚大的砂石混在一起了。

我记得那是星期一。正是上班的时候——那也是为什么车站里那么拥挤的原因。月台上，人们在我身边走过，或是停下来等车：一个穿着蓝衬衫和黑色条纹西装的黑人男子；一个戴着耳机，穿着圆领背心和过于肥大的牛仔裤的白人少年；两个四十几岁的女人，梳着马尾辫，穿着护士的制服。还有一个剪着短发，留着刘海儿的女人穿着丝质的裙子和配套的外套，一个满身都画着圆点的男人。所有的这些人！他们有这么多人！一个黑人祖母牵着一个看起来大约六岁的男孩，三个白得多的男人穿着西装，一个怀孕的女人穿着 T 恤。他们在过去的四年里做了些什么呢？他们的生活跟奥尔特全然没有关系。

这的确是我第一次喝醉，我还天真得不明白宿醉到底是什么。但这些人，在那个早晨赶路的人们，为了他们的会议，他们的任务，他们的责任。这还只是在这儿，在这个车站，在这一刻。世界那么大！这个尖锐的认知几乎在我上车的那一刻就远去了，但在以后的岁月里，我还是会时不时地想起它，甚至现在也是——我长大了，生活也困难了——我还是能感觉到在那天的早晨我有多么惊讶。